古典文獻研究輯刊

二二編
曾永義 主編

第 8 冊

戲曲之「用」
——明清鼎革之際文人的入世姿態與自我形象建構

張 家 禎 著

國家圖書館出版品預行編目資料

戲曲之「用」──明清鼎革之際文人的入世姿態與自我形象建
構／張家禎 著 -- 初版 -- 新北市：花木蘭文化事業有限公司，
2020〔民 109〕
目 4+224 面；19×26 公分
（古典文學研究輯刊　二二編；第 8 冊）
ISBN 978-986-518-178-9（精裝）
1. 明清戲曲 2. 戲曲評論
820.8   109010552

ISBN-978-986-518-178-9

9 789865 181789

古典文學研究輯刊
二二編　第八冊　　　　　　ISBN：978-986-518-178-9

戲曲之「用」
──明清鼎革之際文人的入世姿態與自我形象建構

作　　者　張家禎
主　　編　曾永義
總 編 輯　杜潔祥
副總編輯　楊嘉樂
編　　輯　許郁翎、張雅淋　美術編輯　陳逸婷
出　　版　花木蘭文化事業有限公司
發 行 人　高小娟
聯絡地址　235 新北市中和區中安街七二號十三樓
　　　　　電話：02-2923-1455 ／傳真：02-2923-1452
網　　址　http://www.huamulan.tw 信箱 hml810518@gmail.com
印　　刷　普羅文化出版廣告事業
初　　版　2020 年 9 月
全書字數　214205 字
定　　價　二二編 9 冊（精裝）台幣 22,000 元

戲曲之「用」
——明清鼎革之際文人的入世姿態與自我形象建構

張家禎　著

作者簡介

張家禎，臺灣大學外國語文學系文學學士、戲劇研究所碩士、香港中文大學中國語言及文學系博士。研究領域為明清戲曲。

提　要

　　本文以明清易代至三藩之亂平定後，這動盪未穩的四十年間（1644 ～ 1683）文人所創作的戲曲為研究對象，嘗試探索其於「家國之思」此一主流解讀外的新面向。本文的原初疑問在於：為何有如此多的文人，其中甚至包括詩文大家及大儒，在易代後開始創作戲曲？而以此為出發點，本文聚焦於易代、戲曲文體、以及文人心態，以戲曲之「用」作為切入點，析論鼎革對文人及其戲曲作品的影響以及文人選擇戲曲文體展現這些影響的動機及目的。

　　正文可歸類為三大部分，分別探討易代後歷史劇、文人自喻戲曲以及「商業」劇場文本在主流解讀外的可能性。第二章以「邑人寫邑事」類型的歷史劇為對象，析論其於寄託、反思、存史與教化等歷史劇常見創作意旨外，亦有地域、個人乃至家族等不同面向的創作動機與目的。三、四章探討六位易代後方始創作戲曲的文人：吳偉業、丁耀亢、尤侗、黃周星、宋琬、嵇永仁，其各自在戲曲中以自喻人物建構出期望外界認知並接受之自我形象；建構目的則複雜幽微，可能是自我辯解、自我宣揚、某種姿態的表達，或是向貴人干謁甚至是向天庭冥府求告。第五章探討李漁以其戲曲和本人才名作為商品這一特點。他所精心經營的「笠翁」品牌，更進一步說，這份「經營」，正是他有別於吳偉業等清初文人戲曲家、李玉等蘇州派戲曲家，或是萬樹等風流劇作戲曲家之處。

　　清初文學的研究難以脫離易代的衝擊與影響，然而由於戲曲文體之特質，當文人選擇以此一文體創作時，我們可以看到於傳統主流「家國之思」的角度外，所謂的「抒懷寫憤」，亦是面對特定觀眾的姿態與自我建構；對於時事歷史的摹寫，既可能是記載真相、緬懷過去、褒忠教孝，亦可能是幕客衙吏對主人、堂尊建功立名的迎合甚至對於地方話語權與歷史詮釋權的爭奪；至於戲曲回歸劇場表演娛樂本質的商業性、祭祀或社交場合演出具有的集體認同乃至婉曲訴求、自辯等目的，更是不能忽略的部分。

目
次

第一章　緒　論

一、「清初」定義及時代背景

本文定名為「戲曲之『用』——明清鼎革之際文人的入世姿態與自我形象建構」。

首先有必要特別定義本文中的「清初」時期。一般來說，文學史以及戲曲史上的清初指的是順、康時期，雖然此一「順、康」，往往下延包括時間較短的雍正朝，如民國時的戲曲學者吳梅論清代戲曲分期的敘述方式：「順康之間」、「乾嘉間」、「道咸間」、「同光間」，即可明顯看出。〔註1〕但由於不同學者的研究關注點有異，時代的劃分也各自不同。郭英德《明清傳奇史》就不採用年代而以劇作家的重要創作或是卒年分期，例如他將清順治九年至康熙五十七年（1652～1718）稱為傳奇的繁盛期，上下限的劃分依據便是吳偉業《秣陵春》的創作以及《桃花扇》作者孔尚任的卒年。〔註2〕另一方面，杜桂萍在《清初雜劇研究》析論前輩學者的分期後，選擇戲曲學者王永寬、曾影靖、陳芳的三段分期，將清初定義為順、康、雍（1644～1735），又再細分為前後期，以康熙二十二年（1683）收復臺灣為界。〔註3〕

郭、杜兩位學者的兩種時代定義分別反映了以劇作者及其文本為中心，或將作家作品置於歷史脈絡背景的差別。後者因為承襲了鄭振鐸提出清代雜

〔註1〕見吳梅：《中國戲曲概論·清總論》（上海：上海書店，1989年），頁1～2。
〔註2〕郭英德早期可能採用顧師軾《吳梅村先生年譜》繫年，但後來他已另行撰文重繫於順治八年。見郭英德：〈吳偉業秣陵春傳奇作期新考〉，《清華大學學報（哲學社會科學版）》2012年第6期（2012年6月），頁74。
〔註3〕杜桂萍：《清初雜劇研究》（北京：人民文學出版社，2005年），頁3～7。

劇為「正統文人劇」的主張,更強調清代文人雜劇所展現的個人性,因而也更需要結合其生平以論析其作品,於是置於歷史脈絡背景加以分析成為必然。此外,孫書磊於《明末清初戲劇研究》中將明末清初分為四期,清初部分則又劃分為順治朝時期及康熙朝前半葉時期(至康熙三十八年),並稱順治朝時期為「最重要、最有時代特色的階段」,〔註 4〕這亦與其由遺民、貳臣角度分析劇作家及其作品有著直接的關連。

　　本文論述清初戲曲,所關注的焦點集中於易代後吸引文人投入戲曲創作之動機,即文人期望藉由戲曲達到什麼樣的作用或效果。因而題中的「清初」相對以上定義為短,定為清順治元年至康熙二十二年(1644～1683)止,亦即採用杜桂萍清初分期中的「前期」。如此分期的主要原因在於康熙一朝前後期政治氛圍、身分認同的落差。此點早已為歷史學者所注意,如陳永明便指出:「至康熙朝中葉以後,史學家大多已采用清人的角度探討明、清之際的歷史。」〔註5〕而若以戲曲為例,那麼公認為有清一代戲曲家代表人物的孔尚任(1648～1718),在他《桃花扇‧本末》中提及此劇演出情形的敘述或可提供佐證:「然笙歌靡麗之中,或有掩袂獨坐者,則故臣遺老也。燈炧酒闌,唏噓而散。」〔註 6〕這樣的敘述中,可以看到出生於清朝的戲曲家對「故臣遺老」真誠深刻的同情,然而這份同情的理解卻也帶著距離,甚至不乏對自己作品足以動人的自得。這樣的距離不僅是因為孔尚任生於易代之後,也在於清廷在三藩之亂後,已經徹底褪去外來政權的心態,而有了正統王朝的自信與自覺。如魏斐德就以三藩之亂中,馬雄鎮一家的殉難作為清朝取得正統地位的象徵,他指出馬家前後兩次在明末及清初的集體自殺是「超越而又具體體現出對特定的相互對立的正統王朝之忠誠的最佳象徵。明朝有忠臣,清朝也有忠臣。……通過馬氏家族,歷史終於回到了原來的位置,而清朝如今已同明朝完全相稱了。」〔註7〕

　　相較於康熙中葉後清廷對身為正統王朝的自信自覺,或漢族臣民對清廷

〔註 4〕孫書磊:《明末清初戲劇研究》(北京:社會科學文獻出版社,2007 年),頁 60。

〔註 5〕陳永明:《清代前期的政治認同與歷史書寫》(上海:上海古籍出版社,2011 年),頁 99。

〔註 6〕〔清〕云亭山人(孔尚任):《桃花扇本末》,《古典戲曲叢刊五集》(上海:上海古籍出版社,1986 年),冊 48,頁 147b。

〔註 7〕參見魏斐德:《洪業──清朝開國史》(南京:江蘇人民出版社,2003 年),頁 397。

作為正統王朝的認同，1644 年至 1683 年這段「清初」，是動盪不安的四十年。整個順治朝時期，南明各王先後分立，由南京的弘光、福州的隆武、紹興的魯監國到由肇慶一路南奔至緬甸的永曆。〔註 8〕儘管大部分時間南明所控制版圖相對狹小，但畢竟高舉著朱明的旗號，維繫著人心所向的最後一絲希望。順治朝前半，流寇餘部如賀珍等尚在四處流竄，各地除了因薙髮令而起的反抗行為，及忠明之士組織的小規模抗清活動外，影響更大的是握有兵權的已降前明武將此呼彼應的復叛，如蘇松提督吳勝兆、江西提督金聲桓、廣東提督李成棟、大同總兵姜瓖等。〔註 9〕儘管以上諸勢力都被清軍各個擊破，但順治後期局勢依然未穩。順治九年張獻忠義子李定國先是破桂林，致使清將孔有德自焚，後更陣斬清敬謹親王尼堪，復湖南，清廷為之大震，幾乎一度要放棄西南七省；另一方面，鄭成功、張煌言在東南沿海十餘年的抗清行動，於順治十六年（1659）長江之役中獲得最大戰果，兩人連卜二十九城，一度包圍南京，江南聞風響應，幾有明室中興之勢。然而在鄭成功退走一年多後，順治帝駕崩，清廷以輔政大臣為首，政策趨向保守與高壓。僅僅在順治十八午一年間，假「通海案」究辦鄭成功圍南京時群起響應之江南士民，與「奏銷案」黜革蘇州、松江、常州、鎮江等地士紳一萬三千餘人，「一網打盡」清初活躍的江南士紳階層。〔註 10〕此外，金聖歎等十八名諸生以「哭廟案」被殺，此事影響層面雖較狹窄，卻展現了清廷雷霆手段。果然不到兩年，莊廷鑨「明史案」發，株連名士文人及其家屬上千人，慘酷更甚。輔政大臣掌權的這幾年間，朝廷上重滿輕漢，對下再度重拾順治初年多爾袞時的圈地措施，造成百姓流離失所或淪為旗下奴隸。可以說在軍事行動大致平息，清廷步向大一統，漢族臣民噤若寒蟬的表面下，是滿漢對立情緒益發高漲的事實。

〔註 8〕 此處採用錢海岳的判定。清初除入「本紀」這四人以外，被推舉出來或掛年號、或掛監國、甚或是偽託起事的明宗室不下十數人。參見錢海岳：《南明史》（北京：中華書局，2004 年）；〔美〕Lynn Struve（司徒琳）撰，李榮慶等譯，嚴壽澂校訂：《南明史：一六四四——一六六二》（上海：上海古籍出版社，1992 年）。

〔註 9〕 吳勝兆未起事而事覺被殺；金聲桓、李成棟等於順治五年起事，次年為清廷剿滅；姜瓖於順治六年起於山西。分見《清實錄·世祖實錄》（北京：中華書局，1985 年），頁 260；293、326；337。

〔註 10〕 時人王抃日記中載「順治十八年」云：「隨有奏銷一案，紳衿一網打盡，從來所未見也。……」見〔清〕王抃：《王巢松年譜》（江蘇：江蘇省立蘇州圖書館，1939 年），頁 29。

康熙八年（1669），康熙拿問鰲拜，實際上掌握大權後，試圖緩和滿漢二族間的關係，如禁止圈地，令還地於民等，〔註11〕且其好學與漢化的程度，無疑符合漢臣對「明主」的期待。但平穩的日子不過數年，因清廷決心撤藩，導致戰亂再度降臨。康熙十二年（1673）十一月，吳三桂殺雲南巡撫朱國治反，為時八年的三藩之亂揭開序幕，嗣後耿精忠起於福建、尚之信起於廣東，鄭經由臺灣出兵響應，陝西王輔臣、廣西孫延齡皆反，一度席捲大半中國，各地謀劃呼應者眾，其中尚有冒稱朱三太子於京城起事者。由吳偉業著名的〈圓圓曲〉中對吳三桂的諷刺看來，打著「反清復明」旗號的平西王是否能取信心存明室的有志之士頗令人懷疑，但在其聲勢到達頂峰時，必然令人看到了一線漢族中興的希望。當吳三桂軍勢由盛轉衰，彷彿在盡最後的狂歡似地登基稱帝，這不能不讓人想起李自成在一片石敗於吳三桂與清軍後，回北京匆忙登基，隨即離京西逃之事。歷史的重覆，似乎諷刺地印證了清初盛行的「命數」論。吳三桂不久後病死，清康熙二十年（1681），清軍攻入雲南，吳三桂孫世璠自殺，歷時八年的三藩之亂宣告平定。此一事件揭示了清朝的統治已經穩定，也象徵了清朝入關近四十年後，終於由一個異族軍事政權轉為持有天命的合法君主。兩年後，施琅於澎湖海戰擊敗明鄭水師，鄭克塽投降，〔註12〕奉永曆為正朔的寧靖王朱術桂及其五妃自盡殉國，宣告了遺民心中所繫最後一線希望的斷絕。也正式宣告了一個時代的終結，與大清承天命的一統。

簡而言之，這四十年間，清廷中央歷經了沖齡踐祚的順治、康熙二帝，與因此而來的幼主與攝政王及輔政大臣間的權力拉扯、交替，地方上則反正、起義、叛亂此平彼起。在這樣的動盪之中，清廷作為少數民族入主中原的自信仍然不足，前朝遺民尚在各地奔走，忠明之士復興之心亦尚未死，一切充斥「未定」的混亂感，同時也充滿「未定」的可能性。

本文中的「清初」，便是這段由順治元年（1644）清軍入關到康熙二十二年（1683）三藩之亂平定、明朔終結，清朝統治未穩，傷痛仍新，民心未定的四十年。由於順、康時期尚未到乾隆朝文網密布的情況，以文字招禍雖時而有之，但釀成大案，株連慘酷的，前有莊廷鑨，後有戴名世，皆為史案，

〔註11〕《清實錄·聖祖實錄一》（北京：中華書局，1985 年），卷 10，頁 408。
〔註12〕〔清〕趙爾巽等撰：《清史稿·本紀七》（北京：中華書局，1977 年），頁 212。

其次則為詩文，並沒有以戲曲釀成文字獄的狀況。〔註13〕可見此一時期，戲曲作品的「文字」尚不入清廷認為必須疑忌的範圍中，這與戲曲的地位卑下自然脫不了關係。可以說，較之乾隆時懸於文人頭頂的文字獄壓力強大到迫使文人自我審查的狀況，易代後的清初有一段特殊的空白，這段空白期是權力的交接與秩序的重構間所短暫形成的、允許個人性與主體性得到最大發揮的時候。它給予了文人相對的揮灑自由，在因為諱忌而不敢語，或者是因為難以自辯而不能語的情形下，文學地位邊緣的戲曲便成為委婉訴說那份「不可說」的媒介。當然，越接近或越希冀接近權力核心時，那「不可說」便越是清晰可見。戲曲便以它卑下地位的邊緣性與因之而來的安全感，躍上了清初文人創作的視野中。

二、清初戲曲的戲曲史地位及其研究綜述

提到清代戲曲，無人不知「南洪北孔」，然而「南洪北孔」至今為人所熟知，且進入文學史中成為清初文學成就必提的一筆，其實在反面上指出了戲曲史上對於清代戲曲將其巔峰定於清初順康時期。雖然這與學界對於清中葉以後的戲曲挖掘尚且不足也有必然關係，但清初戲曲作品不論是質或量在戲曲史上皆被視為巔峰之一，則是不爭的事實。如吳梅曾以戲曲文本之文學與音樂性概論清代戲曲分期特質：「余嘗謂乾隆以上，有戲有曲；嘉道之際，有曲無戲；咸同以後，實無戲無曲矣！」〔註14〕而郭英德則將清順治九年至康熙五十七年（1652～1718）劃為傳奇的繁盛期，稱此時期之作家作品數雖遜於晚明之勃興期，但作家之作品均數反而增加了百分之五十九，可見劇作家的專業化傾向；又於此時期舉出清初四大劇作家吳偉業、尤侗、李玉、李漁，

〔註13〕尤侗曾因《鈞天樂》而被舉報，丁耀亢曾以小說《續金瓶梅》下獄一百二十天，但由前者「吳中好事者，傳為美談，相與釀金請觀焉，遂演如故」的自敘看來，得意的成分遠大於恐懼；而後者與其說憂懼，倒不如說是以續書致禍為咄咄怪事，甚至還如此回味獄中的生活：「獄司檀子文馨，燕京名士也。耳予名如故交，率諸吏典各釀酒，三日一集，或至夜半，酣歌達旦，不知身在籠中也。」較之史案的株連慘酷，不可以道里計。分見〔清〕尤侗：〈鈞天樂自記〉，《鈞天樂》，收入《古本戲曲叢刊五集》，冊28，序、自記等依鈔本補印，無頁碼；〔清〕丁耀亢：〈請室雜著八首序〉，《歸山草》，〔清〕丁耀亢撰，李增波主編，張清吉校點：《丁耀亢全集》（鄭州：中州古籍出版社，1999年），冊上，頁472。但至康熙中葉，已可見戲曲文字致禍，如「南洪北孔」，洪昇《長生殿》有國喪演戲致禍之案，孔尚任則被疑因《桃花扇》去職。
〔註14〕吳梅：《中國戲曲概論》，卷下「清人傳奇」，頁37～38。

而結以南洪北孔。〔註 15〕他並指出此一時期由於傳奇文本與舞臺演出的密切結合，體製縮長為短，且由晚明著重音律、文辭轉而強調結構，傳奇文本經由「文學體製的嚴謹化，音樂體製的崑腔化，語言風格的通俗化，戲劇結構的精巧化」，而得以真正成熟。〔註 16〕而這與晚明至清初崑腔大行及崑劇演出遍及大江南北有著必然的關係：演出普遍，觀眾層面廣，有著頻繁接觸機會的文人提筆作劇的可能性也隨之增加。

如同文學史上其他文體的研究，清初戲曲研究由早期時間範圍跨度較大，且多為介紹、整理與歸納戲曲材料，發展到近年來，在前人研究基礎上，逐漸細緻化、專門化、綜合化或縮小至某一時期或特定主題的探討。相關研究包括：其一，近年來由於「地域研究」興起，地域文獻文本資料出版漸富，當地大學也多會有本地戲曲作家的研究，如《清傅山《紅羅鏡》研究》等。〔註 17〕其二，「跨界研究」亦蔚為風潮，如歷史學者以戲曲材料結合城市史、政治史、經濟史、心態史等。巫仁恕由明清之際江南時事劇分析其時社會心態，是其顯例。此外，李孝悌以戲曲選集佐證十八世紀並非完全為禮教所掌控。〔註 18〕其三，因為文獻資料的發掘，戲曲研究也漸漸不僅侷限於戲曲文本本身，而會結合詩文（如觀劇詩、讌集序等）或考古、民俗等材料研究當時劇場演出狀況。〔註 19〕隨之而來地，清初的戲曲研究也逐漸豐富起來。

其四，「作家作品研究」，此類研究仍佔多數。如：李梅《嵇永仁及其戲曲創作研究》（華東師範大學古代文學碩士論文，2007 年）、范秀君《丁耀亢研究》（揚州大學中國古代文學碩士論文，2011 年）、胡凱琪《孟稱舜言情劇作研究》（香港中文大學性別研究碩士論文，2012 年）等等。其五，如前述孫書磊研究角度般，專門以「遺民」角度切入之清初戲曲研究，如李洪蕾《清

〔註 15〕郭英德：《明清傳奇史》（南京：江蘇古籍出版社，1999 年），頁 309。另，其《明清傳奇綜錄》將此時期進一步劃分為上下，稱之為「傳奇的發展期」。

〔註 16〕郭英德：《明清傳奇綜錄》（石家莊；河北教育出版社，1997 年），冊上，頁 6。

〔註 17〕《清傅山《紅羅鏡》研究》（山西大學）、《清代山東古典戲劇研究》（山東師範大學）等。

〔註 18〕參見巫仁恕：〈明清之際江南時事劇的發展及其所反映的社會心態〉，《中央研究院近代史研究所集刊》，第 31 期（1999 年 6 月），頁 1～48；李孝悌：〈十八世紀中國社會中的情欲與身體──禮教世界外的嘉年華會〉，《中央研究院歷史語言研究所集刊》，2001 年第 3 期，頁 543～595。

〔註 19〕如趙山林《歷代詠劇詩歌選注》、江巨榮《明清戲曲劇目文本與演出研究》、姚旭峰《明清江南園林演劇研究》等。

初易代省思劇研究》（首都師範大學戲劇戲曲學碩士論文，2007 年）、張宇《清初遺民戲曲文學研究》（黑龍江大學中國古代文學碩士論文，2008 年）、李文勝《清初興亡悲劇研究》（廣西師範大學中國古代文學碩士論文，2010 年）等。其五，較為完整的「作家群體研究」。此類研究首推「蘇州派」劇作家研究。所謂「蘇州派作家」，指以李玉為首的在清初蘇州府一批入清不仕，以職業戲曲創作為生的文人。他們的劇作帶有濃厚的地域與市民色彩。彼此往來密切，常合作編劇或編製曲譜。〔註 20〕由於他們作品質量出色，且曾經符合特殊意識型態要求，故而成為清初戲曲研究中的一門顯學。此外，明末清初同樣由於江南戲曲之盛，而出現了所謂戲曲世家，即家族中不止一代人創作戲曲的情形，亦可列入此一類別。周鞏平對江南世家曲學活動的研究，即為其中佼佼者。〔註 21〕

其六，清初戲曲之研究專著與論文集。專論清初戲曲的專書並不多見，王璦玲《晚明清初戲曲之審美構思與其藝術呈現》一書及其後多篇論《桃花扇》、《芝龕記》等論文，由歷史脈絡與藝術審美角評析論；孫書磊《明末清初戲劇研究》主要仍以作家作品介紹為主，並依然可見遺民／貳臣的劃分；杜桂萍於《清初雜劇研究》、《清初雜劇作家創作論考》中，針對清初雜劇作家，尤其是文人雜劇的創作心態深入分析。而隨著清代文獻材料的挖掘、整理與出版，近年來許多相關的研討會及後續論文集中亦多有戲曲部分。如討論易代創傷與昇華的論文集 *Trauma and Transcendence in Early Qing Literature*

〔註20〕按：關於「蘇州派」成員一直沒有定論。從張庚、郭漢城《中國戲曲通史》的 10 人，到吳新雷〈論蘇州派戲曲家李玉〉的 13 人，再到顏長珂、周傳家《李玉評傳》的 23 人。康保成在《蘇州劇派研究》中以風格是否相似將蘇州作家群與蘇州派作家加以區分，定為 12 人（較為特別的是他排除了張大復）。李玫《明清之際蘇州作家群研究》則以戲曲成就區分為主要成員與其他成員各 8 人。最近的顧聆森《李玉與崑曲蘇州派》以活動時代（清初）、地域（限吳縣、長洲，常熟之邱園是惟一例外）與是否有留存作品、作品風格是否與中心人物李玉相近等條件，將蘇州派作家定為以下 11 位：李玉、朱素臣、朱佐朝、張大復、邱園、畢魏、葉稚斐、陳二白、朱雲從、盛際時、鄒玉卿。見康保成：《蘇州劇派研究》（廣州：花城出版社，1993 年），頁 29～34；李玫：《明清之際蘇州作家群研究》，頁 10～14；顧聆森：《李玉與崑曲蘇州派》（揚州：廣陵書社，2011 年），頁 2～6。

〔註21〕參見其〈明清兩代太倉的兩大王氏曲學家族〉（《曲學》第 2 卷，頁 547～581）、〈明清兩代浙東祁氏家族的戲曲家群體與曲目整理活動〉（《浙江藝術職業學院學報》第 12 卷第 3 期，頁 36～43）、〈明清兩代嘉興卜氏曲學家族研究──及其與吳江沈氏的聯姻〉（《文獻》2014 年第 2 期，頁 153～160）等。

中，戲曲部分便論述了吳偉業、丁耀亢、黃周星等作家作品與易代間的關係。
〔註22〕

　　當然，近年清代包括清初戲曲研究得以勃興，要歸功於戲曲古籍的大量
整理出版。在繼早期《古本戲曲叢刊三集》後問世有《古本戲曲叢刊五集》、
《古本戲曲叢刊六集》，三部叢刊提供了百餘部清代戲曲，堪稱清代戲曲研究
的基石。此外如《不登大雅文庫珍本戲曲叢刊》、《綏中吳氏藏抄本稿本戲曲
叢刊》，近年收錄最豐富的則莫過於《傅惜華藏古典戲曲珍本叢刊》，其後則
又有《北京大學圖書館藏程硯秋玉霜簃戲曲珍本叢刊》，為戲曲研究提供了大
量的文本基礎。海外古籍的蒐羅刊印在學者的奔走努力下亦成績斐然，如藏
於法國巴黎國家圖書館，後部分收入《古本戲曲叢刊五集》的《環翠山房十
五種曲》、《海外孤本晚明戲劇選集三種》、《日本所藏稀見中國戲曲文獻叢
刊》、〔註23〕《哈佛燕京圖書館藏齊如山小說戲曲文獻彙刊》等。另一方面，
《善本戲曲叢刊》、《俗文學叢刊》、《傅惜華藏古典戲曲曲譜身段譜叢刊》等
叢書則在鈔本、曲譜、身段譜上提供了珍貴版本比較、文本與舞臺演出流變
等等研究的可能。

　　大致而言，即使同樣是戲曲作家作品研究，近年來的研究在前人的研究
基礎上，也越來越注重知人論世，將作家生平儘可能與其劇作交互參照，並
結合劇作家其他文體之文本材料加以分析，而不僅僅止於文本與美學的討論
了。

三、論文思路與結構

　　文學史的斷代研究，一直有其爭議，主因「時代風格」往往難以定義及
確證，卻又莫名擁有令人不斷嘗試去加以定義論證的吸引力。定義某一時期
思潮、風格或特色的困難，已有學者提及；〔註24〕但作為讀者與研究者，又
不得不正視不同時代、時期，那種難以清楚掌握卻的確存在的差異感。閱讀
清初戲曲時，自然而然地會感受到其許多方面與晚明戲曲的不同。而最引人

〔註22〕Wilt L. Idema, Wai-yee Li, Ellen Widmer, eds. *Trauma and Transcendence in Early Qing Literature* (Cambridge, Mass.: Harvard University Press, 2006).
〔註23〕其中部分作品收入近出之點校版《明清孤本稀見戲曲彙刊》中。
〔註24〕陳平原便曾提及：「*同代人中，學術追求五花八門，絕非『主旋律』所能概括；另外，學術總是處在新舊交叉左右滲透的狀態，硬要把它排列成前後有序準確無誤的不同『時期』，必然傷筋動骨。*」見陳平原：《文學史的形成與建構》（南寧：廣西教育出版社，1999年），頁7。

注意的，或許是易代後許多原本從未創作戲曲的文人開始提筆寫作戲曲。這些文人包括了詩文大家吳偉業、宋琬，甚至是大儒如王夫之等。可以想見，戲曲題材也因此由「十部傳奇九相思」擴大許多；而體裁短小，更易為新創作者所掌握的雜劇，其創作數量與內容更是豐富而多元。

在嘗試為這樣的轉變尋找理由時，學者們無可避免第一個會處理的，便是易代與文學、戲曲的關係。誠然，清初文學研究的引人及侷限與清初「天崩地解」的時代背景密不可分：一方面在盛行的「國家不幸詩家幸」的文學評論觀點中，流離動盪下的個人苦難將成就文人書寫的深廣度；另一方面，也使得清初文學的研究往往受限於遺民／貳臣類群的框架及因此而來的道德判斷，常見以此先行，再於其作品中尋求相應段落，以顯現作者「寄託遙深」的論證方式。

與易代相關的另一個焦點則是明清之間的社會、思想、文學乃至文人心態行為究竟是裂變或是延續的討論。許多研究——特別是遺民研究——多強調裂變的一面，以伯夷、叔齊乃至陶淵明為典型，強調遺民不下樓、不入城、不與仕清者交往甚至師生反目等等決絕的姿態。〔註25〕這與遺民研究主要材料來源多是清初乃至清末民初所編纂的各種宋、明「遺民錄」有關。由於此類「遺民錄」的編纂或出於緬懷褒揚，或出於激風揚俗，帶有強烈的時代性以及目的性，於是其偏重或偏頗自然也就可以理解。

這樣的切入點隨著新材料的不斷發現、研究眼界的拓展與學術性的提高，暴露出一些問題。若置於歷史脈絡觀之，遺民／貳臣的對立二分法，在清初其實是不存在的。這兩個詞彙儘管在現今研究中往往被並列對比，但它們之間其實有著巨大的時差：「貳臣」作為真正蓋棺論定的貶義詞已是在遺民族群早就消融殆盡的乾隆朝中期，它其實是一個政治、皇權篡奪歷史評價權的產物。〔註26〕在清初固然有許多仕二朝甚至三朝的貳臣，但並沒有「貳臣群體」這樣的族群，更沒有遺民群體與貳臣群體的對立情形。此外，近年來的研究即使以遺民為題，也會直面史料本身的矛盾，強調遺民各種生命階段、社會

〔註25〕相關研究可參見王汎森：《晚明清初思想十論》（上海：復旦大學出版社，2004年），第七章〈清初士人的悔罪心態與消極行為——不入城、不赴講會、不結社〉，頁188～247。

〔註26〕據陳永明研究，《貳臣傳》的編纂始於乾隆四十一年，但將近二十年後才修成，而之所以拖延日久，則與高宗想法不斷改變有關。見陳永明：《清代前期的政治認同與歷史書寫》，頁228。

經歷與心態的複雜性。趙園即在論述遺民時指出：

> 「遺民」也如其他命名，是以抹煞差異、簡化事實為代價的。這或
> 多或少也是「易代」這一特殊歷史情境的結果：急劇的歷史變動造
> 成極態，鼓勵兩極對立的思維方式，在「澄清」的同時將現象化簡。
> 實際生活卻永遠瑣細而繁複。〔註27〕

的確，個體的生命歷程是流動的，周遭環境亦會不斷改變，兩者間的交互作用必隨之變動。易代無疑是巨大的斲傷，但只要人活著，生命就不會停格於一點，而必須有所因應，與時變化，以讓一己更好的活下去。戰亂創傷及異族統治固然是劃開明清的重重一刀，但是明清兩代文人受著同樣的儒家教育、懷抱同樣的人格理想、有著同樣對於立德、立功、立言的追求，以及同樣必須跨越的科舉門檻；更不用說超越時代的家族、夫婦兒女、師友等人際關係的存在，這些同時構成了明清之際無處不顯現斷裂，卻又無處不存在延續的複雜情形。這樣的複雜性無疑正是使明清之際如此吸引人的原因。此外，易代後的清初階段，清廷掌控力尚未達到絕對，文網未密，各種矛盾、非主流的思索與爭辯能不經自我審查地留下文字痕跡。於是，在世變的歷史情境下，佔士大夫思考或文字中心的出處進退、華夷之辨，及記載中面孔模糊，比重不大，但卻是大部分平民百姓共通心聲的厭亂、求穩定的心態，乃至兼具這兩者，還有未得功名，不曾「沐恩」的下層文人的心理矛盾與生存困境等，在在構成了強烈的複雜性乃至戲劇性。

前文提到了清初戲曲特別引人注意的狀況，即許多文人是在易代後才開始創作戲曲。這些文人或是屢試不第，或是名聞遐邇；他們對戲曲或是熱中熟悉，或是根本不諳音律。是什麼使他們在易代後拾起被視為「小道」的戲曲文體？又為何在其戲曲作品中常見強烈的自喻性？如果說是為了鼎革之感、抒懷寫憤，詩有著正統而強烈的抒情傳統；如果說是寄託遙深，詞有中興大盛之勢；而如果是意圖存華夏，留故明，則私人修史在清初的盛行說明了這方面可行之道。〔註28〕那麼選擇戲曲此一文體，必然有其動機。本篇論文，就是以戲曲之「用」，嘗試勾勒出此一問題的可能解答。

〔註27〕趙園：《明清之際士大夫研究》（北京：北京大學出版社，1999年），頁260；
另可參見李瑄《明遺民群體心態與文學思想研究》（成都：巴蜀書社，2009年），第2章〈「明遺民」的身份與清初士群的複雜形態〉。

〔註28〕參見闕紅柳：《清初私家修史研究——以史家群體為研究對象》（北京：人民出版社，2008年）。

　　戲曲此一文體，在傳統中國文學地位向來是極為邊緣與低落的。弔詭的是到清代時，戲曲文體卻又為文人公認是極為困難且不易掌握的。它被視為集文體之大成，孔尚任在其著名的〈桃花扇小引〉中便開宗明義地道：「傳奇雖小道，凡詩賦、詞曲、四六、小說家，無體不備。至於摹寫鬚眉，點染景物，乃兼畫苑矣。」〔註 29〕但我們可以由孔尚任對戲曲的極力讚揚與尊體論述，看出他作為一位孔門正統文人，打心底認為戲曲是「小道」的事實。另一位戲曲家黃周星在其論曲著述〈製曲枝語〉中，更明確地表達了文人戲曲家對於戲曲文體的這種矛盾糾結心理：

> 詩降而詞，詞降而曲，名為愈趨愈下，實則愈趨愈難。何也？詩律寬而詞律嚴，若曲則倍嚴矣！……
>
> 詞壇之推服魁奇者，必曰神童才子……設或命之製曲，出口可以成章乎？千言可以立掃乎？才者至此，無所騁其才，學者至此，無所用其學。此所謂最下之文字，實最上之工力也。以此思難，難可知矣。〔註 30〕

黃周星甚至不屑於為戲曲揚起「尊體」的旗幟，他僅意在強調作曲之難，對於戲曲「名而愈趨於下」、「最下之文字」的認知則顯得理所當然。

　　由於戲曲文體的難以掌握，的確有文人如尤侗以戲曲顯才。〔註 31〕然而戲曲在文人心中的文體地位如此之低，「詞曲之才」往往不脫吟風弄月的印象，與遊戲文字比並而觀。因此易代後的文人，特別是詩文大家、大儒者等之所以選擇開始創作戲曲文體，甚至以戲曲自喻，顯然不是由於其難度極大，足以炫才。我們必須由戲曲此一文體其他的特殊性來考量，才能得到線索。

　　伊維德在《清初文學中的創傷與昇華》（ *Trauma and Transcendence in Early Qing Literature* ）一書戲曲部分的導論中提出：

> 沒有任何文體像戲曲這樣能更好地表達世變中衝突的情感了。這或許能解釋為何一些已經富有文名的晚明文人如丁耀亢和吳偉業，不論其背景或地位，都在改朝換代後開始創作戲曲。即使是敘事詩詞，既受限於長度，也無法避免一方說話，且難以描寫諷刺、質疑或是

〔註 29〕〔清〕孔尚任：〈小引〉，《桃花扇》，收入《古本戲曲叢刊五集》，冊 45，頁 1a。

〔註 30〕〔清〕笑倉道人〔黃周星〕：〈製曲枝語〉，《夏人堂天樂傳奇》，收入《古本戲曲叢刊三集》（北京：文學古籍刊行社，1957 年），冊 117，頁 1a、1b。

〔註 31〕詳見第三章。

反轉。散文的眾多文體亦然。而小說，尤其是白話小說，儘管大受某些菁英歡迎，卻似乎缺乏足夠的莊重以處理這種存在主義的思索。……戲曲，不論是傳奇或雜劇，享有比白話小說高一點的地位，它們較短的篇幅則能對情感與觀點有較快的回應，本身又適於呈現衝突的情感與觀點，能讓劇作家展現他最終要拒斥的那些惑人選擇。戲曲也可能因其角色虛構性所賦予作者清楚表達的自由而吸引當時的作者。〔註32〕

此段引文中，伊維德指出戲曲之所以是最適合表達世變中各種衝突情感的文體，在於一來它具備多觀點敘事的特色，得以呈現諷刺、質疑或是反轉；二來戲曲作為韻文文體，較白話小說有更高的文學地位，足以得到文人青睞以用來處理存在主義式的思索；此外，戲曲的虛構性亦可能賦予作者於避忌中表達的自由。

而除了以上屬於「文本」的文體特色外，更值得強調的，或許是戲曲文體根本的「演出」特質。前已提及，清初戲曲（主要是傳奇）較之晚明與舞臺表演的結合更為緊密，體製、結構、語言等，都以演出為中心。戲曲作為表演藝術，除了基本的娛樂性質外，置於晚明清初的社會背景下，更是文人士大夫讌飲聚會的重要組成部分。更進一步地說，演出必有「對象」，預設的觀者為熟知的交流圈、推而廣之的文人群體，亦或是芸芸村夫愚婦、販夫走卒，無疑將左右劇作者的創作意旨與劇作內容。甚至於他們在選擇雜劇或傳奇體製時，可能即已預設了演出情形，如雜劇或許較偏向家伶小唱，而傳奇則專供腳色行頭齊全的戲班登場之用。

綜上所述，戲曲文體的特色包括了得以呈現諷刺、質疑或是反轉的多觀點敘事、較白話小說更高的文學地位、虛構所帶來的安全性以及面向預設觀眾的演出性質。可以想見，從未創作戲曲的清初文人甚至詩文大家、大儒者之所以開始投身被他們視為「小道」的文體，與以上的文體特色必然有關。清初劇作家為何受到這些文體特色的吸引，而又如何使用戲曲文體以達成他們的創作意圖，正是本文要探討的問題。

故本文以戲曲之「用」作為切入點，試圖在現有清初戲曲研究的基礎上

〔註32〕Wilt Idema, "Introduction (drama)," in Wilt L. Idema, Wai-yee Li, Ellen Widmer, eds. *Trauma and Transcendence in Early Qing Literature*, p. 377.中文為筆者自譯。

拓展新的面向，並提供可能的新視角。正文共計四章，可歸類為三大部分，分別探討易代後歷史劇、文人自喻戲曲以及商業劇場文本在主流解讀外的可能性。

第二章〈「邑人寫邑事」——葉承宗、劉鍵邦、馬羲瑞之史劇編撰及其功用〉，以「邑人寫邑事」此一類型的歷史劇，重新檢視對於易代歷史劇的創作，是否可有新的解讀。歷史劇置於易代後的時代脈絡下，幾乎必然指向感性的哀悼與理性的反思。現今研究中對於清初歷史劇、時事劇的解讀，最主要的觀點即是褒忠斥奸、緬懷故明、以劇為史等等。而本文所謂「邑人寫邑事」類型的歷史劇，指的是由當地人（包括長期流寓於此、又或是在本地為官作吏的外來人士）所撰寫的以當地人物或事件為題材的戲曲。可以想見，「邑人寫邑事」類型的歷史劇，在傳統的歷史劇解讀外，首先必然多出一層「地域」的因素。本章以葉承宗《百花洲》、劉鍵邦《合劍記》以及馬羲瑞《大山雪》三部罕見討論，或存或佚的「邑人寫邑事」傳奇為例，除解析其地域特色，更進一步嘗試結合劇作者及其地之歷史背景，以展現在主流解讀以及地域之動機外，歷史劇之作或尚有階級、家族乃至個人利益等切身因素的考量。此外，儘管歷史劇往往標榜「信史」，即強調歷史真實性，但其中天平的兩端差距不可以道里計：一方面是因應劇場冷熱調劑、角色勞逸等基本「劇場點染」，另一方面卻是帶著對「演唱相沿，幾惑正史」可能性的自覺而意圖地加以利用。戲曲文體不僅可以敘說歷史，甚至可能覆寫歷史。葉承宗與馬羲瑞於作史後改以戲曲創作呈現地方歷史事件，說明在紀錄、緬懷、教化、避忌等動機與目的之外，戲曲文體亦可能成為地方話語權爭奪與地方記憶塑造的手段與媒介。在編造與史實交錯混雜的界線上，戲曲文體的虛構性及可操作性，或許才是「歷史劇」之所以成「劇」的理由。

第二部分以「『抒懷寫憤』之外」為題，於第三、四章中分別探討吳偉業、丁耀亢、尤侗、黃周星、宋琬、嵇永仁六位戲曲家作品中之自我形象建構。這兩章所涉及之六位戲曲家，有高官顯宦亦有不遇文人，但共同點是他們都在易代後才嘗試戲曲創作，且在他們踏入戲曲創作前都已有相當的才名。這使得他們的戲曲創作與易代及戲曲此一文體特質的聯繫更令人玩味，也更值得加以深入探討。

「抒懷寫憤」，是文人戲曲最常見的解讀。文人藉戲曲以抒懷寫憤可以追溯至元雜劇甚至宋金雜劇，多指文人藉劇中角色以抒發個人憤懣無聊或幽懷

怨悱之思，如「發跡變泰」類的雜劇往往指向其作者之困頓不遇。而在鼎革背景下，文人戲曲家的「抒懷寫憤」，則主要被解讀為亡國之痛的易代感懷。這種解讀的確在某種程度上可以說明文人選擇戲曲此一文體的理由，正在於戲曲「小道」的卑下地位，提供了相對於史傳、詩文等嚴肅文體的安全性。然而世變造成個人處境變化所生發的感慨，未必能完全等同於故國之思；此外，「抒懷寫憤」亦無法完全解釋清初文人戲曲中常見自寓角色或帶有自喻性的現象。

　　舉例來說，劇作家以真名出現於自己作品中始於清初廖燕。〔註 33〕而在他之前的丁耀亢、黃周星、尤侗等人，則於各自劇作如《西湖扇》、《人天樂》、《鈞天樂》中置入生平經歷、自寓角色或個人詩文。他們的戲曲作品不僅非易代感懷所能概括，也超出了我們對於「抒懷寫憤」的傳統文學抒情性的認知。他們在劇中建構自我形象，甚至進行自我宣傳，其自寓人物成為面向觀眾或讀者的一種「姿態」。在三、四兩章中，筆者將嘗試由戲曲的表演特質及因之而來的文人交遊場合以及跨越階層的流傳可能，補充回答何以清初文人選擇用戲曲文體而非詩文的問題。

　　第五章〈作為商品的戲曲及劇作家──李漁戲曲之自我宣傳與建構〉，既可視為前兩章的延伸，亦可作為前兩章的反襯。就延伸面而言，李漁同樣是負有才名、易代後才開始創作戲曲、且以戲曲進行自我宣傳的文人；但就反襯面而論，他的戲曲作品有明確的商業傾向，為登場及刊印販售而作，其情調風格與文人戲曲的「抒懷寫憤」相距甚遠，往往為學界另列篇章。〔註 34〕然而若以商業劇場角度考慮，李漁戲曲較之「蘇州派」職業曲家們同樣為登場而作的劇作又有明顯趣味上的差異──在蘇州派職業曲家的作品中，我們幾乎看不到作家本人的生命史或個人形象。本章提出了李漁所精心經營的「笠翁」品牌，更進一步說，這份「經營」，正是他有別於吳偉業等清初文人戲曲家、李玉等蘇州派戲曲家或是萬樹等風流劇作戲曲家之處。

〔註33〕廖燕《柴舟別集四種》，皆以本名登場，如《醉畫圖》中生上場自敘云：「小生姓廖名燕，別號柴舟，本韶州曲江人也。」見〔清〕廖燕：《柴舟別集四種》，收入，頁 115。鄭振鐸指出：「以作者自身為劇中人，殆初見于此。」鄭振鐸：〈二集題記〉，鄭振鐸纂集：《清人雜劇二集》（香港：龍門書店，1969 年），頁 6。

〔註34〕如郭英德《明清傳奇史》談及李漁的篇章定名為「李漁和風流文人」，而本文將探討的六位劇作家則見於「文人之曲」章節中。

　　清初戲曲史上有個傳頌一時的美談：順治帝因不滿寫楊繼盛事的明傳奇
《鳴鳳記》過於枝蔓，時任兵部職方司主事的吳綺乃作《忠愍記》傳奇上呈，
甚得聖意，得授楊繼盛原職武選司員外郎。此事傳布天下，被認為是「極儒
生榮遇」。〔註35〕在皇權至上且異族入統的時代，這種君臣遇合的美談前例，
在士人間的迴響之廣之深可以想見。儘管我們可以看出清廷皇帝在製造美談
的同時是極有分寸的，吳綺畢竟是正經進士出身，且主事與員外郎不過是由
正六品到從五品的擢升，但在美談的包裝下，卻成了堪比白衣一朝卿相的「奇
遇」。〔註36〕可以說，在易代感懷的「抒懷寫憤」動機外，由於滿清皇室對戲
曲的喜愛，清初戲曲很早便有了功利目的的可能解讀。

　　總而言之，清初文人戲曲的創作動機幽微複雜，不僅與內在心理感懷以
及個人生命史交織錯綜，亦不乏交遊影響、地域因素的原因。置於清初此一
特殊、未定的動盪時代中，呈現出層疊掩映的豐富面向與風貌。

〔註35〕〔清〕楊恩壽：《詞餘叢話》，收入《歷代詩史長編二輯》（臺北：中國學典館
　　　　復館籌備處，1974年），冊9，卷2，頁251。

〔註36〕影響所及，此後整個清朝一直不乏以點綴太平為名而創作的各種賀壽、承應
　　　　戲曲。

第二章 「邑人寫邑事」
——葉承宗、劉鍵邦、馬羲瑞之史劇編撰及其功用

〈緒論〉中提出了兩個問題：為何清初有這麼多文人開始創作戲曲？又為何清初戲曲，較之晚明增加了如此多的自喻性？已經有不少學者試圖為這兩個問題提供答案。[註1] 事實上，對於第一個問題最精確的回答莫過於同時代人所提出的「邇來世變滄桑，人多懷感」，[註2] 對後者的回答同樣也莫過於「因借古人之歌呼笑罵，以陶寫我之抑鬱牢騷」、「恒借他人之酒杯，澆自己之塊壘」。[註3] 清初戲曲創作中，易代背景及自喻心理當然是絕對存在的，更是文人劇創作的主要動機。後者的討論，主要見於下面兩章，本章則以理論上最能反應「世變滄桑，人多懷感」的歷史劇為焦點。

由於易代對於整個社會生活乃至人心的衝擊，清初戲曲中的歷史劇，一直以來是研究此時期戲曲關注的焦點之一。被視為有清一代戲曲最高傑作的雙璧《長生殿》與《桃花扇》，亦皆為歷史劇。不論是直接描寫明季歷史，或

〔註1〕如伊維德所提出的戲曲多角度敘事特點以及杜桂萍所強調的文人主體性。分見 Wilt Idema, "Introduction (drama)," in Wilt L. Idema, Wai-yee Li, Ellen Widmer, eds. *Trauma and Transcendence in Early Qing Literature*, p. 377、杜桂萍：《清初雜劇研究》，頁 23～24。

〔註2〕〔清〕鄒式金：〈小引〉，〔清〕鄒式金編：《雜劇三集》（北京：中國戲劇出版社，1958 年），頁 3 上。

〔註3〕〔清〕吳偉業：〈序〉，〔清〕李玉：《北詞廣正譜》，收入王秋桂主編：《善本戲曲叢刊》第 6 輯（臺北：臺灣學生書局，1987 年），冊 1，頁 2、6。

是因多有顧忌而改朝換代之作，其藉描寫歷史以寄託或反思的動機，一直是歷史劇研究中的主題。確實，當大儒如王夫之在易代後根據唐傳奇〈謝小娥傳〉創作其生平惟一一部戲曲《龍舟會》，將原作中小娥丈夫段居貞改名「段不降」，其本無姓名之父親改稱「謝皇恩」，讓李公佐唱出：「大唐家九葉聖神孫，只養得一夥胭花賤！」這樣激烈地批判群臣的曲文時，〔註4〕易代省思的解讀是必然且不可或缺的。〔註5〕

若說王夫之《龍舟會》雜劇可作為清初歷史劇藉改朝換代的背景、人物以寄託亡國之痛的一例，那麼蘇州劇作家李玉一些帶有時事性質的歷史劇如《兩鬚眉》、《萬里圓》、《清忠譜》等長篇傳奇，則可進一步視為「曲史」的體現。在描寫東林閹黨之對立與蘇州民變的《清忠譜》中，李玉開篇便標榜「《清忠譜》，詞場正史，千載口碑香」。〔註6〕而吳偉業亦云：「逆案既布，以公（按：指周順昌）事填詞傳奇者，凡數家。李子玄玉所作《清忠譜》最晚出，獨以文肅與公相映發，而事俱按實，其言亦雅馴，雖云填詞，目之『信史』可也。」〔註7〕不論是以「詞場正史」自命，或他人「信史」的評價，這類「曲史」的宣言，固然不無劇作家抬高戲曲文體的意圖，但或也與清初對於逝去故國的保存心態有關：從褒貶不一的「《夢憶》體」、《板橋雜記》到清初私人修史的風潮，〔註8〕甚至是在道德嚴格主義下對於被擄女子題壁詩的狂熱，〔註9〕在在可見「紀錄」對於清初子遺的意義。

〔註4〕〔清〕王夫之：《龍舟會》，收入鄭振鐸纂集：《清人雜劇二集》，頁89、98。

〔註5〕如杜桂萍便以遺民角度析論王夫之於此劇中寄託其恢復之志與復仇之感。參見杜桂萍：〈遺民品格與王夫之《龍舟會》雜劇〉，《社會科學輯刊》，2006年第6期，頁231～237。

〔註6〕〔清〕李玉：《一笠庵新編清忠譜傳奇》，收入《古本戲曲叢刊三集》，冊47，頁1b。

〔註7〕〔清〕吳偉業：〈清忠譜序〉，〔清〕李玉：《一笠庵新編清忠譜傳奇》，收入《古本戲曲叢刊三集》，冊47，頁5a～5b。

〔註8〕據學者研究，清初私人修史中，忠明者佔了六成以上。參見闞紅柳：《清初私家修史研究——以史家群體為研究對象》，頁70。

〔註9〕明清之際有許多女子題壁詩的記載，Judith Zeitlin認為無論題壁詩真偽如何，在世變之際文人對題壁詩及題壁女子軼事的狂熱，其實是帶有焦慮與急迫感的對亡國文化的保存意識，流落道旁的女性脆弱易逝的身體與書寫成為亡國與文化的象徵。參見 Judith T. Zeitlin, "Disappearing Verses: Writing on Walls and Anxieties of Loss," in Judith T. Zeitlin, Lydia H. Liu, and Ellen Widmer eds., *Writing and Materiality in China* (Cambridge, Mass.: Harvard University Press, 2003), pp. 106-107.

　　清初戲曲中，即使非劇中主線，以親身經歷之時事為背景的戲曲亦為數甚多。最常見的即是以明清之際闖亂或清兵劫掠為背景，如李漁《巧團圓》中闖軍掠賣婦女（可能實為清兵而刻意寫為闖軍以避忌，參見本文丁耀亢《西湖扇》一節）、朱英《倒鴛鴦》中描寫金陵城破，明亂軍擄掠婦女，清兵則逼男子薙髮；王鑨《雙蝶夢》中描寫李自成決黃河，破開封城等。〔註10〕

　　本章所要討論的是清初歷史劇中，未曾見有學界專門論述之「邑人寫邑事」類型的史劇。當本地史由本地人敘寫，除了「紀錄」人、事之外，顯然最大的焦點是「地域」關懷——最顯著的例子即為「蘇州派」戲曲家的作品。〔註11〕除了大家較為熟知的蘇州派曲家之外，「邑人寫邑事」類型的歷史劇，為何、又是如何紀錄地方故實，展現地域特色？在地域因素之外，這一類型的歷史劇又有什麼樣可能的析論切入角度及特殊之處？

一、歷史劇的時間與空間距離：清初歷史劇及「邑人寫邑事」

　　一般而言，凡是以史上確實存在之人、之事為題材的，皆可稱之為「歷史劇」。〔註12〕在實際使用上，「歷史劇」之內容通常指的是載於正史之人物或事件，帶有某種較為嚴謹的意味。至於當時流傳之軼事，雖然也是實人實事，甚且於方志或野史有徵，但一般會稱其為「時事劇」，而非「歷史劇」。然而，或許因為公認最早且影響力最大的「時事劇」為描寫嚴嵩父子的《鳴鳳記》之故，這兩個詞彙的定義並不判然分明。〔註13〕可以說，凡是主要描

〔註10〕另有思齊主人《氾黃濤》以汴梁人李光壁為主角，亦以李自成決黃河破汴梁為主要背景，惜無可考其里居姓名，故置疑。

〔註11〕如李玉《萬里圓》，寫明末蘇州人黃向堅千里尋父事；而由李玉與畢魏、葉稚斐、朱素臣同編之《清忠譜》，於蘇籍東林志士周順昌與閹黨抗爭主線外，更描寫了蘇州五義士及當地鬧詔、毀祠等群眾場面。此外蘇州派寫蘇州人故事者，尚有朱素臣《聚寶盆》寫沈萬三因得寶盆家資百萬事，《文星現》寫唐寅、文徵明、祝枝山、沈周四才子風流軼事等。

〔註12〕孫書磊在《中國古代歷史劇研究》中，對於「中國古代歷史劇」的定義有三：一、創作時限在清道光二十年（1840）以前；二、劇中人物，主角（雜劇之末、旦，傳奇之生、旦）須為歷史真實人物，其他人物不論；三、劇中情節，主要關目或其具體背景或人物精神有相關的文獻依據即可，可據正史，可據野史，也可據文學藝術創作實際等。見孫書磊：《中國古代歷史劇研究》（南京：南京師範大學出版社，2004年），頁6。

〔註13〕朱恒夫除《鳴鳳記》外，亦將李玉《清忠譜》乃至孔尚任《桃花扇》列入時事劇之討論範圍；而徐扶明則由取材之不同將時事劇分為七類，包括抗倭戰爭、民族矛盾、反嚴嵩集團鬥爭、反閹黨鬥爭、市民運動、農民起義及反封

寫真實人物或事件，又或是以重要歷史事件為背景，有重要歷史人物登場的，皆可列入歷史劇範圍中，而「時事劇」則為歷史劇中之一類，指的是創作年代與其所描寫之事件、人物為同時代的情形。

（一）清初歷史劇的時間距離：朱葵心《回春記》傳奇到孔尚任《桃花扇》傳奇

已知今存最早的一部直接提及明亡「時事」的戲曲，是朱葵心所撰傳奇《回春記》。〔註14〕朱葵心，江蘇吳縣人，生平不詳。此劇有其弟朱葵向署「崇禎甲申中秋日」之〈敘〉。三月十九日崇禎於煤山自縊殉國，江南民間約在五月上旬才得到確切訊息，〔註15〕則此劇當作於甲申五月中旬至中秋間。

《回春記》雖為傳奇，但僅有十四齣。此劇全用北曲撰成，目次不曰「齣」而曰「折」，亦是仿北雜劇體例。劇敘試官、貪官收受金銀，致使諸生如湯去三、諸文止落第。武將高士斌，偶遇湯、諸，飲酒感慨世風及武將不易。後湯、諸皆高中進士。李自成陷北京，高領兵敗闖賊。湯、諸嚴懲貪官污吏，高榮歸故里。此劇各齣間的連貫性薄弱，主要描寫試官貪財致書生不遇，最終書生得中、報復的常見習套。

作者於目次後寫道：「南人而北其音，欲當事者平秦復燕，是則草野一念之孤忠云爾。」指出自己刻意使用北曲音調，以激勵當事者北伐復明之志，並強調了一介布衣處於亂局的「孤忠」。然而由此劇內容觀之，我們所感受到的卻是為時尚短的易代震撼，並不足以取代切身而長久縈繞、心心念念的個人遭際。或許因為不遇書生中第建功乃為劇場習套，於是在同樣的心理之下，劇中憑空杜撰武將中興保明。混雜交錯之下，此一抒憤補恨之作中的明亡與

建制度和惡劣社會風氣。其中既有牽涉正史人物如嚴嵩等，亦有幾近虛構之作的《回春記》（參見下文）。他並指出明末清初時事劇的興起，打破了「十部傳奇九相思」的狀況，但也由於作者為了趕上時事熱潮，且多半不熟悉戲曲藝術，故而質量低落。參見朱恒夫：〈論明清時事劇與時事小說〉，《明清小說研究》2002 年第 2 期，頁 15～36；徐扶明：〈明末清初時期的時事劇〉，《元明清戲曲探索》（杭州：浙江古籍出版社，1986 年），頁 237～245。

〔註14〕 此劇收入《古本戲曲叢刊三集》，冊 29。

〔註15〕 祁彪佳於《日記》中提到，南京約在四月二十一、二日已得到北都之變的確報，他本人則因身在句容，二十七日有人由南都來報才得知；而江蘇太倉人王抃則云：「吾鄉在五月初，方知確音。」分見〔明〕祁彪佳：《祁忠敏公日記》，收入《北京圖書館古籍珍本叢刊》（北京：書目文獻出版社，1988 年），冊 20，頁 1017；〔清〕王抃：《王巢松年譜》，頁 17。

中興，反倒成了書生發跡變泰的必要背景。值得玩味的是，在全劇十四折篇幅中，寫士子不遇受辱，最終得中一吐怨氣的部分佔了十一折之多。而僅在第九折〈忠孝矢節〉〔註16〕中，刻畫太監曹興與闖部勾結獻城，兵部尚書李邦華一家自盡殉國；〔註17〕以及第十折〈中興拭目〉寫湯玄三為征西參謀，與高士斌齊力謀畫，擊敗李闖。但隨後三折〈趨炎縮頸〉、〈惡奴駢首〉、〈叛官殞元〉卻以數倍篇幅描寫湯得遂其志後，小人們如何恐懼奉承，而當初弄法的書吏、門子、皂隸以及數百名誤國降賊、貪賄戰敗的官員一一授首。最特別的是末折〈太平遂志〉中，史可法以文華殿大學士登場，卻是與高士斌、諸文止等人奉旨送湯玄三榮歸故里。當然，其時史可法尚未殉難揚州，聲名未顯，而作為一介布衣文人，朱葵心似乎無法找到可寄託期待的中興之將，而以虛構的武將人物高上斌作為力挽乾坤的象徵人物。由此可見，此劇雖有如此「天崩地解」的時事成分，但對於作者而言，其念茲在茲的依然是個人遭際。易代的意義與衝擊，似乎更在於此後仕途斷絕的可能；於是他使用戲曲文體，明顯在其便於虛構情節以「補恨」的作用。

　　《回春記》既不「歷史」，亦乏文學或藝術上的重要價值，但卻提供了緊接著易代後，時人（特別是時處南方的人們）對於易代的狀況尚未理解把握時的心理反應。同時，若我們以《回春記》為基點，當更可掌握與歡賞《桃花扇》作為清代乃至中國戲曲史上歷史劇之巔峰的理由及價值。《桃花扇》作為清初戲曲，又或是中國戲曲歷史劇中的翹楚，乃在於孔尚任身為學者欲「以史為鑒」，是帶著「史心」、「史識」作劇；〔註18〕其突破傳奇大團圓結局的慣例，於生旦重逢後結以家破國亡，各自入道；結構上更創造了嶄新的「相框式」架構。〔註19〕決定歷史劇格局與深度的，除了劇作家的眼光、學識乃至

〔註16〕此齣目錄作〈忠孝矢節〉，內文作〈忠孝矢志〉。

〔註17〕按：史上宣府獻城之太監為杜勳，曹興之名不知從何而來。而明亡時之兵部尚書為張縉彥，先降李闖，後降清朝。至於李邦華，《明史》有傳，曾任南京兵部尚書、左都御史，並未擔任過真正的兵部尚書一職，為當時力主南遷及遣太子移鎮南京的代表人物之一，內城陷時，投繯而絕。朱葵心於明末殉難諸臣中，獨舉其名，且植為兵部尚書，又以數曲刻畫其一家忠烈就義場面，必是刻意為之，或與其「南人」身分不脫關係。〔清〕張廷玉等著：《明史》（北京：中華書局，1974年），卷265，頁6841～6846。

〔註18〕嚴迪昌：〈孔尚任之「史心」與《桃花扇》〉，《泰安師專學報》第23卷第1期（2001年1月），頁27～30。

〔註19〕林宏安：〈《桃花扇》的相框結構——試論〈先聲〉、〈孤吟〉在全本《桃花扇》中的作用〉，《民俗曲藝》第103期（1996年9月），頁189～208。

創作理念外，學者亦已指出，以上之所以成為可能，乃是因孔尚任出生於清初，距南明已有一段距離，他不再背負明遺民的情感包袱，而能以一種相對客觀的時間與情感距離，對於明亡的歷史作出省思，從而使得《桃花扇》全劇真正地具有歷史感。〔註20〕

（二）歷史劇的空間距離：「邑人寫邑事」

點點散布於《桃花扇》這座歷史劇頂峰之下的，是文學史焦點之大思想家、文學家或職業劇作家以外的下層文人所寫的作品。這些劇作家有的連真實姓名都無可考，又或者僅存名姓，難以追索其生平里居，惟一流傳的著作就是其戲曲作品。這些文人選擇以戲曲文體記載、流傳邑事，構成了歷史劇中「邑人寫邑事」的特殊類別。

所謂「邑人寫邑事」類型的歷史劇，指的是由當地人，包括長期流寓於此的外來人士所撰寫的以當地人物或事件為題材的戲曲。可以想見，此一類劇作絕大多數以忠孝節義為題材，以表彰鄉賢為旨趣。此外，亦有另一種類型，即創作者並非當地人，而是在其地任職的官吏，又或者當地官吏委託他人創作，例如順治間孟稱舜任松陽訓導時，寫宋元間松陽張玉娘的《貞文記》、〔註21〕乾嘉間楊宗岱掌教武陵朗江書院時，寫武陵無名烈女事之《離騷影》、〔註22〕嘉慶初年貞豐知州劉永安寫貞豐苗變之《一亭霜》、〔註23〕道光間李文

〔註20〕 參見 Li. Wai-yee. "The Representation of History in *The Peach Blossom Fan.*" *Journal of the American Oriental Society* 115, no. 3 (1995), pp. 421-433.

〔註21〕 關於《貞文記》創作時間，頗有爭議。孟稱舜於劇前〈題詞〉標為「癸未」（崇禎十六年），然而劇中對於易代的各種指涉及強烈批評，卻難以忽略。孟稱舜於順治六年任松陽訓導，〈題詞〉中所言募貲立貞文祠於貞文墓後，又作此劇以廣之，故創作時間應於此一時期之後。至於學界對於此一問題的討論，徐朔方於《晚明曲家年譜》中將《貞文記》創作時期定於順治十三年左右，而鄧長風則據董康記述之久保天隨舊藏本提出異議。此後，黃仕忠於親見久保藏本後指出世傳祁彪佳〈孟子塞五種曲序〉實即〈貞文記序〉，由祁彪佳卒於順治二年，斷為假託。見徐朔方：〈孟稱舜行實繫年〉，《晚明曲家年譜·浙江卷》（杭州：浙江古籍出版社，1993年），頁570～571；鄧長風：〈〈孟子塞五種曲序〉的真偽與《貞文記》傳奇寫作、刊刻的時間〉，《鐵道師院學報》第15卷第5期（1998年10月），頁17～18；黃仕忠：〈孟稱舜《貞文記》傳奇的創作時間及其他〉，《浙江大學學報（人文社會科學版）》第39卷第1期（2009年1月），頁76～84。

〔註22〕 參見杜桂萍〈清代戲曲《離騷影》作者考〉，《文學遺產》2010年第5期，頁139～147。

〔註23〕 參見黃義樞：〈清代戲曲家劉永安生平考略〉，《中華戲曲》第45輯（2012年

瀚任岐山縣令時，寫明末岐山梁大業、梁珊如父女事的《鳳飛樓》等。〔註24〕
這種由地方官吏寫地方事的情形，尤以表彰節烈婦女為多，由清初一直延續
到清末，獎勸教化更成為劇作的主旨，且多會強調戲曲教化愚蒙之功能，以
提高作為官吏使用卑下戲曲文體的合理性。

　　「邑人寫邑事」類型的歷史劇作家最常見的創作動機是憂慮主人公其行
其人日久湮沒無聞，故譜為戲曲，加以表彰流傳。如上面所提及之《貞文記》，
孟稱舜於〈題詞〉中云：

> 墓在楓林之下，予游寓松陽，數過吊之，懼其久而漸湮也，乃與松
> 邑好義諸子，募貲立祠墓後，名之曰「貞文祠」。而其遺蹟之奇，不
> 被諸管絃，不能廣傳而徵信，因撰傳奇布之。……「貞文祠」費幾
> 千金，俱出自松邑及四方之善信者，而傳奇剞劂之貲，則募自吾鄉
> 及金陵者居多。蓋表揚幽貞，風勵末俗，寔眾情之所同，而非余一
> 人能為之也。……〔註25〕

由以上引文中，可見孟稱舜不但倡議募貲修祠，還在祠成後作傳奇以求廣而
傳之。戲曲由個人創作時的一己之思，到付梓時地域中「四方善信」的群體
行為，在刊刻流傳的過程中，廣布天下的不僅是一位貞女張玉娘的事蹟，更
是孟稱舜以及松邑「好義諸子」的善行。〔註26〕

　　又如本章第四節將提及的馬義瑞，其〈天山雪自敘〉即云：

> ……庚午夏，當事名公大人延予補修《甘鎮志》，事關盛典，且愜素
> 心，乃不敢以不文辭，旁搜博〔博〕訪，閱三月而草創告成，不意

---

12 月），頁 115～119。按：此劇中有苗女愛上清將，反助其逃走情節。此類
　　　劇情常見於與外族相關之戲曲中，疑為劇場取快，恐非史實。
〔註24〕 此劇應作於李文瀚任岐山知縣任內時，文瀚六上春官不第，是由教習、幕僚
　　　而進入仕途。《鳳飛樓》凡例中提到「是劇為幕友揚眉」，劇末又以岐山縣令
　　　李昌期為之築墓立碑，以為表彰，可見個人經歷痕跡。見〔清〕馮桂芬：〈四
　　　川候補道嘉定府知府李君墓誌銘〉，《顯志堂稿》，收入《清代詩文集彙編》（上
　　　海：上海古籍出版社，2010 年），冊 632，卷 7，頁 610～611；〔清〕李文瀚：
　　　《鳳飛樓》，收入《傅惜華藏古典戲曲珍本叢刊》（北京：學苑出版社，2010
　　　年），冊 92，頁 264、409。
〔註25〕 〔明〕孟稱舜：〈貞文記題詞〉，《張玉娘閨房三清鸚鵡墓貞文記》，《古本戲曲
　　　叢刊二集》（上海：古本戲曲叢刊編刊委員會，1955 年），冊 69，頁 1b。
〔註26〕 關於地方官員如何奔走，從委託創作至刊刻流布以促成「典型」的例子，參
　　　見華瑋：〈由私人生活到公眾展演——對清初女性吳宗愛的記憶建構與重寫〉，
　　　《明清戲曲中的女性聲音與歷史記憶》（臺北：國家出版社，2013 年），頁 460
　　　～499。

　　剗剷中阻。迨明年辛未之秋，偶取舊稿，閑相披覽，倏爾風吹敗葉，
　　颯然而至予前。予因有感於殉難先賢，必有不瞑目於地下者，若不
　　及今表彰，日久年湮，終付於敗葉秋風，飄歸何有而已。惜予力不
　　逮，無由亟登梨棗，欲作傳奇以揚厲美惡……〔註27〕

可見此劇之作既有褒揚忠孝節義、為地方存信史的目的，更有著地域的動機。
總而言之，由以上例子可見「邑人寫邑事」此一類型的歷史劇，除了一般歷
史劇常見的創作主旨外，地域是最突顯之特殊因素。

　　由於除了時事劇之外，創作歷史劇的作者都不是同時代之人，因此以下
所涉及或作為參照之劇作，或有逸出本文「清初」定義的情形。事實上，由
創作於不同時期而處理類似題材的歷史劇中，更可以清晰見到在不同歷史脈
絡之下側重點的不同，也更能清楚反射出清初此一時段的獨特情境。以下將
以清初三部罕見有學者關注，或存或佚的「邑人寫邑事」歷史劇：《百花洲》、
《合劍記》、《天山雪》為主要例子，探討易代後歷史劇於寄託、反思與存史
等最主要也最常被著重的解讀之外，其他解析角度的可能。

二、方志之外：葉承宗及其傳奇《百花洲》

（一）認真「經營」的晚明文人戲曲家：葉承宗前半生及其早期
　　　作品

　　現在所知最早的清初「邑人寫邑事」的作品，可能是葉承宗已佚之《百
花洲》傳奇。葉承宗（1602～1648），字奕繩，別署濼湄嘯史、稷門嘯史，山
東歷城人（今濟南）。生於明萬曆三十年。天啟七年舉人，七上春官不第，後
於清順治三年中進士，官江西臨川知縣。順治五年時，因江西金聲桓之亂而
亡於任上。著有《葉氏族譜》、《耳譚》、《記珠》、《少陵詩選》、《歷城縣志》、
《濼函》等，今僅存崇禎十三年刊《歷城縣志》及順治十七年其弟葉承祧為
其所刊《濼函》十卷。〔註28〕

　　由於兵燹，《濼函》原本已準備付印的全稿散佚，今存的十卷是由承宗弟

─────────────

〔註27〕〔清〕知誤道人〔馬義瑞〕：〈天山雪自序〉，《天山雪》，收入《傅惜華藏古典
　　　　戲曲珍本叢刊》，冊23，頁101。
〔註28〕葉承宗生平、著作見〔清〕胡德琳修，李文藻等纂：《乾隆歷城縣志》《續修
　　　　四庫全書》（上海：上海古籍出版社，1995年），冊694，卷41，頁644～645；
　　　　〔清〕王贈芳等修，成瓘等纂：《道光濟南府志》（臺北：臺灣學生書局，1968
　　　　年），冊12，卷53，頁4845～4846；冊15，卷64，頁6155。

承祧在兵火後花了十餘年蒐羅舊稿而梓行。〔註 29〕或許因為最容易由親友與交遊處尋回的舊稿就是賀文、壽文之類，使得現存《濼函》中的葉承宗詩文呈現強烈的實用性。〔註 30〕此外，他還有許多代筆之作，諸如代賀、代壽、代別、代記、代序等。這些數量龐大的祝賀及代筆詩文，以及集中詩、詞、曲多有複數友人評點，可見葉承宗費心經營與官府、士紳及文人的交遊關係，建立自己名聲的痕跡。而由他能為山東按察使蔡懋德代作〈重修七忠祠記〉以及為縣令宋祖法代作送蔡懋德之〈蔡廉憲去思碑記〉來看，〔註 31〕葉承宗的經營無疑是成功的。

另一方面，由《濼函》中葉承宗早期作品觀之，大抵不脫晚明文人習氣，詩文、散曲中除了大量的山水遊賞，不乏艷情、調女尼等輕薄之作。〔註 32〕此外，比起宋琬、丁耀亢等清初山東文人，他的詩文並不出名。《乾隆歷城縣志》形容他：「少嗜古、能文章，讀書雖元旦不廢。」〔註 33〕可看出將稱賞置於其勤奮而非穎悟或捷才上。張爾岐在《蒿菴閒話》中也記述了葉承宗自稱「某性甚鈍」而鑽研出的強記之法。〔註 34〕或許正因如此，置身於晚明重才情的環境中，他對「才名」的追求與滿足不在詩文，反而傾注在「小道」的戲曲創作上。

葉承宗的戲曲作品，今僅存雜劇四種，分別為《孔方兄》、《賈閬仙》、《十

〔註 29〕葉承祧署順治十七年的序云：「……向議授梓，而既失於遷延，繼欲刻傳，而復值此離亂，豈造物之忌其成耶？釋此不修，將與烟草同爐。以故十餘季來，索之廢簏之中，訪諸同儕之藏，心竭力殫，幾費購求。……」〔清〕葉承祧：〈序〉，〔清〕葉承宗：《濼函》，頁 633。

〔註 30〕常見的賀壽、賀昇轉、賀歸鄉榮養、賀得子、賀人子姪入泮題材外，連較少有實用功能的詞作，也以詞序、詞引的方式，賀初度、賀分闈得士，後者詞牌名皆用〈御街行〉、〈東風第一枝〉或〈金人捧露盤〉等。

〔註 31〕〔清〕葉承宗：《濼函》，卷 9。

〔註 32〕如〈斗母宮中有女尼，年才十四，同遊多謔之，因為口號〉，見〔清〕葉承宗：《濼函》，卷 3，頁 695。

〔註 33〕〔清〕胡德琳修，李文藻等纂：《乾隆歷城縣志》，卷 41，頁 644。

〔註 34〕「歷城葉奕繩嘗謂懷麗明言強記之法，云：某性甚鈍，每讀一書，遇意所喜好，即箚錄之，錄訖乃朗誦十餘遍，粘之壁閒〔間〕，每日必十餘段，少亦六七段，掩卷閒步，即就壁閒觀所粘錄……數年之後，腹笥漸富。每見務為汎覽者，略得影響而止，稍經時日，便成枵腹，不如予之約取而實得也。……葉有文彩，善劇曲，濟南人士推為淹洽，其所言真因學要訣。」見〔清〕張爾岐著，張翰勳等點校：《蒿菴閒話》（山東：齊魯書社，1991 年），卷二，253 條，頁 416～417、417。

三娘》、《狗咬呂洞賓》，皆見於《爍函》卷十。〔註35〕然考《爍函》目次，可見「雜劇」、「四嘯」、「後四嘯」、「北曲」、「南曲」諸目，共列雜劇、傳奇作品十五種。〔註36〕從「四嘯」與「後四嘯」之名，可以看到徐渭在他心目中的地位與徐渭對他的影響。〔註37〕在《賈閬仙》劇末的兩段跋語中，葉承宗直接將此劇與徐渭《四聲猿》相提並論，不但對徐渭在劇中雜用南北曲及韻腳重覆的情況有所批評，甚至語帶得意地要與徐渭「論文」。〔註38〕

　　葉承宗今存的雜劇作品中，《孔方兄》、《十三娘》、《狗咬呂洞賓》可能作於明末，創作年代最早的應是《十三娘》，〔註39〕此劇本事出宋孫光憲《北夢瑣言》，〔註40〕而劇情幾乎全依本事，或為少時遊俠夢之作。《孔方兄》仿晉魯褒〈錢神論〉推而衍之，認為以「兄」呼之太過魯莽，應稱之為「父」方顯恭敬，以此反諷「凡今之人，惟錢而已」的世道。《狗咬呂洞賓》雖為度脫

〔註35〕 此四劇亦收入鄭振鐸纂集：《清人雜劇二集》。

〔註36〕 「雜劇」項下列有《金紫芝改號孔方兄》、《賈閬僊除日祭詩文》二劇；「四嘯」項下列有《十三娘笑擲神奸首》、《豬八戒幻結天僊偶》、《金玉奴棒打薄情郎》、《羊角哀死報知心友》、「後四嘯」項下列有《狂柳郎風流爛醉》、《莽桓溫英雄懼內》、《窮馬周旅邸奇緣》、《癡崔郊翠屏嘉會》；「北曲」項下列有《狗咬呂洞賓》、《沈星娘花裡言詩》、《黑旋風壽張喬坐衙》；「南曲」項下列有《百花洲》、《芙蓉劍》。見〔清〕葉承宗：《爍函》，收入《四庫未收書輯刊》第7輯，冊21，頁795～796。

〔註37〕 〔清〕葉承宗：《賈閬仙》，《爍函》，頁806。

〔註38〕 葉承宗於劇末以「爍湄嘯史」之號跋曰：「徐山陰所演，南北間出，乃當時新樣錦機，在今殊成油調，頗為選家所不貴。且韻腳屢見疊出……余歲除酣飲，與會偶及，遂成此調。多演數韻，借山陰粉本而濫觴焉，得無康成入室操戈乎？然韻腳不重、宮調不奸，略有微長焉。得起文長老子，與之細論文耶？」〔清〕葉承宗：《賈閬仙》，《爍函》，收入《四庫未收書輯刊》第7輯，冊21，頁806。

〔註39〕 孫書磊《明末清初戲劇研究》將其創作年代標為「萬曆四十五年至順治三年間作」，不知何據。按：萬曆四十五年時葉承宗年十五。見孫書磊：《明末清初戲劇研究》（北京：社會科學文獻出版社，2007年），頁46。

〔註40〕 原文為：「進士趙中行，家於溫州，以豪俠為事。至蘇州，旅止支山禪院。僧房有一女商荊十三娘，為亡夫設大祥齋。因慕（一作日暮）趙，遂同載歸揚州。趙以氣耗荊之財，殊不介意。其友人李正朗（一作郎弟）三十九，愛一妓，為其父母奪與諸葛殷。李悵恨不已。時諸葛殷與呂用之幻惑高太尉，恣行威福。李懼禍，飲泣而已。偶話於荊娘，荊娘亦憤惋。謂李三十九郎曰：『此小事，我能為郎報讐。但請過江，於潤州北固山六月六日正午時待我。』李依之。至期，荊氏以囊盛妓，兼致妓之父母首，歸於李。後與趙進士同入浙中，不知所止。」見〔宋〕孫光憲：《北夢瑣言》，《四庫筆記小說叢書》（上海：上海古籍出版社，1991年），冊2，卷8，「荊十三娘義俠事」，頁59。

劇，但劇中許多嬉笑怒罵式的旁注，加上此劇署有「戲筆」二字，亦可見葉承宗對度脫出世的主題，並非真的鄭重以對。《賈閬仙》則確知作於順治二年除夕，寫賈島祭詩。由葉承宗轉年即赴順治首科會試來看，《賈閬仙》中以賈島自寓，實則帶有破舊迎新，期望才學終究得以顯揚之意。傅惜華《清代雜劇全目》稱其雜劇「中多憤世詞，蓋明亡後所感，意不能平，乃形之歌詠耳。」〔註41〕然而葉承宗作品中惟一能確定創作時間的是作於順治二年除日的《賈閬仙》。除此之外，僅有《濼函》標為「南曲」的《百花洲》傳奇，可以肯定為寫於明亡之後。且由今存作品及以佚作品之標目觀之，《賈閬仙》以外，更接近於詼諧輕佻，而非「多憤世詞」。

由四劇內容而言，可以看出葉承宗頗具曲才、風流自賞，於交遊群體中嬉笑詼諧之性格。結合其早年詩文以及其在官紳群體中的經營，若我們由另一個角度觀之，葉承宗恐怕屬於學者所論為清初思想家們反省指斥的晚明「文人」典型，〔註42〕這樣的文人，為何會轉向私家修史，撰著為後世稱為良史的《歷城縣志》呢？

（二）「己卯之變」、《歷城縣志》之作與承宗之死

明末山東的亂局，很快打破了士紳文人的風雅或浪行。清朝（後金）入關前十五年間有七次南掠行動，其中，山東一地於崇禎十一至十二年、崇禎十五至十六年受到清軍兩次大規模侵戮，〔註43〕尤以前者「己卯之變」為烈。崇禎十一年九月清兵大舉入塞，劫掠河北、山東二地，於翌年三月出塞。「凡破七十餘城，燹掠殺傷，不可勝記。」〔註44〕其間在崇禎十二年正月二日，濟南城破，清軍「焚殺官兵紳弁數十萬人，踞城十有四日乃去。家餘焦壁，

〔註41〕傅惜華：《清代雜劇全目》（北京：人民文學出版社，1981年），頁42。

〔註42〕趙園談清初論「文質」時指出：「……與其說在『文』是什麼，毋寧說在不是什麼。所欲表達的，更是對文人、文事的鄙薄。以此大而形彼之小，以此重形彼之輕，以此『至文』形彼之『區區』。儒者往往用此種論式，以見詩文之『文』的無足輕重。」趙園：《制度‧言論‧心態──《明清之際士大夫研究》續編》（北京：北京大學出版社，2006年），頁354〜355。

〔註43〕〔明〕談遷著，張宗祥校點：《國榷》（北京：古籍出版社，1958年），冊6，頁5819〜5834、5947〜5975。另，沈一民在《清南略考實》中總結清朝十五年間七次南掠行動，不但造成華北莫大的傷害，也暴露了明朝政策的諸多弊端，是造成其後大順政權與清政權在短短三個月中便能掌控華北的主因。參見沈一民：《清南略考實》（哈爾濱：黑龍江大學出版社，2010年），頁261〜262。

〔註44〕〔明〕談遷著，張宗祥校點：《國榷》，冊6，頁5834。

室有深坑，湖井充塞，衢巷枕籍，蓋千百年來未有之慘也。」〔註45〕

作為士紳一員，葉承宗同樣參加了此一守城之戰，並因此負傷。他的【雙調新水令·榆錢】注云：「己卯〔崇禎十二年〕傷創伏枕，清明無酒，思食榆錢，因而感賦。」最後兩曲是這麼寫的：

> 【折桂令】憶當年枝葉方生，便期著為棟為梁，在大廈明廷。到如今一事無成，不能翳映日參天，反受這毀質勞形。還虧您鐵骨節天生原硬，舊根基蟠結難傾。蜚墮何憑？撒漫休疼。若不是散盡金錢，怎顯得新葉先生。

> 【收江南】呀！投至到明年今日呵，早滿樹選錢青。恰便似陶朱三致舊知名，又何妨萬錢下箸效何曾。勸伊家莫驚，到明春大興，敢有花有酒過清明。〔註46〕

劫後餘生，傷感之餘，卻仍然有著慶幸與希望，他在曲中展望明年春闈，許了自己一個好預兆，禱祝簪花賜酒。在經過這場大難後，葉承宗的人生似有一種省思後的沉澱。他於次年赴春闈，第五次落第，回鄉後從季春到中秋完成了《歷城縣志》。

關於這部《歷城縣志》有一個非常值得注意之處：這很可能是罕見的明確能作為私人修史進入官方史志系統的一個例子。首先，崇禎十三年所刊這部《歷城縣志》與順治十七年其弟葉承祧所刊行之《灤函》，皆為「友聲堂刻本」，明顯為葉家私人刊刻。其次，在《歷城縣志》最前的署名中，列出了五位地方官吏的人名，其中也包括修縣志的當然主事者，即縣令宋祖法。然而五人名下署的是「全鑒定」，而葉承宗名下則署「纂修」。〔註47〕最後，

〔註45〕〔明〕宋祖法修，〔明〕葉承宗纂：《歷城縣志（明崇禎十三年友聲堂刻本）》，收入劉波主編：《哈佛燕京圖書館藏稀見方志叢刊》（北京：國家圖書館出版社，2015年），冊15，頁436。

〔註46〕〔清〕葉承宗：〈榆錢〉（【新水令】一折），《灤函》，收入《四庫未收書輯刊》（北京：北京出版社，2000年影印清順治十七年友聲堂刻本），第7輯，冊21，卷10，頁798。

〔註47〕署名部分，「方角周應期際五甫、廉蔡懋德維立甫、郡伯張夬存綫甫、司李丘祖德念脩甫、邑令宋祖法允繩甫全鑒定」於書頁靠上方同排，以下人名則於書頁靠中下排：「邑人葉承宗奕繩甫纂脩；趙天開啟之甫、孫建宗毓祺甫、劉緯光宿甫全商訂；楊衍祚毓慶甫蒐采；陳文鶴仲庚甫、王鼎忠銘甫全參閱；葉承祧奕紹甫較正；薛霽絳生甫編冊。」〔明〕宋祖法修，〔明〕葉承宗纂：《歷城縣志（明崇禎十三年友聲堂刻本）》，收入劉波主編：《哈佛燕京圖書館藏稀見方志叢刊》，冊15，頁41～42。

《歷城縣志》卷首刊有按察使蔡懋德及宋祖法所作之〈序〉，分別敘述了宋祖法如何三請承宗作志，而蔡懋德聽聞後又如何索其邑志觀之，讚賞不已，乃應葉生之請作序。然而此兩序實為承宗自作，收於《瀿函》中，題名分別為〈歷城縣志序（代維立蔡臬憲）〉及〈刻歷城縣志序（代允繩宋父母）〉，同時這兩篇序，又由蔡懋德和宋祖法親書，署名用印，刻於《歷城縣志》最前。〔註48〕

　　在代蔡懋德作的〈歷城縣志序〉中，葉承宗寫下：「曩臨歷下，千家焦壁，萬井石田，幾謂歷非昔舊。今得此書，歷山瀿水，生面重新。」〔註49〕這既是自我稱揚，也可見他在大難後欲留傳「昔舊」的想法。葉承宗對於這部《歷城縣志》之作，賦予了很大的「亂後存史」意義，可以說與清初私家修史動機遙相呼應。他的〈脩歷城縣志自敘〉破題便是「歷故無志」，〔註50〕其弟葉承祧〈跋〉中又強調了一番：「庚辰秋八月，《歷城縣志》刻成，四方聞之，莫不知歷下無志而有志；四方知歷下無志而有志，莫不以是多吾兄，而吾兄故不自多也。……」〔註51〕亂後存史、留存昔舊，其實都指向對秩序恢復的冀求。《瀿函》集中還可見到他上書當事者，強調兵燹之後應以正風俗為第一。〔註52〕由上可知，葉承宗之修史，出於個人在故鄉慘禍後的反思，並以一己之力，成功地纂修、刊刻，並憑著他長年在官紳圈中的經營，得到官方承認，由私家修史而成為官方史志。

　　無論是正俗或修史都已無法挽回明朝覆亡的命運。在甲申年北京淪陷，闖軍偽官四處勒逼餉銀的動盪後，葉承宗創作了《百花洲》傳奇。順治三年，葉承宗與同鄉朋友赴清朝開國的首科會試，殿試第三甲二百二十九名，雖然名次不高但終究是得中了。其時似有授予名次靠後的進士以教職的旨

〔註48〕兩序分署「古吳蔡懋德維立甫書于欽恤堂」（其前官名過長，略）以及「崇禎庚辰八月念四日賜進士出身知歷城縣事汝南宋祖法允繩甫書」，見〔明〕宋祖法修，〔明〕葉承宗纂：《歷城縣志（明崇禎十三年友聲堂刻本）》，收入劉波主編：《哈佛燕京圖書館藏稀見方志叢刊》，冊15，頁13、25。
〔註49〕〔清〕葉承宗：〈歷城縣志序（代維立蔡臬憲）〉，《瀿函》，卷6，頁733。
〔註50〕事實上，有明崇禎六年（1633）貴養性修、劉勑纂《歷乘》十九卷，孤本今藏中國國家圖書館。
〔註51〕〔明〕宋祖法修，〔明〕葉承宗纂：《歷城縣志（明崇禎十三年友聲堂刻本）》，收入劉波主編：《哈佛燕京圖書館藏稀見方志叢刊》，冊16，頁491。
〔註52〕〔清〕葉承宗：〈上鄭守憲條議札〉，《瀿函》，《四庫未收書輯刊》第7輯，冊21，卷5，頁711。

意，〔註53〕特別的是，葉承宗對於出任被多數人視為「寒官」的教職是有著欣喜的。甚至一日清晨作了套曲子【雙調新水令·旅覺述懷】，其中數句是：「閣門負却薦賢弘，風塵笑煞彈冠貢，心自懂。」似乎朝中原本有人想舉薦他擔任較好的官職，為他所拒。他接著說：「崢嶸，這纔是祿薄君恩重；童蒙，須曉得官卑師道崇。」〔註54〕相較於順治六年至順治十五年先後擔任教習與教諭，但視教職為雞肋，牢騷滿腹的另一位知名山東劇作家丁耀亢，葉承宗似乎真是為能獲教職而欣喜。考慮教職於其時的低落地位，我們不由想起明遺民中認為教習、教官不算是「官」或「臣」，而是「師」，因而不算仕清或失節的看法，〔註55〕這似乎也正呼應了葉承宗「官卑師道崇」的自辯。

然而他的欣喜並沒有多久，〈旅覺述懷〉注云：「此余見旨下，五更偶成曲也。次日即為所梗矣。吁！一寒官不可薖想也，如此夫！」〔註56〕他最終授臨川縣令，於順治四年到任，為官有愛民之政，並立社獎勵文風。〔註57〕因年荒，飢民塞道，他主持散粥，寫下了【步步嬌·臨川散粥】散套，曲中描寫飢民挨擠求粥的畫面，十分生動，亦可見他身為縣令，盡心撫民的一面。〔註58〕然而他在臨川不過一年多，順治五年贛鎮金聲桓叛，葉承宗尚未來得及準備防事，守將已揭竿嚮應，臨川失陷：

〔註53〕查《清實錄·世祖實錄》順治三年三月，並無此旨。但當時對於新進士的授職，的確前後有不同請奏，且最後牽扯到結黨，兩派人均獲罪。見《清實錄·世祖實錄》，冊3，頁211、213～214、216。

〔註54〕曲牌分別為【駐馬聽】與【得勝令】。〔清〕葉承宗：〈旅覺述懷〉（【新水令】一折），《灤函》，卷10，頁799、800。

〔註55〕此外，教學又有著「傳道」的大義性。參見趙園：《明清之際士大夫研究》，頁388～389。

〔註56〕〔清〕葉承宗：〈旅覺述懷〉（【新水令】一折），《灤函》，卷10，頁799。

〔註57〕「……值歲祲，發廩賑飢，所活甚眾。大府課吏，例視催科定殿最，承宗曰：『此豈有司博上考時耶？』停徵數月，民甚賴之。立香楠社課諸生，刊其藝之佳者數百篇，社士後多知名……」〔清〕胡德琳修，李文藻等纂：《乾隆歷城縣志》，卷41，列傳7「忠烈」，頁644。

〔註58〕「【步步嬌】散粥城南親馳驟，老稚紛相輳，階前人影稠。堪憐他面鵠形鳩，都充名口。他是瘦咽喉，答應不出連聲有。【醉扶歸】莫怪他挨前還擦後，也是他沒氣力的筋骸不自由。緊隨身還有個病孩兒，等閒間拌不開親娘手。也得要搶先爭得飯一甌，眼生生怎撇下著疼肉。……【餘文】縣官弱骨和伊瘦，痛、痛、痛言難出口。怎能勾明詔蠲征將子遺留。」〔清〕葉承宗：〈臨川散粥〉，《灤函》，卷10，頁797～798。

> 承宗被執，逼授偽官，不屈。賊怒，繫於獄，承宗仰天歎曰：「得死所矣！」至夜自盡，時十月初七日也……〔註 59〕

這樣的敘述或僅是方志標舉鄉賢的慣例，但經歷了己卯城破與甲申之變，明末七次春闈落第的葉承宗在新朝首度開科，僅有北方數省舉子赴試，朝廷又廣取四百人之多的情形下終於考上進士，只求個寒官但分到了知縣，希望能做出政績卻遇上「反清復明」的「起義」，最終自盡於獄中，死後入了大清朝的「忠烈」傳。葉承宗不是抱終天之恨的遺民，但世變巨浪卻讓他的生命歷程一次又一次的歪曲，一介個體在亂世中的無力無奈，於此可見。

（三）新發現的《百花洲》傳奇史料及其解讀

葉承宗已佚之十一劇中，前後「四嘯」或「北曲」尚能由七字題目大致猜測其關目，但標為「南曲」的兩部傳奇則無法得知內容，向來各曲目著錄與學者也僅能依《濼函》著錄劇目，逕定為散佚不明。不過，雖然《芙蓉劍》光看題目無跡可尋，《百花洲》卻非如此。按《山東通志》中提到歷城縣有「鵲華橋，在縣治西北大明湖南岸……百花橋，在鵲華橋之南，兩橋相望，中為百花洲。」〔註 60〕可知「百花洲」為歷城縣地名。參較明清傳奇以地名為劇名的例子，多為劇中重要關目或抒情段落發生地點。〔註 61〕可以推測《百花洲》內容必與歷城人或事件有關。

在《乾隆歷城縣志‧忠烈傳》中，修志者胡德琳於卷首提到了《百花洲》傳奇，「專記李自成偽官刑辱搢紳事頗詳」。此段資料因未見於戲曲工具書或其他學者研究，故全引如下：

> 按舊志作於崇正十三年，而十七年鼎革時事，絕不見於記載。……而葉承宗《百花洲》傳奇，專記李自成偽官刑辱搢紳事頗詳。謂：四月初六日，偽順牌至，邱巡撫碎之，欲集兵民守城，無應者。又云巡撫邱、按院余皆出城；推官鍾、知縣朱皆謝事。而偽知縣喬茂

〔註 59〕〔清〕胡德琳修，李文藻等纂：《乾隆歷城縣志》，卷 41，列傳 7「忠烈」，頁 644。

〔註 60〕〔清〕岳濬等監修，杜詔等編纂：《山東通志》，《四庫全書》（上海：上海古籍出版社，1987 年），冊 540，卷 22「橋梁志」，歷城縣項下，頁 447。按：今日大明湖依然有此二橋，不知百花洲是否即現在老舍紀念館、二郎廟所在之地？

〔註 61〕最著名的首推湯顯祖《牡丹亭》，其餘如李玉《牛頭山》、王鑨《秋虎丘》、朱佐朝《艷雲亭》、朱素臣《翡翠園》等，皆是如此。

桂四月初到任，偽權將軍郭陞十三日宿齊河，十四日到任，居都司署。又有偽防禦使丁昌期、偽濟南府知府高丹桂、偽推官李世顯、偽軍糧廳呂陞，索德王冊寶不得，刑訊梅參將，乃得之府學月牙池邊。十九日陞去時，有戶政府從事張琚者，謂之「催餉司」，拷掠官家子，俾助銀。其被掠者以萬曆來科目為斷，計三十餘家。刑具夾拶外，有「鐵梨花」、「呂公絛」、「紅繡鞋」之名。及德州謝陞殺偽防禦使閻傑、泰安州守將高桂等，及蕭、趙兩鄉宦殺偽防禦使郭都，青州殺偽威武將軍，昌期等聞之懼甚。德州討賊檄至，都司劉世儒欲起義，誅偽官。五月初五日西□失火，偽官有備，不得施。世儒將卒乃橫肆剽掠於城東北諸村，而偽官次第逃去。孫進士建宗糾眾，請推官鍾掌府事，知縣朱掌縣事，諸王歸府，五營兵皆還。〔註62〕

胡德琳寫得如此詳細，可見必定親閱過《百花洲》，且應該正是在他任歷城縣令期間看到的。遺憾的是，由於胡德琳只是將《百花洲》視為史料，在他的敘述中我們難以看出傳奇主線，但這段敘述依然有幾點值得注意：

首先，《百花洲》敘述崇禎十七年四、五月間大順朝事，確切創作時間不明，但由葉承宗於順治三年赴會試、順治五年身亡時間推論，作於接近事件發生的崇禎十七年後半或順治初年的可能性較大。

其次，引文中偽官「索德王冊寶不得，刑訊梅參將，乃得之府學月牙池邊」，查崇禎十三年《歷城縣志》卷一有「濟南城圖」，在百花橋和鵲華橋間，雖未標明百花洲，卻註出此地為「府學」。〔註63〕卷二「山川」部則云：

> 百花洲，百花橋下，方廣數十畝。而居民廬舍圍旋，較之北湖，更饒韻致。其北即鵲華橋。〔註64〕

> 鵲華橋，古名百花橋，元易今名，遂以百花名其南橋。《齊乘》曰：橋在大明湖南岸，橋側有元大書大明湖石碑。……百花橋，鵲華南，兩橋相望，中為百花洲。〔註65〕

〔註62〕〔清〕胡德琳修，李文藻等纂：《乾隆歷城縣志》，卷41，列傳7「忠烈」，頁644。

〔註63〕〔明〕宋祖法修，〔明〕葉承宗纂：《歷城縣志（明崇禎十三年友聲堂刻本）》，收入劉波主編：《哈佛燕京圖書館藏稀見方志叢刊》，冊15，頁59。

〔註64〕〔明〕宋祖法修，〔明〕葉承宗纂：《歷城縣志（明崇禎十三年友聲堂刻本）》，收入劉波主編：《哈佛燕京圖書館藏稀見方志叢刊》，冊15，頁151。

〔註65〕〔明〕宋祖法修，〔明〕葉承宗纂：《歷城縣志（明崇禎十三年友聲堂刻本）》，收入劉波主編：《哈佛燕京圖書館藏稀見方志叢刊》，冊15，頁245。

由上述百花橋和鵲華橋的位置，可知百花洲即為府學所在地。但「偽官刑訊梅參將，得到德王冊寶」這樣的反派佔上風的劇情，就傳奇內在邏輯而言，不太可能是劇中的情緒高潮。但由於府學是與文人、縉紳緊密相關的場所，或有可能為接下來拷掠縉紳，勒逼糧餉之所，那麼有相當大的可能，《百花洲》乃圍繞府學此一地點描寫劇中重要場景。

其三，此劇「專記李自成偽官刑辱搢紳事」。魏斐德在〈1644 年的大順時期〉一文中，以情景再現的方式詳敘了李自成大順軍入北京的四十二日中，劉宗敏等闖將嚴拷勛戚、諸臣乃至富商大戶逼勒餉銀的情景。〔註 66〕其後當大順派出「偽官」前往直隸、山東諸處佔領城池後，便仿照在北京的作法繼續逼勒各地士紳。經歷清軍兩度大規模劫掠，曾經抵抗至「千家焦壁」的山東諸城，在大順軍來時幾乎是不加抵抗地投降，〔註 67〕這與華夷分際應當脫不了關係。然而投降後濟南士紳百姓迎來的並非秩序的回復，而是闖官的拷索追餉。此外，從詳列刑具諸般名目來看，似乎拷掠逼餉，「刑辱搢紳」是此戲的焦點。參見順治間無名氏《鐵冠圖·刑拷》一齣，同樣是描寫刑拷逼獻金銀，極力刻畫明朝大臣皇戚「棄舊迎新，不念皇朝，爭先競進急飛跑」，種種急於諸事闖賊的醜態；又藉闖賊將領之口，先是點名羞辱，後直斥降臣不忠不義，甚至詳列由各大臣勛貴家中抄出的銀兩金珠數目，〔註 68〕劇作家以曲作史筆的懲斷顯然可見。相較之下，《百花洲》此一情節顯然不可能意在攻擊自身所處集團，而應該是肆力於呈現亂世中的暴力及縉紳的受難。

此外，「欲集兵民守城，無應者」這樣的描述，在易代之際顯是常見實事，以致在戲曲中屢次出現。如李玉《一品爵》與孔尚任《桃花扇》中，皆有類

〔註 66〕參見 Frederic Wakeman, Jr., "The Shun Interregnum of 1644," in Jonathan D. Spence and John E. Wills, Jr. eds., *From Ming To Ch'ing Conquest, Region, and Continuity in Seventeenth-Century China* (New Haven: Yale University Press, 1979), pp.39-87.

〔註 67〕參照鄭善慶：〈明清之際北方遺民的經歷與抉擇——以山東士人鄭與僑為個案的分析〉，《滄桑》，2010 年 12 月，頁 98～100；及〈1644 年的濟寧城動亂〉，《清史研究》，2010 年 11 月，頁 117～122。鄭善慶在這兩篇文章中指出：在 1638～39 時的清軍侵攻中，濟寧城死守二十天，終於堅持到清兵退去。但在李自成麾下郭陞來時，儘管士人鄭與僑極力倡議抵抗，全城紳民最終決議投降。

〔註 68〕崑山國學保存會編校：《崑曲粹存·初集》（上海：朝記書莊，1919 年），《鐵冠圖·刑拷》，頁 1a～6b。

似情景。《一品爵》以張獻忠之亂為背景，然主要角色及劇情皆出於虛構。第十七齣〈被擒〉寫流寇圍安慶，射金箭入城勒令投降，否則將於城破後大肆屠戮，城中百姓因此扶老攜幼前去拜求守將湯木天投降。此齣中，百姓與湯木天有一場極為精彩的「存忠節」與「全生靈」的爭辯。相對於湯木天標榜氣節，斥責百姓們的要求是「陷我於不忠不義」，百姓一方哀哀乞求的則是「不過各為全家性命」。最後湯木天眼見「民心已離」，決意出城罵賊而死，他高喊問眾百姓誰肯跟他去罵賊，「同為忠義之鬼」時，百姓的反應由他的話語中呈現：「汝等可去？可去？呀！幾千百姓，並無一人答應！」〔註69〕這樣的絕望其後重現於孔尚任《桃花扇·誓師》一齣中，清兵進逼揚州，史可法三次傳令軍中晝夜嚴防，三次「內不應」，令他驚覺麾下軍士「分明都有離叛之心了」，因此發出了「不料天意人心，到如此田地」的悲涼呼喊。〔註70〕此一情節的反覆出現，無疑讓我們得以聽到淹沒於明末大節、死生爭論下平民百姓厭亂的心聲。〔註71〕

最值得玩味的是，《百花洲》似乎沒有如《一品爵》或《桃花扇》一般，全力刻畫知其不可為而為，或罵賊或泣血的忠臣如湯木天或史可法。胡德琳將《百花洲》視為補闕的重要史料，在他如此標榜「忠義」，恨不得將所有本地士紳有關事蹟鉅細靡遺記載宣揚的心態下，若《百花洲》中有褒忠揚烈的情節與人物，胡德琳理應不至於忽略不載。然而由他的記述看來，有名有姓之人物皆為偽官或惡人（如劉世儒），惟二的例外是「德州謝陞」與「孫進士建宗」。《百花洲》中官吏皆僅冠姓氏，最「正面」的作為是不作為的「謝事」，其他人如梅參將遭刑訊後，招出了德王冊寶；巡撫邱祖德在無兵民應他守城之請後，同巡按余日新棄城而走；打著起義名號的劉都司，其將卒更是「橫

〔註69〕〔清〕李玉：《一品爵》，收入《古本戲曲叢刊五集》，冊13，第17齣〈被擒〉，抄本無頁數。

〔註70〕〔清〕孔尚任著，王季思等注：《桃花扇》（北京：人民文學出版社，1998年），第35齣〈誓師〉，頁151。按：既然《百花洲》至乾隆中葉仍存，那麼康熙年間同為山東人的孔尚任，或有可能看過這部傳奇。

〔註71〕此外，《曲海總目提要》在介紹描寫明亡的清初戲曲《鐵冠圖》，提及劇中周遇吉忠烈事蹟時，亦有如下按語：「賊破榆林，由忻代趨寧武。總兵官周遇吉悉力拒守，數日間，殺賊一二萬。及兵敗，遇吉闔室自焚，見執，猶大罵，被賊磔死。遂屠寧武，引兵趨大同，巡撫衛景瑗死節。賊又趨宣府，總兵姜瓖約降，巡撫朱之馮欲戰，無應者，拔刀自刎。」〔清〕佚名：《曲海總目提要》（北京：人民文學出版社，1959年），冊下，卷33，頁1560。

肆剽掠於城東北諸村」。〔註72〕即使是正面人物的「德州謝陛」與「孫進士建宗」，由胡德琳一語帶過的態度來看，顯然也不足以被立為典型。我們所看到的隻字片語所呈現的，是一片沒有秩序，沒有希望的昏闇，彷彿其中作者所想要留下的，僅是亂世中本地縉紳階級的苦難。

由傳奇內在規律來說，必然有生・外等正面人物，且必須有圓滿收場，在此劇發展邏輯之下，意即對忠義的褒揚以及秩序的回復。因此最後雖然不見節烈官員，依然必須由本地上紳出面請動謝事官員來挽回亂局（「孫進士建宗糾眾，請推官鍾掌府事，知縣朱掌縣事，諸王歸府，五營兵皆還。」）。而在這種情形下秩序的回復已然是萬幸；對忠義的要求與標榜，在歷劫與慘痛後，似已不如宗族及個人存續的價值。

李玉以「詞場正史」自傲，〔註73〕孔尚任更是以《春秋》自許，期望以戲曲「懲創人心，為末世之一救」。〔註74〕劇作家們「以曲為史」，除了戲曲多觀點敘事的特性以外，無疑也訴諸戲曲特殊的場上表演性質，通過台上唱唸做打所呈現的具體形象與因之造成的感染力，達成「懲創人心」，亦即傳達作者的歷史判斷，並冀其影響觀者，乃至流傳後世。接下來我們不免要問，為何同是描寫世變實事，葉承宗卻沒有像李玉、孔尚任或《鐵冠圖》的作者一樣標舉「忠義」呢？如果在道德淪喪的亂世中人往往更感到樹立道德典範的必要，葉承宗本人更在己卯之變後撰寫《歷城縣志》，於「職官志・宦蹟」中明列「靖難死節」、「遼叛死節」乃至己卯之變「死節」人士。〔註75〕那麼他在《百花洲》中的「不寫」，或許指向了一些令人困擾的問題的答案。

就從葉承宗周遭說起：明遺民拒絕仕進以示忠義並不普遍。崇禎末的歷城知縣朱廷翰，續任了順治年號的第一位知縣；順治三年首科會試，廣取四

〔註72〕類似的情形，亦見於順治七年朱英所作，以易代為背景的《倒鴛鴦》。劇中主角花鏡之父花朝便如此評論倡義聚眾守城事：「這縣中好事少年，紛紛攘攘，就去圍聚什麼鄉勇，以為禦備之計。我想這個時候，人心思亂，竊恐未能去一二之賊兵，又先聚百千之兵賊了。」後花氏父子被這些看不慣其鄉紳地位的鄉勇誣為奸細。〔清〕朱英：《倒鴛鴦》，收入《古本戲曲叢刊三集》，冊87，頁12b～13a。

〔註73〕〔清〕李玉：《清忠譜・譜概》，〔清〕李玉著，陳古虞、陳多、馬聖貴點校：《李玉戲曲集》（上海：上海古籍出版社，2004年），冊下，頁1291。

〔註74〕〔清〕孔尚任：〈桃花扇小引〉，〔清〕孔尚任著，王季思等注：《桃花扇》，頁6。

〔註75〕〔明〕宋祖法修，〔明〕葉承宗纂：《歷城縣志（明崇禎十三年友聲堂刻本）》，收入劉波主編：《哈佛燕京圖書館藏稀見方志叢刊》，冊15，頁367～371。

百名，包括狀元傅以漸，及葉承宗在內的山東士子中式多達九十九人。〔註
76〕葉承宗的好友孫毓祺（即引文中之孫進士建宗），其父孫止孝是天啟二年
進士，在崇禎十二年清兵攻城時率族人守城，城陷自縊死，二兄一弟數姪皆
死難。〔註77〕孫毓祺本人則是崇禎十六年進士，入清為祁縣知縣，官至太僕
寺卿。且孫毓祺並非孤例，與他類似而更有名的是萊陽宋琬與其父宋應亨的
對比。歷史學者陳永明在學界一般認定的「以 1644 年成年與否區別明人與
清人」的論說上，做了更深入的分辨，將重點放在是否受過「國家恩命」來
解釋此一現象。他指出，清初的人認為就算在明朝考中進士，「只要未曾正
式擔任過前朝官職者，入清後出仕新朝，以當時的標準，道德上仍是無可非
議的。」他接著對宋應亨殉明，而宋琬仕清，但不論是本人或周圍的人對此
事均無愧疚或批評之聲表示：「對此現象，較合理的解釋是，當時社會上的
共識，乃將宋應亨視為明人，而將宋琬視為清人。」〔註78〕

　　以「受恩」與否決定是否付出忠誠，把「忠」由絕對的價值觀轉為相對
的「恩義」價值觀，此一觀點旁證甚多。如同樣是山東劇作家的丁耀亢就在
其《續金瓶梅》中提過，〔註79〕趙園在討論「遺民不世襲」觀念時亦有提及。
〔註80〕然而這種理性的條件是否真能乾淨俐落地一刀切割情感？是否一旦符
合「清人」條件，「國仇」稱不上，「家恨」便可以隨之淡忘？家毀國亡的慘
痛，家人親友的死去就能在內心作一了結？我們若看看清初南北的緊繃關係，
或許不難找到答案。趙園指出，原本在明代就有的南北爭論因易代而更為尖
銳，大儒王夫之甚至將北人比之於禽獸。而決定性的論點就是，江南士人對
北人變節之快，變節者之多的質疑。時人甚至列出了建文事件與甲申之變時
從死眾臣的戶籍以為證明。〔註81〕但由「事實」歸納出結論，將北人與道德

〔註76〕見〔清〕福格：《聽雨叢談》，《清代筆記小說》（石家莊：河北教育出版社，
　　　　1996 年），卷 9，頁 174。

〔註77〕〔清〕胡德琳修，李文藻等纂：《乾隆歷城縣志》，卷 41「忠烈」，頁 641～642。

〔註78〕陳永明：〈明人與清人：明清易代下之身分認同〉，《清代前期的政治認同與歷
　　　　史書寫》，頁 76～77、85。

〔註79〕丁耀亢在《續金瓶梅》第 58 回中描寫出使金朝的忠節之臣洪皓，說道：「總
　　　　是臣子一受了國恩，這個七尺之軀就屬了朝廷，一切身家、爵祿、名譽俱是
　　　　顧不得的。只為完了這一生節義，才得快活。」〔清〕丁耀亢：《續金瓶梅》，
　　　　《丁耀亢全集》，冊中，頁 465。

〔註80〕趙園：《明清之際士大夫研究》，頁 384、389。

〔註81〕趙園：《明清之際士大夫研究》，頁 90～91。

低落劃上等號時，江南士人或許忽略了一個關鍵：從靖難到清朝入關前的數次南略，再到甲申之變後，山東一地都是死傷最慘之處。葉承宗《歷城縣志》卷十「人物・忠義」中，載己卯之變死難者，僅僅濟南一城，從寧海王以下，諸郡王、將軍、布政使、指揮、知縣、致仕鄉宦、舉人等，或守東西南北城戰死，或城陷不屈死，或城破投卅自縊死；生員死者三百五十二人，回教教長領眾守城，死二百餘人，就連城外村寨抵抗，一寨亦死百餘人，〔註82〕而胡德琳尚疑「似有載之不盡者」。〔註83〕談遷《國榷》則記載事後朝廷派雲南道御史郭景昌巡按山東，「瘞濟南城中積屍十三萬餘」，〔註84〕雖然可能是誇張性的數字，但即便到了清初，我們仍能在年譜跟詩文集中看到山東各地被「賊寇」、「義軍」、及「王師」反反覆覆，來來回回擊破與收復的記載。

　　比起尚在歌舞昇平，演劇活動甚至不減反增的江南來說，〔註85〕山東一地於崇禎十一至十二年、崇禎十五至十六年受到清軍兩次大規模侵掠，〔註86〕又遭李自成攻破京城後派來的將領徵斂，當清軍兵臨城下時，權力的和平轉移似乎已成了最後的奢望。城鄉滿目殘破荒蕪，苦心經營的官紳關係付諸流水，初掌中原的清廷派出習於暴力掠奪的地方官等等，〔註87〕這一切不僅是讓山東一地降清最早的理由，更是在降清後能夠自解，對父祖殉城、子孫仕

〔註82〕〔明〕宋祖法修，〔明〕葉承宗纂：《歷城縣志（明崇禎十三年友聲堂刻本）》，收入劉波主編：《哈佛燕京圖書館藏稀見方志叢刊》，冊15，頁527～531。

〔註83〕「崇正十一年十二月，大兵略地至濟南，布政使張秉文等，分門拒守，十二年正月二日，城潰，秉文等死之，其鄉官士民亦多死者。舊志作於十三年，故載之特詳……」〔清〕胡德琳修，李文藻等纂：《乾隆歷城縣志》，卷41，列傳7「忠烈」，頁638、641～644。

〔註84〕〔明〕談遷著，張宗祥校點：《國榷》，冊6，卷97，頁5829。

〔註85〕巫仁恕在〈明清之際江南時事劇的發展及其所反映的社會心態〉一文中以伶人漫天要價的史料證其時江南演劇之盛，雖然其中有一部分是禳災儀式，但北方逃難而來的富室卻的確造成了一種末世奢華的氛圍。見巫仁恕：〈明清之際江南時事劇的發展及其所反映的社會心態〉，《中央研究院近代史研究所集刊》，第31期（1999年6月），頁10～12。

〔註86〕〔明〕談遷著，張宗祥校點：《國榷》，冊6，頁5819～5834、5947～5975。另，沈一民在《清南略考實》中總結清朝十五年間七次南略行動，不但造成華北莫大的傷害，也暴露了明朝政策的諸多弊端，是造成其後大順政權與清政權在短短三個月中便能掌控華北的主因。參見沈一民：《清南略考實》，頁261～262。

〔註87〕丁耀亢在〈避風漫遊〉中提到：「縣有令倪君者，遼伍卒也。嚴刑暴鷙，如蒼鷹乳虎，擇人而食。……出入無時，以鷹犬甲馬前驅，一邑無人聲，不寒而慄。」〔清〕丁耀亢：《出劫紀略・避風漫遊》，《丁耀亢全集》，頁283。

清沒有批評的真正心理因素。這樣的「劫餘」心態，或許要到科場案、奏銷案及明史案後江南士紳「噤若寒蟬」時，才得以同理一二。

我們或可大膽推測，葉承宗的「不寫」，與他用戲曲而「寫」的動機，其實正在於「傳史之外」，他想要留下的是正史體裁所不會記載或傳達的「細節」與「氛圍」，即紀錄之外的「紀錄」。更進一步地說，他所想傳達或記錄下來的，是不會進入正史的時代翦影，是本地士紳所受的苦難以及一段無序、混亂的黑暗。或許經由舞臺上的表演與抒情放歌，得以昇華這樣的創傷，並作為對邑人幾乎不加抵抗便降順、降清的辯解。〔註88〕

（四）小結

相較於李玉、孔尚任二人，葉承宗既缺乏蘇州派職業劇作家的劇場敏感度，也不具備時間拉開後的審美距離或史觀史識。但他的「以曲為史」有一點較特殊，即：葉承宗的確是撰過當地史書的。〔註89〕他的《歷城縣志》「時以為佳史」，胡德琳因他撰的舊志序論「多典雅可頌」，大半附於新修縣志中，門類不同的序還彙抄於「藝文考」的葉承宗項下，〔註90〕更加證明其私人修史進入官方史志的地位。對一位撰過方志的文人來說，為何在記述闖官刑拷掠餉事不用「記略」、「傳」等文類，而選擇了戲曲的傳奇體製？是否可以說葉承宗在己卯遭難，沉澱過後，對未來仍是抱著希望的，撰史一舉如同他上書請求「正風俗」的舉動一樣，是在「歷非昔舊」的心靈廢墟上讓「歷山濼水，生面重新」；然而甲申時，國變後是闖掠，順兵走後又來了清軍，內在秩序難以應付如此頻繁的天崩地解，於是「以曲代史」以「傳史之外」，謹嚴的史傳讓位給了披著小道之名，更為自由放縱的舞臺上的悲嘯？〔註91〕

世變挾著絕對的暴力，轟隆碾過一代文人的生命軌跡。對於抱終天之恨

〔註88〕 類似的質疑確實存在，對於官民守城死傷如此慘重的崇禎十二年濟南城破之事，海寧人談遷在記述之後如此評論：「濟南，一大都會也。磐石之宗，干城之任，謂百世可賴。乃晨攻夕陷，曾無旬日之守，則玩愒日久，戎備置而勿講也。」〔明〕談遷著，張宗祥校點：《國榷》，冊6，頁5828。

〔註89〕 孔尚任亦曾修過地方志，但他創作《桃花扇》乃用以回答「明何以亡」的問題，自非地方志所能處理。按：1998年由山西古籍出版社重刊之康熙四十七年《平陽府志》，為了突顯孔尚任的名字，於出版項將其標為「總纂」，而不是康熙原刻上標出的「分纂」。此例中，實際掛「纂修」者為平陽知府劉棨，現代重刊版本違反了地方志由地方官員掛名的慣例。

〔註90〕 〔清〕胡德琳修，李文藻等纂：《乾隆歷城縣志》，卷19，頁355。

〔註91〕 〔清〕胡德琳修，李文藻等纂：《乾隆歷城縣志》，卷19，頁355。

的遺民如此，對於佔大多數的另一批文人亦然。相較於吳偉業、丁耀亢、黃周星等名士才人，創作過十五部戲曲，今存亦有四部雜劇的葉承宗長久以來卻少有人提及。但透過葉承宗的戲曲作品，我們或可看到明清之際戲曲此一文體的開放性及自由性，與因之而來文人作劇在心態、目的與題材上的多樣性。戲曲既可以是真正戲筆的遊戲之作，亦可以藉「戲筆」名目來譏刺與自辯。可以虛筆寫虛構人物以諷世，亦可以實筆寫時人時事以代史。「邇來世變滄桑，人多懷感」，〔註92〕在「諱忌而不敢語，語焉而不敢詳」〔註93〕的背景下，戲曲此一小道文體，成了文人保存文化故史、寄託個人隱曲心跡，甚至是冀望流名傳世之巨筆。於皇皇盛世的金枷銀鎖當頭罩下之前，明清之際承接著晚明無所顧忌的筆鋒，以易代之血淚為墨，潑灑於戲曲紙卷上的，是如何層層錯綜的時代剪影！

三、以實構虛：劉鍵邦及其傳奇《合劍記》

由於《百花洲》今無法得見，僅能由方志揭載之隻言片語推斷其不僅與葉承宗個人先前雜劇作品風格迴異，亦與一般歷史劇氛圍有所差別的特殊之處。本節所要探討的，則是同樣以闖亂為背景，但主旨則是明確地褒揚地方鄉賢忠烈，可以說十分符合對於歷史劇乃至「邑人寫邑事」類型歷史劇期待的作品。然而在這樣的「典型」之中，細究之下，似乎也能看到其作為「時事劇」所映射出的特殊時空，以及隱約可見不同於一般期待的創作動機。

（一）《合劍記》的作者與背後之刊刻者

劉鍵邦《合劍記》，〔註94〕寫真定南宮縣令彭士弘在闖亂中殉城事。鍵邦，河北真定人，生卒年及字、號未詳，明末諸生。此劇敘遼左彭士弘授南宮縣令，親家吳三桂送行時贈雙劍，一名騰空，一名畫影，士弘自佩畫影劍，將騰空付與姪可謙，令可謙留吳幕府，以備南宮緩急。彭抵任後獎善懲惡，平反王義冤案。闖將劉方亮逼南宮，王義自請護送彭妻兒逃離，送往姑母處藏匿。南宮典史同化金迎賊，城遂破，劉入衙索印，士弘以印擊方亮後自盡，死後授南宮城隍。王義潛入城中，盜士弘屍安葬，又受彭夫人之託，持劍往

〔註92〕〔清〕鄒式金：〈小引〉，〔清〕鄒式金編：《雜劇三集》，頁3a。
〔註93〕見方以智之子方中履〈吳孝隱先生墓誌銘〉，轉引自余英時：《方以智晚節考》
　　　　（臺北：允晨文化，1986年），頁113。
〔註94〕〔清〕劉鍵邦：《合劍記》，收入《古本戲曲叢刊五集》，冊67、68。

尋可謙報訊，並與吳三桂前往清廷乞兵。三桂領兵破賊，可謙執劍殺方亮、祭士弘，後得授堂邑知縣。

《合劍記》不僅是「邑人寫邑事」類型的歷史劇，它還是一部時事劇。然而《合劍記》不僅在地域上特殊，前言中已提到，一般而言，時事劇往往為了趕上時事熱潮，登台演出，而多有粗糙疏略的問題。〔註95〕姑且不論《合劍記》的劇情，它在形式上是罕見的精刻本，劇前尚附有十幅繡像，亦刻得相當精細。然而與這樣精刻形式不符的是，此劇前僅有署「南宮生員李調元題」之〈輓彭夫子忠魂舍於南城之東隅漫賦五言以慰之云〉詩，既無他人序或自序，亦無題辭、凡例等等。《合劍記》內容與形式的矛盾在於，其精刻的版式，與迎合熱潮與商業演出之「時事劇」有所違合；但以「邑人寫邑事」觀之，則此類型歷史劇中作者乃至地方官吏、友人對於表彰先賢、標榜風教或為地域存史的序跋又付之闕如，這就頗值得探討了。

對於《合劍記》的作者劉鍵邦，我們所知極少，據《曲海總目提要》卷十一云此記：「真定劉鍵邦撰。記南宮令彭士弘殉節事。……時鍵邦為諸生，目擊其事，為作此記，與《南宮縣志》大略相符，非造作者。」因為此劇無作者自序、凡例等資料，我們僅能由傳奇的首齣與尾齣中尋找作者本人聲音與其創作意旨的蛛絲馬跡，如首齣〈表畧〉中以【西江月】敘作意：

> 【西江月】燈下閒談史傳，皆能恣口譏評。一朝雪浪劈頭傾，誰把柁牙拿定？乃信忠肝義膽，乾坤正氣生成。若將忠義換功名，難免排場丑靚。
>
> 近日張筵演戲，多尚艷曲淫辭。這本彭南宮忠烈傳奇，生氣凜凜，更有孝姪義士，報讐雪恨，大振綱常。……〔註96〕

不出意料地，此劇同樣標榜風教，旨在表彰忠義。而尾齣的【尾聲】一曲以及下場詩則如下：

> 【尾聲】笑啼能使人心動，作者意審音為重，試問當筵誰姓鍾？
>
> 新詞按譜問誰填，不是歌仙即劍仙。描寫人情如鏡澈，琢磨音律是珠圓。
>
> 但經入耳心皆動，凡在當筵淚欲漣。樂府能為風教助，穢編宜付祝融然。〔註97〕

〔註95〕徐扶明：〈明末清初時期的時事劇〉，《元明清戲曲探索》，頁237〜245。

〔註96〕〔清〕劉鍵邦：《合劍記》，收入《古本戲曲叢刊五集》，冊67，第1齣〈表畧〉，頁1a。

〔註97〕〔清〕劉鍵邦：《合劍記》，收入《古本戲曲叢刊五集》，冊68，第32齣〈旌忠〉，頁61b〜62a。

結合兩段引文，可推測出作者本人的一些訊息。首先，不知是否因折射於戲曲作品中，他的自我形象是逸出傳統儒家生員，近乎世外而灑脫的（「新詞按譜問誰填，不是歌仙即劍仙」）；其次，若相較於下一節《天山雪》的作者馬羲瑞，劉鍵邦顯然對於戲曲及其創作要熟稔得多，他似乎常有觀劇機會（「近日張筵演戲，多尚艷曲淫辭」），且在戲曲創作上，不論是內容或是音律，他都相當地自負（「描寫人情如鏡澈，琢磨音律是珠圓」），在劇中亦有類似「送弦子自打相思板科」、「邊關調隨意幾曲」這樣的舞臺指示，〔註98〕顯見作者對於戲曲排場與舞台調度的熟悉。此外，由他對演出效果的自我吹捧，亦可見他預期此劇是會演出的（「但經入耳心皆動，凡在當筵淚欲漣」），且由「張筵」、「當筵」這樣的用語來看，劉鍵邦所觀劇或預期演劇的場合，應該不是廣場而是廳堂，那麼劉鍵邦在順治初年的真定府，當具有能進入可以張筵演戲的交流圈之身分名聲。值得注意的是，【尾聲】中「試問當筵誰姓鍾」，此「鍾」字應指「鍾子期」，代指「知音」，表面上看來是呼應前句「作者意審音為重」，但是否暗有所指，意在「常筵」的特定人士呢？

關於這位可能的特定人物，《曲海總目提要》提供了線索：「士弘姪可謙，為堂邑知縣，刊板行世者也。」〔註99〕則這位出現在劇中，並最終為叔報仇的姪兒，正是《合劍記》的刊刻者，而他知縣的身分，也得以解釋能在清初北方精刻刊行的能力。

查《堂邑縣志》，彭可謙知縣任內的宦蹟十分出色：

> 彭可謙，字益甫，奉天人。貢生。順治五年任。四年，土寇陷城，溫令罷去，可謙至，則躬擐甲冑，大小二十餘戰；一敗之于溫義集，再敗之于雷家莊，斬其魁張問孝，擒偽軍師潘雲鷲等，奪獲阜城縣印一顆，男女全活者七百餘人。於時，瘡痍未復，力請豁除逃亡拋荒分數至四五，繼之以泣疏入，部議難之。可謙為征〔徵〕，三緩七積，數年逋欠萬計，屢受劾，不為動。久之，大農知狀，及〔即〕豁除議覆。士民為建生祠，劾〔刻〕碑紀其事。陞本府

〔註98〕〔清〕劉鍵邦：《合劍記》，收入《古本戲曲叢刊五集》，冊68，第16齣〈偷葬〉，頁4b。另，雖然現代讀者與觀眾對於戲曲中曲白重覆，又或是一件事往往由不同角色之口反覆敘述會感到拖沓多餘，但無庸置疑，在取向通俗，面向大眾的傳統戲曲演出中，這樣的情形相當常見。《合劍記》同樣有著類似情形，亦可作為劇作者熟悉戲曲及其演出之佐證。

〔註99〕〔清〕佚名：《曲海總目提要》（天津：天津古籍書店，1992年），頁501。

屯田同知。〔註100〕

對比《曲海總目提要》，則此劇之作，當在彭可謙任堂邑知縣的順治五年後。值得注意的是，除了宦績傳中常見的於亂後緩徵、豁除逃亡拋荒等安民措施外，彭可謙有著一般文官知縣罕見的武勳。特別在對比前一任縣令因賊寇陷城罷去時，可謙「躬擐甲冑，大小二十餘戰」、「一敗之于……再敗之于」、「斬」、「擒」、「奪獲」這樣的語言記述尤其搶眼。堂邑縣隸屬山東東昌府下，距直隸不遠，而由《合劍記》劇中所呈現可謙勇猛善戰的形象，劉鍵邦對可謙平賊功績很可能是知情的。分析劇中對彭可謙線的設置與描寫，我們或許可以找到此劇消失的序跋中未能說明的創作動機。

（二）時代與地域：時事劇所保留之歷史真相

《合劍記》不僅是歷史劇，更是時事劇，因此它某程度上折射了當時特殊的時代背景以及處於此背景下的南宮人民對時代的反應。而這樣的描寫，又往往不見於史書；進一步說，更值得注意的，或許是劇中與一般時事劇「理應如此」的敘事或論述相違之處。

1. 闖軍、明朝與清廷形象

作為一部作於順治初年，描寫亡於闖亂忠臣，且由清朝地方官刊刻的戲曲，讀者或觀眾已經可以預期此劇之政治立場必然將以李自成為亂臣賊子；劇中或有可能批判明朝，更有可能會頌揚易代與清廷。然而《合劍記》中，闖軍的行動多半以反襯明朝積弱或是忠臣節烈為目的，惟一直接以李自成出場的〈耀兵〉一齣，亦不見常見的殘暴描寫。〔註101〕試觀其【尾聲】與下場詩：

> 【尾聲】肯學那楚重瞳，作事勞而寡效，烏江渡斷送英豪。怎如喒威信旁昭，是符命應歸豐鎬。市兒休笑，許多興廢載前朝。

> 運籌決勝果如神，定霸圖王漸即真。畫虎未成君莫笑，安排爪牙始驚人。〔註102〕

〔註100〕〔清〕盧承琰修，劉淇纂：《堂邑縣志（光緒十八年重刊本）》，卷8「職官上」，頁220。

〔註101〕劇中對於李自成軍負面的描述，見於第十六齣〈偷葬〉，劉方亮遣人看守彭士弘屍首，天明將寸斬之，明顯用以襯托王義偷葬之智勇；以及第二十四齣〈乞師〉中，吳三桂、彭可謙求清廷出兵時歷數闖賊罪狀的曲白。兩者皆為應人物、劇情需要而設，反而是直接描寫李自成軍的此齣〈耀兵〉，幾乎不見批評，有的曲文甚至帶有改朝換代的自信與豪氣。

〔註102〕〔清〕劉鍵邦：《合劍記》，收入《古本戲曲叢刊五集》，冊68，第17齣〈耀兵〉，頁11a。

這樣不見批判意味的曲文，置於此劇情節背景中是很值得玩味的，特別是劇中對明朝的批評極為強烈，如第四齣〈贈劍〉中吳三桂直批朝廷「內任奸邪，外用貪懦」、「朝廷用這些書生做官，受了大俸大祿，全憑一副嘴舌，並無半點才能。今日何日？吏、兵兩部尚需賄賂，文武要職盡是昏庸……」；更多次藉闖將劉方亮口中批評明朝官吏文武：

> 他每朝廷之上，有君無臣。宰相全是奸貪，將帥悉皆庸懦。不發軍餉，多半逃亡。
>
> 咱這裏將勇兵強，眼見得大事將成矣！
>
> 【（南呂過曲）瑣窗郎】笑朱家妄想中興，不發帑，空練兵。中樞政府，賄賂公行。……〔註103〕

第九齣〈敗績〉中嘲弄閣部李建泰兵敗事，〔註104〕借用了李建泰兵敗為劉方亮所執史實，於齣中讓劉方亮大勝李部後耀武揚威，並對這樣的明軍加以嘲笑，〔註105〕以此描寫明朝氣運將盡及闖將之強勢。兩相對照之下，《合劍記》中對闖軍與明廷的描寫，或許可作為明末民心思變之一證。

　　至於對清朝的描寫，僅出現於第二十四齣〈乞師〉中，此齣描寫吳三桂因兵力不足，與彭可謙二人往清廷借兵，清方一開始以事有可疑拒之，又以待召開廷臣會議拒之，吳三桂、彭可謙二人二次苦求，終以「君報君讎」得允：

> 陛下曆數在躬，正合膺符受籙；中原無主，亟望伐暴除殘。況君報君讎，名正言順，一怒以安天下，正在今日。倘陛下不允臣奏，臣不復歸，惟有仗劍闕下而已。（雜）官裏道來，二臣忠孝激切，深可嘉憫。奏內「君報君讎」四字，於義甚合，即發雄兵十萬，南來勤寇，為你君父報讎……〔註106〕

〔註103〕〔清〕劉鍵邦：《合劍記》，收入《古本戲曲叢刊五集》，冊67，第6齣〈寇掠〉，頁20b。

〔註104〕此齣中李健泰未上場，而代以丑扮先鋒屠前。據《明史》：「建泰以宰輔督師，兵食並絀，所攜止五百人。甫出都，聞曲沃已破，家貲盡沒，驚恒而病。日行三十里，士卒多道亡。至定興，城門閉不納。留三日，攻破之，笞其長吏。抵保定，賊鋒已逼，不敢前，入屯城中。已而城陷，知府何復、鄉官張羅彥等並死之。建泰自刎不殊，為賊將劉方亮所執，送賊所。」〔清〕張廷玉等著：《明史》，卷253，頁6550。

〔註105〕「李家兵將驍，朱家王氣銷，眼見得百二山河都動搖。」「可笑官兵不知量，一班餓夫學打仗。」〔清〕劉鍵邦：《合劍記》，收入《古本戲曲叢刊五集》，冊67，第9齣〈敗績〉，頁32a。

〔註106〕〔清〕劉鍵邦：《合劍記》，收入《古本戲曲叢刊五集》，冊68，第24齣〈乞師〉，頁35b～36a。

清廷允准借兵後，劇中又借傳事官吏之口道：「難得你真好漢子，我主再三不肯發兵，畢竟被你們奏准了。」〔註107〕吳三桂請清兵報君仇及父仇一事，因為提供了清廷入關的大義名分，於清初廣被宣傳，至今高腔、亂彈戲中依然有此劇目。此齣加重求懇之誠，似乎意在反襯清廷入關的「被動」，亦符合預期中此劇對於清廷必然正面的描寫。那麼反過來說，對於哭跪懇求的吳三桂、彭可謙二人形象，是否有所削減呢？

曾有學者對吳三桂形象由《剿闖小說》、《合劍記》至《鐵冠圖全傳》的變化作過研究，認為在初期不論是吳三桂或清廷都因「乞清兵」一事佔據大義名分，頗得人心。但隨著順治登基，清兵渡江，朱明子孫遭翦除，吳三桂的形象也每況愈下，越來越受到批判，〔註108〕然而此一看法似乎更接近明遺民的角度。若我們以清朝的觀點視之，那麼在三藩之亂後，清朝對吳三桂官方評價的劇變或許才是清代吳三桂形象每況愈下的根本原因。但不論原因為何，清初時吳三桂乞師中的「屈膝」形象，應該都不存在負面描寫的意圖。

進一步分析此齣重點的「乞師」部分，乃由吳三桂與彭可謙二人輪唱、合唱【（越調近詞）入破】、【破第二】、【衰之三】、【歇拍】、【中衰第五】、【煞尾】六曲。此一套數源於唐宋大曲，用於戲曲最早的則是《琵琶記》中〈丹陛陳情〉一齣，又名〈辭朝〉，應也是此劇套數之所本。同樣是蕭穆莊重的朝廷排場，同樣將觀眾的同情集中於懇求者，差別在於〈辭朝〉中蔡邕不僅辭官不得，還當廷賜婚，而〈乞師〉中清廷最終允准借兵，於是清廷與吳、彭兩方都可視為正面描寫。

2. 大義名分下的不諧和音

在一部描寫殉難節烈的戲曲中，殉難之「過程」往往是聚焦點。已有學者比較過《南宮縣志》、《明季北略》以及康熙間魏裔介所撰〈邑侯彭公殉難碑記〉中對於彭士弘殉節事的描寫，由於其重點在於歷史真實與戲劇處理，在三者敘述各有所異的情形下，學者僅能歸結為戲曲虛構。〔註109〕其實這些史料與戲曲中對於彭士弘殉難之不同描寫，都在於如何烘托出士弘之大義凜然。而其中內容與筆法最富「戲劇性」的，反而不是戲曲，而是〈邑侯彭公

〔註107〕〔清〕劉鍵邦：《合劍記》，收入《古本戲曲叢刊五集》，冊68，第24齣〈乞師〉，頁36a。

〔註108〕許軍：《明末清初時事小說研究》（上海：復旦大學出版社，2015年），頁330～332。

〔註109〕李江傑：《明清時事劇研究》（濟南：齊魯書社，2014年），頁149～151。

殉難碑記〉。當然，就「文體」觀之，似乎對於一篇「殉難碑記」的「創造性虛構」，亦可以有所預期。以下先看《明季北略》的描述：

> ……闖賊長驅畿南，所至款附。公勵士民、飭守具。眾咸謂：「賊勢已大，邑小不支。」公曰：「吾奉命守此土，生死以之。奮勇擊賊，縱不勝，死亦瞑目。」眾環泣曰：「臣誼也，如生靈何？」公亦泣曰：「人心如此，大事已去，吾盡吾心耳。」士紳卒迎賊入，公緋衣坐堂上，賊問：「何故不備糧糗？」公眥裂髮指，曰：「我朝廷官，而為賊備糧何為？」賊怒，斬之，懸首城門。〔註110〕

其次是魏裔介〈邑侯彭公殉難碑記〉中的敘述：

> 甲申三月，流寇由順廣將至南宮，公集紳士耆民人等，誓以死守。有諷公降者，公曰：「奉命守茲土，無降理。即城不可守，命一人任之。」或又為公妻子計，公曰：「身且弗恤，尚計兒女輩耶！」邑人感公言，從之守城。既而賊至，城破，偽權將軍劉芳〔方〕亮執公，逼公降，公屬聲曰：「頭可斷，身不可降。」又索印急，公屬聲曰：「吾將攜以還朝。」匿不與。賊怒將刑，執刃者曰：「好官，好官，苟降，為汝請命。」公又屬聲曰：「殺即殺耳，誰請耶！」殺之。白氣上升，首懸城南門經月，面髮如生。刃者驚曰：「吾夜夢公為城隍神矣！」赴廟焚香懺之。芳〔方〕亮曰：「自破潼關迄河北以來，僅見此人。」弗問其妻子，並貸百姓，士民數千人收公身首，葬城南，嚎哭之聲震動天地。即於墓前立祠，塑像祀之。〔註111〕

相較於彭士弘死節的描述，筆者所想要探討的，反而是賊逼城至其殉難間所發生之事。這兩段引文中最值得注意的是所提「邑人」的部分。在流寇屠城威脅下，《明季北略》中彭士弘與士紳間的對話，完全可作為上一節所提到李玉《一品爵》中湯木天與父老「存忠節」與「全生靈」爭辯的註腳，而結果則是「士紳卒迎賊入」。至於〈邑侯彭公殉難碑記〉，由於文體目的之故，所有敘述都極力突出彭士弘，我們只能於其字裡行間尋找「邑人」的蛛絲馬迹。首先是勸降的身影：「有諷公降者」、「或又為公妻子計」，然而接下來的敘述

〔註110〕〔清〕計六奇：《明季北略》（北京：中華書局，1984年），卷21，頁561。
〔註111〕〔清〕魏裔介：〈邑侯彭公殉難碑記〉，黃容惠修，賈恩綬纂：《南宮縣志（民國二十五年刊本）》，卷24「掌故志石刻篇下」，頁911～914。按：此文中士弘作「士宏」。按：此文未見於魏裔介《兼濟堂文集》。

卻是「邑人感公言，從之守城」。相較於《桃花扇》中史可法以血淚動士卒，此處的「處理」顯得過於輕描淡寫。而在描寫彭士弘殉難經過，極具戲劇性的三次「公厲聲曰」後，則是其死後劊子手「赴廟焚香懺之」，與劉方亮「弗問其妻子，並貸百姓」，於是「士民數千人收公身首，葬城南，嚎哭之聲震動天地。即於墓前立祠，塑像祀之」。此處的描寫明顯指出劉方亮是感於（或懼於）彭士弘忠烈，放棄屠城，故合邑百姓感激之下，乃建祠塑像以祀彭士弘。

然而據《南宮縣志》中提及數位邑人的義行：

> 趙曄，鄉民也。……當偽官肆虐，人皆畏懼。曄獨仗義冒危，捧彭
> 公之首合葬，真義士也。

> 宋家允，邑庠生。彭公殉難時，遺兩夫人二幼子，闖勢正熾，無敢
> 收養者。家允憤不顧身，特延至家，供養數月……〔註112〕

兩相參照，邑人之義行所以突顯，背景必然是大多數百姓士紳的恐懼沉默。我們或可推斷，其時南宮未遭屠城，是因為當地百姓的確棄守而降，而彭士弘則於城破時殉難而死。如此看來，魏裔介〈邑侯彭公殉難碑記〉不僅旨在突出彭士弘殉難之忠烈，亦隱有替南宮士紳邑人開脫乃至美言之意。然而如果彭士弘堅持守城，必然如《一品爵》中的描述，與士紳百姓發生衝突，那麼又如何能在事後得百姓立祠祭祀呢？

有趣的是，野史、碑傳所留下的疑問，卻在戲曲中得到了可能的解答。作為一部「邑人寫邑事」的時事劇，《合劍記》提供了我們此一疑問的線索。先是在第十二齣〈縋城〉中，賊逼南宮，王義護送彭士弘妻子出城，彭夫人見城中巡查嚴緊，疑道：「老爺為孤城難守，恐害百姓屠戮，已曾分付放人出城，如何反嚴緊起來？」〔註113〕似乎還怕「放人出城」的敘述不夠明顯，第二十齣〈合劍〉中，士弘已被封為南宮城隍，他上場時自敘受封經過：

> ……闖賊先鋒劉方亮來取南宮，因我不肯順他，意欲屠城。我念數萬
> 百姓，豈可為我一箇人，坑他性命，是以大開城門，容百姓自便。賊
> 來搜印，用印擊之，自己觸碑而死。上帝勑我為南宮城隍……〔註114〕

〔註112〕黃容惠修，賈恩綬纂：《南宮縣志（民國二十五年刊本）》，卷16，「文獻志・
人物篇中・德行列傳」，頁511、512。

〔註113〕〔清〕劉鍵邦：《合劍記》，收入《古本戲曲叢刊五集》，冊67，第12齣〈縋
城〉，頁40a～b。

〔註114〕〔清〕劉鍵邦：《合劍記》，收入《古本戲曲叢刊五集》，冊68，第20齣〈合
劍〉，頁19b～20a。

此處以婉曲的筆法，將「大開城門」解釋為「容百姓自便」而非「納降」。可以想見，任何朝廷都不能接受擔負守土之責的地方官「大開城門」，然而面對闖軍不降即屠城的威脅及血淋淋的前例，此舉對於當地百姓來說無異於全活大恩。彭士弘於生死存亡之際，兼顧了「存忠節」與「全生靈」，也難怪「闔邑肖像尸祝，百餘年猶如一日」了。〔註115〕在《縣志》或〈碑記〉皆不能明言的情形下，可以說《合劍記》這部「邑人寫邑事」的時事劇，為我們留下了一時一地的一段剪影。

（三）以實構虛：作者對「贊助者」的美化

關於《合劍記》的劇情，作者於家門大意中是如此描述的：

> 【東風齊著力】忠烈彭公，孤城遭陷，罵賊而亡。姪男英勇天性，重綱常。聞難乞師剿寇，報讐事劍鍔生光。忠和孝，一門媲美，十載流芳。王義智謀良，全眷屬，又將忠骨埋藏。親讐且報，兩劍復成雙。孝義同時薦舉，封章上，翰墨皆香。觀茲傳，三人姓字，地久天長。〔註116〕

由以上家門大意可知，此劇劇情圍繞於意欲表彰的三位人物：「忠烈」之彭士弘、「孝姪」彭可謙、以及「義士」王義，由「這本彭南宮忠烈傳奇」的稱呼可見，此劇以彭士弘為主線，可謙、王義為副線。據《曲海總目提要》卷十一云：

> ……其情節視《縣志》詳悉，大抵多真。獨所謂兩劍齊鳴，不過扭作關目，殆非實事。可謙殺劉方亮，亦是趁筆取快。士弘為城隍神，縣志未載，恐亦臆揣。李建泰督師，吳三桂請兵，劉應國赴救，皆時事映帶。〔註117〕

若仔細分析，會發現《曲海總目提要》所稱之「大抵多真」其實僅是針對南宮城破、士弘殉節事而言，對於「孝姪」與「義士」的副線，則認為是為了

〔註115〕黃容惠修，賈恩綬纂：《南宮縣志（民國二十五年刊本）》（臺北：成文出版社，1976年），卷13「文獻志‧職官篇‧宦績列傳」，頁383。

〔註116〕〔清〕劉鍵邦：《合劍記》，收入《古本戲曲叢刊五集》，冊67，第1齣〈表署〉，頁1a～1b。

〔註117〕〔清〕佚名：《曲海總目提要》，頁502。按：《提要》中敘劇中情節：「士弘有雌雄兩劍，一曰龍泉，一曰昆吾。……（王義與可謙）兩人遇於戰場，初不相識，交鋒甚銳，兩劍齊鳴。」所述與今存刊本不盡相同，如今刊本劍名「騰空」、「畫影」，且兩劍俱鳴為王義訪杏山彭宅尋可謙報信時事。

戲曲演出的劇場效果。關於此劇與史實不符處，如彭士弘之殉難細節、彭守謙未隨吳三桂請兵、亦未殺劉方亮等，學者比對甚詳，不再重覆。〔註118〕本文的重點並非探討何為歷史真實，何為戲曲虛構，而在於戲曲如何設計以達成其標舉之創作意旨或背後之創作動機，因此劇作中「大抵多真」的情節，並非本文關注之處，反而是「扭作關目」、「趁筆取快」、「時事映帶」之處，才是能得見作者構思，值得細加分析的重點。

1. 關目排場——王義線

已有學者指出，王義並無其人，此一角色應是揉合了其時三位各有義行的邑人而成，即在彭士弘殉難後，為其買棺收葬的趙曄、王夏，以及庇護士弘之兩夫人及其二子的宋家允。〔註119〕然而要指出的是，王義所有戲劇行動的起始動機，即冤獄蒙士弘平反的「報恩」，是不存在於這三位原型人物中的。劇作者以「義」為其名，亦可見此人物之抽象意義上的代表性。無可諱言，在一部「邑人寫邑事」的歷史劇中，一旦擴大角色作為抽象意義的代表性，反而會削減實際上對於特定人物的表彰作用。「觀茲傳，三人姓字，地久天長」，在「王義」非現實人物的情況下，此線的目的自然難以說是為其揚名、使其留芳百世。

王義一角可以說是劇中「扭作關目」最重要的人物，他聯結了士弘、可謙及士弘之家眷，於劇情的推動有著關鍵作用。但若進一步分析，可以發現他在劇場、排場層次所起的「熱鬧」作用，換句話說，凡是他的登場必「有戲」。他甫一上場，便是因其父遭趙申打死，他懷刃欲為其父報仇，因而遭陷下獄（第三齣〈墨陷〉）；彭士弘到任，為他平反冤情後，他誓圖報恩（第八齣〈釋冤〉）；當國家局勢無可挽回，士弘決意死社稷，王義請纓保恩公妻孥逃難（第十齣〈訣別〉）；出城路上為迎賊的同化金搜捕，王義仗劍威嚇，反令同化金高喊饒命而放人（第十二齣〈縋城〉）；辛苦送士弘家眷至姑姑家，又連夜趕回，施巧計偷走士弘屍骸下葬（第十五齣〈投棲〉、第十六齣〈偷葬〉）；其後一力擔起往杏山尋彭可謙請兵報仇，甚至自備盤纏，不受分毫（第十八齣〈義行〉）；與可謙會面，兩劍俱鳴，又受可謙之託，回守士弘家眷（第二十齣〈合劍〉）；後被草寇攔路打劫，因武功高強反被尊為寨主，乃定約僅取不義之財，殺大惡之人，且不准殺害善良、

〔註118〕李江傑：《明清時事劇研究》，頁148～154。
〔註119〕李江傑：《明清時事劇研究》，頁151～152。

姦淫婦女（第二十五齣〈義聚〉）；趙申嘯聚群盜，欲斬草除根，因不見王義，乃劫士弘家眷，為王義所斬，以其頭祭父（第二十六齣〈報讐〉、第二十七齣〈祭父〉）；士謙復仇後前來南宮，王義領其祭拜士弘，又往姑姑家迎士弘家眷（第三十齣〈祭叔〉、第三十一齣〈迎嬸〉）；最後在彭家團圓封賞中表明不望報（〈第三十二齣〈旌忠〉）。

不計首齣，《合劍記》共三十一齣中，末腳所扮之王義登場十四齣之多，為全劇戲份最多的人物，且由以上分析其戲劇行動可見，除了在最後三齣中作為生腳彭可謙陪襯外，可以說王義每次出場都光彩萬分，引人注目。劇中不僅有對他不收分毫自備盤纏這樣細節的行為描寫，還安排有其原型（三位邑人）故事中不存在的冤獄事，以給予其報恩動機，甚至還給了他與主線劇情無關的英勇、復仇與抒情場景（〈義聚〉、〈報讐〉、〈祭父〉）。〈合劍〉齣中，藉可謙之口讚揚他：「託妻寄子，送死養生，真義士也！」〔註120〕事實上，王義的戲劇行動與人物形象不僅是「孝子」、「義士」，更接近劇場上最受歡迎的「俠客」類型，這不由得讓我們想到作者於全劇下場詩中「新詞按譜問誰填，不是歌仙即劍仙」的宣言。可以說，大部分是虛構揉合而出，偏偏又佔了最多戲份的王義線，其目的並非是家門大意中提及，又或是「邑人寫邑事」類型歷史劇中的表彰先賢，而更接近劇作者對於戲劇效果、觀眾喜好，乃至他個人趣味的掌握與反映。

2. 平行上下移的投影——彭可謙線

在前引〈表晷〉家門大意中已提到，彭可謙、王義是此劇作為陪襯與收束之副線，而在此兩條副線中，王義若說是「義」，則可謙此線的定義則明顯為「孝」，故〈表晷〉稱之以「孝姪」。家門大意對於可謙的情節敘述為：「姪男英勇天性，重綱常，聞難乞師剿寇，報讐事劍鍔生光。」可見他被冠以「孝姪」的最重要之理由與表現，就在為叔復仇一事上。然而正如《曲海總目提要》指出的，《合劍記》中：「所謂兩劍齊鳴，不過扭作關目，殆非實事。可謙殺劉方亮，亦是趁筆取快。」如果報仇雪恨僅是劇場點染，並不成立，那麼「孝姪」的根基在何處？

除此之外，還有一個非常重要的違例之處：此劇中，以「外」扮彭士弘，而以「生」扮彭可謙。依照傳統戲曲慣例，生腳是無可置疑的主角，可以說

〔註120〕〔清〕劉鍵邦：《合劍記》，收入《古本戲曲叢刊五集》，冊68，第20齣〈合劍〉，頁23a。

此一腳色配置是違反戲曲常規及觀眾期待的。此一安排甚至與年齡無關,因彭士弘二子尚未長成,士弘甫上場自報家門時還自稱「小生」;〔註121〕另參照忠臣殉難戲,如《鳴鳳記》及其後丁耀亢重編之《表忠記》,劇中主角楊繼盛均為「生」扮。前文已提到,本劇作者是相當熟稔戲曲與劇場演出的,這樣的安排,只能視為刻意為之,因此可以說作者已經揭示了他意圖中欲標舉的主角人物。

然而若就戲份多寡來分析,由於《合劍記》全劇三十二齣,士弘殉節於第十三齣,可見此劇的重心不在於城破殉節,反在於其後收束,即復仇與秩序重建的劇情。由出場齣數及戲份來看,上述已提到王義出場十四齣,彭士弘於殉節前出場六齣,後以城隍身份登場三齣,共九齣,而彭可謙之出場亦為九齣,其戲份亦不到全劇三分之一,就生角來說似乎是不足的。那麼接下來要探討的,就是作者採用怎樣的設置及筆法,讓虛構的「孝姪」復仇行為,得以有力且合理地展現,足以成為潛藏的主角線。

首先最簡單的,是藉由他人之口加以正面肯定,如彭士弘一出場自報家門時便提到:

> 室人王氏、高氏,生得二子,尚未成器;幸有姪兒可謙,視予猶父,
>
> 他才兼文武,學貫天人,後日功名未可限量。〔註122〕

「視予猶父」,為可謙身為「姪」而「孝」提供了合情合理的解釋。但令人感到不妥的是,在中國傳統中,父叔輩對子姪輩讚賞其「才兼文武」或許還有可能,但「學貫天人」這樣的「奉承」顯然不符人情,不得不說在此作者的聲音似乎浮現,取代了角色的口吻。

此外,劇中接近尾聲時,有〈觀壁〉一齣,寫南宮地方蓋「忠孝節義之祠」,以表彰彭家忠孝節義出於一門,由鄉老登場說明建祠由來,將前面劇情先覆述一次,再入祠指點壁上圖畫,又唱一回。據《南宮縣志》提及彭士弘時云:「……今闔邑肖像尸祝,百餘年猶如一日,建祠額曰:『忠烈』。」〔註123〕參照《合劍記》首齣所云「彭南宮忠烈傳奇」,則此祠或建於傳奇創作之

〔註121〕〔清〕劉鍵邦:《合劍記》,收入《古本戲曲叢刊五集》,冊67,第2齣〈聞授〉,頁2a。

〔註122〕〔清〕劉鍵邦:《合劍記》,收入《古本戲曲叢刊五集》,冊67,第2齣〈聞授〉,頁2b。

〔註123〕黃容惠修,賈恩紱纂:《南宮縣志(民國二十五年刊本)》,卷13「文獻志·職官篇·宦績列傳」,頁383。

前，且應是專祀彭士弘一人。但劇中卻擴大為「忠孝節義之祠」，彭士弘部分基本屬實，王義義行虛實交錯而實無此人，至於彭可謙線，試觀以下曲白：

> 【黃鶯入御林】〔【黃鶯兒】〕姪子性英烈，痛叔亡，五內裂。向元戎懇告把雄兵借。哀求貝闕，乞師剿滅。（眾）這是相級把那賊的頭割了。（外）這就是殺彭縣主的劉方亮。陣前適遇深讐者，【簇御林】寶劍起，賊頭卸，奏奇捷。（眾）這是把人頭擺祭桌上。（外）是彭大爺得勝回來，將賊頭祭叔，泉下可寧貼。〔註124〕

虛構的孝行，藉由被擴大了的祠祀與父老之口肯定。為了將此一虛構盡可能地真實化，其行需有所本；對比王義情節線與彭可謙情節線，我們赫然發現作者巧妙地運用了角色平行下移與上移的映襯之法，〔註125〕亦即藉由重覆情節彼此烘托加強的手法，建構出彭可謙虛擬的「孝姪」身分。王義線中完全虛構的其父遭趙申打死及其後之復仇，就成為此劇三條「為父/叔復仇」平行線中的預告。第二十七齣〈祭父〉中，王義以趙申之頭祭父，唱道：「伏望陰靈，畧嘗一笤。」〔註126〕隨即在第二十九齣〈祭叔〉中，彭可謙上場曲文便是：「靫兒上，繫著箇讐人首，用他設祭當珍饈。」〔註127〕〈祭叔〉人物更複雜、曲白亦更多，在這樣近似的排場與語言重覆映襯下，使得彭可謙之祭叔更為令人印象深刻。

　　之所以稱為「三條」復仇平行線，重點在於劇中一個甚為搶眼的角色，即本應是《曲海總目提要》所云之「時事映帶」的吳三桂。參照同樣是「時事映帶」，前文所提到之李建泰事，吳三桂登場齣數不僅有四齣，且每一齣均為重要關目，其形象還有著刻意的美化，恐非「時事映帶」可以一筆帶過。吳三桂在劇中被設定為彭士弘親家，彭之長子為其姪婿。關於此點，由於無任何史料

〔註124〕〔清〕劉鍵邦：《合劍記》，收入《古本戲曲叢刊五集》，冊68，第30齣〈觀壁〉，頁53b～54a。

〔註125〕此處之「平行下移」，借用了華瑋師於湯顯祖研究中的說法，指的是劇作者「於同一劇中呈現不同階級的人的同型經驗，以組成多重聲音的交響」，如春香、花郎之於杜麗娘與柳夢梅。當然，湯顯祖使用此手法的目的在於「加強劇作思想的普遍性意義」，這與劉鍵邦的目的自然不同。見華瑋：〈唱一個殘夢到黃粱——論《邯鄲夢》的飲食和語言〉，收入《走近湯顯祖》（上海：上海人民出版社，2015年），頁88。

〔註126〕〔清〕劉鍵邦：《合劍記》，收入《古本戲曲叢刊五集》，冊68，第27齣〈祭父〉，頁44b。

〔註127〕〔清〕劉鍵邦：《合本戲曲叢刊五集》，冊68，第29齣〈祭叔〉，頁49b。

記載佐證，且劇中士弘長子名「可壯」，〔註128〕而據魏裔介〈邑侯彭公殉難碑記〉中，士弘二子名「可恒」、「可豫」，〔註129〕二者亦有出入，故可推測是劇作者為了讓可謙復仇線得以具體化以及合理化而虛構。吳三桂於劇中扮演極為重要的角色，《合劍記》之名所由來的「雙劍」，正是由他在為彭士弘餞行赴任時贈與（第四齣〈贈劍〉）；其後南宮城破，可謙聞信向吳三桂求援，並報吳父死訊，三桂因兵少，決意向清廷請兵以復仇（第二十一齣〈憤激〉）；吳、彭二人至清廷，再三苦求，終得清廷允諾出兵（第二十四齣〈乞師〉）；請得清軍，三桂及可謙大敗李自成，可謙陣斬劉方亮（第二十八齣〈大討〉）。

於情節發展至關重要以外，吳三桂形象更是光輝耀眼得驚人，他於第四齣〈贈劍〉上場時的自報家門如下：

> 睿謀神勇自天成，軍政森如細柳營。但念綱常為大節，豈圖封拜重平生。吾乃鎮北大將軍吳三桂是也。家世遼東，永鎮寧遠。秉乾坤正氣，唯知孝事親而忠事君；萃河岳英靈，誰許千稱豪而萬稱傑。……〔註130〕

自敘忠孝豪傑未足，劇中更證之以鬼神。《合劍記》綰合關目之砌末為吳三桂贈予彭士弘之一對「高陽氏神劍」，神劍有靈，乃雌雄劍神，劇中藉其口稱揚吳三桂：

> 俺每奉飛揚尊者之命，跟隨遼左吳大將軍，他乃當世第一豪傑，得他賞鑒，自謂得所。不道他胸有數十萬甲兵，謂劍止一人之敵，徑〔逕〕於杯酒間，脫贈南宮縣尹彭士弘……〔註131〕

除了以上敘述建構出來的正面形象，其舞臺形象亦十分俊俏。吳三桂以小生扮，〔註132〕「冠帶蟒玉」的戎裝，〔註133〕本已耀眼，在第二十一齣〈憤激〉

〔註128〕〔清〕劉鍵邦：《合劍記》，收入《古本戲曲叢刊五集》，冊67，第4齣〈贈劍〉，頁13a。

〔註129〕〔清〕魏裔介：〈邑侯彭公殉難碑記〉，黃容惠修，賈恩紱纂：《南宮縣志（民國二十五年刊本）》，卷24「掌故志石刻篇下」，頁913。

〔註130〕〔清〕劉鍵邦：《合劍記》，收入《古本戲曲叢刊五集》，冊67，第4齣〈贈劍〉，頁12a～b。

〔註131〕〔清〕劉鍵邦：《合劍記》，收入《古本戲曲叢刊五集》，冊67，第5齣〈分劍〉，頁16a～b。

〔註132〕按：此劇在第二十八齣〈大討〉中有誤刻情形，吳三桂時而標「小生」，時而標「外」。

〔註133〕〔清〕劉鍵邦：《合劍記》，收入《古本戲曲叢刊五集》，冊67，第4齣〈贈劍〉，頁12a。

與第二十八齣〈大討〉中，更是「小生銀盔素甲佩劍上，將校白旗白衣隨上」、「鐵盔白甲，眾白旗隨上」，〔註134〕銀盔白甲，戴孝復父仇的形象，在舞臺上是非常吸引人目光的。

這些設計的目的，其實都在為了下行映襯彭可謙線時，得以本身的史實性與正面性，支撐可謙線，將「戲曲虛構」證成為「歷史真實」。第二十齣〈合劍〉中，彭士弘死後封南宮城隍，他託夢給可謙指示：「你須急求大將軍同往北朝，如申包胥乞師故事，力請大兵撲滅闖賊，既為明朝雪恥，又與你叔父報讐，忠孝兩全，全在此舉……」〔註135〕可謙赴吳營求援，同時帶去了吳父為闖軍所殺的消息，於是接下來吳三桂的復君父仇與彭可謙的復君叔仇便理所當然地重疊了。此後可謙隨著吳三桂往清廷乞師，又與吳三桂一同討闖，就成為建構出的「歷史」。

（四）小結

《合劍記》劇末〈旌忠〉一齣，照例為傳奇團圓封賞大結局，其中奉吳三桂命前來送金帛之將官便提到：「因大爺新授山東堂邑縣正堂，遣送冠帶袍服……」〔註136〕這個表面看似戲曲習套的安排，由於彭可謙確實得授堂邑知縣而有了不同的意義。劇中安排「吳三桂」送來冠帶袍服，又是對於吳三桂線作為彭可謙線平行上移的映襯交代。明顯可以推斷，彭可謙之得官，絕對不會是傳統考試高中的結果。然而他的「孝姪」、「復仇」功績，又如上所述，為投影映襯所建構而成，實際上並不存在。那麼很有可能他得官的原因，類似於本章第二節中殉城而死的葉承宗之弟葉承祧，乃是恩蔭而來，〔註137〕是清廷於亂局中欲表彰節義、收攬人心的結果。而彭可謙作為姪兒，正如葉承祧作為弟弟，在恩蔭上恐怕都不是那麼理直氣壯。因此正如承祧其後一力蒐

〔註134〕〔清〕劉鍵邦：《合劍記》，收入《古本戲曲叢刊五集》，冊68，第21齣〈憤激〉、第28齣〈大討〉，頁24b、45a。

〔註135〕〔清〕劉鍵邦：《合劍記》，收入《古本戲曲叢刊五集》，冊68，第20齣〈合劍〉，頁20a。

〔註136〕〔清〕劉鍵邦：《合劍記》，收入《古本戲曲叢刊五集》，冊68，第32齣〈旌忠〉，頁60b。

〔註137〕據《乾隆歷城縣志》之承祧〈傳〉，葉承宗殉城而死後，「承祧火其尸而匿井中，賊索之急，乃夜墜城奔告征南大將軍固山額正譚爾泰，爾泰嘉其義勇，奏授與安知縣。」但在「忠烈」部分提及葉承宗時，則據《葉氏家譜》，明言「以承宗忠烈，奏授承祧與安縣知縣」〔清〕胡德琳修，李文藻等纂：《乾隆歷城縣志》《續修四庫全書》，冊694，卷41，頁611、644～645。

羅其兄著作出版《濼函》，可謙也刊刻了表彰其叔的《合劍記》。

由於資料不足，我們無法斷定《合劍記》究竟是在什麼情況下受到彭可謙的支助得以付梓刊行。有可能彭可謙如劇中所描述曾至南宮祭叔，甚至為士弘建祠，演戲祀之，劉鍵邦因而受託寫戲；亦有可能作者有意以此為干謁之具，於完成戲曲後獻作。不論是什麼原因，這位籍籍無名的諸生劉鍵邦，以其劇作家的巧妙筆法，不僅達成了褒揚先烈彭士弘、讚頌刊刻出資人亦即士弘之姪的彭可謙，還在此劇中創造出王義這樣生動的劇場人物，同時折射出亂世與初平的特殊時代背景下的人心向背。

義士俠客的故事向來為觀眾所喜聞樂見，而吳三桂復父仇請清兵則為世人所熟知，《合劍記》藉由這兩條副線對主線的交互映襯，力圖將虛擬建構的彭可謙孝姪復仇一事證成為歷史真實。與此同時，作為一部「邑人寫邑事」類型的歷史劇，它更記錄了不能公諸於正史或碑記的彭士弘受百姓愛戴的真正理由。藉由戲曲，作者彷彿指出了亂世中忠臣「全忠義」與「存百姓」的並立之道，讓忠臣得享死後名聲及祭祀，而百姓得保身家性命，並致以感激。

四、以曲「代」史：馬義瑞及其傳奇《天山雪》

在第二節《百花洲》的例子中，我們看到一位曾經撰寫過《歷城縣志》的劇作家葉承宗，「以曲代史」，選擇了以戲曲文體傳達方志紀錄之外的細節與情境，本節中馬義瑞的《天山雪》，〔註138〕則或可作為更進一步，更具有野心的以曲「代」史的嘗試。一般「以曲代史」，指的是劇作家以戲曲描寫歷史，以曲為史，是一種文體的代換，如李玉標榜「詞場正史」，即屬此類。此處的以曲「代」史強調的，則是「替代」乃至「覆蓋」。而馬義瑞如何以曲「代」史，又為何要以曲「代」史，則是本節所要探討的重點。

（一）馬義瑞生平及其湮沒之《甘鎮志》

馬義瑞，字肇一，或作肇易，〔註139〕號潛齋、知誤道人，齋名「玩易圃」。

〔註138〕〔清〕馬義瑞：《天山雪》，收入《傅惜華藏古典戲曲珍本叢刊》，冊 23。亦見〔清〕馬義瑞著，周琪、周松校注：《天山雪傳奇校注》，（蘭州：甘肅教育出版社，2012 年）。據周琪考證，今存之清鈔本及舊鈔本皆非原本，且舊鈔本源自清鈔本。見周琪：〈清代《天山雪》傳奇考辨〉，《中國古代小說戲劇研究》第八輯（2012 年 10 月），頁 131～132。

〔註139〕周琪在《天山雪傳奇校注・前言》及〈清代《天山雪》傳奇考辨〉中都稱馬義瑞「又字廣文」，根據的則是《甘州府志》中郭人麟〈跋《天山雪傳奇》八

約生於明崇禎末年，康熙五十一年（1712）或尚在世。〔註140〕甘肅甘州（今
張掖）人。康熙貢生。博涉載籍，有聲於時。康熙二十九年曾預修《甘鎮志》。
三十二年任寧夏中尉縣訓導，後任安定縣教諭。著有傳奇《天山雪》存世。

　　《天山雪》，〔註141〕作於康熙三十一年，描寫明末甘州城破，巡撫林日
瑞、總兵官馬爌及文武士紳殉難事。劇首〈天山雪自敘〉著「康熙壬申歲仲
春上古日張掖知誤道人題于玩易圃」。其中提到了康熙二十九年修志事：

> 庚午夏，當事名公大人延予補修《甘鎮志》，事關盛典，且愜素心，
> 乃不敢以不文辭。旁搜博〔博〕訪，閱三月而草創告成。不意剞劂
> 中阻⋯⋯〔註142〕

與葉承宗類似，馬義瑞亦曾先撰過方志，且他並非感歎無力刊行，而稱之以
「剞劂中阻」。既然撰史是「當事名公大人」所託，又為何刊印會「中阻」呢？
甘鎮一地，由於順治五年甘肅副總兵米刺印反，公署被燒，案冊全燬，故清
順治十四年所修之《甘鎮志》僅有六卷，〔註143〕且所涵括資料不及明季啟、
禎時期（如「宦蹟」僅及嘉靖萬曆朝）。那麼在早已平穩下來的康熙中葉，理
應急於建立政績的「當事名公大人」在邑中有人補修方志後卻未採納及刊刻，
有什麼可能原因？參見《甘州府志》卷十一「文學」提到馬義瑞如下：

> 馬義瑞，字肇易。博涉載籍，有聲於時。嘗偕高誨、田敏、王廸簡、
> 段為藻、夏攀龍擬修張掖新志，未成而罷，蓋皆一時之翹楚云。義
> 瑞曾製《天山雷〔雪〕傳奇》，有詩，見「藝文」。〔註144〕

首〉之五下注「馬廣文義瑞填譜」，然而此「廣文」應係學官之別稱，與傳中
「馬教諭義瑞」用法同，皆因馬義瑞曾任安定教諭，故稱之，周說恐誤。參
見周琪、周松：《天山雪傳奇校注·前言》，頁1；周琪：〈清代《天山雪》傳
奇考辨〉，《中國古代小說戲劇研究》第八輯（2012年10月），頁132。

〔註140〕生卒年判定詳下文。

〔註141〕〔清〕馬義瑞：《天山雪》，收入《傅惜華藏古典戲曲珍本叢刊》，冊23。按：
目錄中「上卷附五福攸同」（目錄列於最後，但實置於第一齣前），此齣〈五
福攸同〉疑非義瑞本人所作，其內容為「今有汾陽王功高社稷，德重卿邦，
當今良月吉日，值伊誕育之辰⋯⋯」這種制式化神仙送壽內容常見於鈔本中，
應是出自伶人手筆。且此齣外扮「南極老人」，與《天山雪》劇中首尾所設之
神仙框架，即第二、第四十二齣外扮「祈連山三白真人」不同。

〔註142〕〔清〕知誤道人〔馬義瑞〕：〈天山雪自序〉，《天山雪》，收入《傅惜華藏古典
戲曲珍本叢刊》，冊23，頁100～101。

〔註143〕〔清〕楊春茂纂修：《甘鎮志（順治十四年抄本）》（臺北：臺灣學生書局，1968
年）。

〔註144〕〔清〕鍾賡起纂修：《甘州府志（乾隆四十四年刊本）》（臺北：成文出版社，

兩相對照之下，馬羲瑞自云「草創告成」與後來方志中稱「未成而罷」，頗可
玩味。雖然由現有材料，無法斷定《甘鎮志》是否寫成，但此修史之舉為時
人所共知則是可以肯定的。此外，若我們比較葉承宗修《歷城縣志》的過程，
儘管是私人修史、自家刻印，然後獲得地方官的認可後進入官方地方志的系
統，在他代按察使蔡懋德和縣令宋祖法所作的序中，照樣形容自己如何在宋
令再三請託下，「三辭」後才「始勉從事」〔註145〕，則馬羲瑞所云：「當事名
公大人延予補修《甘鎮志》」，似也有可能是「私人修史」的美飾之詞。

　　順治十四年之六卷《甘鎮志》，僅為鈔本，內容不全，且更近於未完稿。
《甘州府志》敘述修志緣起，回顧舊志之不足時，提及順治時楊春茂所纂六
卷僅至隆萬年間止，雍正五年許容修《通志》，止於大綱，未有文獻。但由於
楊、許二人的官方身分，其纂修史書之舉順理成章進入官方系統。反觀馬羲
瑞的《甘鎮志》在甘鎮長期無史的情況下，亦不得躋身地方官志中。參照葉
承宗之例，重點恐怕還是在修志者聲望、地位及交遊是否足以進入官方話語
圈中。

　　由馬羲瑞遺留在方志中僅存的文章〈甘山道胡公〔胡悉寧〕釐剔催科碑
記〉看來，馬羲瑞亦如同葉承宗，在地方上擁有一定的聲望，足以讓父老在
為將離任的按察司副使分巡甘山道胡悉寧立去思碑時，〔註146〕由他來撰寫碑
記。但就宦途而言，儘管葉承宗亦不過是一介縣令，馬羲瑞無疑更加黯淡許
多。《天山雪》有署「康熙歲次丁丑〔康熙三十六年，1697〕仲春朔一日署寧
夏中衛儒學教授乙卯科京闈舉人咸林年家眷寅弟雍永祚頓首拜撰」之〈序〉。
據道光《續修中衛縣志》卷五「官師考」，「中衛學教授」項下有「雍永祚，
華州舉人，三十五年任」；又「訓導」項下有「馬羲瑞，甘州人。三十二年任。
升安定縣教諭。」〔註147〕可知此序為兩人同官中衛學時，雍永祚因同事之誼
而作。值得注意的是，下一任訓導為「張廷珪，陝西咸陽縣人，五十一年任」，
若《縣志》無誤，則馬羲瑞足足在中衛學當了近二十年的訓導，一直到了古

　　　　1976 年），卷 11「人物・文學」，頁 31b。另，卷 14「藝文中」收其文一篇；
　　　　卷 15「藝文下」收其詩七首，分見頁 71b～73a、41b～43a。
〔註145〕〔清〕葉承宗：〈刻歷城縣志序（代允繩宋父母）〉，《濼函》，《四庫未收書輯
　　　　刊》，柒輯，冊 21，卷 6，頁 734。
〔註146〕〔清〕鍾賡起纂修：《甘州府志（乾隆四十四年刊本）》，卷 10「官師下」，頁
　　　　11a。
〔註147〕此書有道光二十一年序。〔清〕鄭元吉修：《續修中衛縣志》（蘭州：蘭州古籍
　　　　書店，1990 年），頁 279、281。

稀之齡，〔註148〕方才升任安定縣教諭。由於資料不足，姑且存疑，以俟續考。〔註149〕不論如何，馬義瑞生涯最高僅至安定教諭，則是可以確認的。〔註150〕由此看來，他所修成之《甘鎮志》之所以未能進入地方官史的系統之中，一部分理由或許是他本人及其交遊圈在地方的聲望與人脈尚且不足，加上他始終未能踏入真正仕途之故。至於另一部分理由，或可由其《天山雪》之作，洩露一二。

（二）馬義瑞與《天山雪》之作

由上一小節中我們大略得知馬義瑞的生平，至於如何窺見其人，則有賴其文字。馬義瑞〈天山雪自敘〉云：

> 不佞夙乏片長，善召謗訕。勿論事涉風影，人務捕而捉之，此喝彼和，撰成一段可驚、可愕、可笑、可啼之奇談佳話，而後言者意快，聽者亦意快；即如子莫虛有，猶且借端媒孽，縱口譏評，間有代予白其為誣，則言者必怒，而聽者亦艴然不樂矣。然言者妄言，聽者妄聽，而歸之於吾，如雪點爐，毫不受也。予不受而人必以嚼碎虛空為快，誠不知其何心……〔註151〕

戲曲自序中，若逸出論戲、論曲、論本事乃至論教化以外的內容，通常特別值得注意，因為它們往往是劇作家借此方寸之地以抒發一己之心聲。對於不以詩文名，缺乏其他著作的馬義瑞而言，或許更是如此。此〈自敘〉開篇即是「不佞夙乏片長，善召謗訕」，這是很引人注目的。不論事實為何，馬義瑞顯然感受到自己長期遭受攻訐與歪曲。儘管他擺出了我自清風明月的瀟灑姿態，但行文語氣的憤慨不平是明白可見的。

接下來他提到《天山雪》的創作源起：

> ……庚午夏，當事名公大人延予補修《甘鎮志》，事關盛典，且愜素心，乃不敢以不文辭，旁搜愽〔博〕訪，閱三月而草創告成，不意

〔註148〕馬義瑞之父馬爌亡於崇禎十六年十二月，詳見下文。

〔註149〕今存道光二十六年抄本《安定縣志》八卷中，教諭僅列至順治朝，且對比康熙十九年《安定縣志》，兩書所列順治朝之教諭名單完全不同。

〔註150〕《甘州府志》所收馬義瑞〈甘山道胡公〔胡悉寧〕釐剔催科碑記〉一文署「安定教諭馬義瑞」，此文撰於康熙二十三年，此時馬義瑞甚至還未任中衛縣學訓導。可見此署法為敬稱，即馬義瑞生平最高官職。

〔註151〕〔清〕知誤道人〔馬義瑞〕：〈天山雪自序〉，《天山雪》，收入《傅惜華藏古典戲曲珍本叢刊》，冊23，頁99。

> 剞劂中阻。迨明年辛未之秋，偶取舊稿，閒相披覽，倏爾風吹敗葉，
> 颯然而至予前。予因有感於殉難先賢，必有不瞑目於地下者，若不
> 及今表彰，日久年湮，終付於敗葉秋風，飄歸何有而已。惜予力不
> 逮，無由遽登梨棗，欲作傳奇以揚厲美惡，奈又不諳音律，無足以
> 快人意……〔註152〕

前言中已提及，憂心地方先賢之善行軼事不得表彰而湮沒無聞，故作劇以傳之，是「邑人寫邑事」類型的歷史劇最常見之寫作動機，《天山雪》亦不例外。然而在以上敘述中，可以看到《天山雪》的創作是緊接著《甘鎮志》「剞劂中阻」後的。因此《天山雪》的創作，並不是一開始便著眼於戲曲文體易於流布、易於深入人心的功能，而是因撰史不得，於是假戲曲代方志而述之。緊接著，他對於自己不諳音律而作曲，提出了解釋：

> 既而思夫昔人有言曰：「閻浮世界，一大戲場。」夫世界皆可作戲觀，
> 則按音切律，戲也，野調油腔，亦戲也；知之而作，戲也，不知而
> 作，尤戲之戲也。或曰：「子為戲也固宜。第以人之耳聞目見，而有
> 私議于予，予且不受，今予生于五十年之後，而私議五十年以前之
> 人與事，是真近于捉捕風影者矣，否則是亦嚼碎虛空者也，彼古人
> 者，肯受之乎？」予曰：「不然。捕捉風影，戲也，嚼碎虛空，亦戲
> 也。知其為戲，則予之不知而作，可勿煩毀者嘵嘵，與議者呶呶為
> 也，戲而已。」〔註153〕

以上引文與〈自敘〉一開始相互呼應，然而值得玩味的是，此段引文前半是以「戲」的雙關義涵自我寬解「不通音律而作曲」會有的弊病，然接下來語氣一轉，使用了「或曰體」來為自己這部戲的內容預先辯解。「戲而已」其實帶有一種無賴的味道，在劇作家如孔尚任忙於抬高戲曲文體地位時，〔註154〕馬羲瑞反過來以一種「何必認真」的姿態拒絕批評，的確也與其〈自敘〉一開始的「毫不受」如出一轍。

〔註152〕〔清〕知誤道人〔馬羲瑞〕：〈天山雪自序〉，《天山雪》，收入《傅惜華藏古典
　　　　戲曲珍本叢刊》，冊23，頁100～101。
〔註153〕〔清〕知誤道人〔馬羲瑞〕：〈天山雪自序〉，《天山雪》，收入《傅惜華藏古典
　　　　戲曲珍本叢刊》，冊23，頁101～102。
〔註154〕「傳奇雖小道，凡詩賦、詞曲、四六、小說家，無體不備；至於摹寫鬚眉，
　　　　點染景物，乃兼畫苑矣。其旨趣實本于三百篇，而義則《春秋》，用筆行文，
　　　　又《左》、《國》、太史公也。於以警世易俗，贊聖道而輔王化，最近且切。……」
　　　　〔清〕孔尚任：《桃花扇・小引》，《古典戲曲叢刊五集》，冊45，頁1a。

　　然而他對於此劇果真抱持如此「戲而已」的輕佻態度嗎？作者於〈凡例〉中第一條開宗明義道：

> 甘州拒賊七日，火砲擂石打傷甚多，故城陷之日，賊恨為仇，屠戮最慘。又兼雪深數尺，被害不下萬餘，其間慷慨就義，表表耳目者，亦不下數百。然記難博（博）收，不能逐　　表出，現任而外，姑於文武紳士中，各取其一，以見大概云。〔註155〕

此條以甘州屠戮之慘起，營造出了史書的氛圍，也將此本傳奇定調為根據史實撰成之歷史劇。〈凡例〉中還有另外兩條亦強調歷史真實：

> 余生也晚，前朝事蹟，多得之於傳聞，非屬眾論符合，不敢妄肆褒譏，如記中尚有書名而不書事者，非僅以存春秋諱之之意，亦以惡惡欲短云爾。……
>
> 音律舛謬，文字荒疎，惟俟韻士方家，賜教削正，余不勝傾心受益。
>
> 間有摭聞當年實事，誚其某事有、某事無，且謂記中有離無合。如此指摘，予不敢為之置辨〔辯〕也。〔註156〕」

前者強調有本有據，後者則同樣可見馬羲瑞再度預設了他人的「指摘」。或者可以這麼說，他的「不敢置辯」更像是一種「不予置評」的高姿態，在謙稱音律文字有待教正的同時，確立了劇中所涉人事的歷史真實性為「眾論符合」，不容指摘。

　　此外，以上引言尚有一點值得注意之處。〈凡例〉中「余生也晚」一條，除了強調所敘皆為實事外，若結合〈自敘〉中的「或曰體」部分觀之，似乎有一種刻意拉出歷史距離的意味。康熙中葉距離明清之際，就記錄者的角度，的確稱得上「余生也晚」，未及親見。然而孔尚任曾如此描寫《桃花扇》於京城演出後的觀者反應：「然笙歌靡麗之中，或有掩袂獨坐者，則故臣遺老也，燈炧酒闌，唏噓而散。」〔註157〕《桃花扇》較《天山雪》晚出七年，座上猶有「故臣遺老」，馬羲瑞卻在〈自敘〉中用「古人」來形容五十年前的死難忠臣，這不能不讓人感到疑問。

〔註155〕〔清〕知誤道人〔馬羲瑞〕：〈天山雪凡例〉，《天山雪》，收入《傅惜華藏古典戲曲珍本叢刊》，冊23，頁109。

〔註156〕〔清〕知誤道人〔馬羲瑞〕：〈天山雪凡例〉，《天山雪》，收入《傅惜華藏古典戲曲珍本叢刊》，冊23，頁111。

〔註157〕〔清〕云亭山人〔孔尚任〕：〈桃花扇本末〉，《桃花扇》，收入《古本戲曲叢刊五集》，冊48，頁147b。

　　最重要的是，據《甘州府志》卷十五「藝文下」收郭人麟〈跋《天山雪傳奇》〉八首，其五下注云：「馬廣文羲瑞填譜，即殉節馬總戎令子也」，則羲瑞實劇中外腳所扮之總兵官馬爌之子！〔註158〕查選舉志，於「甘州府」項下有「郭人麟，乾隆癸酉（十八年，1753）拔貢」。〔註159〕甘肅文風或文人數量不比江南之盛，然而文人又因科舉有著天然的交流管道及需求，我們或許可以推測，在相對狹窄的此地府縣學生員、教導圈子中有著足夠熟稔的來往。郭人麟作為府學拔貢，當有一定的年齡，乾隆十八年去康熙末年未遠，至少其父輩與馬羲瑞在世時間應有重疊，故其注語應是可信的。甚至進一步推測，馬羲瑞作為「殉節馬總戎之子」，以此為傳家標榜的話，則此事為地方所共知，亦不無可能。

　　如此看來，《天山雪》的創作，不僅是「邑人寫邑事」，甚且是「子傳父事」。那麼馬羲瑞的刻意拉開距離，稱易代時殉難先賢為「古人」，在〈自敘〉、〈凡例〉中，將外隱於生旦淨末等腳色中，將馬爌隱於「文武紳士」等角色中，一字不提兩人間的關連，是為了什麼？如果說馬爌是抗清而死，那麼或許還可以理解在康熙中仍有顧忌的理由，但馬爌卻是殉於闖軍攻城。由上述《合劍記》例子可知，清廷為了強調己身立朝之大義，對於抗闖始終是採取褒揚態度的。因此馬羲瑞的刻意隱瞞與拉開距離，必有其他的原因。

　　因此接下來，我們尚需由劇作文本中進一步尋求佐證，並藉此挖掘馬羲瑞作史劇、以及他那種似在不斷對抗「謗訕」、「指摘」姿態的理由。

（三）地域與家族：《天山雪》傳奇

　　《天山雪》傳奇，凡四十二齣。劇寫明末李自成麾下賀錦攻打甘州（今張掖），甘肅巡撫林日瑞、總兵馬爌矢志堅忠，百姓助餉，生員獻策，齊心固守，使賀錦部隊傷亡慘重。都司山佳因細故銜恨，又聞李自成西安立帝，知明朝大勢已去，夥同遊擊干有一，暗中勾結賀錦，引賊進城。副將歐陽回府別妻縱火，巷戰而死；指揮趙宗禮命妻妾自盡，坐中堂連砍數賊後自刎；康萬秋夫婦自縊杏林。數年後，林日瑞之侄林維造，授張掖觀察之職，父老訴冤，捉山佳、干有一正法，並建醮超度英魂。

〔註158〕〔清〕鍾賡起纂修：《甘州府志（乾隆四十四年刊本）》，卷15「藝文下」，頁54b。

〔註159〕〔清〕鍾賡起纂修：《甘州府志（乾隆四十四年刊本）》，卷12「選舉・文宦」之「甘州府」部分，頁17a。

1. 地域

此劇首齣〈副末開場〉，我們再度看到熟悉的對於風教的強調：「知音處，事關風化，體重綱常。」〔註160〕此外，此劇亦有著宣揚忠孝節烈戲曲中常見的神佛框架，見於第二齣〈山靈顯相〉及第四十二齣〈正氣還元〉，不計〈副末開場〉，即整個戲曲的首尾兩齣。不過就如同前面所提，「邑人寫邑事」類型的歷史劇與一般歷史劇相較，主要特色便是地域性。此劇的神佛框架即顯示出地域的特殊性，上場主持之神明乃是祁連山（天山）三白真人，他昭示明朝氣數已盡，而那些將受難的英傑之士，則「皆秉本山靈氣而生」，因怕他們失誤真性，故命六花童子前去收正氣回山；而在尾齣又再度提到「那些遊宦的英魂各去返家庭，木山秀氣歸原徑」。〔註161〕

這樣的「地域自覺」在寫甘州城陷時，便以一種近乎溢美的筆法表現出來。明季流寇席捲神州，各地民心思變，州縣多有望風而降者，至於武備鬆弛、文武無能等等，更是多個描寫明季的戲曲必然提及之點。但《天山雪》中卻極力強調甘州城之堅固、糧草之齊備、民心之團結，不僅百姓爭相助餉，文武鄉紳更皆忠勤惕厲於王事。如第十九齣〈助餉勞軍〉中，巡捕官與地方父老奉巡撫林日瑞之命往民間勸人捐助軍餉，書生康萬秋首先響應，後農婦、工匠紛紛前來捐助，其曲文中則強調若城破家亡，珠翠錢財皆無用，工匠下場時，更反覆唱：「但願同心意，保城池，答報朝廷二百餘年深恩義。」此齣末，則以富商「錢客」不願捐餉，為了能少捐一些，與巡捕官再三講價。觀其弔場曲白：

> ……說不得了，還有二十担未賣完的梭布，明日照本發上幾担罷！
>
> 可惜我在甘州，不知賺了多少銀兩，惟有今番受損傷，惟有今番受損傷。

可見此「錢客」為外來客商，用以作為本地百姓的反襯。

此外，劇中在明寫因不敵賊勢只能退而守城時，甚至還熱熱鬧鬧地上演了一齣〈登陴拒敵〉，以寫守城武將之英勇。此齣描寫賀錦率兵前來攻打四門，因久攻不下，賀錦焦躁之餘，決定集中兵力輪打北、東、西、南城，一門打不下換一門，以反襯守城官軍之齊心努力。並強調此城守得鐵桶似，足以支

〔註160〕〔清〕馬義瑞：《天山雪》，收入《傅惜華藏古典戲曲珍本叢刊》，冊 23，頁122。

〔註161〕〔清〕馬義瑞：《天山雪》，收入《傅惜華藏古典戲曲珍本叢刊》，冊 23，頁124、319。

持一年半載。至於史實上甘州城僅守七日，〔註 162〕且「守者咸怨」，〔註 163〕則略過不提，且將最終城陷完全歸因於賣城之奸人山佳，甚至還藉其口反覆為城中「眾英豪」脫罪：

> 如今流賊圍困城池，已經數日。城上人心齊備，城內食用充足，家家戶戶都有柴油、果餅子，預備過年節的東西，料想支持一年半載也是容易的。……只是總督爺與各鄉紳士庶，堅心把守，又是萬旗鼓巡邏甚嚴，如之奈何？……咳！只是可惜他們將一座城守得如鐵桶相似，被我一個人壞了。〔註 164〕

在因奸人內應城破後，劇中還以〈街亭巷戰〉一齣描寫羅俊傑、萬峘等人之武勇，他們與賀錦輪番交戰，皆不分勝敗，只因其嘍囉趕來混戰才敗下。還有一段萬峘幾乎戰勝並抓住賀錦的描述，只是後來讓其脫逃，因而萬峘遭圍捕，不屈慘死。最後再由賀錦口中強調：「俺領兵而來，人人倒戈，處處投降。誰料這甘州一隅之地，抗拒不順，傷了俺無數強兵好將。昨日若非有人串通降了，焉能攻打得破？」〔註 165〕簡而言之，這一場最終城破的敗戰，卻由劇中正反派合力演述得齊心、英勇且正面。

2. 家族

如果說，因為地域情結使得劇作者筆下不免過分塗飾了些，還可以理解；那麼另一個引起讀者注意的異於一般描寫明季歷史劇之處，便值得深入探索。此劇由於意在表揚鄉里殉節英賢，人物眾多，然而較之真實歷史中一場守城之戰的死難人數，顯然是「記難博收，不能逐一表出」，這便涉及到去取的問題。〈凡例〉中論及去取原則有數條：

> ……現任而外，姑於文武紳士中，各取其一，以見大概云。

> ……此記惟欲表揚忠節，其間生、淨、外、末，原無重輕，彼此事情，不相連貫，故以外末先出，匪曰貴貴，實以見此記不專為正生

〔註 162〕「甘州拒賊七日，火罐擂石打傷甚多。故城陷之日，賊恨為仇，屠戮最慘。」〔清〕馬義瑞：《天山雪·凡例》，頁 109。

〔註 163〕〔清〕鍾賡起纂修：《甘州府志（乾隆四十四年刊本）》，卷 2「世紀下」，頁 44b。

〔註 164〕〔清〕馬義瑞：《天山雪》，收入《傅惜華藏古典戲曲珍本叢刊》，冊 23，第 22 齣〈偷生賣計〉，頁 225～226。

〔註 165〕〔清〕馬義瑞：《天山雪》，收入《傅惜華藏古典戲曲珍本叢刊》，冊 23，第 30 齣〈抗顏不屈〉，頁 260。

而作。〔註 166〕

……

記中副淨數齣，似與本傳大旨，不甚關合，但以千里而來，殉難異

地，夫忠婦烈，情實堪憐，因並及之，以寓不沒人善之意。〔註 167〕

出以上敘述，馬羲瑞顯然是於本地各階層及外來人士中各取一代表，同時強
調了此劇不同於一般傳奇程式中圍繞正生的敘事，在忠烈事蹟上各個腳色不
分輕重。然而去取本身就是一種「輕重」，學者亦承認此劇不收「更有戲劇性
和悲劇色彩」的郭天吉，「只能解釋為子為其父揚名。這不能不說是一種私心
和失誤。」〔註 168〕此外，馬羲瑞於〈凡例〉中完全不提傳奇重心的「旦」角，
甘州城破前，劇中所有女性角色幾乎均為他所提到「文武紳士」之妻、妾或
女兒，〔註 169〕戲分較多的僅有旦所扮康萬秋之妻，但依然是作為「應有之義」
的配角出現。她們的主要戲劇行動集中於城破時自盡（或被迫自盡），明顯是
用以陪襯男性人物，而不是作者的關心所在。故以下不討論女性角色，試將
劇中甘州之役（即此劇前三十齣）中的「忠烈」人物、腳色及出場齣數表列
如下：〔註 170〕

	生	末	外	副淨	小外	副末	老外	老外
姓名	康萬秋	林日瑞	馬爌	歐陽袞	萬峘	段自宏	羅俊傑	趙宗禮
身分	生員	巡撫	總兵官	臨洮副將	撫標旗鼓	鄉紳	世襲指揮	世襲指揮
里居	邑人	詔安人	蔚州人	不詳	邑人	邑人	邑人	邑人
登場齣目	4、11、16、18、19、29	3、8、12、15、16、18、20、22、30	3、7、9、12、18、20、21、30	9、10、12、20、22、24、26、	13、18、20、21、26、27、31	14、18、20、25、	14、18、20、25、26、	14、18、20、25、28

〔註 166〕〔清〕知誤道人〔馬羲瑞〕：〈天山雪凡例〉，《天山雪》，收入《傅惜華藏古典
　　　　戲曲珍本叢刊》，冊 23，頁 109。
〔註 167〕〔清〕知誤道人〔馬羲瑞〕：〈天山雪凡例〉，《天山雪》，收入《傅惜華藏古典
　　　　戲曲珍本叢刊》，冊 23，頁 110。
〔註 168〕周琪：〈清代《天山雪》傳奇考辨〉，《中國古代小說戲劇研究》第八輯（2012
　　　　年 10 月），頁 134。
〔註 169〕僅老旦所扮康家小姐之乳母例外。
〔註 170〕第 31 齣〈魂追逆黨〉，寫城破後元旦，山佳、干有一置酒孝敬賀珍〔錦〕事，
　　　　此齣末有小外魂扮上場，但僅有驚嚇，並無索命情節。

　　由上表可知，雖然馬羲瑞〈凡例〉中稱各角色「原無重輕」，但細究之下，戲份最多、最為突出的，明顯是「先出」之甘州文武領袖，即末腳所扮甘肅巡撫林日瑞（九齣）以及外腳所扮總兵官馬爌（八齣）。一般說來，又常見以文臣為此種表揚英烈戲曲之中心。原因除了明朝一直以來以文統武，文臣地位遠在武將之上，更重要的其實是創作戲曲的絕大多數是文人階層，對於文臣有著自然的偏向。因此戲曲中常見剛考上科舉的年輕主角因紙上談兵的獻策得授大元帥，統兵打得敵軍望風而降，大獲全勝的情節。類似情形亦見於劇中生員康萬秋之獻策大獲林日瑞的讚賞，只不過在史實限制下他的獻策沒有扭轉乾坤之力。〔註171〕

　　以此觀之，甘肅巡撫林日瑞本應是殉節群英中的焦點。然而細究之下，卻發現他於劇中出場之九齣，其戲劇行動分別為：送馬爌前往勤王（第三齣〈栢臺飲餞〉）、送走姪兒林維造，以存林氏承宗子（第八齣〈遣兒歸籍〉）、不放半途折回的馬爌進城（第十二齣〈回汛遭疑〉）、接報涼州軍民已投順賊兵，一整日憂愁無計（第十五齣〈書館運籌〉）、接見生員康萬秋，康獻平賊數策，林大喜（第十六齣〈義舉獻策〉）、召鄉紳等於關帝廟中議事，聽取各方意見（第十八齣〈廟中會議〉）、聞說先前派遣迎賊官兵大敗，只得守城，調派守四門人馬（第二十齣〈轅門發令〉）、城破死節（第三十齣〈抗顏不屈〉）。由這些敘述可以看出，林日瑞的戲分雖多，除了死節一幕，並未有太多濃墨重彩的形象塑造，有些場景甚至顯得軟弱猶疑，如〈書館運籌〉最後的曲文：

　　【前腔（太師引）】這怎樣固守？再推詳，直磨障，自低徊，如何主張？
　　我想那古人，也有開門却帶的，也有該疑兵以拒敵的，下官這一日，却怎生學不
　　出陳平奇想，做不出却敵良方。沉吟半日難停當，無謀畫打疊周方，
　　空來往徙倚中堂。憑誰說意亂心忙的情狀。〔註172〕

這樣的描寫，雖然就另一種角度來說，亦可以解讀為深入刻畫人物的筆法。但在一部以褒揚鄉賢先烈為旨的戲曲中，無疑地〈登陴拒敵〉那樣「美化」的筆法才是與其創作目的最相符的。林日瑞在〈書館運籌〉中如此無計可施

─────────────────

〔註171〕當然，由於張良的典型在前，此類情節亦有較為「合理」的鋪排，即讓主角
　　　　獲得異人或仙人的青睞，得授異術或天書。如王鑨（清初名書法家王鐸之弟）
　　　　的《雙蝶夢》中，主角沈端便因能異術，獲薦授平寇都統大元帥，領兵解闖
　　　　賊圍開封之難。〔清〕王鑨：《雙蝶夢》，收入《古本戲曲叢刊三集》，冊109。
〔註172〕〔清〕馬羲瑞：《天山雪》，收入《傅惜華藏古典戲曲珍本叢刊》，冊23，第
　　　　15齣〈書館運籌〉，頁187～188。

的形象，只能說是為了襯托下一齣〈義舉獻策〉中康萬秋的嘉謨志節，實在難以說他是作者置於最中心的「英雄人物」。

反過來看馬爌，首先，在戲曲腳色設置中，以「外」扮馬爌已經指向其人物必然為正面形象；〔註173〕其次，在馬爌登場的齣數中，對他的描寫明顯（甚至近乎刻意地）正面。他甫登場便自敘如何秣馬厲兵，正欲上書剿闖賊，旋奉旨勤王（第三齣〈栢臺飲餞〉）；勤王途中多有辛勞，但因賊寇已據潼關，在「為國全身，不須焦燥」考量下，決定回轉河西（第七齣〈勤王阻寇〉）；因蘭州無糧無兵，力勸肅王渡河，為奸人所阻（第九齣〈力諫渡河〉）；回城時林日瑞誤以其降賊不開城門，欲自刎以明心志（第十二齣〈回汛遭疑〉）；赴關帝廟中議事（第十八齣〈廟中會議〉）；聽林日瑞安排調度守城（第二十齣〈轅門發令〉）；擔起四面巡邏工作，令流寇輪番攻打四門不下（第二十一齣〈登陴拒敵〉）；城破死節（第三十齣〈抗顏不屈〉）。

其中最值得注意的有兩處。其一，第七齣〈勤王阻寇〉，寫的其實是馬爌未能勤王一事。不論是由史載京城遭圍，勤王軍寥寥，或由清初戲曲對崇禎敲景陽鐘而無人前來，乃至自縊於煤山過程的悲淒描寫，〔註174〕都可反襯馬爌未能上京勤王的嚴重失職。然而此齣不但藉兵卒之口勸其「為國全身」，更藉尾評加以強調「審機」的正確：「審機回兵，固是上着，而一仁一暴，寫得分明。」〔註175〕由於證據不足，無法斷定此劇評語由何人所寫。鈔本之評語部分，皆由不同字體標「原評」，由第二十一齣〈登陴拒敵〉關於演出調度的評語看來，〔註176〕評者或即作者馬義瑞本人，果真如此，這樣的評語，顯見是作者刻意的回護。〔註177〕

〔註173〕明清背景的戲曲中，外的形象往往更接近統兵的文臣而非武將，最顯而易見的例子是《牡丹亭》中的杜麗娘之父南安太守杜寶以及《桃花扇》中的史可法。

〔註174〕參見華瑋：〈誰是主角？誰在觀看？——論清代戲曲中的崇禎之死〉，《明清戲曲中的女性聲音與歷史記憶》，頁179～232。

〔註175〕〔清〕馬義瑞：《天山雪》，收入《傅惜華藏古典戲曲珍本叢刊》，冊23，第7齣〈勤王阻寇〉，頁146。

〔註176〕「此上曲文，只該一人唱，分之欲便演者省力也」〔清〕馬義瑞著，周琪、周松校注：《天山雪傳奇校注》，第21齣〈登陴拒敵〉，頁153。此評清鈔本無，周琪據清末民初精鈔本補。

〔註177〕鈔本之第一齣，並未鈔寫撰者，故亦無評者名。但由往例推測，作者自評可能性最大，其次可能為另一位寫序者雍永祚。如果是後者，作為必然知道馬義瑞身世的「年家眷」及同僚，雖動機不同，但為之婉曲回護則一。

　　更明顯的則是第十二齣〈回汛遭疑〉，此齣是本劇文武忠臣的對立場面。林日瑞因聽到馬爌降賊的流言，不放其進城，兩人於城上城下質問與釋疑，最後誤會冰消，同聲誓報君主。可以說在場面與情節上都是一個高潮，因而作者的處理便特別值得注意。但細細觀之，可以看到這一齣顯然是站在馬爌的立場，首先齣名〈回汛遭疑〉，已經將其定位成無辜受疑，而一開始更由上場的卒子言道：「我想馬總爺是個忠臣，甚麼咬舌根的在都老爺上謗些是非，反叫這樣防嫌他。」〔註178〕兩人於城頭上下問答時，更極力描寫馬爌的慷慨激昂，乃至自刎明志：

【前腔】（外）聞言激得裂肝腸，飛災禍教我難當。我馬爌乃是堂堂男子，烈烈丈夫，位至元戎，官居一品。縱不能委身事主，又豈肯靦顏投賊了！林老爺！休聽讒語陷忠良，本心要忠貞報上，又誰知屈死沙場！罷！罷！此心也難明了，倒不如將身刎棄黃壤，將身刎棄黃壤。（拔刀自刎，副淨攔住介）
〔註179〕

林日瑞於是開門謝罪，承認誤聽人言。又藉他的詢問引話，讓馬爌自敘英勇，並讓他有辯解未能勤王即回轉的機會，再加以寬慰肯定：「請問元戎，既去勤王，為何半途而回？……老元戎與賊相遇，卻如之何？……如此說起，老元戎回來的極是。……元戎雖未得去勤王，這一片忠意也有報答皇上處。」〔註180〕由這齣的刻意安排，可以推想其時很有可能確曾有過這樣的流言，因而作者耗此筆墨加以澄清。在強調馬爌忠心的同時，亦醞釀出他無辜遭疑的悲劇感。

　　這樣明顯的偏向究竟是為了什麼？考慮到馬羲瑞刻意的拉開時間距離並強調歷史真實性，考慮到他身為殉節忠臣之子，不斷預設他人「謗訕」、「指摘」的語氣，則此劇之作，除了表彰鄉賢節烈，極可能亦有為其父洗清惡名之動機。除了上述未能勤王的可疑（因而遭謗）的狀況外，查乾隆《甘州府志‧馬爌傳》，雖然寫其死於城守，亦有如下記載：「〔崇禎〕十五年……督師孫傳庭召之不至，疏劾之；比至軍復，以逗溜淫掠再被劾，皆宥之。……」

〔註178〕〔清〕馬羲瑞：《天山雪》，收入《傅惜華藏古典戲曲珍本叢刊》，冊23，第12齣〈回汛遭疑〉，頁169。
〔註179〕〔清〕馬羲瑞：《天山雪》，收入《傅惜華藏古典戲曲珍本叢刊》，冊23，第12齣〈回汛遭疑〉，頁170～171。
〔註180〕〔清〕馬羲瑞：《天山雪》，收入《傅惜華藏古典戲曲珍本叢刊》，冊23，第12齣〈回汛遭疑〉，頁172～173。

〔註181〕可見就在甘州之役前，馬爌便有不聽宣召、逗遛淫掠的惡行。確實，較之〈助餉勞軍〉、〈登陣拒敵〉中美化到不真實的軍民同心，這短短的記載似乎更接近於明末困局描寫中常見之地方武將驕橫恣意、擁兵自重的形象。

或許正因如此，馬羲瑞首先以外腳扮馬爌，在登場形象上確立其正面性。而除去家門大意與神佛框架的嚴格意義上的第一齣，便是以寫其領兵勤王開始。作者又為其開脫為何半途而返，並將藩王之死歸因為受奸人挑唆，不納馬爌渡河之勸；又以林日瑞拒開城門，營造馬爌遭受誤解的悲劇感；更是反覆強調馬爌作為總兵官，他所負責的甘州守備的完善。馬羲瑞不遺餘力地在劇中重新建構其父的形象，以此覆蓋在鄉里中流傳的歷史記憶。我們或可大膽地說，這是一場話語權的爭奪。或許正是因其所修之《甘鎮志》不為當道採用刊行後，馬羲瑞不得不放棄使用官方話語的權力，改為訴求民間歷史記憶，因而創作了《天山雪》。此劇作為「邑人寫邑事」的歷史劇，在其時史料全燬的狀況下，帶有強烈的以曲「代」史甚至是「以曲掩史」的意圖。

（四）地方記憶與話語權的爭奪

事實上，馬羲瑞的確取得了相當的成功，以至於乾隆《甘州府志》中，都依賴它為史料並加以引用。《甘州府志》在卷十一「人物·忠節」後，記載如下：

> 馬教諭義瑞，著傳奇，載總兵馬爌勸肅王渡河，保守甘、涼，被原任鎮將楊旗阻止，致及于難。嗣守甘州都司山佳、遊擊千有一，私勾降番，引賀賊自東南角攀城而上，闔城屠戮。想係崔姓、王姓二弁，特隱其名也。又有喻大壯，先獻降書，種俱未詳。殉節官民，概多莫考，將可知者錄之，亦千百之十一耳。〔註182〕

與葉承宗《百花洲》的描述亦出現在《乾隆歷城縣志》「忠烈」後如出一轍，我們再度看到地方官以戲曲為史料，並將戲曲內容視為真實，採入正史。如卷三「國朝輯署」：「按他志，賀錦為喬芳所誅，而《天山雪傳奇》又稱番僧沈忠，想係番目申中二字音訛，亦必由制軍密調助勤者。」〔註183〕卷九「官

〔註181〕〔清〕鍾賡起纂修：《甘州府志（乾隆四十四年刊本）》，卷2「世紀下」，頁45a。

〔註182〕〔清〕鍾賡起纂修：《甘州府志（乾隆四十四年刊本）》，卷11「人物·忠節」按語，頁18a。

〔註183〕〔清〕鍾賡起纂修：《甘州府志（乾隆四十四年刊本）》，卷3「國朝輯署」，頁2a。

師上」提到萬峘時，又云：「史載係巡撫林日瑞中軍游擊，《天山雪傳奇》道其烈。」〔註184〕

如果《天山雪》能夠於官方史乘上取得這樣的記載，那麼在戲曲最為擅場的百姓群眾中與民間記憶上，它以曲「代」史的成功將更無疑問。先前提到清初無名氏所撰，以明亡為題材的《鐵冠圖》，〔註185〕《曲海總目提要》評論此劇云：

> 影掠明末崇禎事蹟，真偽錯雜，淆惑視聽。如范景文之忠烈，而痛加詆毀；李國楨甚平平，而極口贊揚。非村夫妄談，即邪黨謬論。演唱相沿，幾惑正史。亟當駁正者也。〔註186〕

隨即《提要》作者便一一指出《鐵冠圖》中與正史相悖之處，加以「駁正」。《曲海總目提要》是清中葉人所輯，如果說在明亡百餘年後，對於知文識字的文人階層來說，《鐵冠圖》已經是「幾惑正史」，那麼對於很可能僅憑舞台上戲曲內容來獲得他們所有歷史知識的平民百姓而言，歷史劇對於大眾歷史記憶的影響、修改甚至覆蓋的狀況便更不可低估。

（五）個人的投射

最後值得一提的是，馬爌為山西蔚州人，〔註187〕然而馬羲瑞於《天山雪》〈自敘〉及〈凡例〉之署名，里籍皆標「張掖」。我們或許可以推斷，馬羲瑞很可能是馬爌於駐地所納姜室之子，無論他是被送出城外，或於城破時僥倖得生，在隨之而來的亂局之中，他並未能回歸本家。這或許解釋了大致根據史實描述甘州之役的《天山雪》中，為何會虛構有關趙宗禮的以下情節：康萬秋之女與趙宗禮之子自幼訂婚，城破時，分別由家中奶娘、僕人護持逃走。易代後，林日瑞之姪林維造以張掖觀察身分重訪，設道場超薦英靈，康女與林子於燒疏時重逢，由林公賜下銀米，命長大後完婚。

〔註184〕〔清〕鍾賡起纂修：《甘州府志（乾隆四十四年刊本）》，卷9「官師上」，頁34a。

〔註185〕關於《鐵冠圖》由清初至清中葉的流變，參見華瑋：〈誰是主角？誰在觀看？──論清代戲曲中的崇禎之死〉，《明清戲曲中的女性聲音與歷史記憶》，頁179～232。

〔註186〕〔清〕佚名：《曲海總目提要》（天津：天津古籍出版社，1992年），卷33，頁1459。

〔註187〕〔清〕鍾賡起纂修：《甘州府志（乾隆四十四年刊本）》，卷2「世紀下」，頁45a。

　　按《甘州府志》:「趙宗禮,遊擊,年七十餘,一子金剛保,甫八歲。城陷,有老僕請負以逃,不可,曰:『豈忍以先人嗣續為賊隸耶?』手刃之,舉室焚死。」[註188]然而馬羲瑞不僅在劇中改動了趙氏子的命運,[註189]更為趙宗禮與其子濃墨重彩地寫了〈授命遺孤〉一齣。此齣前半描寫趙氏子金剛保年方六歲,驕憨好玩,一心想著過年穿新衣和遊春,聽到吶喊殺聲還以為是城中有熱鬧社火,鬧著要僕人趙倉帶他去看。趙宗禮趕回欲殺子,為趙倉所救止,乃改意讓他護子逃走。試看此處金剛保之曲白:

> 【前腔(一江風)】告親幃,念孩兒年方六歲,襁褓難離,今日教兒逃去,飢時誰與食?寒時誰與衣?捱不過凍餒,終做溝渠鬼,望爹行仔細尋思。比如把孩兒拋在街衢,無人依倚,倒不如死在家庭裡。(趙外)噯唔,孩兒,為爹的非不知道,事出無奈了。趙倉說的極是,你快些去罷。(小生)親心何太慈,又不須恁癡迷。孩兒相尋,一朝總逃身命,將來也失教施,空留著浮生浪子成何益?(趙外)這也聽憑你了。[註190]

戲曲作品中類似於這樣的逃難別離場景,多聚焦在義僕又或是父母、長輩,如此大篇幅且完整地描寫六歲小兒先驕憨後恐懼的形象,極為罕見,或許這其中有著馬羲瑞幼年失祜的投射在內,亦未可知。

(六)小結

　　馬羲瑞明言《天山雪》是因其所撰《甘鎮志》未能出版而作。因此不同於李玉或孔尚任「以曲代史」強調的是嚴謹之創作態度或其史心、史識,《天山雪》是字面意義上的「以曲代史」,甚至更有野心地以曲「代」史。他在〈凡例〉、〈自敘〉中刻意拉開了與前人的時間距離,標榜表彰先賢的創作意旨。而在戲曲中則將其父馬爌隱於「文武紳士」等角色中,建構一幅先烈群像之餘,進一步建立馬爌的英勇忠烈形象,以此抹去他未曾勤王,「召之不至」、「逗

[註188]〔清〕鍾賡起纂修:《甘州府志(乾隆四十四年刊本)》,卷11「人物‧忠節」,頁16a。

[註189]此處亦可作為《天山雪》去取之例。參見《甘州府志》:「郭天吉……號『郭神箭』,累射殺賊甚眾。天吉等河干失守,歸保甘州。城破,其父沒於賊。天吉歸殺妻妾子女,一僕負幼子逃,天吉自殺。甘人至今壯之。」則馬羲瑞所刻意不寫的郭天吉,其幼子確為僕人所負出,可以想見,若以郭天吉作為此劇武將中心,將更合理也更具戲劇性及悲烈性。〔清〕鍾賡起纂修:《甘州府志(乾隆四十四年刊本)》,卷2「世紀下」,頁45a。

[註190]〔清〕馬羲瑞:《天山雪》,收入《傅惜華藏古典戲曲珍本叢刊》,冊23,第25齣〈授命遺孤〉,頁242~243。

溜淫掠」等惡名。

可以說，《天山雪》這部「邑人寫邑事」的歷史劇，有著隱藏其下的「家族」主題。它真正意圖不僅在褒揚地方英烈，而更著眼於重構父親聲名以及覆寫地方記憶。而作者虛擬而與史志皆無涉的部分——那齣戲曲中罕見的六歲小孩的主戲——或許也是一個鬱鬱半生的八品訓導，為自己尋求生命的定位與安頓之處，這樣的母題，在以下兩章文人戲曲中，將更為清晰可見。

五、結語

據學者研究，中國私家修史有四次高潮，背景多為亂世，而明末清初即其中最後一個高潮。〔註 191〕然而明末與清初私家修史的心理又有不同，前者多因史官記載失實（如靖難、奪門之變），〔註 192〕後者則因易代後存史心理、對自我政治立場的宣揚或辯護等等。〔註 193〕私家修史以忠明者為多，地域上則以江浙一帶為多數。〔註 194〕另一方面，據學者統計，作於明末清初而今存的共有十一部時事劇，《合劍記》以外，全出自江浙地區劇作家之手。〔註 195〕那麼劇作家，尤其是曾經撰史或曾經試圖撰史的劇作家，其選擇戲曲文體「以曲代史」的理由，便值得關注。

一般研究中對於清初歷史劇之創作的解讀，主要集中於褒忠斥奸、緬懷故明、以曲代史等，這也的確是歷史劇最常見也是最主要的創作意旨。誠然，在易代後的清初歷史劇中，寄託、反思、存史與教化是最常被著重的解讀，然而在歷史劇中，除了以上觀點，是否還存有其他解析角度的可能？

山東歷城葉承宗所撰《百花洲》傳奇，如今已佚，但於《乾隆歷城縣志》中可見其梗概。此劇可能撰於崇禎十七年後半，描寫崇禎十七年四、五月間，大順朝偽官至濟南拷掠縉紳，勒逼糧餉事。山東一地，在明末清初數十年間飽受戰亂流離之苦，葉承宗曾於崇禎十二年清軍破濟南的次年撰《歷城縣志》，

〔註 191〕闞紅柳：《清初私家修史研究——以史家群體為研究對象》，頁 8～11。

〔註 192〕闞紅柳：《清初私家修史研究——以史家群體為研究對象》，頁 14～15。另，關於靖難的私史（或偽史）重寫，參見劉瓊云：〈帝王還魂——明代建文帝流亡敘事的衍異〉，《新史學》第 23 卷第 4 期（2012 年 12 月），頁 61～117。

〔註 193〕闞紅柳：《清初私家修史研究——以史家群體為研究對象》，頁 78～111。

〔註 194〕據學者整理，清初私家修史，忠明者約近六成，而江浙（含安徽）地區史家佔比高達七成二之多。見闞紅柳：《清初私家修史研究——以史家群體為研究對象》，頁 138。

〔註 195〕許軍：《明末清初時事小說研究》，頁 299。

詳記文武士紳殉難事以紀念及表彰鄉賢。但鼎革後，再度遭逢巨變的葉承宗則轉而選擇了戲曲文體，劇中找不到光輝的節烈表揚場景，卻描繪出當時紛亂無序的氛圍、呈現家鄉士紳的苦難、亂世的混沌以及對秩序回復的期望。

河北真定劉鍵邦的《合劍記》，撰於順治五年後數年間，描寫明末闖將劉方亮破南宮，縣令彭士弘殉節，其姪彭可謙為叔復仇事。《合劍記》中描寫了兩條副線，即觀眾喜聞樂見的俠客王義線與世人所熟知的吳三桂復父仇請清兵線，以平行上下移交互映襯虛擬建構的孝姪彭可謙復仇主線，力圖將此事建構為歷史真實。而事實上，彭可謙即為出資刊刻該劇者。然而劉鍵邦此劇之作又不僅僅是為了逢迎出資刊刻者。此劇對於彭士弘殉節事，透露出了碑傳或忠烈傳中不會記載的歷史：即士弘儘管選擇個人殉難，卻開城門納降以全百姓。可以說劉鍵邦此劇不僅折射出亂世與初平的特殊時代背景下的人心向背，且在為殉難先烈隱諱揚善的同時留下了歷史真實；最後在個人層面上，則不遺餘力的以整個虛構孝姪復仇的主線，讚頌了出資刊刻的官員。

甘肅甘州馬羲瑞《天山雪》，撰於康熙三十一年，描寫明末甘州城破，巡撫林日瑞、總兵官馬爌及文武士紳殉難事。與葉承宗類似的是，馬羲瑞亦曾經修撰地方史，但他所修的《甘鎮志》，卻不為當道採用，因而未能進入官方史書系統，也未能留傳。而在次年他便創作了《天山雪》。事實上，馬羲瑞正是劇中總兵官馬爌之子，其父於明末亂局中曾因「召之不至」、「逗溜淫掠」屢次被劾。馬羲瑞不遺餘力地在劇中重新建構其父的形象，似乎期望以此反駁甚至覆蓋在鄉里中流傳的歷史記憶。此劇作為「邑人寫邑事」的歷史劇，在其時史料全燬的狀況下，帶有強烈「以曲代史」甚至是「以曲覆史」的意圖。

由本章對《百花洲》、《合劍記》以及《天山雪》等「邑人寫邑事」類型的歷史劇的析論可見，「邑人寫邑事」的歷史劇，最顯著的特色是帶有強烈的地域色彩。為當地人所熟知的地名、人物、事件乃至神靈的出現，對戲曲預設的當地讀者或觀眾所引起的共鳴是不言而喻的。除了最大共同點的地域因素外，「邑人寫邑事」的歷史劇又因為作者個人經歷與創作動機之不同，亦可能糅雜著階級、家族乃至個人利益等與一己切身因素相關的考量存在，甚至在《天山雪》的例子裡，我們可以更大膽地說，「邑人寫邑事」還隱然成為私人搶奪地方事件話語權的手段。

此外，三位作者中，葉承宗、馬羲瑞皆修過地方史志，他們於其後以戲

曲創作呈現地方歷史事件，此一選擇亦透露出文體選擇的重要線索：儘管歷史劇往往標榜「信史」，即強調歷史真實性，但其中天平的兩端，即因應劇場冷熱調劑、角色勞逸等基本「劇場點染」，到極端狀況下帶著對「演唱相沿，幾惑正史」可能性的自覺而意圖地加以利用，在編造與史實交錯混雜的界線上，戲曲文體的虛構性及可操作性，或許才是「歷史劇」之所以成「劇」的理由。

　　清初之後，「邑人寫邑事」類型歷史劇亦所在多有。除了最常見的褒揚忠孝節烈，兼具「紀錄」與「地域」因素的劇作外，尚有帶著「家族」動機，述祖德之作；〔註196〕亦可見感念地方官或類似「去思碑」意義的戲曲作品。〔註197〕而除了標榜風教及地域因素外，「邑人寫邑事」的戲曲亦可能隱藏著相對幽微複雜的創作動機。例如，節烈事蹟的戲曲創作與演出，往往與祭祀儀式相連結，背後潛藏著對橫死冤魂可能消散不去的怨氣的鎮壓與恐懼心態在內。〔註198〕由此可見，有清一代，不限於清初，戲曲於地域、於個人之功用，在「演出」的特質與可能下，早已超過了「紀錄」的範圍。戲曲文體的虛構性及可操作性，使戲曲創作成為地方話語權爭奪與地方記憶塑造的手段與媒介。

〔註196〕如瞿式耜六世孫瞿頡曾撰《鶴歸來》傳奇，首齣〈訪菊〉之【煞尾】云：「今朝佳客清談好，細述家門不厭嘈。只愁諸公今日見了這本《鶴歸來》，是雍門琴調，變徵聲高，免不得淚濕青袍。我想忠宣公已蒙賜謚，檢討公尚未題旌，何日裡再盼得天上綸音獎純孝。」可見此劇除了述揚祖德，或亦有營造題旌與論風向的意圖。

〔註197〕如康熙十一年常熟程端《虞山碑》、同邑陸曜《峴山碑》，兩劇皆寫常熟縣在任五年，年僅二十三歲便死於任上的縣令于宗堯事。而乾隆間由花邨居士、紫樓逸老、雲嶽山人、步柳漁甫同撰之《也春秋》（今僅存上卷），寫典史葛仁傑除地方惡霸余氏母子事。由卷前附刻〈闔邑紳士恭頌葛父母除虎德政詩詞〉二十七首、〈一門四虎賦〉、〈虎子謀宋賦〉等材料看來，應為邑人歌頌、賦別地方官之作。

〔註198〕參見陳亮亮對《鐵塔冤（北孝烈）》及《雙鴛祠》的分析。見陳亮亮：〈儀式、記憶與秩序──清文人戲曲與地方社會關係之探索〉，《漢學研究》第33卷第3期（2015年9月），頁277～285、295～300。

第三章　「抒懷寫憤」之外（上）
──吳偉業、丁耀亢、尤侗戲曲中之自我形象建構

一、文人戲曲與「抒懷寫憤」說

　　在前一章中，我們討論了明清易代後歷史劇中之「邑人寫邑事」類型的戲曲創作，發現除了一般歷史劇所常見之創作動機如褒忠斥奸、緬懷故明、以劇為史等等外，此類歷史劇亦可見地域、階級、家族乃至個人利益等切身因素的考量。本章及下一章，則將以清初戲曲重心的「文人戲曲」為重點。清初文人戲曲常被與易代作聯結，被視為面對天崩地解後，文人以戲曲文體「抒懷寫憤」，「借古人之歌呼笑罵，以陶寫我之抑鬱牢騷」、「恒借他人之酒杯，澆自己之塊壘。」本章及下一章中，將分析六位戲曲家於易代後的戲曲創作，探索在「抒懷寫憤」此一解讀之外，其他解讀或是多重解讀的可能性。

　　在此首先必須稍微釐清「文人戲曲」的定義。畢竟上一章所提及之歷史劇，其創作者同樣也是「文人」。三、四章中的「文人戲曲」指的是「文人化」的戲曲。戲曲文人化所意味的不僅僅是由文人創作，更在於其題材往往侷限於文人的關心或趣味，其預設讀者／觀者亦主要以其交流圈之文人官吏為主。清代戲曲，尤其是雜劇，其文人化的傾向已經有很多學者分析，如鄭振鐸提出：「純正文人劇，其完成當在清代。」曾影靖則用「文士劇」來形容明中葉後開始出現的南北混合體戲劇；杜桂萍更指出：「對主體性且首先是文人主體性的強調，刻意表達他們的境遇以及因之而來的價值經驗與人生思考，這構

成了清初雜劇創作的主流。」〔註1〕戲曲的「文人化」結合鼎革之時代背景，使得清初文人戲曲最常見的現象以及解讀，即是抒發故國之思與易代興亡之感的「抒懷寫憤」。

「抒懷寫憤」不僅是後世學者的解讀，早在順治初年，鄒式金向友人廣徵雜劇作品，以繼《盛明雜劇》初二集後編《雜劇三集》時，便將易代與雜劇寫作動機聯結，提出他的感慨與觀察：

> 邇來世變滄桑，人多懷感。或抑鬱幽憂，抒其禾黍銅駝之怨；或憤懣激烈，寫其擊壺彈鋏之思；或月露風雲，寄其飲醇近婦之情；或蛇神牛鬼，發其問天遊仙之夢。〔註2〕

在以上排比句中，儘管情感起伏劇烈（由「抑鬱幽憂」到「憤懣激烈」），世俗塵外氛圍差異頗大（由「飲醇近婦」到「問天遊仙」），卻同樣可見在鼎革之變如此接近時，人心所受到的衝擊及無力感，這份無可如何的「懷感」，於是發而為詞曲。

吳偉業（1609～1671）為李玉《北詞廣正譜》所寫的序，則進一步釋明了發而為「詞曲」而非詩文等作品的理由，正在於戲曲文體中「借他人之酒杯，澆自己之塊壘」的代言性質：

> 蓋士之不遇者，鬱積其無聊不平之槩，於胸中無所發抒，因借古人之歌呼笑罵，以陶寫我之抑鬱牢騷；而我之性情，爰借古人之性情，而盤旋於紙上，宛轉於當場。……而士之困窮不得志，無以奮發於事業功名者，往往遁於山巔水湄，亦恒借他人之酒杯，澆自己之塊壘。其馳騁千古，才情跌宕，幾不減屈子離憂，子長感憤。……〔註3〕

此序作於順治十七年。〔註4〕吳偉業復社領袖及東南文人魁首的地位，使得他於順治十年的應徵仕清極具爭議。儘管僅僅兩年多他即以繼伯母之喪告假歸

〔註1〕分見鄭振鐸纂集：《清人雜劇二集》（香港：龍門書店，1969），頁3；曾影靖：《清人雜劇論略》（臺北：臺灣學生書局，1995），頁14；杜桂萍：《清初雜劇研究》（北京：人民文學出版社，2005），頁23～24。

〔註2〕〔清〕鄒式金：〈小引〉，〔清〕鄒式金編：《雜劇三集》，頁3a。

〔註3〕〔清〕吳偉業：〈序〉，〔清〕李玉：《北詞廣正譜》，收入王秋桂主編：《善本戲曲叢刊》第6輯（臺北：臺灣學生書局，1987年），冊1，頁1～6。

〔註4〕此序作於吳偉業順治十七年訪蘇期間。參見馮其庸、葉君遠：《吳梅村年譜》（北京：文化藝術出版社，2007年），頁327。

鄉，但其後二十年，對於自己「牽戀骨肉，逡巡失身」始終無法釋懷。〔註5〕
序中「無以奮發於事業功名者」，自然有他的個人創傷於其中。「無以」二字，
指向了世變所帶來的割裂，仕途前程的腰斬與傳統文人德、功價值的破滅。「遁
於山巔水湄」的那份不甘，無疑指向了其接受薦舉或說被迫出仕的忐忑希冀，
又導致了不受重用後藉丁憂歸里的愧悔。

然而即使是最富有「文人戲曲」代表性、最能體現文人戲曲「抒懷寫憤」
特質的吳偉業，若細而觀之，其寄託或寄望於戲曲的，亦不僅是「抒懷寫憤」
而已。易代後許多從未寫過戲曲的文人，開始嘗試此一文體，這與戲曲的特
質是密不可分的。緒論中已論述戲曲文體適合表達世變中各種衝突情感的理
由，在於其多觀點敘事的特色，得以呈現諷刺、質疑或是反轉；其作為韻文
文體，較白話小說地位更高，足以得到文人青睞以用於處理存在主義式的思
索；其虛構性亦可能賦予作者於避忌中表達的自由。〔註6〕此外，除了「文本」
的文體特色外，戲曲文體根本的「演出」特質亦可能為文人利用於代己於交
遊場合中發聲。

以下兩章六節中，將分別以吳偉業、丁耀亢（1599～1669）、尤侗（1618
～1704）、嵇永仁（1637～1676）、宋琬（1614～1674）及黃周星（1611～1680）
的戲曲作品為例，探討傳統「抒懷寫憤」以外，文人與戲曲創作、戲曲文體
乃至戲曲之「用」的多種樣貌與面向。

二、從寫憤、自喻到自恕：吳偉業及其雜劇《臨春閣》、《通天臺》與傳奇《秣陵春》

吳偉業，字駿公，號梅村，別署鹿樵生、灌隱主人。江南太倉人。幼有
才名。崇禎四年（1631）會元，因時有舞弊之誣，崇禎親覽，賜榜眼，給假
歸里成婚，傳為天下美談。弘光朝，拜少詹事，旋託病告歸。易代後杜門著
述。清廷詔舉遺佚，順治十年，應徵入都，十一年任國子監祭酒，十三年辭
歸。晚年鬱鬱以終。著有《梅村集》、《春秋地理志》、《春秋氏族志》、《綏寇
紀略》等。戲曲作品有雜劇《通天臺》、《臨春閣》，傳奇《秣陵春》，今皆存。

正如上述〈北詞廣正譜序〉中所呈現的，吳偉業生平前後反差劇烈、富

〔註5〕〔清〕吳偉業：〈與子暻疏〉，《梅村家藏薰》，收入《清代詩文集彙編》（上海：
上海古籍出版社，2010 年），冊 29，卷 57，頁 248。
〔註6〕Wilt Idema, "Introduction (drama)," in Wilt L. Idema, Wai-yce Li, Ellen Widmer,
eds. *Trauma and Transcendence in Early Qing Literature*, p. 377.

有戲劇性的生命史，以及身為「江左三大家」、評價極高的文學成就，使得他成為清初文學研究的焦點。吳偉業於易代前可以說達到士人夢想中的「恩遇」之極，捲入科場案後經崇禎親試，高中榜眼；又蒙皇帝賜假完婚，衣錦榮歸的美談傳布天下。易代後他因各種內在、外在因素或壓力而應徵出仕，短短的兩年仕清，其後十五年其詩文作品中所呈現的「愧悔」，於其遺言中達到鼎峰：

> 吾死後，斂以僧裝，葬吾於鄧尉、靈巖相近。墓前立一圓石，題曰：
> 「詩人吳梅村之墓」，勿作祠堂，勿乞銘於人。〔註7〕

「詩人吳梅村」，消極來看是自絕自棄於曾經的身分頭銜，但由另一方面觀之，未嘗不是文人最後仍以文字立命，有著最終以「詩人」於青史上留名之冀望。由於吳偉業的生命史如此具有戲劇性，無論是專論貳臣或是專論遺民的論著，都將他列為討論對象；〔註8〕且不論是前者或後者，都將其人其作視為清初文人「寄託」、「抒懷寫憤」的代表，將其戲曲綜觀視為他對易代創傷的回應以及尋求解脫的嘗試。〔註9〕這些看法自然都有其道理，但若更深入挖掘，卻又有值得補充之處。

　　吳偉業創作戲曲作品三種：雜劇《臨春閣》、《通天臺》、以及傳奇《秣陵春》，皆作於明亡後至順治十年九月仕清之前。〔註10〕《通天臺》中「俺這一個不尷不尬的沈初明」，〔註11〕竟似成了他日後徘徊遺民／貳臣間的讖語。正如他於〈北詞廣正譜序〉中「借他人之酒杯，澆自己之塊壘」的宣言，此三

〔註7〕〔清〕顧湄：〈吳梅村先生行狀〉，見〔清〕吳偉業著，李學穎集評標校：《吳梅村全集》（上海：上海古籍出版社，1990年），冊3；「附錄一」，頁1406。

〔註8〕如杜桂萍論其雜劇以「遺民人格」為切入點，而孫書磊則列其於「貳臣」作家中，但主要強調其作品中流露出的亡國之痛。參見杜桂萍：《清初雜劇研究》，頁209～249；孫書磊：《明末清初戲劇研究》（北京：社會科學文獻出版社，2007年），頁116～120。

〔註9〕Dietrich Tschanz, "Wu Weiye's Dramatic Works and His Aesthetics of Dynastic Transition," in Wilt L. Idema, Wai-yee Li, Ellen Widmer, eds. *Trauma and Transcendence in Early Qing Literature* (Cambridge, Mass.: Harvard University Press, 2006), pp.427-453.

〔註10〕吳偉業劇作繫年並未有確切定論，然據李宜之〈秣陵春序〉可知其雜劇作於傳奇《秣陵春》之前。馮其庸、葉君遠繫《秣陵春》於順治八年，郭英德亦考其作於順治八年秋之前，故可斷定其劇作皆作於仕清前。參見馮其庸、葉君遠：《吳梅村年譜》，頁155、181；郭英德：〈吳偉業秣陵春傳奇作期新考〉，《清華大學學報（哲學社會科學版）》2012年第6期（2012年6月），頁74。

〔註11〕〔清〕吳偉業：《通天臺》，收入〔清〕鄒式金編：《雜劇三集》，頁9a。

劇皆以歷史人物為主角，且皆置於改朝換代的歷史背景之中。儘管如此，他所寫的並不是「歷史劇」，因為此三劇重點皆不在於描述歷史人物或傳達史實，而在發抒他個人的憤慨、迷茫，乃至嘗試於劇中尋找現實中求之不得的超脫。尤其值得玩味的是，此三劇所設之改朝換代時期，皆不在最具明清指涉性的宋元間，而分別置於南朝陳／隋、南朝梁／南朝陳、南唐／宋。除了可能意在避諱太過相似的華夷情境外，有學者指出這亦與南京及江南對於吳偉業的意義有關。〔註12〕

（一）寫憤與自喻：《臨春閣》與《通天臺》

《臨春閣》，凡四齣。劇述陳後主不理政事，國事悉委於貴妃張麗華，一日設宴臨春閣，勅封高涼洗氏為嶺南都護大將軍。後陳亡，後主降，張娘娘殉難，洗氏忍痛解甲。此劇前半極力描寫張麗華與沈氏這二位女性一文一武的驚才絕艷，與全劇的結尾構成了強烈的反差。劇中雖穿插有高僧點化情節，但此劇卻難以稱之為度脫劇——因為高僧的點化並無助於洗氏由陳亡與張娘娘之死的悲痛中了悟超脫。此劇的真正主題，明顯可見於洗氏解甲歸田時所唱的曲文：

> （旦解甲嘆介）咳！我八州節度使，還家去做個老嫗，豈不可嘆！

> 【尾】俺二十年嶺外都知統，依舊把兒子征袍手自縫。畢竟婦人家
> 難決雌雄，則願你決雌雄的放出個男兒勇。〔註13〕

這樣的批評，毫無疑問與諸多昭君劇中痛斥漢朝文武臣子一脈相承，乃文人藉由無力弱女子之口，發抒對當事者不作為的憤慨。當然，潛藏於這憤慨之下的，則是和平時代裡自命風流不凡或擎天樑柱的文人，於亂世中所痛感的一己之無力。

如果說《臨春閣》中還僅是依循香草美人傳統，發洩式的「寫憤」，《通天臺》則明明白白地帶著文人自寓的色彩。此劇述南朝陳人沈炯，登長安漢

〔註12〕Dietrich Tschanz 認為南京是三劇的中心。他指出南京象徵了文人對於六朝快速興亡的光輝與墮落的複雜感。這些南朝君主儘管政治不穩，但多鼓勵保護文藝，且本身常是文人，甚至被視為沉溺文藝或感官而亡國。因此南京可以同時是對失落的精緻與感性世界的懷舊，也是對過去的盲目與自我耽溺的自我批評。參見 Dietrich Tschanz, "Wu Weiye's Dramatic Works and His Aesthetics of Dynastic Transition," pp. 447-448.

〔註13〕〔清〕吳偉業：《臨春閣》，收入鄭振鐸：《清人雜劇初集》（香港：龍門書店，1969年），頁27。

武帝所建通天臺，懷古慨今，作表感歎國破家亡，自身淪落。後夢漢武帝憐其傷痛，欲官之，沈以死自誓，不願知遇兩朝。夢醒後，沈炯感悟世事如流水。此劇特別值得玩味的是：吳偉業何以於上下數千年中選擇沈炯此一歷史人物作為他的「酒杯」，他在千餘年前的這個人身上，看到什麼與自己「塊壘」呼應的地方？

沈炯，傳見《陳書》、《南史》。〔註14〕他「少有儁才，為當時所重」、「其文甚工，當時莫有逮者」。〔註15〕可見文人對於文字的看重與自傲，是兩者間第一個認同點。其次，是境遇上的呼應性。沈炯與其父、祖三代皆仕梁，侯景亂時被侯景麾下宋子仙「逼之令掌書記」，北魏破荊州時遭擄，又「恒思歸國，恐以文才被留，閉門却掃，無所交接」。後陳武帝受禪、文帝嗣位，皆重其才，多有稱賞，沈炯上表求去，兩帝皆不許。〔註16〕

兩相對照，吳偉業由於隱然為東南文人之首，一直是清廷籠絡的重點人物，對於因才名而招致的壓力於其時必然深有體會。值得注意的是，他以沈炯於荊州登漢武通天臺為表奏之，陳己思鄉，而後得以歸國的軼事作劇，但卻刻意地將北魏與南梁、南梁與南陳間的華夷、二姓對立抹去，轉為夢中漢武帝因賞沈炯之才，欲加為官，為其所拒。這樣的改寫使得沈炯由現實中不願仕敵對之兩朝，一轉而成夢境中不願棄凡就仙，使他的堅辭不僅缺乏道德上的大義名分，亦不符合戲曲中常見對於度脫昇仙的渴求。但若置於清初歷史脈絡下觀之，則可以理解其避忌之謹慎。劇中更藉由公認的雄才大略且已為神的漢武帝君臣為沈炯發言，給他置辯的機會：

> （生）沈炯國破家亡，蒙恩不死，為幸多矣。陛下縱憐而爵我，我獨不愧於心乎！如必不得已，情願效死，刎頸於前。（從官）臣等苦言勸勉，他涕泗橫流，以死自誓，執意不從。（外〔漢武帝〕）這個也不要怪他，受遇兩朝，違鄉萬里，悲愁侘傺，分固宜然。只是他無國無家，欲歸何處？〔註17〕

〔註14〕 分見〔隋〕姚察，〔唐〕魏徵、姚思廉合撰：《陳書》（北京：中華書局，1972年），卷19，頁253～256。及〔唐〕李延壽撰：《南史·沈炯傳》（北京：中華書局，1975年），卷69，頁1677～1679。按：沈炯之字，《陳書》作「禮明」，《南史》作「初明」，吳偉業劇中用「初明」。

〔註15〕 〔隋〕姚察，〔唐〕魏徵、姚思廉合撰：《陳書》，卷19，頁253。

〔註16〕 〔唐〕李延壽撰：《南史·沈炯傳》，卷69，頁1677～78。

〔註17〕 〔清〕吳偉業：《通天臺》，收入鄭振鐸：《清人雜劇初集》，頁37。

此處點出「無國無家」四字，無比沉痛，更加反襯出劇末沈炯夢醒後的「頓悟」之無力：

> 便是我沈初明，若使遭遇太平，出入將相，今日流離喪亂，困頓饑寒，到頭來總是一場扯淡，何分得失？有甚爭差？到為他攪亂心腸，搥胸跌腳，豈不可笑！武皇你教我多矣！
>
> 【鴛鴦煞】俺便是三年狂走荒山道，那怕他一朝餓死填溝壑，黑海波濤。枯樹猿猱，猛地裏老黃龍棒頭喝倒，還說甚苦李甜桃。好一個悶葫蘆，今朝拋掉，都付與造化兒曹。哈哈！沈初明三十年讀書，一些沒用，剛虧了通天臺那一篇漢皇表。〔註18〕

此處的「哈哈」，沒有頓悟的滿足歡娛，反倒充滿了自嘲與對於三十年苦讀付諸流水的不甘。劇中武帝設宴餞別沈炯，以後宮美人麗娟唱曲把盞，消其愁悶，乍看之下顯得十分突兀，似乎是在悲鬱的氛圍中難脫才子風流習氣。但換個角度思考，或許吳偉業所放不下的，並不是才子風流，而是君王依依不捨放還的「知重」之感。也因此，當他決定仕清之前，他必須面對與了結的是曾經君王的殊恩。相較於《臨春閣》的悲憤無力，《通天臺》的茫然無地，《秣陵春》則明顯透出了收拾情懷，往前踏入下一階段的意圖。

（二）自解與自恕：《秣陵春》

　　《秣陵春》創作於順治八年初秋或稍前。〔註19〕劇寫宋初金陵世家子徐適與鄰家南唐黃濟將軍之女展娘的婚戀故事。徐家藏有李後主所賜于闐玉杯，黃家則有作為後主昭儀的姑姑所賜之宜官寶鏡，及曾為後主所收藏之鍾王墨寶。寶物因故交換，二人於銅鏡與玉杯中得窺對方形貌，幾經波折，得李後主、黃昭儀冥中相助，得遂姻緣。我們可以明顯看到，與前兩部雜劇的情調完全不同，這是一部才子佳人劇，而在才子佳人劇中，將男女主角設為宋初時原南唐世家與將軍之子女，已經指向了易代後妥協與適應的必然。這樣的意圖不僅藉由劇情傳達，更重要的是文體的選擇。《秣陵春》為傳奇，在傳奇體制的規範下，可以說已經明示讀者與觀眾將會看到喜劇情節及團圓收場。

〔註18〕〔清〕吳偉業：《通天臺》，收入鄭振鐸：《清人雜劇初集》，頁39。

〔註19〕見郭英德：〈吳偉業秣陵春傳奇作期新考〉，《清華大學學報（哲學社會科學版）》2012年第6期（2012年6月），頁74。另，馮其庸、葉君遠《吳梅村年譜》同樣將此劇繫於順治八年，而顧師軾《吳梅村先生年譜》則繫於順治九年。

另一個重點則在「演出」。清初鄒式金編《雜劇三集》時，就已經以「意在搬演」作為雜劇與傳奇的一種分界：

> 又全部宏編，意在搬演，不重修辭，臨川而外，佳者寥寥。不若雜
> 劇，足以極一時之致，辟之狹巷短兵，殺人如草，東坡所云數尺而
> 有干霄之勢者，令人目炫眉飛也。〔註20〕

此處拿來作為對照的「全部宏編」指的當然是篇幅體製較大的傳奇。在此鄒式金強調的是雜劇因為體製短而能精，得以讓文人發揮他們的文采（即「修辭」），但也從側面指向了雜劇之作「不意在搬演」。反過來說，當時文人創作傳奇時，是有著「搬演」的意圖的。當面向觀眾時，個人的「抒懷寫憤」，就不再侷限於個人，而成為一種意圖的「演出」，呈現建構而成的自我形象，成為一種自我宣傳。《秣陵春》於梅村生前死後皆有演出紀錄，雖然確切演出時間的紀錄最早僅見於順治十六年南昌滄浪亭雅集，〔註21〕但以清初江南演劇之盛、吳偉業文名之高、以及其廣闊交遊中不乏家班主人（如尤侗、冒襄等）等情況來看，此劇完成後至順治十六年間，應有相當高登場演出的可能性。〔註22〕因此此劇之作，已超出了個人「抒懷寫憤」的內心整理，而更多地指向面對外界的形象展現與訴求。業已有學者指出：「吳偉業在順治十年九月出仕清廷之前，就已經藉傳奇戲曲的寫作，既表達對故國眷戀的銘記，也包含著對新朝恩寵的感戴。」〔註23〕

1. 對過去的了結

要如何讓「銘記故國」與「感戴新朝」這樣道德上彼此衝突的雙重情結，經由喜劇形式呈現出來，而最終得以圓滿解決呢？吳偉業在劇中以李後主、黃昭儀所贈之物（于闐玉杯及宜官寶鏡），作為徐適、展娘二人情緣生發的重要砌末；〔註24〕在展娘魂遊、徐適失意時，又由李後主、黃昭儀對二人加以

〔註20〕〔清〕鄒式金：〈雜劇三集小引〉，〔清〕鄒式金編：《雜劇三集》，頁 3 下～4 上。

〔註21〕參見戴健：〈論吳偉業的《秣陵春》傳奇在清代的傳播與接受〉，《學術論壇》2016 年第 8 期（2016 年 8 月），頁 118。

〔註22〕按，劉水云《明清家樂研究》中，將吳偉業列入身為劇作者又兼家班主人的名單之中，若吳氏擁有家班，則《秣陵春》於成劇後必然會有家班演出。參見劉水云：《明清家樂研究》（上海：上海古籍出版社，2005 年），頁 318。

〔註23〕郭英德：〈吳偉業秣陵春傳奇作期新考〉，《清華大學學報（哲學社會科學版）》2012 年第 6 期（2012 年 6 月），頁 74。

〔註24〕因二人分別於于闐玉杯及宜官寶鏡中互窺對方之影，故此劇又名《雙影記》。

成全庇護，請王母為二人主婚；〔註25〕甚至最後在為二人餞行時，明確地傳達了亡國之君對於新一代告別過去，放眼未來的認可。第二十六齣〈宮餞〉中，後主置酒為二人餞行，徐適、展娘不忍離別，後主則說以「功名前程」為重：

> （小生〔後主〕）孤家豈忍捨卿夫婦，只是功名事大，前程路遠，不能久留。（生）呀！若說起功名，難道丟了皇上，走到別處，另有個際遇麼？就是外戚避嫌，那閒散官職，也還做得。（小生）咳！卿那裏曉得，不是這個世界了。左右，看酒過來。
> （雜作樂送酒介。小生）
> 【（羽調近詞）勝如花】君須去，莫浪遲。這裏呵，不是你尋常富貴，難留做駙馬隨朝，却還他書生故里，早圖個狀元歸第。一程程長堤短堤，一步步桃谿柳谿，裘馬輕肥，趁春風得意，休埋怨關山迢遞。恰相攜美滿夫妻，恰相攜美滿夫妻。〔註26〕

此劇中仙、幽與人間界限被刻意模糊，有時看起來甚至像是同處一界，僅是地理上（如宋朝與南唐）的差異。徐適於此齣前，還曾與弔後主葬於汴梁之遺廟，〔註27〕但當他於後主出獵時巧遇舊主時，完全沒有任何人鬼殊途的驚異之感，而是自然而然地上前見駕。其後徐適被拜為中軍元帥、征討後主「惡鄰」劉鋹，〔註28〕得勝而回後與展娘完婚等一連串戲劇情節下來，幾乎讓人忘記易代的現實。直到此處徐適提出了疑問：「若說起功名，難道丟了皇上，走到別處，另有個際遇麼？」劇中安排後主答以「不是這個世界了」。但才一點破，筆鋒隨即盪開：「左右，看酒過來……一步步桃谿柳谿……恰相攜美滿夫妻」，以對生旦兩人未來歡悅的期許掩去了「不是這個世界了」的巨大傷痛。

　　對於過去君恩的了結，除了虛構徐適於幽冥中領兵為後主掃除「惡鄰」，真正具有現實指涉性與意義的，是他高中狀元後，為後主造新祠，「立了千秋

〔註25〕〔清〕吳偉業：《秣陵春》，收入《古本戲曲叢刊三集》，冊55，第22齣〈倦婚〉，頁80b。
〔註26〕〔清〕吳偉業：《秣陵春》，收入《古本戲曲叢刊三集》，冊56，第26齣〈宮餞〉，頁15b～16a。
〔註27〕〔清〕吳偉業：《秣陵春》，收入《古本戲曲叢刊三集》，冊55，第11齣〈廟市〉，頁40a。
〔註28〕劉鋹，南漢後主，國亡降宋。李煜曾於宋太祖要求下致書勸降。見〔元〕脫脫等撰：《宋史》（北京：中華書局，1977年），卷481，「世家四・南漢劉氏」，頁13919～13929。

香火」。〔註29〕隨後後主與昭儀下降，聆聽前宮人曹善才彈琵琶：

【後庭花】澄心堂堆馬草，(小生〔後主〕) 凝華宮呢？(外) 凝華宮長亂蒿。(小生) 御花園許多樹木呢？(外) 樹木呵，砍折了當柴燒，(小生) 那書籍是我最愛的。(外) 書呵，拆散了無人裱。虧了個女婿粧喬，狀元波俏，纏掙這搭兒香火廟。善才也做廟裏道人了。(小生) 這也難為你。(外) 三山捲怒濤，烏鴉打樹梢，城空怨鬼號。怕的君王愁坐着，則把俺琵琶彈到曉。〔註30〕

以上曲文不由讓人想到數十年後《桃花扇》中的【哀江南】套曲。如同前面「不是這個世界了」的點破漾開，在上引充滿悲涼易代氛圍的曲文後，後主輕描淡寫地答道：「世間光景，自然是這樣的。如今證了仙果，也不放在念頭上了。」〔註31〕隨即與昭儀赴西王母蟠桃宴。而曹善才則向徐適表明願意出家守祠：

【高過浪裏來】俺比不得蓬萊三島、仙部雲璈，則嘗〔常〕是背檀槽手把松花掃。狀元放心。有貧道在這裏呵，憑着你兩個蚤去做官僚，玉帶金貂，紫綬緋袍；皓齒纖腰，翠袖珠翹；鏡點櫻桃，杯泛葡萄。好一對形影的夫妻直到老。〔註32〕

劇中並未明確交代後主、昭儀如何「得證仙果」，但由劇情的時序，會很自然導向徐適替後主解決了惡鄰劉銀、又為其立千秋香火（「虧了個女婿粧喬，狀元波俏，纏掙這搭兒香火廟」），故後主、昭儀得以由幽冥升仙的印象。與此同時，由曹善才自願出家守祠，讓「狀元放心」，直接祝福徐適奔赴「玉帶金貂，紫綬緋袍」的前程，於是此劇便以年輕一代在助舊主昇仙後，亦得以追求自身的榮顯而圓滿結局。

《秣陵春》完成的一、兩年後，於順治十年三月十九日，明遺民私祭崇禎於太倉鐘樓，吳偉業賦〈新蒲綠〉二律以當迎神送神之曲：

〔註29〕〔清〕吳偉業：《秣陵春》，收入《古本戲曲叢刊三集》，冊56，第41齣〈仙祠〉，頁82a。
〔註30〕〔清〕吳偉業：《秣陵春》，收入《古本戲曲叢刊三集》，冊56，第41齣〈仙祠〉，頁86a。
〔註31〕〔清〕吳偉業：《秣陵春》，收入《古本戲曲叢刊三集》，冊56，第41齣〈仙祠〉，頁86a～86b。
〔註32〕〔清〕吳偉業：《秣陵春》，收入《古本戲曲叢刊三集》，冊56，第41齣〈仙祠〉，頁87a～87b。

白髮禪僧到講堂，衲心錫杖拜先皇。半杯松叶長陵飯，一炷沉煙寢
廟香。有恨山川空歲改，無情鶯燕又春忙。欲知遺老傷心事，月下
鐘樓照萬方。

甲申龍去可悲哉，幾度春風長綠苔。擾擾十年陵谷變，寥寥七日道
場開。剖肝義士沉滄海，嚐膽王孫葬劫灰。誰助老僧今夜哭，只應
猿鶴與同哀。〔註33〕

吳偉業從未出家，此二律中的「老僧」與其說是自稱，不如說是明遺民群體
（尤其是被迫逃禪者）的象徵人物。在眾多明遺民與文人中，吳偉業能夠擔
當賦迎神送神曲此一重要角色，或與他在十餘日前，「慎交」、「同聲」大會虎
丘時，被奉為宗主有著相當的關聯。〔註34〕在清廷大力籠絡收編江南文人的
背景下，吳偉業如此引人注目或說是證實自己地位的舉動，成為學界爭論吳
偉業究竟是受迫仕清，或是於仕途確有個人期待的焦點。擔任宗主一事姑且
不論，在此所要強調的是，吳偉業在明遺民對崇禎的私祭儀式中賦詩以當迎
神送神之曲，與《秣陵春》中結尾徐適為後主立祠所明顯存在的呼應。而如
同本節一開始所提及的，傳奇體制與才子佳人故事使得《秣陵春》早已脫離
了單純的「抒懷寫憤」，更多地是面向外界的宣言與發聲，就此而言，可以說
吳偉業確實期望還能有「奮發於事業功名」的機會。私祭一事對吳偉業而言，
或許正是超越戲曲虛構，於現實中證明了他做到對於過去君恩的了結，因而
應當獲得重新出發的機會。

2. 對未來的期待

在《通天臺》劇中，已可見在選擇自寓人物時，文字、文采對於文人認
同的重要性。而在《秣陵春》中，文字之分量則在喜劇情境與戲曲習套的加
乘下，以一種更為誇張的方式呈現。

第二十九齣〈特試〉中，徐適被誣偷盜大庫燒槽琵琶，經同鄉官吏蔡游
斡旋面聖辯白，聖上下旨特試賦一篇：

（內）官裏道來：徐適既係書生，着即以燒槽琵琶為題，試賦一篇。
內庫事情，司禮監會同九卿科道，審明具奏。（末、丑）萬歲！（叩
頭起介。雜領生下。丑）蔡老先，這是甚麼道理？難道贓証俱全的

〔註33〕此二詩未收於梅村集中，轉引自馮其庸、葉君遠：《吳梅村年譜》，頁217～218。
〔註34〕馮其庸、葉君遠：《吳梅村年譜》，頁213。

賊，做了一篇文字，就饒了他罪名不成？（末笑介）不要說問罪他，

文字好，還要做官哩！〔註35〕

雖然召試文才與有無偷盜琵琶之間其實並沒有邏輯可言，以文字得賞識或平反，的確是文人戲曲中習套，〔註36〕此處亦是因徐適一篇詠琵琶文，得旨獎其博學高才，懲舉告者誣諂良善，甚至在三日後的傳臚中，直接命其為狀元。關目隨即一轉，徐適表明心志，欲辭官尋妻。值得注意的是，此處為「尋妻」而辭狀元，不僅是出於夫妻的深情，更重要的是與對後主的大義聯結：

只是我妻子失散，那裏還有興做官。況兼李皇也是一代官家，他把幼女弱息，托付于我，若不棄職追尋，他日重見李皇，有何面目？大丈夫名義所在，性命也不顧，區區一個狀元，于我有何輕重？〔註37〕

蔡游、平章學士以皇上知遇之恩勸說，徐適辭意甚堅。其後旨下遊街賜宴，極寫狀元尊榮：「老公公，為何今年的恩榮禮數，比往年更十分豐盛？（監）這是聖上面考，特旨中的，比三年例試的不同。」〔註38〕徐適上表辭官，皇帝不准，反懲庫監張見親替狀元穿戴，又賜徐燒槽琵琶，命張見三日內尋還徐妻。此處甚至讓徐適擺出高姿態拒穿，由張見跪求他穿衣，這樣的「恃才傲物」，則因劇場中為人所熟知的李白、高力士軼事而成為可被接受的習套。〔註39〕在強調文才之重的同時，也因喜劇氛圍、劇場虛構而不顯得太過。同時將辭官所隱涵對於前朝君主的大義名分，再度點出後隨即盪開掩過。

值得注意的是，「特試」、「面考」這樣的語彙置於吳偉業人生軌跡中，不由不令人聯想起崇禎親試，賜榜眼，給假完婚的「恩遇」過往，但在劇中卻

〔註35〕〔清〕吳偉業：《秣陵春》，收入《古本戲曲叢刊三集》，冊56，第29齣〈特試〉，頁28a。

〔註36〕如徐石麒雜劇《買花錢》敘南宋書生于國寶題詩酒肆受皇帝賞識事；另如李白醉草〈清平調〉軼事題材的戲曲，參見本章中尤侗部分。

〔註37〕〔清〕吳偉業：《秣陵春》，收入《古本戲曲叢刊三集》，冊56，第31齣〈辭元〉，頁37a。

〔註38〕〔清〕吳偉業：《秣陵春》，收入《古本戲曲叢刊三集》，冊56，第31齣〈辭元〉，頁41b。

〔註39〕劇中亦明白挑明此點，見徐適曲文：「【北沽美酒帶太平令】你高力士捧朝靴伏御道傍，我李供奉脫宮袍掛朝門上……」〔清〕吳偉業：《秣陵春》，收入《古本戲曲叢刊三集》，冊56，第31齣〈辭元〉，頁43a。

將這樣的君恩移植到「宋皇」的身上。劇中藉兩位平章之口強調：「（淨、小生）聖上這樣重賢，狀元非嘗〔常〕知遇，難得！難得！」此齣結尾，更令人玩味：

（末）聖旨原限三日，難道三日內尋着老嫂，還不肯做官麼？（生）我原想今夜就出都城，既是君恩深重，且從容兩日罷！

【北尾】謝當今聖上寬洪量，把一個不伏氣的書生欵欵降。客卿兄，你道我為妻兒忒覺得口頭強，便是你為朋友的真情也在我這心上想。
〔註40〕

君臣遇合、白衣朝夕卿相，是不第文人最大的夢想，因而也是文人戲曲中常見的題材。然而當劇中具有如此明顯的現實指涉時，這樣的描述就很難視為僅是沿襲戲曲習套，而似乎帶有對於「當今聖上」之「寬洪量」的期待，與對知遇之恩的希冀。於是在劇末尋回妻子、為宋皇建祠後，便由曹善才的祝願明白點出了回朝繼續仕途的選擇。

吳偉業〈秣陵春序〉通篇解釋為何寫「冥婚冥婿」此一題材的戲曲，而以世上無奇不有，非人所能知自解。唯在序末則曰：

余端居無憀，中心煩懣。有所徬徨，感慕髣髴，庶幾而目將遇之，而足將從之，若真有其事者。一唱三嘆，於是乎作焉。是編也，果有託而然耶？果無託而然耶？即余亦不得而知也。〔註41〕

這種曖昧模糊自然是刻意為之，惟一明確的，或許是其「端居」的「憤懣」。《秣陵春》中對於文字、文才分量的誇飾，來自文人對於自身文字的自重與自矜。吳偉業於《通天臺》中「三十年讀書一些沒用」的自嘲，與他「端居」的不甘是一脈相承的。這份不甘導致他最後決定出仕。而顯然的，當他發現自己的文名文才不過用以應制，〔註42〕想像中聖明皇帝「把一個不伏氣的書生欵欵降」的那份知遇與知重並不存在，自己卻已然踏出了仕「夷」與二姓的那一步再無可回歸，其心中的落寞與愧悔也就可想而知了。

〔註40〕〔清〕吳偉業：《秣陵春》，收入《古本戲曲叢刊三集》，冊56，第31齣〈辭元〉，頁43a～43b。

〔註41〕〔清〕吳偉業：〈秣陵春序〉，《秣陵春》，收入《古本戲曲叢刊三集》，冊55，頁3b～4a。

〔註42〕順治十三年正月，順治帝於南苑閱騎射，偉業從觀，應製作頌詩。後於致友人詩中述及其繼妻當時病重，他還得去應制的不得已與悲苦。馮其庸、葉君遠：《吳梅村年譜》，頁282。

（三）小結

詩名遍天下的吳偉業，在易代後嘗試創作戲曲，藉歷史人物與背景抒發不能直言於詩文中的矛盾、情緒及訴求。在他的三部劇作中，雜劇《臨春閣》藉女性聲口反責男性文武無能以「寫憤」，《通天臺》假託文采及背景相似之自寓人物沈炯以「抒懷」。而同樣採用歷史人物的酒杯澆己塊壘，《秣陵春》作為預期登場演出的傳奇，則超出了內在「抒懷寫憤」的心理需求，而更接近披著才子佳人喜劇外衣的「自白書」——對於過去君恩感懷但終究過去、應有所了結的自解，以及對子遺者終究要邁步向前，對未來君恩有所期冀的自辯。吳偉業的戲曲作品，不僅呈現了清初文人在創作戲曲時，對雜劇、傳奇文體使用選擇的不同考量，亦顯示出即使被視為最「內省」、最能反映個人情懷與家國之恨的作者，在戲曲的創作上，因戲曲其代言、多重敘事、敘事程式與演出性質而產生的功用，早已超越了「抒懷寫憤」的範疇。

由吳偉業對於自寓人物的選擇，我們可以看到文人戲曲中「自寓式人物」的條件，一即文人、文名與文才，二是境遇的類比之處。這樣的考慮將不斷見於下列其他文人劇作家中。但由於個別的關注點不同，劇作家們想藉戲曲訴諸的對象不同，因此文人在戲曲中的自我形象建構，在同樣強調文名、文才的前提下，呈現出各自不同的風貌。

三、受託之作中的自喻：丁耀亢及其傳奇《西湖扇》

〈緒論〉中提到吳綺因上呈《鳴鳳記》得授楊繼盛原職武選司員外郎的美談，此事被認為是「極儒生榮遇」。〔註43〕事實上，在此之前另一位戲曲家丁耀亢受大學士馮銓、戶部尚書傅掌雷請託寫楊繼盛事，作《新編楊椒山表忠蚺蛇膽》傳奇（後為傅易名《表忠記》），但因劇中批評明朝弊政陋習，言語過激，馮、傅有所顧忌，要求修改，耀亢不肯，故未上呈。〔註44〕於是，時任繼盛故鄉容城之教諭，住處緊鄰繼盛祠，甚至在《表忠記》前列名「繼盛裔孫楊遠條校」的丁耀亢，〔註45〕便因為他的個性而錯過了此一榮遇。

〔註43〕〔清〕楊恩壽：《詞餘叢話》，收入《歷代詩史長編二輯》，冊9，卷2，頁251。

〔註44〕〔清〕郭棻：〈《表忠記》弁言〉，《丁耀亢全集》（鄭州：中州古籍出版社，1999年），冊上，頁915。

〔註45〕〔清〕丁耀亢：《新編楊椒山表忠蚺蛇膽》，收入《古典戲曲叢刊五集》（上海：上海古籍出版社，1986年），冊24，頁1a。

（一）丁耀亢生平及劇作

丁耀亢（1599～1669），字西生，號野鶴，別署木雞道人、紫陽道人。山東諸城人。〔註46〕弱冠補諸生，然鄉試屢不第。入清後以拔貢充教習，擢容城教諭；後授福建惠安知縣，未就任即以疾辭。康熙四年因小說《續金瓶梅》被逮入獄，經友人解救，於年底獲釋。八年卒於家。著作有《天史》十卷，《出劫紀略》一卷，詩《陸舫詩草》五卷，《椒丘詩》二卷，《江干草》一卷，《歸山草》一卷，《聽山亭草》一卷，《逍遙遊》二卷，小說《續金瓶梅》十二卷。其戲曲作品今存《化人游》、《赤松游》、《西湖扇》及《表忠記》四種。〔註47〕

關於丁耀亢的研究，多半集中在其《續金瓶梅》一書，以及他是否為《醒世姻緣傳》的作者「西周生」此一議題上。〔註48〕至於丁耀亢的戲曲作品，儘管鄭騫教授早在1938年便稱賞其「沉雄清麗，兼而有之，遠勝於《六十種曲》中之尋常作品。」並讚其《表忠記》「全劇結構謹嚴，關目生動，詞藻尤清麗遒健，遠勝於《鳴鳳記》之拉雜散漫，不止『文省於前，事增於舊』而已。」〔註49〕卻直到上世紀九十年代才開始有較多關注，且多為綜述概括性

〔註46〕 生平見〔清〕宮懋讓等修，李文藻等纂：《諸城縣志〔清乾隆二十九年刊本〕》（臺北：成文出版社，1976年），冊2，〈藝文考〉，頁361、冊4，〈文苑〉，頁1052～1053；張清吉：《丁耀亢年譜》（南京：南京大學出版社，1996年）；陳慶浩：〈「海內焚書禁識丁」——丁耀亢生平及其著作〉，李豐楙主編：《文學、文化與世變——第三屆國際漢學會議論文集·文學組》（臺北：中央研究院中國文哲研究所，2002年），頁351～394。

〔註47〕 其戲曲作品，學者一般認為共十三種，主要根據其七代侄孫丁守存撰於同治十一年冬的〈《表忠記傳奇》書後〉所言：「傳奇十三種，亦多散佚。」然而其子丁慎行〈重刻《西湖扇》傳奇始末〉羅列其著作甚詳，包括不見於方志著錄之今佚《非非夢》、《星漢槎》兩劇，並說「惟《西湖扇》刊本失傳」，敘述自己如何得之於友人案頭，得以重刻。為了能讓父親著作留存、流傳，慎行兄弟可以說竭盡全力。除了重刻《西湖扇》外，丁耀亢晚年的詩集《江干草》、《歸山草》、《聽山亭草》都是在他死後，由丁慎行整理刊刻，「俾之得傳不朽」。倘若丁耀亢傳奇著作多達十三種，〈始末〉不可能省略過半。對七代後且非本宗的丁守存的說法，似應存疑。分見〔清〕丁守存：〈《表忠記傳奇》書後〉，《丁耀亢全集》，冊上，頁1007；〔清〕丁慎行：〈重刻《西湖扇》傳奇始末〉，《丁耀亢全集》，冊上，頁741。

〔註48〕 李增坡主編：《丁耀亢研究——海峽兩岸丁耀亢學術研討會論文集》（鄭州：中州古籍出版社，1998年）中，與《續金瓶梅》或《醒世姻緣傳》相關的論文即佔了十九篇中的十二篇。

〔註49〕 鄭騫：〈善本傳奇十種提要〉，《燕京學報》第24期（1938年12月），頁142～143、147。

的文章。〔註 50〕較深入的分析則多半結合世變的社會背景與丁耀亢的個人經歷探討其戲曲作品與其生命史的關聯，將之視為對於易代的心理回應。這方面，主要見於《化人游》與《赤松游》二劇，學者多有論及，不再贅述。〔註 51〕《表忠記》則因為以《鳴鳳記》為參照與底本，在丁耀亢劇作中所含「自我」成分可以說是最低的。而《西湖扇》特殊在雖為受託之作，其中卻有一位戲分極重之自喻人物出現。故以下將以《西湖扇》為例，探討丁耀亢藉戲曲所欲展現的自我形象及其建構方式。

（二）受託之作《西湖扇》

一直以來，談論丁耀亢作品的各種論述無法避開世變與遺民意識的問題。筆者以為，這正是《西湖扇》在丁耀亢的戲曲作品中顯得特別的地方。《西湖扇》評價並不突出，〔註 52〕與吳偉業《秣陵春》相同，它分類上是才子佳人愛情劇；同樣與《秣陵春》相同的是，此劇一般論述重點多半放在它世變背景的指涉、它與《桃花扇》的相似之處，及其對《桃花扇》的可能影響。

〔註50〕 如郝詩仙、郭英德：〈丁耀亢生平及其劇作〉，《齊魯學刊》，1989 年第 6 期，頁 55～61；秦華生：〈丁耀亢劇作劇論初探〉，《戲曲研究》第 31 輯（北京：文化藝術出版社，1989 年），頁 62～90；陳美林、吳秀華：〈試論丁耀亢的戲劇創作〉，收入李增坡主編：《丁耀亢研究——海峽兩岸丁耀亢學術研討會論文集》，頁 183～195，本文歸納丁耀亢劇作的三個特色：（一）表現濃厚遺民情結；（二）入世精神與出世情懷的矛盾；（三）藝術成就較高。篇幅較大的則有賴慧娟：《丁耀亢戲曲傳承與創新之研究》，國立中山大學中國文學研究所碩士論文，2006 年，本文將丁耀亢劇作與其他相似主題或題材作品比較，以見其戲曲的傳承與創新。

〔註51〕 如石玲〈丁耀亢劇作論〉一文總結：「丁耀亢的劇作，反映了清順治四年到十四年十年間他的思想變化過程。」並指出這四個劇作「反映了丁耀亢迷茫與痛苦—懷舊與動搖—承認現實—爭取仕進的轉變過程。」伊維德則認為丁耀亢在他的作品中，不斷在處理一個仕新朝的明遺民如何重建其道德世界的問題。當然，先後擔任過鑲白、鑲紅旗教習及容城教諭的丁耀亢是否能被稱為遺民是有爭議的。如楊琳便反駁說：「丁耀亢是以保命治生為主的地主文人，並沒有多少遺民意識。他對明朝的懷念更多是對自己殷實富貴青少年時光的懷念。」分見石玲：〈丁耀亢劇作論〉，收入李增坡主編：《丁耀亢研究——海峽兩岸丁耀亢學術研討會論文集》，頁 246、247；Wilt Idema, "'Crossing the Sea in a Leaking Boat': Three Plays by Ding Yaokang," in Wilt L. Idema, Wai-yee Li, Ellen Widmer, eds. *Trauma and Transcendence in Early Qing Literature*, p. 424；楊琳：〈丁耀亢非遺民論〉，《明清小說研究》，2010 年第 2 期。

〔註52〕 郝詩仙、郭英德：〈丁耀亢生平及其劇作〉：「唯《西湖扇》一劇，行文立意殊無新穎之處，佈局謀篇也多在俗套之中。」頁 61。

〔註53〕但此處要特別提出來討論的則是，作為一部受託之作，《西湖扇》中出現了作者直接點破為其自寓人物的角色陳道東。丁耀亢是一位個人色彩極為突出的文人，他的詩文作品中無處不見其個性，甚至因過於強調自我而錯失了一直追求的人生最大機遇，那麼他明白寫出的自寓人物，所想要傳達的是一個怎樣的自我形象呢？

1.《西湖扇》的創作及其時代背景

《西湖扇》為丁耀亢第三部傳奇作品，敘寫亂世中一生二旦流離遇合的才子佳人故事。凡二卷，三十二齣。〔註54〕劇敘南宋武林人顧史遊西湖時拾得宋湘仙題春蘭詩宮扇一把，以其為信物與妓女宋娟娟訂盟。顧之社友陳道東，糾集國學生四百餘人上書阻宋金和議，遭秦檜陷害，出使金朝。顧史、宋娟娟、宋湘仙各自為了避牽連或避金兵逃離杭州，路上為金兵所擄。二女先後於清風店題詩，宋湘仙拾得宋娟娟不慎遺留之原扇。顧史於軍中被收為書記，乃起意在金朝赴考求仕進。陳道東出使金朝，因不肯下跪，被流遼陽，開館授徒，後因門生保舉，得和弟子耶律楚材南返，被薦廷試。宋湘仙被收入將軍婁室府，遭妒婦百般凌逼，欲尋死，為耶律楚材所救，送往皇姑寺出家。宋娟娟被發到官家織坊，元宵往皇姑寺上香。顧史亦遊皇姑寺，得見宋娟娟，並竊回湘仙手中詩扇。清明再會，三人敘明前因後果，為婁室衝破搶扇捕人，逢報顧史中探花，婁室上告三人姦情，皇帝命由娘娘審問，娘娘訊知前情，下旨讓三人團圓。陳道東促成宋金和議後返南宋。

清初因為忌諱之故，詩文戲曲中常見以同樣亡於異族的宋朝取代明朝。作者將時代背景設於宋、金之際，倘若出於避忌，是可以理解的。然而丁耀亢行文間卻少有顧忌，直接出現「正黃旗」、「鑲黃旗」這樣明顯的時代指涉。

〔註53〕如徐貴振：〈孔尚任何以要用戲劇形式寫作《桃花扇》〉，《東南大學學報》第2卷第4期（2000年11月），頁76～81；賴慧娟：〈論《西湖扇》與《桃花扇》中「扇」之砌末運用與象徵意義〉，《中國文學研究》第十九期（2004年12月），頁105～132。

〔註54〕本文所用為《丁耀亢全集》版，即丁慎行於康熙十三年（1674）重刻本。上卷齣目：〈開場〉、〈訂遊〉、〈閨訓〉、〈南侵〉、〈徵艷〉、〈廷諍〉、〈題扇〉、〈奸陷〉、〈憶扇〉、〈驚避〉、〈航海〉、〈分掠〉、〈前難〉、〈後難〉、〈不辱〉、〈北征〉、〈雙題〉。下卷齣目：〈參偈〉、〈遇詩〉、〈遼帳〉、〈悲扇〉、〈妒貞〉、〈逢故〉、〈歸道〉、〈雙邁〉、〈竊扇〉、〈勢探〉、〈廷薦〉、〈亂盟〉、〈鬧宴〉、〈宮訊〉、〈還旌〉、〈完扇〉。

〔註55〕由此可知，其改換時代背景，並非全出於避諱，而另有別的因素，而
這正是解讀丁耀亢如何建構自我形象的關鍵，此點將稍後集中討論。

關於《西湖扇》的創作源起，由標為「癸巳」的《陸舫詩草》卷五〈曹
子顧太史寄草堂資三百緡，時為子顧作《西湖》傳奇新成〉一詩，可知此劇
作於順治十年（1653）。〔註56〕其子丁慎行〈重刻《西湖扇》傳奇始末〉一文
亦云：「……蓋先惠安公羈迹燕京時筆也。……石渠先生，天下有情人也。懇
求先惠安公一喏，而借題說法，寓意寫生，遂使才子佳人苦海離愁，一旦作
登場歡笑……」〔註57〕可知丁耀亢此劇作於北京，且並非個人有意創作，而
是應曹爾堪要求所寫的。《陸舫詩草》卷一中有〈感宋娟詩〉二首，注云：

　　娟，浙中名妓。沒于兵，題詩清風店壁，寄浙中孝廉曹子顧求贖。
　　都中盛傳其事。

同卷之前有詩題為〈己丑新正二日曹子顧、匡九畹、宋艾石、傅上生共集小
齋，大司馬張坦公偶至〉，可見當時丁耀亢與曹爾堪已有往來，這段軼事或許
是在這樣的聚會中傳開。由曹爾堪後來託丁耀亢作劇紀事來看，〈感宋娟詩〉
甚至可能是應曹爾堪講述後求題而作。然而由詩的內容看來，丁耀亢與其說
是為宋娟的不幸所觸動，不如說他是藉宋娟事感慨自己的不遇「失路」，〔註
58〕或可推斷此詩作於他順治六年三月入旗學為教習前「困居於都」時。〔註59〕
曹爾堪為順治九年進士，《西湖扇》則成於順治十年，我們或許可以大膽假設，
正如《西湖扇》結尾以中探花、一門封賞解決危機的習套一般，曹爾堪託丁
耀亢作劇的動機，可能是功成名就後期望以戲曲流傳來尋找宋娟。

雖然《西湖扇》是受託代寫（且非常不隱諱地是有償代寫），「使才子佳
人苦海離愁，一旦作登場歡笑」之作，丁耀亢卻在其中加入了兩個新元素，
其一是另一位女主角宋蕙湘（宋湘仙），其二是陳道東此一自寓人物。而在「寫」

〔註55〕《西湖扇・後難》，《丁耀亢全集》，冊上，頁770。
〔註56〕曹爾堪（1617～1679），字子顧，浙江嘉善人。順治九年進士，順治十年時為
　　　　翰林院庶吉士，故丁耀亢以太史稱之。生平見王鍾翰點校：《清史列傳》（北
　　　　京：中華書局，1987年），冊18，卷70，「文苑傳一」，頁5711；柯愈春：《清
　　　　人詩文集總目提要》（北京：北京古籍出版社，2002年），冊上，頁113。
〔註57〕〔清〕丁慎行：〈重刻《西湖扇》傳奇始末〉，《丁耀亢全集》，冊上，頁741。
〔註58〕〈感宋娟詩〉其一：「一首新詩海內傳，人人解識惜嬋娟。不知國士埋塵土，
　　　　馬上何人薦惠連？」其二：「春盡飛花故苑空，休憐紅粉泣東風。燕台馬瘦英
　　　　雄盡，白草黃沙失路同！」《陸舫詩草》，卷1，《丁耀亢全集》，冊上，頁43。
〔註59〕《出劫紀略・皀帽傳經笑》，《丁耀亢全集》，冊下，頁284。

這樣原本不在故事框架的新元素的同時，丁耀亢又刻意的「不寫」原本這樣的故事框架會出現的成分。以下將集中於陳道東此一角色，分析丁耀亢在「寫」與「不寫」中，其面對傳統道德價值與個人處於世變環境下思想的矛盾，以及試圖調合此一矛盾以達成自我安頓的書寫嘗試。

2. 陳道東的突出與民族意識的模糊

宋蕙湘此一角色的加入，或許還能說是才子佳人故事中一生二旦的習套。但《西湖扇》中另一個與原故事無關，戲份卻多到足以另構一線的角色陳道東，就相當不符合才子佳人劇的情調。這個人物及其相關情節，也往往是討論《西湖扇》的重點——即世變背景與明遺民情結的來源。的確，陳道東此一角色的存在，讓原本一個單純受託代寫的才子佳人劇，有了多重解讀的可能。甚至可以說，丁耀亢將劇作背景由明末清初移至宋金對峙，主要目的並非在避開直寫鼎革的危險，而在於提供陳道東作為南宋使臣出使北朝的可能性；更進一步地說，選擇宋、金對峙，而非宋、元易代的背景，讓陳道東出使北朝後，有著持節表忠的根源，與最終南返的依歸。

陳道東出場齣數多達十齣，﹝註60﹞在第一齣〈訂遊〉中便以顧史的社友身分登場，自敘「久懷忠憤」，並提出欲糾集太學生，上書阻奸臣和議。丁耀亢甚至藉男主角顧史——現實中的委託者與朋友之口大讚其「豪俠高爽，義氣過人」、「才高八斗，名滿三都」、「如先生呵，高談雄辯人驚倒，俠氣文心定久要。」﹝註61﹞其後陳道東因上書為秦檜所忌（第五齣〈廷諍〉），並遭秦檜陷害而出使金朝（第十齣〈航海〉），在第十四齣〈不辱〉中，力寫其作為使臣，悍不畏死，不跪不屈的形象，被金朝流徙漠北，更與蘇武相互映照，可以說是相當突出的忠節形象。儘管此一形象與現實中的丁耀亢至少在地位與經歷上有著相當的差距，陳道東卻無疑是丁耀亢美化後的自寓形象，在第三十一齣〈還旌〉中便明白點出：「還如化鶴重歸去，疑是遼陽鳥姓丁。」﹝註62﹞我們可以看到丁耀亢藉由書寫陳道東這個角色，調合了個人期望與社會價值要求的痕跡。

﹝註60﹞ 分別是：第一齣〈訂遊〉、第五齣〈廷諍〉、第十齣〈航海〉、第十四齣〈不辱〉、第十九齣〈遶帳〉、第二十二齣〈逢故〉、第二十七齣〈廷薦〉、第二十九齣〈鬧宴〉、第三十一齣〈還旌〉、第三十二齣〈完扇〉。
﹝註61﹞ 《西湖扇・訂遊》，《丁耀亢全集》，冊上，頁747。
﹝註62﹞ 《西湖扇・還旌》，《丁耀亢全集》，冊上，頁797。

　　丁耀亢的戲曲作品向來被認為充滿自我指涉。第十九齣〈遼帳〉中，陳
道東被流至遼陽開館，這明顯是丁耀亢旗下教習經歷的投射，可與其《出劫
紀略》中的〈皂帽傳經笑〉一文對讀。只不過〈皂帽傳經笑〉裡對滿族旗下
子弟的跋扈尚武採取直接批評，〔註63〕在〈遼帳〉中則以拿《論語》打諢的
描寫將他們的粗魯不文以喜劇化方式呈現。在〈皂帽傳經笑〉中可以看到丁
耀亢已經致力於尋找他作為小小教習「教以慈善，化其貪鷙，為他日牧民地」
的存在意義，〔註64〕但眼看這些不知書的滿族子弟只要略試清字數行，能分
句讀，便得授官，短時間內便驟升高位，〔註65〕更反襯他官卑職小。而丁耀
亢好不容易熬到考滿後，又被分發擔任「雞肋」的容城教諭，讓他不由得發
出「大可哀矣」的感慨。〔註66〕現實如此，我們當能明白在《西湖扇‧遼帳》
中，作者如何於文字虛構中為自己尋得一份肯定與滿足。此齣中陳道東獨唱
一套北曲【中呂粉蝶兒】套，〔註67〕講授「愛物推恩」、「不嗜殺」等「聖人
之道」，學生們則由開始的插科打諢，轉為虛心請教，到最後「先生講的我學
生好喜也」的歡呼拜舞。〔註68〕不論在現實或戲曲中，丁耀亢對「教習」都
同樣冠以「將聖人大道傳之絕域」的意義。然而現實裡是「大可哀矣」的自
覺卑微無奈的青氈生涯，戲曲中卻成為有意義、受尊重的傳道事業，其關鍵
點就在歡呼拜舞場面的描寫。可以說作者藉著戲曲裡的角色扮演，達成某種
自我的補償，尋求被承認、為人所尊重的成就感。丁耀亢另有〈青氈樂〉與

〔註63〕「環立而進拜，虎頭熊目之士班班也。……韋冠帶劍，少拂其意則怒去。……
　　　　大抵羈縻少馴者，終不能雍雍揖遜也。」《出劫紀略‧皂帽傳經笑》，《丁耀亢
　　　　全集》，冊下，頁284。
〔註64〕「予自春徂秋，跨塞投旗，風沙積面，冒雨銜泥，以訓習之語彙曰『氈雪錄』，
　　　　教以慈善，化其貪鷙，為他日牧民地耳。」《出劫紀略‧皂帽傳經笑》，《丁耀
　　　　亢全集》，冊下，頁284。
〔註65〕「凡三院六部，用人咸取於此。試以清字數行，略分句讀，則用為他赤哈、
　　　　筆帖式等官，不二年即為理事、修撰、侍郎矣。各有內院，不隸吏部，故子
　　　　弟多驕悍相習，北俗如此。」《出劫紀略‧皂帽傳經笑》，《丁耀亢全集》，冊
　　　　下，頁284。
〔註66〕「四十年窮經東省，卒無一就，乃由別經而入北籍，止傳一氈，猶羈雞肋不
　　　　已，亦大可哀矣。」《出劫紀略‧皂帽傳經笑》，《丁耀亢全集》，冊下，頁285。
〔註67〕此套北曲後來被用在《續金瓶梅》第58回，由同樣是出使金朝，被流放邊地，
　　　　苦守節操，開館傳聖人之教的使臣洪皓所作。見《續金瓶梅》，《丁耀亢全集》，
　　　　冊中，頁468～469。
〔註68〕《西湖扇‧遼帳》，《丁耀亢全集》，冊上，頁775。

〈青氈笑〉兩套曲，〔註69〕同樣呈現了現實與期望的差距，但比起〈青氈樂〉中帶有隱逸出世色彩的描寫，戲曲舞臺上為人所環繞敬仰的場面，無疑更加世俗與直接。

有學者析論明遺民中有認為教習、教官不算是「官」或「臣」，而是「師」，因而不算仕清或失節的看法，同時「教學」又有著「傳道」的大義性。〔註70〕更何況劇中陳道東在遼地坐的是私塾而非官學。〔註71〕如果說這可以作為丁耀亢／陳道東擔任教諭不妨節操的自辯，那麼儘管多次描述陳道東不肯接受金朝官職，卻寫他接受舉薦去赴廷試的心理就頗值得探討。傳統士人的出路與自我成就衡量尺的狹窄，使得科舉成為每一個不遇文人的痛，甚至是一種糾纏不去的夢魘。丁耀亢習慣以詩紀事，然而他的詩集中敘述赴考或落第的詩極少，這種「不寫」或是「不收」或許指向了「難以發聲」、「無可言說」的挫折感。在〈山居志〉中有一段簡短但讓人感慨的敘述，寫他和「歲試第一」的兒子去赴考透露出的期待，之後「被落時，父子相視，山靈無色」的慘痛。〔註72〕在他終於放棄科舉後，曾於乙未順天鄉試入廉執事，看到落卷被成堆賤賣，那份傷感亦寫得很深刻：

> 蠹魚捆載爛成堆，帘外傳呼運卷來。二殿題名懸御榜，七篇殘冊付秦灰。好逢青眼粘書幌，幸遇黃流覆酒醅。聞道洛陽今紙貴，喜無名姓到塵埃。（凡落卷，皆糊名不拆）〔註73〕

原本應試求的是揚名立世、光宗耀祖，卻在看到落卷被賤賣去粘書幌、覆酒醅的下場後，發出了「喜無名姓到塵埃」的慨歎。對於一個「自甲子至辛卯

〔註69〕談遷在《北游錄·紀聞下》「丁耀亢」條收了這兩套曲，云：「諸城丁耀亢野鶴。任容城縣學教諭。作〈青氈樂〉、〈青氈笑〉二劇。」由於《北游錄》是記述他順治十年到十三年在北京期間的經歷見聞及一些詩文，可知此兩套曲皆作於丁耀亢於北京或容城時。〔清〕談遷：《北游錄》，《清代史料筆記匯編第一輯》（香港：龍門書店，1969年），頁381。〈青氈樂〉亦見於《續金瓶梅》第52回，被挪為一位劉學官所作。見《續金瓶梅》，《丁耀亢全集》，冊中，頁406～407。

〔註70〕參見趙園：《明清之際士大夫研究》，頁388～389。

〔註71〕「幸喜本部達官，知俺忠直，請俺教訓子弟，這也是聖人大道傳之絕域了。」《西湖扇·遼帳》，《丁耀亢全集》，冊上，頁774。

〔註72〕《出劫紀略·山居志》，《丁耀亢全集》，冊下，頁269。

〔註73〕〈榜後落卷捆載付市折價傷之〉，《椒丘詩》，《丁耀亢全集》，冊上，頁266～267。

入闈八次」，〔註74〕從二十六歲考到五十三歲，終究無法得中的老秀才來說，在戲曲中偷渡一個多年的執念，不由不讓人有「同情的理解」。第二十七齣〈廷薦〉末尾「始信文章自有名」可以說一抒多年落第不遇的憤懣。然而在第二十九齣〈鬧宴〉陳道東高中榜眼，寫他秉節拒絕受職說出「使臣原係宋朝，負罪北方，不敢受職」時，竟是「外跪白介」。〔註75〕這不能不讓我們想到他在先前〈不辱〉齣中堅持大國使臣身分，拒絕跪拜，「持節立介」，慷慨陳詞的畫面。〔註76〕造成如此強烈對比的原因，恐怕就在於他國使節與應試試子的身分差異。同樣，〈鬧宴〉最後新進士合唱「酬際遇，答恩光」，隨即前往遊街：

> 【節節高】（眾）宮袍砑錦光，紫羅裳。扶搖直上天池傍。心中曠，
> 眼裡香，人前響。平生且莫誇名望，此中得失尤難講。從今拋却舊
> 生涯，大家做出新模樣。〔註77〕

或許可以讓人窺見在不跪與跪之間，拒官與謝宴之間，功名與「恩義」的聯繫。

由此看來，將陳道東視為遺民意識的化身，或是「忠奸」對立的「忠」的價值體現，的確是太過簡單的推論。丁耀亢在《續金瓶梅》第五十八回中描寫另一個出使金朝的忠節之臣洪皓，在此回開章時提到：

> 總是臣子一受了國恩，這個七尺之軀就屬了朝廷，一切身家、爵祿、
> 名譽俱是顧不得的。只為完了這一生節義，才得快活。〔註78〕

這種把「忠」由絕對的價值觀轉為相對的「恩／義」價值觀，趙園在討論「遺民不世襲」觀念時亦有提及。〔註79〕特別值得點出的是在「顧不得」底下竟然有「名譽」一項。「恩／義」的相對價值觀或許在以「忠」為絕對價值的遺民口中是「偽」、是貳臣的自我辯解；但不能不指出這個觀念普遍存在於俠義與演義故事中，無疑有其被廣為接受的土壤。這指向了在明末清初的背景下，

〔註74〕〈中秋同諸公宴集貢院・又〉自注，詩云：「二十四年月，棘闈夢已孤。桂林誰捷足，天窟半穿窬。墨海雲生滅，玄霜藥有無。陰晴推不定，懷抱自冰壺。」見《椒丘詩》，卷1，《丁耀亢全集》，冊上，頁263。

〔註75〕《西湖扇・鬧宴》，《丁耀亢全集》，冊上，頁793。

〔註76〕《西湖扇・不辱》，《丁耀亢全集》，冊上，頁767。

〔註77〕《西湖扇・鬧宴》，《丁耀亢全集》，冊上，頁794。

〔註78〕《續金瓶梅》，《丁耀亢全集》，冊中，頁465。

〔註79〕趙園：《明清之際士大夫研究》，頁384、389。

一介小小文人看待施恩者與盡忠的對象，未必不能是清；談「忠」，亦不必然導向遺民意識。

3. 問德行不問華夷

耶律楚材此一歷史人物的加入，更進一步地說明了此點。《西湖扇》中耶律楚材被設為久在金朝的蒙古人，且與身為金朝公主的皇姑有親。他作為保舉陳道東南返的門生之首，後來又救了投井的宋湘仙，並將她安置於皇姑寺，在推動劇情上扮演重要的角色。然而在歷史上，耶律楚材本是遼國宗室，父、祖仕金，而他則先仕金，後為元太祖、太宗重用，官至中書令。〔註80〕他不但促成了元朝重新用科舉取士，〔註81〕重啟讀書人學而優則仕之正途；又尋訪孔子之後，表奏其襲封衍聖公；更修書講經，使元朝「文治興焉」，可說正是一位「化其貪驁」，「傳聖人之道」的名臣。〔註82〕丁耀亢在一個受託之作裡加入了這樣一位立德、立功、立言，但其政治與民族立場置於明清易代之際的敏感中，卻很可能遭到質疑的歷史人物，無疑有其深意。除了讓陳道東教出這樣一位「門生」以呼應「將聖人大道傳之絕域」的自我價值實現外，似乎也將道德理念與民族認同劃分開來，藉由模糊與不斷移轉的國族身分，呈現出「問德行，不問華夷」的可能。

然而作者這樣的安排，亦造成了劇情前後對於宋金和議議題的矛盾。陳道東原本是因糾集國學生四百多人上書反對和議，才遭秦檜陷害出使金朝，但他最後在廷試中應對金蒙、金宋關係的考問時，卻以南宋使臣身分提出「願伸舊好」，強調「宋家是鄰國，久通和好」，〔註83〕最後導向了宋金和議的結局。相較於《續金瓶梅》中洪皓最終是因南宋稱臣納幣才得以歸國，〔註84〕《西湖扇·還旌》一齣中，甚至還出現了金朝反向南朝講和，「仍納駝馬貂參，永無相犯」的神話。〔註85〕這樣的矛盾或許是因為「忠」的價值要求反抗奸臣秦檜及其政策，而求和止亂則是亂世中一介百姓的深切期望（甚至在明清之際兩朝並立是求而不得的妄想）。於是丁耀亢以「有尊嚴」（儘管是神話式的）的由金朝納款、要求和議，成就了調合兩者矛盾的方式。

〔註80〕　〔明〕宋濂等撰：《元史》（北京：中華書局，1976 年），卷 146，頁 3455～3468。
〔註81〕　〔明〕宋濂等撰：《元史》，卷 81，〈選舉志〉，頁 2015。
〔註82〕　〔明〕宋濂等撰：《元史》，卷 146，頁 3459。
〔註83〕　《西湖扇·廷薦》，《丁耀亢全集》，冊上，頁 790。
〔註84〕　《續金瓶梅》，《丁耀亢全集》，冊中，頁 469。
〔註85〕　《西湖扇·還旌》，《丁耀亢全集》，冊上，頁 796。

（三）小結

相較於同時代戲曲家朱佐朝（？～1690前後）同樣受託而作的《秦樓月》中對男女主角深情與貞烈的描繪、對相關贊助者高風亮節的稱頌，《西湖扇》無疑因大量摻入的自喻成分顯得不盡合格。這讓我們再度想起丁耀亢因為不肯修改《表忠記》而錯失御覽與可能晉身之階的軼事。然而作者的不幸卻是讀者的幸運，我們因此得以窺見易代後秩序尚未建立，框架尚未封死時，戲曲家得以保有的強烈個人風格與關心所在。

石玲認為丁耀亢的戲曲作品「主觀因素太強」，是「借戲劇形式，以歷史題材、離奇情節抒發感慨，披露心迹，戲劇形式僅僅是一個外殼。」〔註86〕主觀因素太強是實，然而文體絕不僅僅是「外殼」而已。伊維德指出了丁耀亢在明亡的裂變造成的創傷後，於清初開始探索新文體以發聲的意義，〔註87〕亦將丁耀亢與同為小說與戲曲作家的李漁加以對比，指出雖然丁耀亢與李漁兩人都利用了隨著明清之交的混亂所產生的真空，而得到前所未有的創作自由。但丁耀亢的果報業障觀，使得他與追求享樂原則的李漁不同。李漁是個娛人者，丁耀亢則是想要將他的折磨呈現給觀眾的道學家。〔註88〕伊維德並未提及的是，李漁亦是在時代轉入清初後才開始探索戲曲此一新文體，〔註89〕這或許不僅是巧合。不同的是，李漁無意調合現實中價值觀的矛盾，他採取的是提供「非現實」──戲場上的歡愉，即「一夫不笑是吾憂」〔註90〕──作為一條現實之外的出路。

《西湖扇》是丁耀亢惟一一部沒有因果報應或出世思想的戲曲作品，劇中出現了一位番僧，卻未提供佛教出世的遁逃之路，他回應顧史「身遭困厄，敬卜行藏」的要求所給的偈語，不存在度化的意圖或佛家的世事皆空幻思想，

〔註86〕石玲：〈丁耀亢劇作論〉，頁249。
〔註87〕Wilt Idema, "'Crossing the Sea in a Leaking Boat': Three Plays by Ding Yaokang," pp. 424-425.
〔註88〕Wilt Idema, "'Crossing the Sea in a Leaking Boat': Three Plays by Ding Yaokang," p. 425.
〔註89〕李漁最早之戲曲作品《憐香伴》是在他移杭後不久所作。單錦珩將李漁移杭定於順治六年，黃強則質疑此點，但亦將其移杭置於售賣伊山別業後，即亦是在順治三年以後了。見單錦珩撰：《李漁年譜》，《李漁全集》，冊12，頁22；黃強：〈《李漁全集‧年譜》斟疑〉，《李漁研究》（杭州：浙江古籍出版社，1996年），頁314～316。
〔註90〕〔清〕李漁：《風箏誤》劇末下場詩，見《李漁全集》（杭州：浙江古籍出版社，1992年），冊2，頁203。

而更像副末開場的劇情預告。〔註91〕劇情中宋湘仙在皇姑寺出家，也只是「空門暫寄嘆棲遲」，〔註92〕其後皇姑寺更成了才子佳人重逢幽會與竊扇的地點，而非破除塵妄的空門。《西湖扇》既不以果報來為天崩地裂提出解釋，也無法提供出世的遁逃或昇華之路，丁耀亢只是藉著戲曲文體綰結抒情與敘事之功用，來調和價值觀的矛盾，建構生命的意義及嘗試尋求心靈安頓。丁耀亢所書寫的人物並不是英雄，他筆下的女主人公宋娟娟、宋湘仙缺乏能動性，單純仰賴作者提供的特殊照料來保住自己的貞節，而即使是最主動展現正面價值「忠」的陳道東，亦不斷讓人看到他徘徊於全身保節的期望與功成名就的追求之中。〔註93〕《西湖扇》末尾例結以團圓，然而在前一齣〈還旌〉中提及陳道東將南返，卻不見於場上演出的「不寫」，或者暗示了常時代由宋金對峙回歸到順治十年，作者終究無處歸者，無可安頓。我們或者可以這麼說，《西湖扇》是最貼近作者身為世變混亂中一介不遇文人的戲曲。

四、才子形象的自我建構：尤侗及其雜劇《讀離騷》、傳奇《鈞天樂》與雜劇《清平調》

如果說，明末「才子」此一稱號象徵的「奇」、「蹇」之代表人物是金聖歎，那麼在清初「才子」的「奇」、「蹇」代表人物中，同樣出身於蘇州的尤侗必佔一席之地。所有學者在尤侗研究上最強烈並始終存在的是對其「才子」的論述，不論是視他懷有才子情結，〔註94〕或斥其爭競才子之名，〔註95〕都顯示出閱讀尤侗時必然會注意到他所重覆強調與呈現的此一形象。這一點在他的戲曲作品中亦不例外。

〔註91〕「北海當逢故友，西湖舊有奇逢。秋風團扇兩詩通，二美一時跨鳳。道院重逢家木，丹宸更占花榮。紅絲雙繫紫泥封，兩姓同歸一姓。」《西湖扇・參偈》，《丁耀亢全集》，冊上，頁772～773。

〔註92〕《西湖扇・歸道》，《丁耀亢全集》，冊上，頁783。

〔註93〕〈廷諍〉一齣，陳道東在上書勸阻和議後，憂慮奸臣會以此懷恨傾陷，決意「避世埋名，藏身遠遁，佯狂避禍」。《西湖扇・廷諍》，《丁耀亢全集》，冊上，頁753。

〔註94〕「可以說，躁動於心中的『才子』情結，塑造了尤侗作為文人的最靈動的人格風貌。」參見杜桂萍：〈才子情結與尤侗雜劇創作〉，《文獻與文心：元明清文學論考》（北京：中華書局，2009年），頁165。

〔註95〕「尤侗就是一個被金聖歎的巨大聲響或身影籠罩著的可憐的後來者，模仿不成以致『反噬』。」參見陸林：《金聖歎史實研究》（北京：人民文學出版社，2015年），第十七章「尤展成：糾結半生的才子爭名」，頁420。

（一）「不遇」與「知遇」：尤侗生平及劇作

尤侗（1618～1704），字展成，號悔庵、艮齋，晚號西堂老人。雖然父祖皆未有功名，但世代書香。他自幼就有神童之譽，然而日益增長的才子名聲的另一面，是從明末至清初四度秋闈，連舉人都考不上的際遇。崇禎十五年時，甚至連舉人赴考資格的科試、遺試都未通過，「歸而臥病」。〔註96〕順治五年（1648）以拔貢廷對，九年授永年縣推官，凡四年，因坐撻旗丁罷歸。康熙十七年（1688）以博學鴻詞入京，次年授翰林院檢討，纂修明史。尤侗對科舉功名的執著，〔註97〕可由下列二事得知：順治二年五月清軍渡江時他奉父母避難，但八月便在一片「烽火相望」的混亂中入城就試；以及順治六年他已經拔貢，依然繼續去考順治八年的鄉試，〔註98〕只因再度落第，他才二次參加廷對，黯然接受永平推官一職，順治十三年卻因誤撻旗丁被降職，乃去官歸隱，自號悔庵，「以志三十九年之非也」。〔註99〕

若說尤侗前半生反覆述說的是「不遇」，於其詩文戲曲中打造出一個才高命蹇的才子形象；那麼他後半生的話語中心就是「不世之希遇」。尤侗一生最得意的即是「受知兩朝」的美談：〔註100〕順治十五年，順治帝與王熙、木陳道忞談及尤侗《西廂》制藝〈怎當他臨去秋波那一轉〉，後來使者還至旅邸向尤侗索要《西堂雜組一集》呈上，順治讚其為「真才子」；康熙十九年，趙良棟平蜀，尤侗獻〈平蜀頌〉，在同進者數十人中，康熙指尤侗名說：「此老名士也。」〔註101〕不論是「不遇」或是「不世之希遇」的自我書寫，一以貫之的則是「才子」自我形象的建構，由早年的遊戲文字，到晚年的自撰年譜，而集中作於其壯年時期的戲曲作品，亦不例外。

尤侗戲曲創作集中於他去官歸隱後的順治十三年至康熙七年間（1656～

〔註96〕〔清〕尤侗編：《悔菴年譜》，《北京圖書館藏珍本年譜叢刊》（北京：北京圖書館出版社，1999年），冊74，頁8。

〔註97〕杜桂萍以其家先世榮顯，詩書傳家，但父祖三代皆無人得中進士的家族史，來說明尤侗對功名渴切之望的理由。參見杜桂萍：《清初雜劇研究》，頁250。

〔註98〕〔清〕尤侗編：《悔菴年譜》，《北京圖書館藏珍本年譜叢刊》，冊74，頁10、12～13、14。

〔註99〕〔清〕尤侗編：《悔菴年譜》，《北京圖書館藏珍本年譜叢刊》，冊74，頁26。

〔註100〕「予雖不遇，晚而受知兩朝，謬廁博學鴻儒之選，即有方寸五嶽，亦相忘于江湖，而又何不平之有？」〔清〕尤侗：〈今文存稿自序〉，《艮齋倦稿》（清康熙三十三年刊本），卷3，頁2b。

〔註101〕〔清〕尤侗編：《悔菴年譜》，《北京圖書館藏珍本年譜叢刊》，冊74，頁60。

1668），〔註102〕合稱《西堂樂府》。共計六部作品：雜劇《讀離騷》、《弔琵琶》、《桃花源》、《黑白衛》、《李白登科記（清平調）》及傳奇《鈞天樂》。《弔琵琶》寫昭君出塞和番，後蔡文姬陷胡，祭弔青塚事；《桃花源》寫陶淵明與江州刺史王弘往廬山公結白蓮社，聽慧遠法師說法，悟禪歸里，召友生祭事；《黑白衛》則寫聶隱娘事。《弔琵琶》、《黑白衛》與本文主旨較無關聯，而《桃花源》則與《讀離騷》類似，皆為隱括題材主人軼事文字成劇，且較無特色。故本節中將以《讀離騷》、《李白登科記（清平調）》及《鈞天樂》為例，分析尤侗如何藉由戲曲營造其才子形象，而又為何在《李白登科記》後，不再創作戲曲的可能原因。

（二）才子建構的「自況」之作：《讀離騷》

　　尤侗於順治十三年，由於「擅責投充」，〔註103〕由永平推官任上罷官歸家後，以娛親之名建家班，教梨園子弟十人。尤侗的第一部戲曲作品，寫屈原事之《讀離騷》即作於此時，而此劇之作，尤侗直承為「自況」：「先君雅好聲伎，予為教梨園子弟十人，資以裝飾，代斑斕之舞，自製北曲《讀離騷》四折，用自況云。」〔註104〕這裡的自況，不僅僅是以屈原落魄不遇，行吟澤畔的境遇自比，尤侗對於屈原特殊的「才子」形象定位，或許更值得關注。儘管屈原是以《離騷》、《九歌》等作品開「楚辭」一脈的文學大家，但從司馬遷稱「其志與日月爭光」以來，他的形象已經被定位為悲劇性的「孤臣」、「忠臣」、「志士」。〔註105〕尤其在經歷世變後的清初，對於屈原形象更因易代之痛而過度演繹，如王夫之便「將屈原忠君愛國精神提升到一個民族的亡天下之痛」。〔註106〕然而

〔註102〕據尤侗《悔菴年譜》，其六部劇作創作年代如下：《讀離騷》，順治十三年；《鈞天樂》，順治十四年；《弔琵琶》，順治十八年；《桃花源》，康熙二年；《黑白衛》，康熙三年；《清平調》（又名《李白登科記》），康熙七年。分見〔清〕尤侗編：《悔菴年譜》，《北京圖書館藏珍本年譜叢刊》，冊74，頁27、27、37、39、40、43。

〔註103〕投充，即投靠在旗人名下避役避稅的漢人。尤侗官面上的自辯說「初不知其為投充」，但在晚年時回顧此事則以詩紀之：「……搏擊豪強雖未敢，要使滿漢歸平亭。漢人則喜滿人怒，何物書生不知務。……」〔清〕尤侗編：《悔菴年譜圖詩》，《北京圖書館藏珍本年譜叢刊》，冊73，頁638。

〔註104〕〔清〕尤侗編：《悔菴年譜》，《北京圖書館藏珍本年譜叢刊》，冊74，頁27。

〔註105〕參見李中華、鄒福清：〈屈原形象的歷史詮釋及其演變〉，《武漢大學學報（人文科學版）》第61卷第1期（2008年1月），頁5～11。

〔註106〕黃建榮、李蕊芹：〈論清代的《楚辭》文本傳播與接受〉，《東華理工大學學報（社會科學版）》第30卷第2期（2011年6月），頁123。

尤侗卻在〈自序〉中總括其四齣雜劇時如此評論：

> 屈原，楚之才子；王嬙，漢之佳人。懷沙之痛，亂以招魂；出塞之
> 愁，續以弔墓，情事悽愴，使人不忍卒■。陶潛之隱而參禪，隱孃
> 之俠而游仙，則庶幾焉。〔註107〕

「亂以招魂」，指的是《讀離騷》劇中尾折，尤侗安排屈原弟子宋玉弔祭招魂，戲曲學者吳梅極賞此一排場，認為「超軼前人」。〔註108〕但若細而觀之，這一結局實有喧賓奪主之嫌疑。而不論是稱屈原為「才子」、或以宋玉招魂為全劇結束，其實都與尤侗意欲建構的自我形象密切相關。

1. 屈、宋「文人」形象與其文字的展示

《讀離騷》為四折雜劇，與清初許多文人雜劇類似，此劇亦無明確劇情主線，前三折皆寫屈原軼事。第一折寫屈原被放，題壁呼天而問之，天不應，復問卜，答以「不疑何卜」，屈原乃決意「直行我志」；第二折寫巫覡因俗曲鄙俚，求屈原譜寫新聲敬神；第三折則寫洞庭君憐才，派白龍扮漁父來勸止屈原死意，不果，乃遣波臣迎屈原入水府為客。此三折分別繫以〈天問〉、〈卜居〉、〈九歌〉以及〈漁父〉情景，可說是為了強調屈原的「才子」形象，故而加重其原創文本於劇中的分量。巫覡及洞庭君等新增角色，則在一人獨唱的體制下加入了「他人」對於才子的肯定眼光。尤其是神仙身分的洞庭君，既撐起戲曲中的仙凡框架，亦反襯出世間皆濁，不得不寄望於仙界超脫。

沿此發展，第四折之宋玉弔祭場面，重點應該是感懷屈原之才志、遭際，即以後者及他人的角度進一步強化屈原的形象。然而此折起寫宋玉隨楚王遊雲夢之臺，奉命賦〈高唐〉。倦臥入夢，赤帝女姚姬因慕其文采，前來幽會。夢中姬領宋玉登臺觀雲童及雨師風伯雷公電母分舞「朝雲」、「暮雨」，又求賦〈巫山高〉一篇，激賞絕妙好辭，稱有宿緣，願自薦枕席。宋玉一睡三日，醒來後楚王詢之，宋玉敘其夢，楚王命賦〈神女賦〉紀之。宋玉言神女提及屈原現為洞庭水仙，請求楚王允其設祭招魂，屈原乘龍而來，以兩龍船俗曲歌舞作結。

〔註107〕〔清〕尤侗：〈西堂樂府自序〉，收入鄭振鐸纂集：《清人雜劇初集》，頁 75。
〔註108〕「曲至西堂，又別具一變相。其運筆之奧而勁也，使事之典而巧也，下語之艷媚而悠悠動人也，置之案頭，竟可作一部異書讀。如《讀離騷》之結局，以宋玉招魂，《弔琵琶》之結局，以文姬上冢，此等結構，已超軼前人矣。」吳梅：《中國戲曲概論》，王衛民編校：《吳梅全集》（石家莊：河北教育出版社，2002 年），冊上，頁 299。

可以看出，此折的主角並非屈原，而是「才子」色彩更重的宋玉及其文學作品。〔註109〕正如同前三折化用屈原的作品，第四折一口氣化用了宋玉〈高唐賦〉、〈神女賦〉及〈招魂〉，為了豐富場面，將「朝雲暮雨」四字演為雲童及雨師風伯雷公電母的舞蹈排場。齣末招魂部分，本應是此折高潮，但由【滿庭芳】加四轉【魔合羅】所演出的巫向上下四方招魂場景，僅有【滿庭芳】曲敘寫屈原之冤，提及「恨讒夫暗把忠良害」，其他四曲主要化用〈招魂〉之四方不可居的景物意象。於是此齣主要部分，便是神女與宋玉的夢中情緣。此處關目不脫才子因才得仙女賞識的習套，神女因愛宋玉「風流姣媚，文采翩翩」，故攝其魂魄前來幽會，以了夙緣。〔註110〕若對照宋玉〈神女賦〉對神女容貌、衣飾、神態的傾力描繪以及最終求之不得的悵然，此處神女的存在則是烘托宋玉「才子」身分的「佳人」，她是作為才子的仰慕者以及獎賞而登場的。這或許也說明了為何在〈神女賦〉中的「王」、「玉」互訛問題上，尤侗選擇了「玉」的詮釋。改襄王之夢為宋玉之夢，不再是臣子諷諫君王，而成為文人以才情對抗並壓倒權勢的夢想。〔註111〕

姑且不論「王」、「玉」互訛何者為真，或是這些作品是否確為宋玉所作，但它們都是公認的前人文本。最有意思的是，尤侗在這些宋玉原始文本中，置入了一篇他自己的作品，即神女因聞他「高才麗藻」，請求他所作的〈巫山高〉：

> 巫山高，高以奇；湘水深，深以游。我欲東歸，白雲間之；明月在天，美人來遲。日暮風吹松花枝，青鬟十二綰參差。步搖珊珊響江祠，蘭衣淺捻紅臙脂。山有堂兮水有梁，春風夜半迎君王。曉夢飛來杜若香，碧絲斜弄高臺涼。〔註112〕

〔註109〕如果說屈原在文辭以外，更以形象高潔為人所稱，那麼宋玉就是徹底的「文人」，司馬遷提及他時毫無疑問是帶有批評的：「屈原既死之後，楚有宋玉、唐勒、景差之徒者，皆好辭而以賦見稱。然皆祖屈原之從容辭令，終莫敢直諫。其後楚日以削，數十年竟為秦所滅。」〔漢〕司馬遷撰，〔劉宋〕裴駰集解，〔唐〕司馬貞索隱，〔唐〕張守節正義：《史記‧屈原賈生列傳》（臺北：鼎文書局，1981年），頁2491。

〔註110〕〔清〕尤侗：《讀離騷》，收入鄭振鐸纂集：《清人雜劇初集》，頁84。

〔註111〕詮釋的不同或許也存在時代因素，如此處眉批云：「神女薦枕懷王，豈容父子聚麀，其曰王寢，乃一點之訛也，得此證之。」春秋戰國與明清之際對「聚麀」的敏感度恐怕未必相同。〔清〕尤侗：《讀離騷》，收入鄭振鐸纂集：《清人雜劇初集》，頁84。

〔註112〕〔清〕尤侗：《讀離騷》，收入鄭振鐸纂集：《清人雜劇初集》，頁84。

此詩為尤侗早年之作。〔註113〕〈巫山高〉在樂府歌辭中原本便是專詠巫山雲雨故事的題目，此詩亦是如此；然而「春風夜半迎君王」之句，置於劇中神女前來對宋玉自薦枕席之時，不僅是時間線錯誤，更不符劇中人物情境。而且由於文人圈子的學養，這樣的置入是顯而易見的，並不存在混淆或代入的意圖，而更像是帶著遊戲心態，且自得意滿地展現了比肩古人的才子心態。

2. 才子、名士形象的聯結

此劇雖名為《讀離騷》，但其實劇中僅略提及《離騷》一句，相較於稍早之鄭瑜《汨羅江》，確實以《離騷》此一作品為主角，尤侗反而評論其「櫽括騷經入曲，未免聱牙之病」。〔註114〕可以說尤侗「讀離騷」之題，並非讀《離騷》此書之心得、或對於《離騷》作者之感懷，而是「讀《離騷》」此一事本身。

「讀《離騷》」，語出《世說新語》：「王孝伯言：名士不必須奇才，但使常得無事，痛飲酒，熟讀《離騷》，便可稱名士。」〔註115〕王恭此語，顯然是對魏晉逐「名士」之名的風氣有所批評，意帶諷刺，與時不合，因此才被置於「任誕」類中。然而王士祿、丁澎〈讀離騷題詞〉，皆引「痛飲酒，讀《離騷》，便可稱名士」，則是反話正用，一云「必具悔菴之才之識，始可當此語」，一云「斯言一何易也」，又以香草美人之喻解尤侗之「志」。〔註116〕題辭序文的應酬語姑且不論，由同輩對於「讀離騷」三字的典故聯想，正足以看出他們對尤侗自我建構的目標為「名士」形象的了然於心。

尤侗以「自況」的名義，暗示了劇中人物與他的關連性，於是巧妙地藉屈、宋之才子形象進行自我形象的建構。如此看來，作為尤侗戲曲最早，失意歸里後所作的《讀離騷》，與其說是尤侗以屈原被逐情境類比自身的所謂「自況」，不如說是自我排解與才子形象的展示。有趣的是，其後由於順治帝的賞

〔註113〕《西堂剩稾》所收此詩，「綰」作「挽」、「臏」作「胭」，其餘文字具同。見〔清〕尤侗：〈巫山高〉，《西堂剩稾》，收入《清代詩文集彙編》，冊 65，卷上，頁 306。

〔註114〕「近見西神鄭瑜，著汨羅江一劇殊佳，但櫽括騷經入曲，未免聱牙之病，餘子寥寥，自鄶無譏矣。……」〔清〕尤侗：〈讀離騷自序〉，《讀離騷》，收入鄭振鐸纂集：《清人雜劇初集》，頁 75。

〔註115〕〔南朝宋〕劉義慶著，黃征、柳軍曄注釋：《世說新語·任誕》（杭州：浙江古籍出版社，1998 年），頁 326～327。

〔註116〕鄭振鐸纂集：《清人雜劇初集》，頁 76。

識，於是尤侗在〈西堂樂府自序〉中，一轉彭孫遹於〈讀離騷題詞〉中準確認知尤侗意圖所寫下的「才如悔菴，可以怨矣」，〔註117〕而改將整齣劇由描寫屈、宋文人、文學作品以聯結自身才子不遇形象，改為強調對「懷沙之痛」的「褒忠」：「予所作《讀離騷》，曾進御覽，命教坊內人，裝演供奉。此自先帝表忠微意，非洞簫玉笛之比也」。〈自序〉的建構，以及他後來在各種敘述文本中不斷重覆累積的才子與「雅樂」的名聲，不但使《讀離騷》掛上了皇帝認可的「宮中雅樂」，尤侗更進一步希望他致力抬高的劇作品質能令讀者進一步與作者本人聯結：「後之君子，讀其文，因之有感，或者垂涕，想見其為人。」〔註118〕於是整個《讀離騷》的自我形象，由原本的才子建構，又藉著皇帝「御覽」的事實，經由序文經營為褒忠雅樂，而在才子形象之上，又將尤侗與志士相聯結。

（三）自我與文才之展示窗：傳奇《鈞天樂》

尤侗著述極富，詩、詞、曲俱有名，而他才名由來與後世批評的焦點，卻是他的「遊戲文字」，如最有名的〈怎當她臨去秋波那一轉〉《西廂》制義、《論語詩》、以及諸多以「戲擬」、「戲作」開始的冊文、判文、檄文等。學者研究尤侗，指出其應邀之序、贊、題跋作品極多，尤其晚年作品更多為此類，可見其交遊之盛與其於清初文壇之地位。〔註119〕而他的「遊戲之作」，則多集中於早期。因此，當尤侗或許考慮其身分年齡，不再創作「遊戲之文」時，正好進入其戲曲創作時期。於是當尤侗得以肆其才力於「無體不備」，而又能放縱遊戲，且能登場演出的戲曲，〔註120〕其如魚得水，及其才子形象的更形具體也就理所當然了。

尤侗的六部戲曲作品皆作於其中年時期，他的劇作中常見呼應其早期遊戲文字之處（見下表）：

〔註117〕〔清〕彭孫遹：〈讀離騷題詞〉，〔清〕尤侗：《讀離騷》，收入鄭振鐸纂集：《清人雜劇初集》，頁 75。

〔註118〕〔清〕尤侗：〈西堂樂府自序〉，收入鄭振鐸纂集：《清人雜劇初集》，頁 75。

〔註119〕參見徐坤：《尤侗研究》（上海：上海文化出版社，2008 年），頁 182～183。

〔註120〕尤侗家有梨園十人，因此他創作戲曲時必然都有演出的預期。《鈞天樂》更是在公眾演出中造成轟動。此外，其雜劇至清中葉仍有演出紀錄，蔣士銓〈康山草堂觀劇〉組詩為其觀揚州鹽商江春家班演出所作，其中便有尤侗《吊琵琶》。見〔清〕蔣士銓：《忠雅堂詩集》，《清代詩文集彙編》，冊 356，頁 386。

出　處	相關作品	相關戲曲章節
西堂剩稿	巫山高	《讀離騷》全文引用
西堂雜組一集卷一	廣寒宮玉樓上梁文	《鈞天樂・天試》
西堂雜組一集卷一	反恨賦 呂雉殺戚夫人判 曹丕殺甄后判 孫秀殺綠珠判 韓擒虎殺張麗華判 陳元禮殺楊貴妃判 李益殺霍小玉判	《鈞天樂・地巡》
西堂雜組一集卷六	青冢銘	《弔琵琶》
右北平集	反昭君怨	《弔琵琶》

　　而作於他罷官歸里次年，即順治十四年秋的《鈞天樂》，〔註 121〕不再以歷史人物為題材，而進一步以尤侗與其友湯傳楹的自喻角色沈白、楊元為主角，於是大量於劇中使用自己文本的情形，更為明顯。〔註 122〕尤侗在《鈞天樂》傳奇中營造了一個規模龐大，盡享才子與文人尊榮的自我補償與自我滿足的架構，點綴其中的，則是他自己於文人圈中頗負盛名的遊戲文字。

1. 以「我」為中心——以自喻人物為主角

　　《鈞天樂》因為創作時間的巧合，在清初筆記的載述影響下，曾經有很長時間被認為是引爆順治丁酉科場案的導火索，〔註 123〕關於這一點，已有學者加以駁正，〔註 124〕但由此亦可見其所描繪之科場弊端相當程度反映了當時的真實情況。劇敘明末沈白、楊元，上京赴試，與同樣赴考的當權子賈斯文、富室子程不識、鄉宦子魏無知訪卜者觀相，卜者云沈、楊皆中狀元，賈、程、魏落第。但因試官何圖為賈父門生，收賄令三人高中一甲，沈、楊反而落第。魏妹寒簧，幼許沈白，聞沈落榜，悲恨而亡。時亂起，楊云夫婦染病身亡，

〔註 121〕〔清〕尤侗編：《悔菴年譜》，《北京圖書館藏珍本年譜叢刊》，冊 74，頁 27。
〔註 122〕關於《鈞天樂》與尤侗生平及作品刻意互文的情形，已有學者提及。參見 Judith T. Zeitlin, "Spirit Writing and Performance in the work of You Tong 尤侗 (1618-1704)," *T'oung Pao*, Second Series, Vol. 84, Fasc. 1/3 (1998), p. 127.
〔註 123〕見孟森：〈科場案〉，《明清史論著集刊》（北京：中華書局，1959 年），頁 417。
〔註 124〕郭英德比對尤、湯的作品及《鈞天樂》中的詞曲，舉出五處證明沈、楊即為尤、湯化身。見郭英德：〈偌大乾坤無處住——談尤侗的《鈞天樂》傳奇〉，《名作欣賞》，1988 年第 1 期，頁 59。

沈白投魏無知被逐，伏闕上萬言書被打出，乃痛哭於項羽廟，項羽為之淚下，託夢令他返家待天庭召用。以上即是《鈞天樂》上本情節，這無疑與尤侗個人「不遇」遭際密切相關，其中炎涼與貪鄙的世態摹寫，亦是向來學界關注的焦點。然而在暴露科場貪賄之外，特別要指出的是，上本中有些情節其實可以與明清文人雜劇並觀，如〈哭廟〉一齣，詞采斐然，【刮地風】曲文中「活世界無門懇告，死傀儡何法推敲」更是有名。〔註125〕此齣寫沈白落第後痛訴於項羽廟，本事源於《夷堅志》中杜默哭項羽廟軼事。〔註126〕沈自徵《杜秀才痛哭霸亭秋》、嵇永仁《杜秀才痛哭泥神廟》及張韜《杜秀才痛哭霸亭廟》皆寫其事。〔註127〕此處尤侗卻將杜默軼事移為自喻人物沈白之關目，其中甚至可以看到與尤侗自身劇作的影射：

> 你若無知，不宜享此廟食，你若有知，見我沈白才高志大，運蹇時乖，四海無知，
> 一身將老，也該憐念我了．
>
> 【出隊子】誰似我才高年少，抱經綸，困草茅，祇堪痛飲讀《離騷》，
> 直欲悲歌舞佩刀。大王呵，這辜負詩書冤不小。〔註128〕

此劇距《讀離騷》劇僅　年，毫無疑問這樣的詞句對於尤侗交游圈的文人群體而言必是心下了然。同樣的軼事轉用亦出現在〈送窮〉齣中，此齣採用了賈島除日祭詩文的典故。〔註129〕清代文人雜劇描寫同樣題材的，有葉承宗《賈閬仙》及石韞玉《賈島祭詩》，而在〈送窮〉中，此事亦由賈島移為沈白的關目。可以說，尤侗《鈞天樂》雖然是傳奇體裁，但卻以文人雜劇的寫法著力經營其中的重點齣目，且較一般文人雜劇的「借他人酒杯，澆自己塊壘」遠為大膽，直接挪借他人軼事以為己用。尤侗的放縱恣肆，與戲曲「小道」提供的安全性有關，更與尤侗視戲曲為其遊戲文字的延伸有關，因而他在戲曲創作上就擁有更大揮灑的自由與空間，這在《鈞天樂》下本極度誇張的自我

〔註125〕吳梅極賞此齣【四門子】，並讚西堂作品「直為一朝之弁冕」、「卓絕時流」。見吳梅：《中國戲曲概論》，王衛民編校：《吳梅全集》，冊上，頁299、310。

〔註126〕〔宋〕洪邁：《夷堅志》（鄭州：中州古籍出版社，1994年），「丁志」，卷15，「杜默謁項王」，頁1447。

〔註127〕沈作見《盛明雜劇一集》，後兩劇見《清人雜劇初集》。

〔註128〕〔清〕尤侗：《鈞天樂》第15齣〈哭廟〉，收入《古本戲曲叢刊五集》，冊28，頁45b。

〔註129〕本事源於唐馮贄引《金門歲節》之「祭詩以酒脯」條：「賈島常以歲除，取一年所得詩，祭以酒脯，曰：勞吾精神，以是補之。」，見〔唐〕馮贄：《雲仙雜記》，收入《四庫筆記小說叢書》，卷4，頁662。

補償劇情中更為明顯。

2. 自我補償與自我滿足

上本因試官不公，窮愁潦倒的沈白因天帝「特徵遺佚」，遣使迎其前往天庭。下本前三齣分別為〈天試〉、〈天榜〉、〈天宴〉，揭開了尤侗自我補償與自我滿足的新生。〈天試〉中，文昌上場敘述天庭開科：

> 祇因世間考試，顛倒賢愚。那有文字三場？果是金銀兩榜。楚山刖玉，滄海遺珠。為此上帝震怒，命我為校文主司，專取那下第才人，中式擢用。〔註130〕

特別的是，考生除沈白、楊元二人外，還安排了有「鬼才」之名的唐詩人李賀以為襯托。一般來說，戲曲中的考試戲，往往帶有諷刺意味，多以淨、丑的出乖弄醜襯托生角的高才。〈天試〉因象徵了天道之公，與「那有文字三場？果是金銀兩榜」的人間試場區隔開來，所以是少見的正面描寫的正經考試戲。當然，「正經」是以戲曲中的考試戲為標準。〈天試〉中沈、楊、李的考題分別為〈廣寒宮上梁文〉、〈織女催妝詩〉與〈白玉樓賦〉，各以一曲檃括成篇。正如前表所列，〈廣寒宮玉樓上梁文〉為尤侗舊作，自述作意為：「朝鮮女郎許景樊，八歲作此題，惜未見其文，戲筆補之。」〔註131〕在此我們再度看到尤侗將自己原有文本置入戲曲中，此次當然是直接置於自喻人物的名下。

〈天榜〉齣中，天庭放榜，以沈白為狀元，楊元為榜眼，李賀為探花。如果說《讀離騷》中還只是以古代才人與自身聯結，此處幾乎可說是唐突古人的設計，因尤侗誇張地虛構、強化了遊戲文字「不必嚴肅以對」的輕鬆感而淡化這種唐突感。這種將自喻人物之才氣寫得超軼古人、令古代才子只能作為陪襯的誇張描寫在隨後的天帝賜宴中再度出現，天帝令掌文學士──名氣、才氣更大的古代文人蘇軾陪席，宴中三奏鈞天之樂，演天女散花、仙人騎鶴之舞，此一排場設計，舞臺上的聲色之娛與引人場面可想而知。甚至於其後的授官描寫，劇中不僅安排天庭敕封三人為修文郎，更讓沈、楊各兼任巡按地府、水府的監察御史。

從天試、天榜、天宴乃至巡按一方，可以說是將文人中試後登峰造極的

〔註130〕〔清〕尤侗：《鈞天樂》，收入《古本戲曲叢刊五集》，冊28，第17齣〈天試〉，頁1b～2a。

〔註131〕〔清〕尤侗：〈廣寒宮玉樓上梁文序〉，《西堂雜組一集》，《西堂文集》，收入《續修四庫全書》，冊1406，頁217。

榮耀想像，置於人所不可及的天上。藉由將此一想像擺明為「幻想」甚至是「妄想」，尤侗得以自由逞才，放肆其筆鋒。學者指出尤侗「常常模仿一些文士的行徑」，例如模仿陶潛自祭文作自祝文，師法司空圖築生壙。〔註132〕他刻意瀟灑或狂放的作品或行為，可說是通過對才人軼事中被傳為美談佳話的模仿，以強化自己的才子形象。或許這樣異想天開的關目設計，不僅意在自我補償與滿足，也同時由作品反射出劇作者疏狂不羈的文人才子形象。由尤侗「後之君子，讀其文，因之有感，或者垂涕，想見其為人」的期待，此一「反射」當不是偶然。

3. 文字與才學之展示窗

　　上一小節中提到尤侗於〈天試〉齣中置入自己舊作〈廣寒宮上梁文〉，讓沈白以此高中天庭狀元，而其後沈白巡按地府，磨勘卷宗的〈地巡〉一齣，更藉由陰司斷獄場景，將其少年時所作的〈判〉文，一一化為審獄翻案場景。如霍小玉告李益負心，不同於湯顯祖《紫釵記》對於唐蔣防〈霍小玉傳〉由悲轉喜的團圓處理，此處沈白壹問黃衫客「豈囊中匕首不利」，直接判李益「梟首示眾」。〔註133〕相較於〈李益殺霍小玉判〉結以「黃衫客豈無匕首？未免糊塗！亟當撲殺此獠，庶足下謝彼美。」〔註134〕可見相承之處。不得不說，將〈判〉此種文體化為陰司斷獄的場景，的確是契合巧妙。〈地巡〉齣中，既有作者不同文本指涉的趣味，亦有翻案所帶來拯救歷史上不幸佳人、「圓夢補恨」的滿足感，此外，亦達成文人一朝為官，施行權柄的夢想。

　　除了置入自己作品以展現文采以外，尤侗於〈校書〉一齣，則展示了同樣為文人自矜的「學識」、「眼光」——亦即「批評」。此齣呼應李賀的考題，寫李賀校書白玉樓，蘇東坡送古今載籍來品題。評語直承「無關正傳」，乃「作者自張眼孔」，這樣不僅無關正傳，甚至沒有戲劇行動的場景，正說明了文人作劇，以「我」為中心的視野及趣味。齣中以李、蘇品題各種經典乃至文體：

　　　　〔末（李賀）〕那六經以上，吾輩固不能贊一辭。至如子莫妙于莊周，

〔註132〕沈惠如：《尤侗《西堂樂府》研究》（臺北縣：花木蘭文化，2007年），頁10。
〔註133〕〔清〕尤侗：《鈞天樂》，收入《古本戲曲叢刊五集》，冊28，第22齣〈地巡〉，頁18b、19a。
〔註134〕〔清〕尤侗：〈李益殺霍小玉判〉，《西堂雜組一集》，收入《清代詩文集彙編》，冊65，頁73。

然失之詭；史莫奇于馬遷，然失之偏；騷莫麗于屈原，然失之激；
賦莫高于相如，然失之靡。自此以下，豈有全才。……〔註135〕

（末再看介）詩三百篇，不必論矣。漢魏六朝，各有短長。初盛豈
少浮詞，中晚不無切響。如以時限詩，不佞固非作者，先生亦門外
漢乎！……（外〔蘇軾〕）先生論詩，可謂要言不煩。只是大雅不作，
古調誰彈？可笑今人家誇北地，戶號景陵。四聲未叶，便擬三唐；
八句全非，妄稱七子……〔註136〕

第一段引文，不脫文人好發高論、目空一切的習氣。但第二段引文則相當值
得玩味，解釋了為何一直以「我」為中心的尤侗，在此齣中改由李賀、蘇軾
來擔任這樣展現才識的美缺。藉由早已成就才名、文名的前代詩人、文人之
口，不僅更具有權威性，當批評對象是「今人」時，〔註137〕隱於前輩角色身
後發聲，無疑是借力使力又安全的措施。

然而，文人劇作家強烈的自我意識，依然可見於本齣末尾：

（外）下官嘗讀先生昌谷詩，以為得未曾有，然錦囊佳句，不免廁中之厄。至如沈
子盧上梁文、楊墨卿催粧詩，天上天下，第一奇才。然在世間，終身落第，卻是為
何？（末）先生不聞唐以詩取士，李、杜皆未登科。且子雲、昌黎，當時無不大笑
之。可見文章一道，不但主司不明，并眾人不識了。

【前腔（三疊排歌）】時不遇，命已夫，肉眼皆傖夫。天高正則呼，
途窮嗣宗哭。君不見沈郎憔悴？君不見楊生寂莫〔寞〕？誰憐珠玉
棄如土。便是我李賀呵，纔稱進士謗書污，幸附青雲上帝都。（外）說到
此際，東坡也是可憐人。黃州住，海外逐，眉山何處弔髯蘇。（合）步亦
步，趨亦趨，從今把臂入林俱。〔註138〕

整齣在李賀、蘇軾縱橫千古跨文體且各有不滿的文學批評之後，藉他們之口
肯定沈白、楊元「天上天下，第一奇才」，不免有佔古人便宜之嫌。或許正因

〔註135〕〔清〕尤侗：《鈞天樂》，收入《古本戲曲叢刊五集》，冊28，第24齣〈校書〉，
頁23a～23b。

〔註136〕〔清〕尤侗：《鈞天樂》，收入《古本戲曲叢刊五集》，冊28，第24齣〈校書〉，
頁24a。

〔註137〕由此段引文看來，尤侗所批評的可能是源於湖北，主張一時代有一時代之文
學的公安派及後來的竟陵派。

〔註138〕〔清〕尤侗：《鈞天樂》，收入《古本戲曲叢刊五集》，冊28，第24齣〈校書〉，
頁25a～25b。

如此，劇作家隨即筆鋒一轉，又重提「才子不遇」的命題，而以李白、杜甫、揚雄、韓愈及李賀、蘇軾為證，於是，因為尤侗的「不遇」已然是公認與公知，藉由平行類比，似乎也進一步證成了他「才子」地位的不可動搖。

　　總而言之，尤侗的《鈞天樂》，可以說是以戲曲為展示窗，所要展示的從其「不遇」之遭際、文字才學，乃至作為劇作家大膽不拘、疏狂不羈的名士姿態。劇中安排古代知名文人作為陪襯，雖然唐突古人，但卻與《讀離騷》中將自己文字移為宋玉所作類似，出於渴求於廁身歷史真實才人之列的心理，將自身與古人在戲曲虛構的聯結中，建立才名、才氣的類比輝映效果，以加強自身之才子形象。

（四）酬應、遊戲與自悟：雜劇《清平調》

尤侗曾於〈百末詞餘跋〉中為自己創作「有傷名教」的詞曲自辯：

> ……予少而嬉戲，中年落魄無聊，好作詩餘及南北院本雜曲，綺艷疊陳，詼諧間出。知我者以為空中語，罪我者以為有傷名教，不祇白璧微瑕而已。聊存一二以志過焉。昔有先輩規湯若士講學者，湯曰：「吾與公日講學而人不知也。公講性，某講情。」或誚王漁陽：「太上立德，其次立功，其次立言。」漁陽笑曰：「豈不聞其次致曲乎！」二君之言雖戲，亦足以解嘲矣。〔註139〕

由此可知，尤侗雖然以「曾經御覽」提高《讀離騷》的地位，他對於戲曲的小道甚至「有傷名教」的批評是了然於心的。然而不論是遊戲文字或是戲曲對於他打造才子形象都曾發揮重要功能，故而他都一一刊刻，作為他才名的資產積累。但尤侗為何在家居期間，忽然不再創作戲曲呢？他戲曲作品最晚，寫李白事的《清平調》，或可更清晰地掌握尤侗對於戲曲創作的態度及其轉變。

1. 酬應之作

《清平調》，其實刻本原作「《李白登科記》（一名《清平調》）」，〔註140〕在尤侗作品中較為特殊的是它乃應邀之作。〔註141〕據尤侗記述此劇創作源起：

〔註139〕〔清〕尤侗：〈百末詞餘跋〉，《百末詞餘》，收入《清代詩文集彙編》，冊65，
　　　　頁608。
〔註140〕由於版心刻《清平調》，且與其他四劇名稱相襯，故今多名《清平調》。
〔註141〕〔清〕尤侗編：《悔菴年譜》，《北京圖書館藏珍本年譜叢刊》，冊74，頁43。

> 客恒山者三月，〔註142〕梁宗伯家居，相邀為河朔之飲，輒呼女伶侑
> 觴，伶故晉陽佳麗，能發南音，側鬟垂袖，宛轉欲絕矣。宗伯語予：
> 「子為周郎，試度新曲。」唯唯未遑也。秋水大至，屋漏床床，顧
> 視燈影，獨坐太息。漫走筆成《李白登科》一劇，聊爾妄言，敢云
> 絕調？持獻宗伯，宗伯曰：「善。」遂授諸姬習而歌之。〔註143〕

此處之梁宗伯指的是原官居禮部尚書的梁清標，他好曲好戲，家中蓄有家樂，詩詞中亦留下許多觀劇之作。對如此位高權重（儘管暫時家居）的主人，獻上「才子登科」這樣的題材，似乎不無一種婉曲的干謁意味。值得注意的是，尤侗並非在梁清標要求下欣然作劇，而是歸客居後「秋水大至，屋漏床床，顧視燈影，獨坐太息」的情境下，才漫走筆寫成此劇，此四句上有眉批「四語曲之始也」。〔註144〕此劇不僅名稱不符合尤侗前四劇的三字句式稱呼，且《李白登科記》這樣平白直敘的五字，遣詞用字亦不符尤侗才子之名。此劇劇首副末開場所唱之【西江月】：

> 寂寂關山至此，淒淒風雨如何？新詞擬付雪兒歌，憑仗玉簫吹破。
> 盡歎劉蕡下第，誰知李白登科？世間感慨秀才多，把酒大家相賀。
> 〔註145〕

詞句間彼此的矛盾，點明了此劇應酬與遊戲性質之下的不得已。若考慮前四劇皆署名「長洲尤侗悔菴譔」，而此劇獨標「吳儂悔菴填詞」，那麼在署名與不署名之間，似乎能嗅到字裡行間種表面遊戲人間，實則近乎叛逆的意味。

2. 不同的題材撰擇

此一「遊戲人間」，自然不僅止於劇名。在此不妨以稍晚之張韜〈李翰林醉草清平調〉雜劇為參照。〔註146〕張韜共作雜劇四種，總名《續四聲猿》，此劇為其四。鄭振鐸讚其雜劇作品「精潔嚴謹，無媿為純正之文人劇」。〔註147〕同樣是不得志之文人才子，描寫李白醉草〈清平調〉事，會如何下筆？張韜

〔註142〕北嶽恒山在清代之前指的是河北大茂山，在真定（今石家莊）西北。直至順
　　　　治帝時政祭北嶽於山西玄岳山，才改玄岳山為恒山。由尤侗客恒山而多次往
　　　　真定看來，顯然此處的恒山指的仍是河北大茂山。
〔註143〕〔清〕尤侗：《清平調·自記》，收入鄭振鐸纂集：《清人雜劇初集》，頁123。
〔註144〕《西堂樂府》刻本並未標出批閱者，這種情形下很有可能是作者本人。
〔註145〕〔清〕尤侗：《清平調》，收入鄭振鐸纂集：《清人雜劇初集》，頁125。
〔註146〕張韜，字權六，一字球仲，號紫微山人，浙江海寧人。康熙十五年（1676）
　　　　例貢。此劇收入鄭振鐸纂集：《清人雜劇初集》，頁193～196。
〔註147〕鄭振鐸；〈續四聲猿跋〉，鄭振鐸纂集：《清人雜劇初集》，頁198。

此劇，敘唐明皇與楊貴妃宴沉香亭賞芍藥，令召李白作新詞。李白大醉而至，明皇令高力士扶其於駕鴦七寶牀歇息，解蜀錦袍予之蓋暖，又親以鮮魚鮓調醒酒羹湯。待李白酒醒，賜五色金花箋，令貴妃捧紫英端溪硯。又依李白所求，令力士脫靴。李白復乞酒，明皇賜西涼州蒲萄美酒，白醉而揮毫，成〈清平調〉三章，其　　，明皇使梨園樂工奏樂和之；其二，由念奴清歌，明皇吹簫和；其三，令貴妃奉酒拜學士。劇末又命撤御前金蓮燭，送李白歸。可以看出，全劇的重心圍繞著明皇對李白的萬般禮遇，而為了表示禮遇之重，還以重覆的貴重物品及皇帝「親自」解衣調羹的舉止加以強調。張韜於〈續四聲猿題辭〉中云：

> 猿啼三聲，腸已寸斷，豈更有第四聲，況續以四聲哉！但物不得其平則鳴，胸中無限牢騷，恐巴江巫峽間，應有兩岸猿聲啼不住耳。
> 〔註148〕

可以說此劇是失意人想像極得意之事，一吐「胸中無限牢騷」之作。

　　但是同樣自認「失意人」的尤侗，又是如何描寫此一題材的呢？相較於《讀離騷》中幾乎是將所有用得上的軼事、文本儘量引入劇中，此劇以李白為主人翁，卻拋棄了「醉草清平調」此一為人熟知的典故，直接虛構了一個應試背景，於副末開場後，由高力士捧卷上述：

> 自家唐朝內監高力士是也。俺開元皇帝在位數十載，開科幾次，只為貢舉未得奇才，一第涸子，好生不樂。今番將天下舉人試卷，徑呈御覽，因採前朝上官昭容故事，命咱賚送貴妃娘娘，定其等第，授取狀元，好是一場盛典也！〔註149〕

楊貴妃的歷史形象姑且不論，於開科這樣的「盛典」，由後宮妃嬪定等第取狀元，已然昭示了此劇所描寫的「開科」又或是「狀元」，與《鈞天樂》中的極力提高是完全不同的創作態度。而當貴妃聞知聖上要她批閱定等第，「則這春愁懨懨，有甚心情也呵」的賓白姿態，則遙應了梁宗伯家女伶「側鬟垂袖，宛轉欲絕」的描寫，提醒我們這是為「諸姬」而寫的作品。

　　前已提及，明清傳奇中若是描寫科舉試場，多以淨、丑之劣作反襯生、小生才高八斗的方式呈現。此劇略過試場戲，而由閱卷場面起，重心便轉為

〔註148〕〔清〕張韜：〈續四聲猿題辭〉，《續四聲猿》，收入鄭振鐸纂集：《清人雜劇初集》，頁174。
〔註149〕〔清〕尤侗：《清平調》，收入鄭振鐸纂集：《清人雜劇初集》，頁125。

不遇才子自憐，而有賴美人青眼這樣的習套。貴妃取李白狀元，賜天街走馬，遊街歸第。後轉南北合套，由李白唱北曲，敘其春風得意。南曲則分別由秦國、韓國、虢國三夫人讚風流狀元、眾梨園樂工隱括〈清平調〉、同年進士杜甫、孟浩然、以及爭道為李白所鞭的安祿山等分唱。歸第後旨下賜荔枝，劇末以李白醉酒，叫高力士脫靴作結。尤侗在此劇中，幾乎是潦草應付地插入了荔枝、脫靴等典故，捨棄「醉草」的文人疏狂風流主體，而以美人讚賞才子之作、以及才子的春風得意馬蹄疾為劇作呈現的主旨。可以看出在受命之作中，尤侗的遊戲依然帶有自我滿足的成分。值得注意的是，全劇明皇未上場。由於劇中男性角色亦不少，甚至有淨角出現，可見不是因為缺乏扮演男性之女伶，不知是否出於顯宦面前扮演皇帝的顧慮？又或者，缺席的明皇其實是暗喻梁清標，讓座上主人有著身為明皇欣賞諸美奏曲的感受？

3. 自悟

《清平調》是尤侗最後一部戲曲作品，作於康熙七年，時年五十一歲，距離他受博學鴻詞之徵赴都，尚有十年的家居期間。為何他會從此不再寫戲曲呢？我們已經看到，貫穿尤侗整個文學創作中心的，是他於「不遇」與「不世之希遇」間建構出的才子形象。而戲曲對於尤侗來說，是眾多文體中的一類，擴展新文體的使用，亦是才子的才氣之明證。而戲曲提供的自由度與演出形式，又得以讓其以誇張虛構的情節，達成自我補償、自我滿足的同時，描繪出一位才氣縱橫、疏狂不羈的劇作家。

才子可以疏狂，可以不遇，可以恃才傲物，比肩古人，甚至目空一切，但顯然不該逢迎卑微。或許在「秋水大至，屋漏床床，顧視燈影，獨坐太息」的情境下，為顯宦「諸姬」作劇的情形，點醒了他戲曲終究不過是「小道」，在提供安全與揮灑自由的同時，也有將其作者打為「不入流」，必須因應主人喜好與需要執筆的可能。下一章會提到的嵇永仁，對於為求賞識拔擢而作劇，明白表達了近乎憤懣的不甘。對照之下，尤侗不再從事戲曲創作，未必不是因為同樣的心境。

（五）小結

討論清初文人戲曲作品特徵，最常出現的便是抒懷寫憤的個人性、自寓性等等。這在前述丁耀亢於《西湖扇》中點破「野鶴」之名，又或是下一章中將會討論的黃周星於《人天樂》中直言家事等，均可見之。然而我們在尤

侗身上所看到的，卻是假借，或是誇大戲曲之「自況」、「寄託」性質，來達成自我表述以及自我形象之建構。

尤侗由史局告歸之後，於康熙二十五年刊刻的《尤西堂太史全集》，於篇首以大字刊刻「弘覺國師語錄」一則，其後尤侗跋文中細數順治、康熙種種「異數」的看重。值得玩味的是，兩朝皇帝的金口玉言，他固然感涕無已，但竟更直言引為「知己」。〔註150〕這種以至尊為知己的大膽，顯然必須置於清初此一時代及此時期才人的自我定位才有可能。但另一方面，卻也是尤侗刻意為之，他不斷在各種場合或作品中重覆感恩，亦即重覆強調皇帝對他的看重。在尤侗晚年，凡康熙南巡，必前往接駕並獻詩文，康熙三十八年，尤侗高齡八十二，因年高而獲召見，康熙喜其老健，御書「鶴栖堂」賜之，「諸臣見者，莫不驚歡，以為異數云」。他送駕返家，隨即於自己生辰時大宴賓客，「懸御書于高堂，隨設宴以落之，傳示子孫，為百世之榮焉。」〔註151〕傳言尤侗曾作對聯刻於堂柱上曰：「真才子章皇天語，老名士今上工音。」觀者皆以為榮。〔註152〕此筆記記載不見於尤侗《年譜》或是他人傳敘中，若是事實，可與其宴縉紳、懸御書並觀。若為後人附會，亦可見尤侗重覆論述所建立的形象之成功。

這樣的反覆標舉，其目的不言自明。尤侗以皇帝綸音為盾牌，在終身未第的情況下，獲得了相當的言論尺度與立身資本。其友蔣超曾質疑尤侗不應該作《宋玉傳奇》，〔註153〕理由是誣褻神女及先王。將《讀離騷》視為《宋玉傳奇》，恰恰證明了尤侗第四折的「亂以招魂」如何喧賓奪主，主導了觀劇或讀劇的印象。尤侗的回信頗值玩味：

> ……而僕復以古人之文，演而為戲，則尤幻之幻者，如海市蜃樓，鶯籠錦障，倏乎吞吐，不可究詰。今立傀儡於前，而大人先生，正襟危坐以責之，不幾夢之中又占其夢乎！然僕之作《讀離騷》也，

〔註150〕「先帝之于侗，惓惓不忘，知己之至也。天下有一人知己，可以不恨，況君臣之際乎！」〔清〕尤侗：《西堂雜組一集》，《西堂文集》，收入《續修四庫全書》，冊1406，頁187。這不能不讓我們想到徐石麒《買花錢》中，于國寶見皇帝改其壁詩末句時大歎：「那知世無知己，一個知己，卻在九重天上。」〔清〕徐石麒：《買花錢》，鄭振鐸纂集：《清人雜劇二集》，頁16。

〔註151〕〔清〕尤侗編：《悔菴年譜》，《北京圖書館藏珍本年譜叢刊》，冊74，頁89。

〔註152〕〔清〕李元度著，易孟醇點校：《國朝先正事略：清代1108人傳記》（長沙：岳麓書社，1991年），卷39，頁1070。

〔註153〕見徐坤：《尤侗年譜長編》（新北市：花木蘭文化出版社，2013年），頁97。

蓋悲屈原之放逐，而以玉附傳焉。《離騷》以夫婦喻君臣，《九歌》云：「滿堂兮美人，忽獨與予兮目成。」似乎淫褻之至，而其旨要歸於正。玉固學於師者，特借神女之事，以感諷襄王，而惜乎王不之悟也。昔世祖皇帝，覽而善之，深知鄙意，故命教坊演習以為忠臣之勸，而公不加細察，据為罪案，斯僕所大痛也。既而笑曰：「吾挾天子以令諸侯，使襄王而在，亦當自誣服，況異國大夫，何處稱屈？」蔣先生雖有柱後彈文，其如我何？然非公無以發我之狂言，嚴冬苦寒，一博胡盧而已。〔註154〕

或許因為尤侗與蔣超曾有「每過劇談，輒為絕倒」的交情，〔註155〕在此信中尤侗戲謔的語氣極為大膽，「挾天子以令諸侯」，「其如我何」表明了尤侗非常清楚他人如何看待自己的標舉「兩朝之知」，但也點明了在這樣的社會環境中，「天子劍」的無上權威。

　　如果說清初由於反思明亡的原因，對於「文人」、「才子」已經有批判之聲，〔註156〕那麼到清中葉這樣的批判已經轉為理所當然的鄙薄。時代的變化可以從方志與詩文集中越來越多的頂格、清初作品重刻時的避諱、重印時塗削留下的黑格得見端倪。尤侗的書在乾隆時被列入禁燬書目，〔註157〕他引以為傲的編纂《明史》的經歷，也因「考證非所長」，不夠嚴謹而不被采入。若參較《四庫全書總目提要》評陸次雲《北墅緒言》時所敘：「是集，皆所作雜文，而俳諧遊戲之篇，居其大半。蓋尤侗《西堂雜組》之流，世所謂才子之文也。」〔註158〕可以看到當時對於尤侗傾一生之力打造的「才子」名聲，是抱著何等輕視的眼光。到清後期他的文學評價更是由於對他人品的鄙夷而一落千丈，被指為「浮薄」。〔註159〕注意到此點的學者則極力以尤侗於明末的困

〔註154〕〔清〕尤侗：〈答蔣虎臣太史書〉，《西堂雜組二集》，收入《清代詩文集彙編》，冊65，卷五，頁154。

〔註155〕〔清〕尤侗編：《悔菴年譜》，《北京圖書館藏珍本年譜叢刊》，冊74，頁39。

〔註156〕如顧炎武便常引宋代劉摯言論：「士當以器識為先，一號為文人，無足觀矣。」參見趙園：《制度・言論・心態──《明清之際士大夫研究》續編》，頁366。

〔註157〕包括他的《尤侗年譜圖詩》及《尤西堂全集》，都因「違礙雜出」而遭禁。見雷夢辰：《清代各省禁書彙考》（北京：書目文獻出版社，1989年），頁103。

〔註158〕〔清〕紀昀總纂：《四庫全書總目提要》（石家莊：河北人民出版社，2000年），卷182，頁4968。

〔註159〕「立身若是，無怪其文章之浮薄也。」〔清〕李慈銘撰，由雲龍輯：《越縵堂讀書記》（北京：中華書局，1963年），「集部・詞曲」，頁921。

苦不遇為其城陷當年即赴科考辯護。〔註160〕姑且不論這正是沿用了文學評價受道德評判左右的論述思考，癥結其實在於清初尚能在個人身上得見晚明思潮的遺緒，但清中葉以後的時代氛圍已經完全不同。才氣縱橫成了輕薄無行，從龍功臣背負了貳臣之名，而曾經「忌諱而不敢語，語焉而不敢詳」的先祖痛史如今光了耀孫，成為家族有形無形的資產。狂傲輕薄的時代過去了，歌哭笑罵的時代過去了，才子的時代，也過去了。

然而當我們綜觀尤侗一生，卻不由得感歎他自我建構的成功。儘管並未達成「百世之榮」，但在一生不得一第的情形下，他經營的才名給了他出仕與改換家門的可能，並得見其子終於在四代不第後得中進士。當他八十二歲得賜御書匾額後，寫下了〈西堂老子生壙誌〉，總結一生，其語氣是悠然自得的。甚至在文末他對子孫處理後事的「不求文」時，我們可以說他是自滿自傲的：

> 每見喪家，祭章累軸，沿成習套，至於墓誌、墓表，必乞縉紳頭銜，大書特書，以為光寵，心竊恥之。吾亦賣文為人諛墓，每捉筆，未嘗不汗下也。自揣何能，敢當大人先生之贊辭乎？有索行狀者，以〈生壙誌〉應之，便埋地下。生平本末，惟我知我。……〔註161〕

與其說他不敢當大人先生之贊辭，不如說他已經自認建構了足夠堅實的自我形象，「惟我知我」，不必再受他人評述，故言以〈生壙誌〉代行狀，這與他自撰年譜同樣是堅持自我表述的發聲權。而在他整個建立才子名聲的努力中，「曾進御覽」的戲曲作品，無疑扮演了重要的角色。

五、結語

清初文人戲曲常被與易代作聯結，被視為面對天崩地解後，文人嘗試以戲曲文體「抒懷寫憤」，以尋求內心安頓及內在秩序。然而戲曲文體因其演出的特質，使其較諸詩文文體，有著更強烈地面向觀眾與他人的「展演」意味。以此觀之，即使是最「文人化」的雜劇，其「抒懷寫憤」也未必不是一種「演出」；至於專為登場而設的傳奇，則對外之訴求傾向更為明顯。本章中所探討的三位清初才開始創作戲曲的文人，他們各自在戲曲中以自喻人物建構出期望外界所認知並接受之自我形象。

〔註160〕薛若鄰：《尤侗論稿》（北京：中國戲劇出版社，1989 年），「明清易代與尤侗之氣節」，頁 5～32。

〔註161〕〔清〕尤侗著，楊旭輝點校：〈西堂老子生壙誌〉，《尤侗集・鶴棲堂稿》（上海：上海古籍出版社，2015 年），冊下，頁 1859。

　　由吳偉業的兩部雜劇及一部傳奇，我們可以看到清初文人在創作戲曲時，對雜劇、傳奇文體使用選擇的不同考量。亦可見即使被視為最「內省」、最能反映個人情懷與家國之恨的作者，在戲曲的創作上因其代言、多重敘事、敘事程式與演出性質而產生的「功用」，勢已超越了「抒懷寫憤」的範疇。從他於雜劇《臨春閣》的「寫憤」，《通天臺》的以自寓人物「抒懷」，到《秣陵春》作為預期登場演出的傳奇，面向更多數的不確定受眾，成為披著才子佳人喜劇外衣的自辯書──對於過去君恩感懷但終究「過去」、應有所「了結」的自解、以及對子遺者終究要邁步向前，對未來君恩有所期冀的自辯。或許可以這麼說，吳偉業以戲曲處理其內心的掙扎，呈現各種可能，他對於戲曲如同詩文，是以相對嚴肅的心態在創作。儘管《秣陵春》中太過「輕易」地開脫了主角，對於李後主寬厚形象的描寫也過於美化，但他尋求了結過去與展望未來的思考是十分認真的。而他其後以宗主身分，在明遺民私祭崇禎活動中賦詩以為迎神送神之曲，可視為《秣陵春》中思考後的「實踐」。

　　丁耀亢的詩文戲曲都帶有強烈的個人性。作為個性激烈且頗具自信的文人，丁耀亢一直處於現實際遇不符他期待的落差中。即使如此，他依然堅持他的特立獨行，並在戲曲中圓夢，或是幻射出自己應得的待遇。即使在受託所作，描寫男女遇合的《西湖扇》中，丁耀亢都以自喻人物扮演了重要的角色。他的筆法是將自身所想所感、所關心或所經歷的東西，不厭其繁地寫入作品中。因為他對作品本身是認真的，在戲曲中依然要求某種程度的「真實感」，因此縱然不乏自我補償的心理，也往往相當「合度」。丁耀亢是藉著戲曲文體綰結抒情與敘事之功用，調和價值觀的矛盾，建構生命的意義及嘗試尋求心靈安頓。即使是《西湖扇》中最被美化、代表正面價值「忠」的自喻人物陳道東，亦不斷讓人看到他徘徊於全身保節的期望與功成名就的追求之中。

　　相較於吳偉業及丁耀亢，尤侗或許是真正將戲曲視之為文體之一，如同遊戲文字般用以展才的文人。而尤侗強烈的自我意識形諸於戲曲，更像以身外之我審視「自我」應該是什麼樣子，希望讓他人看到怎麼樣的「自我」，隨之於各種文體文本中，盡可能依此形象加以塑造成形。他早年以遊戲文字聞名，而將其戲曲作為展示早期詩文、進一步顯才的陳列窗。他對才子、才人抱持著擁有疏狂逾矩特權的想像，於是遊戲文字成為才氣縱橫，不拘流俗的最好載體，戲曲中的鋪張筆法，可為才氣之證；戲曲中誇張甚至是唐突古人

的想像，則是放誕風流的才人特權。他雖然行禮如儀地採用了神仙謫凡框架，卻又並不相信神鬼仙佛。這是他與下一章要討論的，同樣視戲曲為小道的黃周星最大不同之處。在應梁清標要求作《李白登科記》後，尤侗不再創作戲曲。由其序文觀之，這或許是因為他體認到了戲曲作為「小道」的低下地位，對於他才子形象建構上的負面影響。

第四章 「抒懷寫憤」之外（下）
——黃周星、宋琬、嵇永仁戲曲中之自我形象建構

　　上一章中討論了三位於順治朝開始創作戲曲的文人，而且除了尤侗外，吳偉業、丁耀亢之戲曲創作也都止於順治朝。本章所要討論的，則是在康熙朝時才開始創作戲曲的黃周星、宋琬以及嵇永仁。這三位戲曲家，除了嵇永仁明亡時僅七、八歲外，黃、宋二人皆已成年。但他們並未在易代後開始戲曲創作，而是到了時局相對穩定的康熙朝才開始創作戲曲。因而與吳偉業或丁耀亢明顯不同的是，他們的作品中幾乎不見處理易代衝擊的心理狀態。但相同的是，他們之所以選擇創作戲曲，很可能是他們認為戲曲文體的特質能夠為各自生命的困境提供某種解決之道。

一、文字與昇仙：黃周星及其雜劇《惜花報》、傳奇《人天樂》

　　相較於其他五位劇作家，黃周星（1611～1680）開始嘗試此一文體的時間相對較晚，已經是康熙年間他五十過半後的事。創作戲曲時距離易代已有二十餘年的黃周星，其作品中已經不見易代的喪亂流離或個人的出處進退，而是另有重心與關注。

　　黃周星，字九煙，又字景明，改字景虞。號圃庵、而庵、汰沃主人、笑倉道人等。易代後曾改名黃人，字略似，別署半非道人。江蘇南京人。明崇禎十三年進士。初育於湘潭周氏，原姓周名星，甲申變後，他赴弘光朝謁選時請旨，遂復姓黃。入清不仕，遊寓江南，年七十，作〈絕命詞〉、

〈解蛻吟〉，投水而死。〔註1〕由於黃周星入清不仕，一般來說，學界主要將其視為遺民，〔註2〕但亦有由其對於道家昇仙的追求而認定他的自盡是字面意義的「解蛻」者。〔註3〕因其相關傳記便已眾說紛紜，而他本人敘述的矛盾與多重性又使得其「意向」更難以邃然斷定。故此，本文於此一議題姑置而不論，而由其戲曲作品入手，參照其詩文，以探討清初文人戲曲之用的另一面向。

　　黃周星戲曲作品有雜劇《試官述懷》、《惜花報》及傳奇《人天樂》，今皆存。《試官述懷》之創作時間不明，《惜花報》作於康熙七年三月之後，《人天樂》則作於康熙十五年。黃周星在康熙五年曾有詩題〈擬作雜劇四種〉，康熙八年時復有〈余將有事填詞，故人許以百種雜劇相贈，戲為四絕索之〉之詩，〔註4〕雖然前者欲作之「美人、才子、英雄、神仙」四作顯然未成，而後者不知是否即為其《惜花報》，但可以推測他是由篇幅較短的雜劇入手的。參照他在《人天樂》傳奇卷首所附〈製曲枝語〉中提到：

　　余自就傳時，即喜拈弄筆墨，大氐〔抵〕皆詩詞古文耳。忽忽至六旬，始思作傳奇，然頗厭其拘苦，屢作屢輟，如是者又數年。今始毅然成此一種，蓋由生得熟，駸駸乎漸入佳境，乃深悔從事之晚，

〔註1〕其生平細節如復姓經過、死因等於各傳及其自述中多有出入。時代相距過大如孫靜庵《明遺民錄》中所收小傳不列入其中，參見〔清〕陳軾：〈黃九煙傳〉，《道山堂後集・文集》，收入《四庫全書存目叢書》（臺南：莊嚴文化，1997年），卷4，頁457～458；〔清〕杜濬：〈絕命詩題詞〉，《九煙先生遺集》，《續修四庫全書・集部》（上海：上海古籍出版，1995年），冊1399，頁447～448；〔清〕葉夢珠撰，來新夏點校：《閱世編》（上海：上海古籍出版社，1981年），卷4「名節一」黃周星條，頁104～108；〔清〕汪有典：〈黃周星傳〉、〔清〕瞿源洙：〈黃周星傳〉，《國朝耆獻類徵初編》，收入周駿富輯：《清代傳記叢刊》（臺北：明文書局，1985年），卷473，「隱逸十三」，頁265～271、271～275；〔清〕周系英：〈九煙先生傳略〉，《九煙先生遺集》，收入《續修四庫全書・集部》，冊1399，頁275～280。

〔註2〕參見吳書蔭：〈對〈明遺民黃周星及其佚曲〉的補正〉，《文學遺產》2003年第5期，頁128～130；陸勇強：〈黃周星生平史料的新發現〉，《暨南學報（哲學社會科學版）》2007年第5期（5月），頁146～138。

〔註3〕參見趙紅娟〈黃周星道士身份與《西游證道書》之箋評〉，《文獻》，2009年4月，頁102～105；唐元：〈是殉國？還是求仙？──也談黃周星之死〉，《文史知識》2010年10月，頁56～62。前文辯述黃周星持有道士身分，後者則舉黃周星〈龍沙八百地仙姓名歌〉為例，皆認為其自盡原因出於宗教狂熱。

〔註4〕分見〔清〕黃周星：《圃庵詩集》（清康熙刻本），卷3頁13a、卷5頁15a。案：此本按年分卷，始於康熙三年（1664），卷數空白，以下引文卷數皆為類推而出。

將來尚欲續成數種。……〔註5〕

由「成此一種」的敘述看來，黃周星此處的「傳奇」指的就是長篇戲曲體制的傳奇，而非涵蓋傳奇、雜劇的「戲曲」。則此前他所創作僅有一齣的《試官述懷》，很可能是他對於戲曲此一形式的練筆之作。此劇以常見的劇場不公為題材，且齣中僅用四曲，主要特色在於相當刻意的三字句型「數來寶」式賓白，這些皆與其後兩部作品相當不同。故以下主要分從其雜劇《惜花報》及傳奇《人天樂》，析論黃周星戲曲中的自我形象建構及其意圖對象。

（一）由遇美至遊仙之意旨轉變：雜劇《惜花報》

《惜花報》為四折雜劇，寫的是黃周星友人王晫遇仙事。〔註6〕晫字丹麓，性好宴賓客，好藏書、刻書。他廣交天下名士，五十歲生日時作〈千秋歲〉詞自壽，「一時大江南北名人，競相屬和，傳為《千秋雅調》。」〔註7〕他最著名的作品為仿《世說新語》體例所寫的《今世說》，記載了不少清初文人的言行軼事。《惜花報》乃據王晫康熙七年（1668）三月所作〈看花述異記〉敷衍而成，因而創作時間必在此之後。王晫還曾將此劇收入其所輯康熙間霞舉堂刻本《蘭言集》中。〔註8〕

1. 王晫原著〈看花述異記〉

〈看花述異記〉一文為王晫自述春夜奇遇事。他夜宿沈氏園，遇少女自稱魏夫人弟子黃令徵，奉夫人命前來迎迓，王乃隨之入仙境遊觀。又蒙魏夫人令太真、紅線、綠珠、念奴等演樂奏伎，歌舞款待，雞鳴時再令花姑送回。這樣的遇仙故事中國文學讀者想必不陌生，有研究提及〈看花述異記〉內容可能借

〔註5〕〔清〕笑倉道人〔黃周星〕：〈製曲枝語〉，《夏為堂人天樂傳奇》，收入《古本戲曲叢刊第三集》，冊117，頁3b～4a。

〔註6〕王晫（1636～？），初名棐，字丹麓，號木庵，堂號霞舉堂。浙江錢塘（今浙江杭州）人。清初諸生。黃周星曾為其作〈木庵說〉。見〔清〕吳儀一：〈王晫傳〉，見〔清〕李桓輯：《國朝耆獻類徵初編》，收入周駿富輯：《清代傳記叢刊》，冊189，頁486。

〔註7〕〔清〕吳儀一：〈王晫傳〉，見〔清〕李桓輯：《國朝耆獻類徵初編》，收入周駿富輯：《清代傳記叢刊》，冊189，頁490。

〔註8〕此書筆者未見，轉引自吳書蔭：〈對〈明遺民黃周星及其佚曲〉的補正〉，《文學遺產》2003年第5期，頁130。據吳氏言，此本每折有齣目，無題署。這或許是《笠閣批評舊戲目》著錄時誤題為「王丹麓作」的原因，見〔清〕吳震生：《笠閣批評舊戲目》，收入《中國古典戲曲論著集成》第7冊（北京：中國戲劇出版社，1980年），頁308。

鑒了《太平廣記・崔玄微》一條，〔註 9〕但由文字看來，更為接近的來源可能是馮夢龍《醒世恒言》中〈灌園叟晚逢仙女〉一節正文前所敘崔玄微護花事：

> 時值春日，院中花木盛開，玄微日夕徜徉其間。一夜，風清月朗，不忍捨花而睡，乘著月色，獨步花叢中。忽見月影下，一青衣冉冉而來……〔註 10〕

試比較〈看花述異記〉中王晫遊沈園夜宿的段落：

> 是月十八日，予亦往觀，徘徊其下，日暮不忍歸。主人留飲，飲竟，月已上東牆矣。主人別去，予就宿廊側，靜夜獨坐，清風徐來，起步階前。花影零亂，芳香襲人衣裾，幾不復知身在人世。俄見女子自石畔出，年可十五六，衣服娟楚……〔註 11〕

兩者情境頗為相似。但接下來〈看花述異記〉的重心，便與崔玄微因護花有功而成仙的故事大異其趣。花姑引王晫入仙境的敘述，讓人不由想起〈桃花源記〉：

> 移步從太湖石後，便非復向路。清溪夾岸，茂林蓊鬱，沿溪行里許，但覺烟霧溟濛，芳菲滿目，人間四季花，同時開放。〔註 12〕

只不過在此桃源中的並非避秦人，而是各色名花與傾國美人；王晫也由被爭相圍觀的漁夫，轉而成為唯一的觀賞者。

〈看花述異記〉主體分為兩部分：遊園與歡宴。遊園，其實是花姑帶領王晫往大殿前行時，一路為其介紹所見人物景色。此處以典故上成對的花與美人為主，如杜鵑／殷七七、梅花／梅妃、迎輦花／袁寶兒等。進入大殿後，則由魏夫人命眾美歌舞、奏諸般樂器待客。不計文中由花姑、魏夫人所提及的軼事，單是出場之歷史上或稗官傳聞中有名的美人，便有十八人之多。〔註 13〕

〔註 9〕見張瑜玲：〈黃周星及其戲曲著作研究〉（國立中央大學中國文學研究所碩士論文，2008 年 1 月），頁 49。

〔註 10〕〔明〕馮夢龍編刊，魏同賢校點：《醒世恒言・灌園叟晚逢仙女》，《馮夢龍全集》（南京：江蘇古籍出版社，1993 年），頁 71。

〔註 11〕〔清〕王晫：〈看花述異記〉，《雜著十種》，《霞舉堂集》，收入《清代詩文集彙編》，冊 144，頁 224。

〔註 12〕〔清〕王晫：〈看花述異記〉，《雜著十種》，《霞舉堂集》，收入《清代詩文集彙編》，冊 144，頁 225。

〔註 13〕關於〈看花述異記〉中提及之眾女仙、仙吏等典故，張瑜玲〈黃周星及其戲曲著作研究〉文中表列甚詳，並總結這些人物多出於《太平廣記》、《醒世恒言》等小說稗家書籍。參見張瑜玲：〈黃周星及其戲曲著作研究〉，頁 44～49。

對於這些美人服裝、容貌、姿態的細緻描寫，王晫進殿前請求「竊窺」的舉止，美人們為了爭向客人獻技而起的口角，乃至文末將別時，「視諸美人，皆有戀戀不忍別之色，予亦不知涕之何從也」的敘述，〔註14〕我們可以如此判斷：王晫的〈看花述異記〉，與其說是記遇仙，不如說是記「遇美」。或是想像自娛，或是根基於當時普遍的青樓或遊宴經驗，加以擴大誇張後美化而成。相信對於其同時代的讀者而言，這樣的情境描寫帶有如何的指涉，應是不言自明的。〔註15〕

這種奇遇想像，尤其是身為「才子」得識青史有名佳人的艷遇想像，在中國文人的傳統中屢見不鮮。道觀中的「仙姑」與青樓中的「校書」，在文人筆下更有著同義的互釋關係。有學者談及唐代遊仙詩時便指出：

> 隨著元和體的盛行，夢仙、會真、夢遊春幾成為娼妓文學的象徵符
> 號。所有的唐人小說、詩歌多能運用這些隱語……這一隱語與音樂
> 結合，成為晚唐五代詞中仙、妓、洞窟三位一體的娼妓文學。〔註16〕

這一套語彙，在經過舊院與貢院隔河相望，名妓文化極盛的晚明後，想必亦廣為清初文人所知，也就難怪〈看花述異記〉文後尾評裡出現「可補《虞初志·艷異編》之所未備」這樣的批語了。〔註17〕

2.《惜花報》與〈看花述異記〉之歧異及意義

當題材、劇情相同，乃至文字大量襲用的情況下，《惜花報》與〈看花述異記〉的歧出之處，就指向了黃周星本人不同於王晫的關注與想像。若與〈看花述異記〉比較，《惜花報》首折以司南嶽的紫虛元君魏夫人登場，自述職掌奇花異卉；與弟子黃令徵詠歎春光時，感慨花有葉落枝枯之厄，願得一護花使者長久護持。魏夫人想起下界武林書生王晫，愛花成癖，曾作〈戒折花文〉，因其「原有仙根，偶來塵世」，乃遣黃令徵前去接引，以示因果端詳。二、三

〔註14〕〔清〕王晫：〈看花述異記〉，《雜著十種》，《霞舉堂集》，收入《清代詩文集彙編》，冊144，頁227。

〔註15〕余懷對明末金陵舊院一帶妓家「屋宇精潔，花木蕭疏，迥非塵境」的描述可為參照。見〔清〕余懷著，李金堂校注：《板橋雜記》（上海：上海古籍出版社，2000年），頁8。

〔註16〕李豐楙：〈唐人遊仙詩的傳承與創新〉，《憂與遊：六朝隋唐遊仙詩論集》（臺北：臺灣學生書局，1996年），頁89。

〔註17〕〔清〕王晫：〈看花述異記〉，《雜著十種》，《霞舉堂集》，收入《清代詩文集彙編》，冊144，頁227。

折則大致沿襲原文，僅因登場人物、演奏太過繁複而作刪節。末折敘王晫塵緣已滿，得證仙果，魏夫人為鄭重其事，大會群仙，遣花總裁崔玄微前往相迎，崔並與花太醫蘇直、花太師宋仲儒、花淫小史張籍、花吏郭橐駝等人，領王晫遊覽南嶽衡山七十二峰。其後魏夫人設朝引見，封其為護花使者，掌管群芳仙院。

由以上劇情簡介可以看出，黃周星於〈看花述異記〉的遊園、歡宴前後，添出了原文所無的第一折與第四折，而這一起一結，恰恰是一個神仙貶謫與歸位的框架。此一神仙框架的存在，使得《惜花報》從〈看花述異記〉的艷遇想像，轉向了神仙道化劇的遊仙想像。

隨著排場的改變，出場人物也因之變動。全篇〈看花述異記〉中，登場角色全為女性／女仙，男性僅有作者亦即主角王晫一人，蘇直、宋仲儒等角色僅於花姑導引遊園時提及。這種設計，無疑使得身為賓客以及惟一的男性，得以獨享所有女性／女仙的關注、讚賞與侍奉。但在《惜花報》中，不僅蘇、宋登場，黃周星還增加了張籍、郭橐駝、崔玄微三個角色。這使得第四折與前三折氛圍截然不同。之所以如此，或許與黃周星對於「登仙」這件事的看重與嚴肅對待有關。同樣是遊賞，此折眾仙曹遊衡山是同僚欣賞仙家福地，而非期待艷遇的冶遊。其後設朝場面氣氛更為肅穆，「鳴璈攂鼓」、「細樂升座」、「排班拜舞」、「出班跪介」等儀式性的科介指示，層層強化場面的盛大與莊嚴。最奇特的是前三折皆登場的南嶽主人魏夫人，於此折卻以「內白」形式而不出場，唯一有台詞的女性旦角所扮演的黃令徽，作用其實相當於傳統設朝場面的「內監」、「黃門」，且所宣懿旨中魏夫人甚至以「朕」自稱。或許在傳統士大夫的想像裡，最莊嚴肅穆、彰顯身份的儀典莫過於朝廷大典，而在朝廷大典上，女性的出現，且出現在主位，顯然是不太合乎其權威想像的。

黃周星於排場、人物的改動，使得《惜花報》由〈看花述異記〉中的「遇美」轉為「成仙」，這或許是自命風流的青壯文人和時不我與、年將耳順的老者心態上的差距，但更可以說是黃周星對於「登仙」與「文字」雙重執念的折射。黃周星於劇末以作者口吻題曰：「世人不信花神仙，請看王郎惜花報。」〔註18〕黃周星不致於看不出〈看花述異記〉「艷異」之處，那麼以其對求仙的心熱，他是被〈看花述異記〉的什麼地方吸引而將之改編成戲曲呢？

〔註18〕 〔清〕黃周星：《惜花報》，收入黃仕忠編校：《明清孤本稀見戲曲彙刊》（桂林：廣西師範大學出版社，2014 年），冊上，頁 290。

黃周星曾於給友人信中，談及學仙一事：

> 神仙一道，世人多以為荒唐，僕獨以為神仙必可學而至，但有三難
> 耳。何謂三難？一曰根器，二曰功行，三曰機緣。彼無根器者，雖
> 告以神仙而不信，所謂下士聞道則大笑之，此一難也；幸生而有志
> 煙霞，根器具矣，自暴自棄可乎？故必須功行，所謂三千八百，何
> 時圓滿？此二難也；功行足矣，非得仙真接引，我從何處訪求？不
> 得不聽之機緣湊合，此三難也。〔註19〕

由此段引文對照〈看花述異記〉，或可推測黃周星在此一「邂逅女仙奇遇」的
故事中，看到的是學仙三難的圓滿。〈看花述異記〉中王暉之所以得有奇遇，
乃是因平日愛花惜花，此為根器；而王暉曾作〈戒折花文〉，故為魏夫人所重，
此為功行。「僕以為人但患無根器、功行，不患無機緣。功圓行滿，機緣自至
矣。」〔註20〕王暉根器、功行皆全，故得魏夫人遣弟子相迎。黃周星在排場
上更改了此文的重心的同時，利用戲曲場面及多角度敘事，強化了對於這三
者的描述，如鄭重接引之事的設朝場面，前已敘及；黃周星對於王生根器與
功行的描述，則分別在其人才、仙根以及文字之功德上。第一折魏夫人提及
王生時讚道：

> 【賣花聲】他落落胸襟，十分豪放。楚楚才華，幾般俊爽。他曾作一
> 篇〈戒折花文〉，勸諸同輩，那惜花心性從天賦，故將折花戒遍告金蘭黨。
> 是這般好文章該懸霄壤。
>
> （旦）那王生真有情人也。
>
> 【歸仙洞】是情種，情太長，說不盡多情況。（老旦）他原有仙根，偶來
> 塵世。前世本仙郎，偶爾把仙班曠。……〔註21〕

如果說天性愛花惜花，乃是原有仙根之根器。那文字是如何成為功行呢？第
四折王暉得封護花使者，魏夫人遣金童玉女，仙官鼓吹送至洞門，王暉既感
且愧，自思有何德能獲此殊遇時，崔玄微答以：

> （末）說那裡話。仙兄惜花如命，形之篇章，如折花戒文、落花祭

〔註19〕〔清〕黃周星：《九煙先生遺集》，《續修四庫全書·集部·別集類》，冊1399，
頁418。

〔註20〕〔清〕黃周星：《九煙先生遺集》，《續修四庫全書·集部·別集類》，冊1399，
頁419。

〔註21〕〔清〕黃周星：《惜花報》，收入黃仕忠編校：《明清孤本稀見戲曲彙刊》，冊
上，頁278。

文，種種善果，悉體上帝好生之仁。這般功德，豈同小可。〔註22〕

也就是說，愛花之心，惜花之行，不過是個人善行，但付諸文字，「形之篇章」，推而廣之，得種種善果的功德，才更是「豈同小可」。在〈看花述異記〉中，提及此文，僅寥寥數語：「向汝作〈戒折花文〉，已命衛夫人楷書一通，置諸座右。」〔註23〕但到了《惜花報》，「文字」的分量則被濃墨重彩地強調，黃令徽來接引時，王晫因見落花有感，乃作〈祭落花文〉弔之。〔註24〕至於〈戒折花文〉，不僅魏夫人於一、三折曲文賓白中三度提及，稱賞不置；王晫本人於第二折上場時，亦敘及此事。將此文推到最頂點的描述，則是第三折在眾美人各自演樂後，魏夫人令眾美合奏，念奴將〈戒折花文〉櫽括成歌歌之：

> 〔老旦（魏夫人）〕如今可令念奴發聲，絳樹接響，弄玉吹簫，薛瓊瓊搊箏，綠珠等弄笛，紅線操月琴，徐月華彈臥箜篌以和之。（眾應介，淨執皷板介）妾曾將王郎〈戒折花文〉，櫽括成歌，今試為王郎歌之。（老旦）這簡更妙。（生躬介）蜑語蛙吟，何敢汙麗人香吻。（老旦）先生過謙了。諸姬每，打動樂器者。（眾奏樂介，淨唱介）……
> 〔註25〕

於是眾美人的衣香鬢影、絲弦歌吹，不再只是為了取悅才子，而成為烘托「文字」最華麗的背景。

由此可見，《惜花報》雖以王晫〈看花述異記〉為本事，但在黃周星加上前後兩折神仙架構，強化接引與成仙的莊嚴崇高感，並將文字地位推至非同小可的功德後，劇中王晫一角事實上已成為黃周星的投影。對於成仙的渴望與對文人文字的看重，是黃周星晚年近乎執念般纏繞不去，反覆出現的母題，此一母題在他作於六十六歲的傳奇作品《人天樂》中，更被推到了極點。

〔註22〕〔清〕黃周星：《惜花報》，收入黃仕忠編校：《明清孤本稀見戲曲彙刊》，冊上，頁289。

〔註23〕〔清〕王晫：〈看花述異記〉，《雜著十種》，《霞舉堂集》，收入《清代詩文集彙編》，冊144，頁226。

〔註24〕王晫的確曾作〈祭落花文〉，但在〈看花述異記〉中並未言及。見〔清〕王晫：〈祭落花文〉，《南牕文署》，《霞舉堂集》，收入《清代詩文集彙編》，冊144，頁62。

〔註25〕〔清〕黃周星：《惜花報》，收入黃仕忠編校：《明清孤本稀見戲曲彙刊》，冊上，頁285。

（二）文字與求仙建構出的安身立命之地：《人天樂》

黃周星最後的戲曲作品，是作於其暮年的《人天樂》。此劇敘鍾山軒轅載，初撫於汝南異姓，後歸江夏本宗。得中進士後，遭遇鼎革，乃絕意仕進，流寓四方。見佛經敘鬱單越（即北俱盧洲）之樂，立志修持十善，不殺、不盜、不淫、不貪、不嗔、不邪、淨口，平生亦多扶危濟困，積德行善。嘗作《將就園記》自適，得文昌帝君將《園記》奏呈天庭，玉帝降旨於崑崙山頂構建此園。後軒轅載功德圓滿，呂洞賓度其成仙，引其往遊鬱單越，賜住將就園，闔家飛昇。

在這部晚年劇作的自序中，彷彿作為生涯的總結，我們可以看到他回顧一生，依然的書空咄咄，依然的憤懣不甘，而與此同時，在感受到水逝雲卷、風馳電掣的時間壓力下，急切於留下什麼的念想與執著。此序可以說是一篇充滿「真氣」而令人感慨的文字：

> 嗟乎！士君子豈樂以詞曲見哉！蓋宇宙之中，不朽有三，儒者孰不以此自期。顧窮達有命，彼碩德豐功，豈在下者所敢望，于是不得已而競出于立言之一途。……僕生來有文字之癖，即八股功令，少時皆唾棄不顧，而獨酷嗜詩詞古文。迨倖邀鹵莽之獲，則益性命以之。約計五十年中，其所撰著不下數十種。不幸洊罹鋒鏃，燔溺剽竊，所存不過千百之一二，未免有見少之憾。然昔人池草燕泥，雲漢雨桐之句，雖少亦傳，而萬首詩窖，乃有不愁一字者。則不獨身之窮達有命，即文之顯晦亦有命矣。且僕久處賤貧，備嘗艱險，自喪亂以來，萬念俱灰，獨著作之志不衰。邇來此念亦灰，獨神仙之志不衰耳。然天上無凡俗神仙，必欲蛻凡祛俗，則又非文字不可。於是不得已而出於詞曲之一途。少陵云：「文章一小技，於道末為尊。」況詞曲又文章中之卑卑不足數者。然果出文人之手，則傳者十常八九。試觀王實甫、高東嘉之戲劇，婦孺輩皆能言之，而名公巨卿之鴻編大集，或畢世不入經生之目，則其他可知矣。雖詞曲一道，其難十倍於詩文，而欲求流傳近遠，斷斷非此不可。此僕之傳奇所為作也。但苦懷抱惡劣，萬事傷心，而又多俗累窮愁，喧卑冗雜。每一搦管，則米鹽瑣聒於斯，兒女叫號於斯，彼觀者所謂可歌可舞者，皆作者所謂可憤可涕也。昔湯若士作《四夢》，自謂人知其樂，不知其悲；楊升庵讀《西廂》，謂其人必大不得意于君臣父子之

間。以古準今，何獨不然。茲僕所作《人天樂》，蓋一為吾生哀窮悼
屈，一為世人勸善醒迷，事理本自顯淺，不煩詮譯。若置之案頭，
演之場上，人人皆當生歡喜之心，動修省之念，其於世道人心，或
亦不無小補。雖然，是豈僕之得已哉！夫思德、功而不可得，乃降
而為立言，思立言而又不可得，乃降而為詞曲。蓋每下愈況，以庶
幾一傳於後世。後之覽者，或因詞曲而知其人，因其人而并及其詩
文，未可知也。嗚呼，人之稱斯文也，豈不重可悲也哉？〔註26〕

序中值得注意的地方有幾點：首先，作為一位傳統的、對詩詞古文「性命以
之」的士大夫，黃周星對戲曲是極為鄙視的。劈頭的「嗟乎！君子豈樂以詞
曲見哉」，文中的「況詞曲又文章中之卑卑不足數者」，乃至最後「降而為立
言……降而為詞曲。蓋每下愈況……」這樣再三地反覆強調戲曲地位之低下，
作為一篇傳奇序文，無疑是極端自我解構的。相較於同樣以儒家正宗自命的
孔尚任，其〈桃花扇小引〉的「傳奇雖小道」中「雖」之一字的先抑後揚，〔註
27〕可見其心態上的差別。

那麼，在明明如此鄙薄戲曲的同時，卻「不得已」地從事戲曲創作的理
由是什麼呢？在此序中可以看到兩方面的原因，其一在於最常見，也是最冠
冕堂皇的教化理由，即「勸善醒迷」。說它冠冕堂皇，可參見卷首諸序、題辭，
無不標舉教化，如〈純陽呂祖命序〉比之為《道德經》、《太上篇》，〔註28〕而
署「梅華外臣謹識」的〈書呂祖序後〉則云：「道人著書等身，世弗覺悟，然
後知斯人不可與莊語。于是不得已而託之詞曲，以曲行其勸善之心。」浯溪
磨崖漫士〈題詞〉則稱此劇：「其大指亡他，要之勸人為善，歸于忠孝而已。」
〔註29〕

然而，由黃周星在「其於世道人心，或亦不無小補」後，一轉又發「雖
然，是豈僕之得已哉」的慨歎可知，教化並非黃周星最念茲在茲的母題。他
的戲曲創作，在於「求傳」。序中提及之「傳」，又分兩種，一是「流傳近遠」，

〔註26〕 〔清〕黃周星：〈人天樂自序〉，《夏為堂人天樂傳奇》，收入《古本戲曲叢刊
第三集》，冊117，頁1a～3a。

〔註27〕 〔清〕孔尚任：《桃花扇・小引》，《古典戲曲叢刊五集》（上海：上海古籍出
版社，1986年），冊45，頁1a。

〔註28〕 〈純陽呂祖命序〉，見〔清〕黃周星：《夏為堂人天樂傳奇》，收入《古本戲曲
叢刊第三集》，冊117，頁2b。

〔註29〕 分見梅華外臣：〈書呂祖序後〉、磨崖漫士：〈題辭〉，〔清〕黃周星：《夏為堂
人天樂傳奇》，收入《古本戲曲叢刊第三集》，冊117，頁1b、2b。

這是空間上、現世上的流傳；二是在立德、立功不可得時，以戲曲求「立言」，「庶幾一傳於後世」，這是時間上、青史上的留傳。儒家士人對於傳世的最高期冀就是「三不朽」，黃周星於而立之年中進士，未及授官，即丁父艱，〔註30〕守孝畢，又逢世變，入清不仕。可以說他志得意滿正要開始的「德、功」之途，是硬生生地被世變中斷了。當「降而為立言時」，對於哪怕是官高位顯者精心刊刻的「鴻編大集」也往往沒人看，反倒是王實甫、高則誠這種不知有何德功的下層文人藉戲曲而流名百世的現實，黃周星有著儘管不甘卻深刻的體認，也因此只得將「立言」的志向託於戲曲這種「卑卑不足數」的小道了。越是鄙視戲曲，對於「淪落」到思藉戲曲以傳的自己就越感到「可悲」。而對戲曲靠著吸引人的搬演而達到教化與流傳，他更有著近乎西方宮廷弄臣或中國「優諫」的清醒自覺，以致說出「彼觀者所謂可歌可舞者，皆作者所謂可憤可涕也」的激烈話語。

在這兩章的文人劇作家中，黃周星無疑是其戲曲中的自我形象與現實個人生命史有著最大程度互涉的一位；《人天樂》劇中大量地置入了黃周星本人的出身背景、詩文及經歷，以至於虛實間近乎沒有邊界。相較於吳偉業或尤侗，他不使用真實的歷史人物作為「酒杯」，而直接以軒轅載此一自喻人物登場；而相較於丁耀亢於受託之作中加入了自己的自喻形象陳道東為配角，黃周星的《人天樂》則進一步以軒轅載為主角，全劇的關注與焦點始終在其「自我」之上。

1. 求仙之志——以戲曲、文字為成仙之階

黃周星詩文、戲曲作品中難以忽略，卻又因距離當代理性思潮太遠而難以接受與深究的，乃「成仙之志」。在上引序文中，黃周星提到自己到晚年連著作之志亦灰，只剩求仙之念，但由於仙庭不收凡夫俗子，「必欲蛻凡祛俗，則又非文字不可」，似乎文字僅僅是成仙的手段與媒介。然而由全序的文字分量來說，關於「成仙之志」僅及此數句，而序文重心實在於以文字「立言」，留名青史。因此要探討黃周星的「成仙之志」，我們必須由《人天樂》的「副文本」〔註31〕以及劇中所寫入的乩仙、降壇與黃周星其時記載中比照，方能

〔註30〕此時尚未復本姓，為周姓之父喪。

〔註31〕此處副文本（paratext）的概念來自華瑋〈由私人生活到公眾展演——對清初女性吳宗愛的記憶建構與重寫〉中的分析。參見華瑋：〈由私人生活到公眾展演——對清初女性吳宗愛的記憶建構與重寫〉。游鑑明主編：《中國婦女史論集十一集》（臺北：稻香出版社，2014年），頁147～179。

有所掌握。

　　明末清初的文人群體間十分流行降乩，甚至可見他們將與女仙的交流經驗寫成類似於艷遇美談的情形。〔註32〕但黃周星對「神仙」或「求仙」的態度卻是十分嚴肅的。相較於我們所熟悉的乾隆朝時的書籍、方志往往不得不抬頭「天」、「聖」等字以表示對皇權的崇敬，黃周星卻是自發地將「文皇」、「法旨」抬頭以示鄭重。〔註33〕而相對於尤侗將自己受知於順治皇帝軼事刻於文集最前，黃周星《人天樂》傳奇篇首是一篇署名「馭雲仙子題于雙真樓中」的〈純陽呂祖命序〉，序中稱讚《人天樂》是「濟世之慈航」，當尊為《道德經》、《太上感應篇》。〔註34〕黃周星如此慎而重之地將扶乩而來的序文置於傳奇之首，直以《人天樂》為《太上感應篇》之類的「善書」，增加他成仙飛昇的功德砝碼。

　　而在全劇末，於下場詩後，黃周星跋語說明：

> 此曲製成，持詣仙壇，上呈文昌元皇鑒定。有桂殿左卿周公（諱道明）降壇命善書童子錄就，賫送南宮掛號。隨奉法旨云：「此曲字句通仙，文情秀美，甚妙！甚妙！雖係戲談，大有省世之論，亦有關乎造化。此曲可與智者喜賞，不必入俗人觀。命天妃戲女，置在崑崙園中，以供遊樂可也。〔註35〕

可以看到，這道「法旨」中既強調省〔醒〕世之論，卻又說不必入俗人觀，這其實是前後矛盾的。參照諸多戲曲序文中所強調的戲曲教化功用乃是為文人士大夫眼中不讀聖賢書的「婦人孺子」、「艸野閭巷之民」而設，〔註36〕更

〔註32〕如尤侗便曾有如下記述：「〔崇禎十六年〕歲暮偶為扶鸞之戲，得遇掌文孫真人（過庭），為予序《秋夢錄》，又有瑤宮花史何月兒，降壇酬酢，言笑極歡，入夢未偶……」見〔清〕尤侗編：《悔菴年譜》，《北京圖書館藏珍本年譜叢刊》，冊74，頁10。

〔註33〕〔清〕黃周星：〈將就園記附園銘〉，《夏為堂別集》，收入《清代詩文集彙編》，冊37，頁19。有趣的是，當周氏子孫於道光朝刻《九煙先生遺集》時，在〈將就園記〉後並未收錄這篇充斥各種抬頭「文皇」、「帝」、「旨」的銘文。

〔註34〕〈純陽呂祖命序〉，《夏為堂人天樂傳奇》，收入《古本戲曲叢刊第三集》，冊117，頁1a～2b。由此序署「馭雲仙子題于雙真樓中」看來，扶乩的人應該是一位道姑。

〔註35〕〔清〕笑倉道人〔黃周星〕：《夏為堂人天樂傳奇》，收入《古本戲曲叢刊第三集》，冊118，頁84b。

〔註36〕如下一節中杜濬為宋琬《祭皋陶》所寫的〈弁語〉。見〔清〕杜濬：〈弁語〉，〔清〕宋琬：《祭皋陶》，收入《四庫全書存目叢書補編》（濟南：齊魯書社，2001年），冊2，頁434。

可反襯這篇「法旨」的矛盾。但這樣的矛盾，卻竟似呼應了黃周星的心態。
對比清中葉目的明確，為「高臺教化」而設的神佛框架，更可看出黃周星的
仙界有其獨特性：它不為人界而存在，而是真正超脫於俗世之上。

2.《人天樂》及其雙線結構

《人天樂》嚴格來說並沒有一條起承連貫的主線劇情，而更類似於一齣
或數齣的個別場景所組成。但它卻有著極為謹嚴的雙線結構，由第一齣〈開
關〉的家門大意即可看出：

> 【漢宮春】世界磨人，只鬱單越部，彷彿仙真。他有自然衣食，宮
> 殿隨身。千年壽樂，無憂勞、靜賞芳春。因前世，修行十善，託生
> 彼地歡欣。　咄咄軒轅善士，本聰明正直，積德行仁。塞遇滄桑曠
> 劫，苦守清貧。多愁多難，功行圓、忽蛻塵氛。權遊戲北洲勝處，
> 回頭笑傲崑崙。〔註37〕

全劇可以分為上半闋所述的鬱單越線、以及下半闋所提及的軒轅載線，這兩
線相互交錯，構成此劇的主要結構。

鬱單越，即北俱盧洲，源出於佛經的四洲世界觀，其意為「勝處」，以其
勝於其他三洲之故。〔註38〕黃周星因生活潦倒，聽佛家敘述北俱盧洲有著「自
然衣食，宮殿隨身」時，「輒為神往」，後來讀到《法苑珠林》中對於鬱單越
洲的詳細描述，大有感觸，乃作〈鬱單越頌〉，摘錄其中七則並以詩詠之。〔註
39〕至於此劇另一線主角軒轅載，即為作者黃周星的自喻人物。劇中多齣都與
黃周星生平、作品互涉，不論是他住處遭賊的經歷，〔註40〕扶乩降神之種種
經歷，〔註41〕又或是其不斷反復辯解之「復姓」一事，甚至他對於客居地風

〔註37〕〔清〕笑倉道人〔黃周星〕：《夏為堂人天樂傳奇》，收入《古本戲曲叢刊第三
　　　　集》，冊117，第1齣〈開關〉，頁1a～1b。
〔註38〕見《佛光大辭典》（臺北：佛光出版社，1988年），頁1585。
〔註39〕「向聞衲子述俱盧洲之樂，云：『自然衣食，宮殿隨身』窮愁中每思此二語，
　　　　輒為神往。頃見《法苑珠林》所載《長阿含經》一篇，始得其詳……」見〔清〕
　　　　黃周星：〈鬱單越頌〉，《夏為堂別集》，收入《清代詩文集彙編》，冊37，頁
　　　　130。
〔註40〕第7齣〈不盜〉中描述「昨夜又忽遭穿窬，暗掘牆洞，將室中所有罄捲一空」，
　　　　可參見其〈夜被穿窬罄取室中之藏而去〉、〈次日手自塞穿窬之穴笑詠一絕〉
　　　　二詩。見〔清〕笑倉道人〔黃周星〕：《夏為堂人天樂傳奇》，收入《古本戲曲
　　　　叢刊第三集》，冊117，第7齣〈不盜〉，頁21b；〔清〕黃周星：《圃庵詩集》
　　　　（清康熙刻本），卷8，頁24a。
〔註41〕第28齣〈意園〉、第29齣〈天園〉提到其作〈將就園記〉蒙文昌帝君嘉許，

俗涼薄的批評等等。〔註42〕此劇最後下場詩中則是直接點破：

閱過春風六六年，世間那得寄愁天。一生忍恥居人後，萬事傷心在目前。

但把文章供傀儡，不將富貴換神仙。酒壚若問軒轅子，只在齊州幾點邊。〔註43〕

末句「齊州幾點邊」，即「齊烟九點」的典故，出自李賀〈夢天〉詩：「遙望齊州九點煙，一泓海水杯中瀉。」〔註44〕明白挑破軒轅載即黃九煙。

若分線表列，卷上的章節如下：

軒轅載線	述懷（3）、不殺（5）、不盜（7）、不淫（9）、不貪（11）、不嗔（13）、不邪（15）、淨口（17）
鬱單越線	福綱（4）、天殿（6）、天食（8）、天衣（10）、天娛（12）、天合（14）、天育（16）、天壽（18）

括號中的數字為齣數。可以看到，除了傳奇慣例述作者作意與家門大意的第一齣〈開闢〉、以及由造化主人出場，揭示劇中世界觀的第二齣〈定位〉外，此劇的上卷呈現完美的雙線對襯結構。傳奇作品由於篇幅體製較長，有著事隨人走的敘述方式，加上為了調劑場面冷熱，均衡角色勞逸，常見雙線結構，諸如生、旦線，或文、武線等，但如此徹底的結構方式則極為罕有。與其說這是現實／想像的雙線結構，不如說是此世／彼世的呼應，而作為彼世的種種如天食、天衣、天娛等的受享，就是此世不盜、不淫、不貪等行善守戒之報。而在這樣緊密循環的架構下，原本遙不可及的「彼世」，則成為呈現於眼前的「現世報」。雖然即使在較為自由的清初，戲曲打著獎懲勸世的教

言天帝將於崑崙山建園事；第30齣〈輯讖〉則寫扶乩賜字，集八百字為讖詩事。前者見於〈將就園記〉前附〈仙乩紀署〉，後者見〈龍沙八百地仙姓名歌〉小序，參見〔清〕黃周星：〈鬱單越頌〉，《夏為堂別集》，收入《清代詩文集彙編》，冊37，頁6～7、126。

〔註42〕第13〈不嗔〉中，提及復姓之事，並以丑角魏塘人自貶「鬼塘」，述其地風俗勢利涼薄。對魏塘一地之批評見〔清〕黃周星：〈余客魏塘一載，門如空谷，頗為慨嘆。有少年過余曰：先生良苦，然先生不知敝邑習俗爾爾，設有一周旋冷客者，即羣起而非笑之耳。余不覺仰天絕倒，忽成一詩〉，《圃庵詩集》（清康熙刻本），卷2，頁14b～15a。

〔註43〕〔清〕笑倉道人〔黃周星〕：《夏為堂人天樂傳奇》，收入《古本戲曲叢刊第三集》，冊118，第36齣〈仙圓〉，頁83b～84a。

〔註44〕〔唐〕李賀撰，王友勝、李德輝校注：《李賀集》（長沙：岳麓書社，2003年），頁34。

化宗旨依然十有八九，但《人天樂》可以說是從結構上就別出心裁地展現了教化度世劇的新貌。

　　然而，儘管有著如此具體的勸善／報償雙線教化結構，又於卷首諸序、題詞都提及度世、教化，但《人天樂》卻不能說是真的以度世教化為目的的戲曲。姑且不論打著教化旗號但只為妝點門面的狀況，真正以教化為最高目標的戲曲，無論故事中間如何波折，好人如何受盡苦難，最重要的是必然有著善惡有報的結局。若是此世無法得報（如表彰節烈的戲曲），則必有一個神仙／冥府框架於世外給予正義與報償。準此，《人天樂》又是如何收束的呢？試看卷下的結構：

| 鬱單越線 | 魔鬨（19）、籌魔（21）、賦魔（23）、人樂（34） |
| 軒轅載線 | 濟困（20）、解冤（22）、贖女（24）、贖兒（25）、仙聯（26）、鬼傳（27）、意園（28）、天園（29）、轉識（30）、救鬼（31）、凡圖（32）、仙引（33）、人樂（34）、天樂（35）、仙圓（36） |

　　明顯可以看到，《人天樂》卷上完美的雙線結構，在卷下時由一開始的兩者對映不斷向軒轅載線偏移。鬱單越線於卷下，僅佔了四齣，不到四分之一的篇幅。其中前三齣是調劑冷熱的武戲線，而〈人樂〉一齣，是惟一兩線合一之處，描寫軒轅載在呂祖引領下，一遊他原本如此嚮往的北俱盧洲，將上卷所提的此界種種神妙與受享，再度重現一次。就一般的劇情演進來說，這應該是最後大團圓之處，昭示軒轅載一生行善守戒，終有福報，得到「福地」。然而，這卻不過是「人樂」而已，軒轅載，或說黃周星從一開始所渴望的，即非行善得生福地的佛家度世之旨。

3.《人天樂》的自我解構及其所展現之黃周星自我形象

　　早在〈定位〉一齣中，造化主人在講述北俱盧洲（鬱單越）好處後，又提及軒轅載：

　　　　他雖少負才名，早登科第，卻遭時不偶，清苦一生，著實屈了他了。

　　　將來正該託生彼地，以彰感報纔是。〔註45〕

此齣刻意安排「造化主人」為全劇下一「定位」，若連繫而看，這裡所說的便成為「造化屈了軒轅載／黃周星」，於是思以才提及的福地補償，但隨即話鋒一轉，判定：「雖則如此，我看那軒轅生夙有仙緣，將來也不消到得彼

〔註45〕〔清〕笑倉道人〔黃周星〕：《夏為堂人天樂傳奇》，收入《古本戲曲叢刊第三集》，冊117，第2齣〈定位〉，頁7b。

處了。」〔註 46〕而在第三十三齣〈仙引〉中，軒轅載已功行圓滿，得呂祖接引，呂祖向軒轅載索觀〈將就園記〉，見其中有詩云「恨不身生鬱越洲」，如此評論：

> 那俱盧洲雖然勝于東西南三洲，但他也不過是凡夫，受享千年之後，
> 依然一樣輪迴，這豈是成仙了道之處！〔註 47〕

由於軒轅載依然想親眼目睹一直以來的嚮往之地，呂祖乃命人帶他去遊覽一番，再接引去崑崙，臨行時還告誡他：

> 【滴溜子】那北洲地，北洲地，未曾識面。聊遊戲，聊遊戲，並無
> 繫戀。〔註 48〕

於是全劇十餘齣篇幅所描述的鬱單越福地，竟然成了「聊遊戲」的多餘之筆。當軒轅載遊覽北洲風光，將卷上所提之曲躬樹、香樹、吃飯、洗浴、作樂、配偶、育養等全部重演一次後，軒轅載感慨道：「【尾聲】此中尚可流連否？若比閻浮話也羞，可知道更有崑崙在上頭。」〔註 49〕於是軒轅載的行善積德與投生在福地完全斷裂開來，而劇情的結尾，即軒轅載成仙，便成為對前述雙線結構的一種自我解構。究其原因，則明顯與黃周星本人的「成仙之志」密不可分，也與他於釋道間偏向於道家有關。

晚明三教合一思想盛行，因之《人天樂》裡主人公求取功名、行十戒而又扶乩求仙的儒釋道合流舉止也並不出奇，在〈定位〉一齣中，論及聖賢時，便以孔仲尼、李伯陽、釋迦牟尼三人同舉。〔註 50〕然而黃周星儘管用了佛典中的世界觀，更如此大篇幅地描寫「鬱單越」及行十善以生福地等等度世主旨，由卷下的偏移以至最後的升仙結局看來，他的三教合一中有著明顯的側重。前述練筆之作《試官述懷》劇末試官的諢語亦可為旁證：

> 罷了罷了。科場中一團怨氣，秀才們昏天黑地。何時得公道昭彰？

〔註 46〕〔清〕笑倉道人〔黃周星〕：《夏為堂人天樂傳奇》，收入《古本戲曲叢刊第三集》，冊 117，第 2 齣〈定位〉，頁 8a。

〔註 47〕〔清〕笑倉道人〔黃周星〕：《夏為堂人天樂傳奇》，收入《古本戲曲叢刊第三集》，冊 118，第 33 齣〈仙引〉，頁 66b～67a。

〔註 48〕〔清〕笑倉道人〔黃周星〕：《夏為堂人天樂傳奇》，收入《古本戲曲叢刊第三集》，冊 118，第 33 齣〈仙引〉，頁 67b。

〔註 49〕〔清〕笑倉道人〔黃周星〕：《夏為堂人天樂傳奇》，收入《古本戲曲叢刊第三集》，冊 118，第 34 齣〈人樂〉，頁 71b。

〔註 50〕〔清〕笑倉道人〔黃周星〕：《夏為堂人天樂傳奇》，收入《古本戲曲叢刊第三集》，冊 117，第 2 齣〈定位〉，頁 7a。

　　除非是彌勒出世。（合掌念）南無沒天理銀子佛，南無喪良心銅錢菩

薩。〔註51〕

戲曲中不乏以惡人念佛來反襯其惡的安排，然而此等直接「謗佛」的賓白

卻極少見。相較於《人天樂》卷首卷尾慎而重之的乩語，黃周星的偏向可

知。

　　此外，對於釋家所描寫的鬱單越種種「福樂」，他亦未必能全盤接受。黃

周星於窮愁中羨慕鬱單越的「自然衣食，隨身宮殿」，出自易代後苦於「治生」

的文人對於不為物質所累的嚮往，〔註52〕相當容易理解。但在第十四齣〈天

合〉中，描寫此處不設嫁娶之儀，男女若彼此中意，於曲躬樹下好合。若無

血緣干礙之處，則樹曲躬成蔭，加以庇護，事後男女各自離去。或許是因為

描寫「此一事」，不同於其他齣由北俱盧男女直接上場，此齣開頭特別安排了

「樹王」一角卜場加以解釋，為這種完全不符儒家禮法的「天合」建立合法

性。〔註53〕然而在齣末，卻由劇中人在歡欣自喜後一語道破：「【尾聲】那普

天下孤男寡女無窮怨，誰似俺這裡鸞鳳成群顛倒顛。只是這樣的花燭登科也

忒不值錢。」〔註54〕其次，黃周星於〈鬱單越頌〉引用了《法苑珠林》記載

鬱單越人享壽千年，死後屍體「有鳥接置他方啖食之」。〔註55〕同樣地，這種

屍體為鳥所啖的想像，不論是儒家重葬祭的傳統，或是道家對於形體完全的

強調，顯然都難以接受，因此在劇中僅提及「唧其屍至他方山外而去」，〔註

56〕將「啖食」畫面轉為類似超昇的「接引」。

　　一方面，佛家對於福地的理想未必能為儒家傳統或道家理念所接受；另

一方面，或許也因為佛家講求眾生平等，北俱盧洲人不論年齡、相貌、身高、

〔註51〕〔清〕黃周星：《試官述懷》，收入黃仕忠編校：《明清孤本稀見戲曲彙刊》，
　　　　冊上，頁274。

〔註52〕趙園便指出士人以治生為俗累，以「不事生產」為高，故而易代後不再有出
　　　　仕可能的遺民便往往苦於生計。見趙園：《明清之際士大夫研究》，頁333～
　　　　340。

〔註53〕這不能不令人想到《牡丹亭‧驚夢》中的花神一角於杜麗娘內心自我審查所
　　　　扮演的功用。

〔註54〕〔清〕笑蒼道人〔黃周星〕：《夏為堂人天樂傳奇》，收入《古本戲曲叢刊第三
　　　　集》，冊117，第14齣〈天合〉，頁60a。

〔註55〕見〔清〕黃周星：〈鬱單越頌〉，《夏為堂別集》，收入《清代詩文集彙編》，冊
　　　　37，頁132。

〔註56〕〔清〕笑蒼道人〔黃周星〕：《夏為堂人天樂傳奇》，收入《古本戲曲叢刊第三
　　　　集》，冊117，第18齣〈天壽〉，頁71a。

壽命都是相等。〔註57〕在第四齣〈福綱〉中，由一群北俱盧洲男女上場，連唱四支【一封書】，每曲皆以「幸生在福地」五字開頭，頌讚生於鬱單越之種種受享，並介紹此地：

> 幸生在福地，更無勞誇智力。人材一樣齊，總惺惺落得癡。釋道儒
> 流何處用？便是農牧工商皆不知。〔註58〕

其下數曲分別論及「事業文章何處用？便是將相王侯皆不知」、「四德三從何處用？便是月老冰人皆不知」、「麟鳳芝蘭何處用？便是乳哺懷胎皆不知」。佛家福地是無高低、職業、貴賤、聰愚之別的，而不論是對於以「士」自期的四民之首，或是對於自命不同凡俗的文人才子來說，泯然眾人大約是無法接受的。黃周星曾有〈除夕對酒作〉詩云：「五十七年貧賤中，制科渾與布衣同。今朝把酒聊為壽，新得駒兒慶阿翁。」〔註59〕明顯在他心中對於「制科」與「布衣」是有著高下之分，在待遇上應該「不同」的想像。

黃周星登第將及三旬，不算太晚，對於「制科」似不應如落第才子般有著執念，但他對於當年放榜時疑似名次為人所調動卻一生耿耿於懷。在〈凡圓〉一齣中，他特意安排軒轅載浪跡已久，偶爾回家探望時，得訊報其起復，由其妻向他道賀，讓他說出「無意于此」的橋段：

> （旦）恭喜相公，如今依舊是老爺了。（生笑介）夫人，這木天一席，
> 原該是我舊物，不為過分，只是我如今一心學道，也無意于此了。（旦）
> 相公，古人云得時則駕，這似乎也不必固執。（生）夫人豈不知我素
> 志麼？〔註60〕

但儘管軒轅載表明「無意于此」，接下來卻馬上描寫報大公子中狀元，二公子中探花。若我們參照其於〈述懷〉中便已提及「我素志原不在溫飽，但得為一風流學士足矣。誰想已登鼎甲，臨期又復換去……」〔註61〕以及黃周星〈黃

〔註57〕「只因這裏人顏貌同等，一般少艾，無從辨認。」〔清〕笑倉道人〔黃周星〕：《夏為堂人天樂傳奇》，收入《古本戲曲叢刊第三集》，冊117，第14齣〈天合〉，頁57b。

〔註58〕〔清〕笑倉道人〔黃周星〕：《夏為堂人天樂傳奇》，收入《古本戲曲叢刊第三集》，冊117，第4齣〈福綱〉，頁14a。

〔註59〕〔清〕黃周星：《圃庵詩集》，卷4，頁19b。

〔註60〕〔清〕笑倉道人〔黃周星〕：《夏為堂人天樂傳奇》，收入《古本戲曲叢刊第三集》，冊118，第32齣〈凡圓〉，頁59a。

〔註61〕〔清〕笑倉道人〔黃周星〕：《夏為堂人天樂傳奇》，收入《古本戲曲叢刊第三集》，冊117，第3齣〈述懷〉，頁11a。

童歌六十自壽〉：「射策初推第二人，臨軒忽復倒甲乙」、〔註62〕甚至在他為陳軾文集所作之序都要提及：「余廷對策雖精楷合格，讀卷者擬奏名第二，已三日，至臚傳時乃抑置二甲……」〔註63〕那麼對於他在劇中依然要重新提到翰林「是我舊物」的執念，也就可以了解了。

劇中對於進士名次疑似被換敘述，亦可作為此劇中黃周星自我形象的反覆與矛盾的例子，並進一步提供了如此矛盾的理由。軒轅載自敘「無意于此」，在於劇中科甲榮華僅是〈凡圓〉，世外有著更為美好的「人樂」、「天樂」的前景；而其反覆敘述所透露出的執念，則在於一旦回歸現實，彼世終究是無法確知確信，於是對現世中的榮顯便難以棄捨與放下。

正因如此，哪怕是自然衣食，宮殿隨身的〈人樂〉依然不足，尚且要〈天樂〉；哪怕是〈凡圓〉亦不看在眼中，必得要〈仙圓〉。但就在軒轅載終於圓滿登仙，眾人以南北合套大正場歡唱仙界種種妙境、種種受享後，【尾聲】一曲又引出了造化主人出場：

【尾聲】人天至樂誰能再，這團圓其實妙哉！只是一件，須拜覆那造化主人休見怪。

（眾）呀！纔說造化主人，造化主人就來了。（小外扮小兒，紅衣三髻插花上，大笑三聲介）你們這本戲做完了，辛苦辛苦阿，如今讓我來，也唱個曲兒與你們聽者：

【北清江引】平空裏演出個軒轅載，苦行升仙界，人天樂儘多，將就圍長在，只怕世上人當做耳邊風終不保。

【么】俺老小兒漸覺年華邁，厭看炎涼態。休誇鬱越高，莫管閭浮歹。醉昏昏一任他海變桑田田變海。哈哈哈哈哈哈哈！〔註64〕

此處造化主人（「天」）的形象很值得玩味，作為「天」，理應是萬古不朽，但此處造化主人「俺老小兒漸覺年華邁，厭看炎涼態」的自敘，卻明顯帶著黃周星本人的口吻。而「這本戲做完了」，更是一種戲曲的說破，使得造化主人的造化二字，轉為帶有雙關指涉戲曲的創作。於是凌駕了儒、道、釋之上，定下戲曲中世界框架的「造化主人」，便成為作者分身，造化主人即作者本人。

〔註62〕〔清〕黃周星：〈黃童歌六十自壽〉，《圃庵詩集》，卷7，頁8a。

〔註63〕〔清〕黃周星：〈道山堂集序〉，〔清〕陳軾：《道山堂前集》，收入《清代詩文集彙編》，冊62，頁1。

〔註64〕〔清〕笑倉道人〔黃周星〕：《夏為堂人天樂傳奇》，收入《古本戲曲叢刊第三集》，冊118，第36齣〈仙圓〉，頁83a～84b。

一切不過是本戲，這可以視為是最終的自我解構。然而兜兜轉轉，我們赫然發現，黃周星最終依然得以文字掌握發聲權柄，於是自我解構，竟再度指向了以文字自現、以文字為才具的自我建構。

（三）小結

易代與此世彼世的雙關，是清初常見的比喻。因為蒼莽間「無地」可存，而以文字平空架構，尋求安身立命之處，亦非黃周星所獨有。然而在此世彼世的差別中帶有如此強烈的宗教性與宗教想像的，黃周星當為特例。相較於尤侗徹底的才子扮演生涯，或丁耀亢由虛幻回歸現實，寄望子孫，黃周星對於現實此世所抱有的已不僅是「冷眼」，而是巨大的抑鬱激憤與自我矛盾。正如他在〈人天樂自序〉中表現出的不斷反覆自解，而又不斷打破自解而感慨哀歎一般，黃周星對戲曲的鄙薄與不得不藉戲曲立言的矛盾、他標榜教化又「難與俗人言」的矛盾、他對功名既自得又不免遺憾的矛盾，以上種種使得他的文字往往彼此衝突。而在衝突扭曲的字裡行間，則可見其呫呫喃喃，徘徊反覆的身影。

因此雖然黃周星在〈人天樂自序〉中說自己「著作之念」已灰，文字卻又是他惟一的武器與憑藉。黃周星不斷藉著文字自我表述、自我建構，他面對無功無德的現實，彷彿無時無刻不感受到時空潮流的沖刷逼迫，於是抱著湮沒無聞的恐懼不斷反覆定義、大聲訴說「黃周星」是個怎麼樣的人，他眾多自述詩文作品如〈黃人謠〉、〈黃童歌六十自壽〉、〈假黃九煙歌并序〉等，皆可見於《人天樂》中。他不使用真實的歷史人物作為映襯，而直接以軒轅載此一自喻人物登場，他對劇中自喻人物的形象或許不無過度美化之嫌，但所透露出的自我觀照卻是真實的，即他相信自己是如此這般的人，並盡一切努力試圖說服他人。然而他又充滿個人的矛盾與衝突，且時刻感受來自他人的質疑與負面評價，因而劇中的人物也就在自我敘述與反駁他人中不斷來回反覆。

黃周星於〈自撰墓志銘(附解蛻吟)〉中提到願碑上刻「詩人黃九煙之墓」，這不由不令我們想起吳偉業「詩人吳梅村之墓」的遺言。這七個字，是吳偉業愧悔半生，於臨終時對於自己無以立身於天地之間，只餘文字可以憑依流世的慘痛表態；另一方面，被視為遺民的黃周星，於晚年落魄窮愁，求仙不得，在最後的最後，以這七個字，表達對於文字的自傲與自許，期以此傳世。在此銘文中，他甚至念念不忘地強調世面上署「黃人」而流傳的詩作亦為黃

九煙所作。〔註65〕吳、黃兩人的生命史看似南轅北轍，然而在相同的「不如意」中，他們最後所能寄望的，都是一己之文字。

黃周星是否得償宿願，真能解蛻成仙，遨遊崑崙，不得而知。但他的人，卻的的確確是賴其文字以傳了。其〈補張靈崔瑩合傳〉影響了清代後來數個以此為題材的戲曲創作。〔註66〕而因為他的詩文名聲，為他所「棄絕」的周氏子孫不但在嘉慶時為其作傳，稱他是因與族人不合而「冒黃姓」，力求將他收歸周氏，〔註67〕還一直搜集他的著作，於道光朝重新匯刻為《九煙先生遺集》，更是署名為「周星」作。不論是「黃周星」、「周星」或「黃人」，到最後的最後，的確是文字流傳、建構與不朽其人。

二、遊宴、戲曲演出與受冤形象之建構：宋琬及其雜劇《祭皋陶》

清初雜劇創作被視為是元雜劇後再次的高峰，〔註68〕如上一章所述，清代雜劇文人化的問題也已經有很多學者關注。雜劇的文人化，指的不僅是由文人創作，其題材也往往侷限於文人的關心或趣味。這樣的文人雜劇向來被視為案頭劇，也就是僅供案頭閱讀，而不適於場上表演。先前已提及，雜劇及傳奇文體在清初一般認知上已有演出與否的特色差異，而對當代學者、讀者和觀眾來說，這樣的認知更有其事實基礎。舉例來說，《崑戲集存》彙集整理近六十年來有過演出或教學記錄的傳統崑腔折子共計411齣，其中來自雜劇的折子僅有 3 齣。〔註69〕值得玩味的是，對於近現代學者來說，文人案頭劇一詞其實指向「沒有演出價值」，是帶有負面意義的評語，而清初文人卻視「案頭化」為戲曲文本文學性的提昇，這或許折射出三百多年來文人、戲曲及演出的價值升沉。不過儘管古今評價相反，對於文人雜劇案頭性的認知則是一致的。

〔註65〕〔清〕黃周星：〈自撰墓志銘〉，《夏為堂別集》，收入《清代詩文集彙編》，冊 37，頁 76。

〔註66〕如錢維喬《乞食圖》、汾上誰庵《畫圖緣》、劉清韻《鴛鴦夢》、以及丁傳靖《七疊果》等。

〔註67〕〔清〕周系英：〈九煙先生傳略〉，《九煙先生遺集》，《續修四庫全書‧集部‧別集類》，冊 1399，頁 381。

〔註68〕見孫書磊：《明末清初戲劇研究》，頁 54。

〔註69〕分別是明代徐渭《四聲猿》中的〈罵曹〉、清代楊潮觀《吟風閣》中的「罷宴」，以及清中葉蔣士銓《四絃秋》中的〈送客〉。見周秦主編：《崑戲集存‧甲編》（合肥：黃山書社，2011 年），「總目」，頁 18～19。

　　然而，文人劇即使不像傳奇一樣「意在搬演」，並不等於不常或甚至不能搬演。清嘉慶、道光後的雜劇作品的確少見演出紀錄，但在家樂依然普遍、崑曲演出依然極為盛行的清初，情況卻並非如此。甚至可以肯定地說，考慮到雜劇體製較短，登場人物多半較少，擁有家樂或能召請戲班在家中演出自作傳奇的劇作家，如尤侗、查繼佐、曹寅、徐石麒等，其雜劇作品應該都是有演出的。〔註70〕以上一章曾論及的尤侗為例，他訓家樂十人，其第一齣雜劇《讀離騷》就是由家樂演出，其後的傳奇亦有授家伶演出的記載，〔註71〕可以想見另外四齣雜劇也必然由家班上演過。除了自家家樂演出外，王士禛曾因喜其《黑白衛》，特地帶此劇去尋名滿江南的冒襄和陳維崧家班，以追求更好的演出效果；〔註72〕《清平調》雜劇更是應梁清標之命而作，完成後便授梁家家樂演出，〔註73〕且田雯亦有詩提到曾在某位官員家中看到《清平調》的演出。〔註74〕

　　由尤侗的例子，可以看到清初雜劇在劇作者或友人，甚至是慕名乃至好事者的家樂中演出應該是相當普遍的情形。值得注意的是，幾乎所有清初雜劇的演出紀錄，都是家班的廳堂式演出，這種演出形式必然指向有限且往往熟識或處於相同交遊圈的文人士大夫觀眾群。以下就試以宋琬和他的《祭皋陶》為例，由功能性的角度，探討雜劇演出的「用途」。

（一）宋琬的兩次獄難與《祭皋陶》的創作

　　宋琬（1614～1674），〔註75〕字玉叔，號荔裳，山東萊陽人。〔註76〕宋氏在萊陽是大族，五世書香，在宋琬之前，其從兄宋琮、宋玫的文章已有「萊

〔註70〕關於清初雜劇散見詩文集中的部分演出紀錄，可參見杜桂萍：《清初雜劇研究》，頁66～68。

〔註71〕〔清〕尤侗：《悔菴年譜》，收入《北京圖書館藏珍本年譜叢刊》，冊74，頁27。

〔註72〕〔清〕尤侗：《悔菴年譜》，收入《北京圖書館藏珍本年譜叢刊》，冊74，頁40～41。

〔註73〕〔清〕尤侗：《悔菴年譜》，收入《北京圖書館藏珍本年譜叢刊》，冊74，頁43。

〔註74〕〔清〕田雯：〈新秋雨夕卞司寇齋中觀劇（尤展成《李白登科》傳奇）〉，《古歡堂詩集》，收入《清代詩文集彙編》，冊138，七言絕句卷3，頁343。按：傳奇是當時戲曲俗稱，《李白登科記》即《清平調》雜劇。

〔註75〕宋琬卒年本文同意朱玲玲論證，定於康熙十三年春，不採《宋琬年譜》卒於康熙十二年冬的說法。見朱玲玲：〈宋琬生平研究補正〉，《魯東大學學報（哲學社會科學版）》第24卷第2期（2007年6月），頁72。

〔註76〕傳見清國史館原編，王鍾翰點校：《清史列傳》，卷70，頁5710～5711。

陽文字」的美譽，〔註 77〕而宋琬本人更是清初的詩文大家。王士禛論清初詩壇，提出「南施北宋」，〔註 78〕將宋琬與施閏章並列，至今已成定評。宋琬之父宋應亨與宋琮、宋玫在明朝啟禎間先後中進士，皆為知縣，三人「壤地相接，並有治聲」，〔註 79〕後應亨與宋玫皆於清兵破萊陽時死難。宋琬在明末時數應鄉試不第，入清後於順治三年舉亞魁，順治四年中進士。

可以說，宋琬的出身、學養是中國傳統文人士大夫的典型。他的文學創作除了「正統」的詩文以外，也有清代重新盛行的詞，但並沒有樂府散曲。這樣一位連散曲作品都沒有記錄的士大夫，卻在五十餘歲時寫了惟一的一部戲曲作品《祭皋陶》雜劇，其創作動機無疑值得探討。劇名《祭皋陶》，源自東漢反對宦官的范滂（137～169）遭黨錮之禍，第一次繫獄時的軼事：

> 後牢脩誣言鉤黨，滂坐繫黃門北寺獄。獄吏謂曰：「凡坐繫皆祭皋陶。」
> 滂曰：「皋陶賢者，古之直臣。知滂無罪，將理之於帝；如其有罪，
> 祭之何益！」眾人由此亦止。〔註 80〕

皋陶傳為舜帝時理刑之官，由引文可知，他在東漢時已經被視為獄神，故入獄者皆祭之。這則軼事更值得玩味的是，所謂的「祭皋陶」，重點其實在「不祭」，不祭的原因則是「我本無罪」。換言之，「祭（或不祭）皋陶」，無疑是蒙冤受誣的宣言。

那麼宋琬所要宣告的冤難又是什麼呢？這就要由他兩次入獄談起。宋琬在順治四年考中進士後授正六品戶部主事，起步可謂順遂。但在次年冬天，他遭僕人誣搆，入獄一年多，到順治九年正月才得以獄解復官。此次下獄的確切罪名不得而知，但由他獄解後旋升正五品吏部郎中來看，應該屬於較為輕微且可以澄清的誣罪，宋琬本人也並未感到切身的危險。不知是否作為補償，他在次年又被擢升為正四品道員，駐秦州。順治十三年時的大計還得到「卓異」的考績，賜蟒袍一襲，加一級。順治十八年，他已昇任為正三品的浙江提刑按察使。但就在本年春，山東棲霞于七起兵，朝廷征剿株連，宋琬族子因之前盜竊罪發，恨宋琬兄宋璠不救，便誣告宋琬家人與于七勾結。朝廷立逮宋琬全家老幼下獄，

〔註 77〕見〔清〕王熙：〈通議大夫四川按察使司按察使荔裳宋公墓志銘〉，《王文靖公集》，收入《清代詩文集彙編》，冊 109，卷 19，頁 660。
〔註 78〕〔清〕王士禛：《漁洋詩話》，《王士禛全集》（濟南：齊魯書社，2007 年），冊 6，頁 4762。
〔註 79〕〔清〕張廷玉等著：《明史》，卷 267，頁 6879。
〔註 80〕〔劉宋〕范曄：《後漢書》（北京：中華書局，1965 年），卷 67，頁 2205。

宋璠隨即死於獄中，宋琬本人則在冬天由浙江直接解送京師，直至康熙二年十一月，獄始解，前後共計 730 日。相較第一次入獄，此次問罪性質遠為嚴重，不僅兄長身亡，連宋琬都認為自己恐怕難逃一死：「……繫纍及於妻孥，收籍不遺齠齓。當琅瑉赴闕時，自分無生理矣。……」〔註81〕他在詩文中屢屢直言勘問慘狀，痛陳自己的無辜：

> 今一妄男子，飛章告密，株連逮于戚友，草索施于童稚，鄒陽上書
> 之例既不可行，而公卿大臣無敢出一語以相明者，非不知其冤，顧
> 勢不可耳。每當對簿之頃，心惕惕若臨淵水。言詞鄙猥，重譯而始
> 明一語，糾紛錯襍，弗可究曉，頤指口授，以為生死。……每用自
> 念，我何罪戾而至于斯！仰天嘆息，悲憤無聊，輒乃形之于言，大
> 抵皆痛心疾首，呼昊天與父母之辭也。〔註82〕

由宋琬僅因一通誣告便家破人亡的慘酷，由大臣不敢為之辯明的「非不知其冤，顧勢不可耳」，我們可以看到在清初，特別是在權力中心交替，新皇稚幼的時刻，清廷對於「逆反」的極度緊張和敏感。就連宋琬在多次抱怨人情涼薄的同時，也承認「況吾聲名眾所諱」，〔註83〕勾結叛逆這樣的罪名是人人避之惟恐不及的。這或許也解釋了為什麼不同於第一次獄解後宋琬旋即復職升官，他在第二次出獄後即遠離京城，自放江南五、六年。

　　上敘引文另一個值得注意的，是宋琬對獄中作品的自我評價。在他第一次出獄時將獄中詩作輯為《北寺草》，北寺為東漢詔獄名，即范滂羈囚之處。施閏章的序中稱賞其詩作的含蓄：「今觀獄中諸咏，何其璪而雅，怨而不怒也」，〔註84〕相較之下，王崇簡評其第二次入獄之作則用了「憑憤無聊」，甚至是「托類以寄其怨誹」這樣的詞彙，並代為緩頰，稱其作不是怨刺之詞，正可觀風，有教化作用。〔註85〕這種試圖加以淡化的努力，正可見宋琬詩文

〔註81〕〔清〕宋琬：〈感恩祝頌圖序〉，《安雅堂文集》，收入《四庫全書存目叢書補
　　　　編》，冊2，卷2，頁91。

〔註82〕〔清〕宋琬：〈報錢湘靈書〉，《重刻安雅堂文集》，收入《四庫全書存目叢書
　　　　補編》，冊2，卷2，頁169。

〔註83〕〔清〕宋琬：〈窮交行，簡錢玉章館卿〉，《安雅堂未刻稿》，收入《四庫全書
　　　　存目叢書補編》，冊2，卷2，頁234。

〔註84〕〔清〕施閏章：〈宋荔裳北寺草序〉，《學餘堂文集》，收入《四庫全書》（上海：
　　　　上海古籍出版社，1987年），冊1313，卷4，頁46。

〔註85〕〔清〕王崇簡：〈宋玉叔詩敘〉，《青箱堂文集》，收入《清代詩文集彙編》，冊
　　　　17，卷4，頁22。

的激憤程度，如集中一系列鬻物以籌金的詩中，〈鬻帽〉一首開頭即為「囊頭有木不須冠」這樣令人毛骨悚然的意象，〔註86〕甚至有的語氣強烈到可以稱為「怨望」，如「放逐之餘，得以縱觀東南山水，不可謂非吾君之賜……。」〔註87〕考慮到後來越形緊縮的文網，這樣的詩句竟然沒有再度為他招禍，實在不可不稱為幸運。

　　宋琬長於詩文，用詩文來描寫生命中最沉痛的變故是可以理解的；無辜遭難，家破人亡，心中憤激更是不難想像。事實上在其獄中詩文裡，已屢見李膺、范滂及皋陶的典故，甚至他自己在獄中時就拜謁過皋陶廟。〔註88〕但既然宋琬已在詩文中大量表達了受冤的不甘與憤懣，為什麼在出獄後隔了數年，〔註89〕宋琬卻用他不熟悉的戲曲文體去描寫范滂故事？又為什麼，儘管戲曲此一文體明明有更大的自由度，相較於那令人替他心驚膽顫的詩文，宋琬此劇的語氣卻相對收斂，以悲歎取代怨憤呢？

　　《祭皋陶》雜劇共四折，南北曲兼用，且不限一腳上唱。第一齣描寫范滂別母就逮；第二齣敘范滂在獄中拒絕按例祭獄神皋陶，反倒謁廟歷數史上前例與自己的冤屈，皋陶聞之憫惻，奏聞上帝；第三齣寫曹節、王甫等閹宦羅織罪名欲逼范滂認罪處斬，以告黨人得官的小人牢脩在旁喝問，後皇帝因皋陶託夢，下赦旨釋放黨人，並逮治奸佞；末齣則為范滂還鄉，百姓郊迎，范滂在拜謝皋陶後決意入山求道。歷史上范滂兩次入獄，且第二次入獄後便死於獄中。宋琬此劇改寫其結局，並將史載范滂第一次入獄前後的一些軼事採入，集中描寫他第二次入獄及虛構的平反出獄。此外，宋琬採用了鬼神框架，又將范滂不祭皋陶進一步增寫其對皋陶訴冤，由皋陶託夢皇帝，懲奸除惡，范滂得以重見天日，並以其悟道出世作結。

　　就宋琬的遭際來看，既不存在宦官弄權，也不存在黨爭，更不存在范滂故事居於中心的忠奸對立。宋琬本人的遭遇和范滂故事的相同點，其實僅有兩次入獄和同遭小人誣告。由此劇對於牢脩這個「小人」的安排，不難看到

〔註86〕〔清〕宋琬：〈鬻帽〉，《安雅堂未刻稿》，收入《四庫全書存目叢書補編》，冊2，卷4，頁271。

〔註87〕〔清〕宋琬：〈答方麗祖書〉，《安雅堂未刻稿》，收入《四庫全書存目叢書補編》，冊2，卷7，頁341。

〔註88〕〔清〕宋琬：〈同張孺含謁獄廟〉，《安雅堂未刻稿》，收入《四庫全書存目叢書補編》，冊2，卷4，頁296。

〔註89〕汪超宏將《祭皋陶》創作年份定於康熙八年。參見汪超宏：《宋琬年譜》（北京：人民文學出版社，2010年），頁238～241。

宋琬對以「飛章告密」升官發財的「妄男子」的切齒痛恨。在第二齣中，皋陶清查獄中新到人犯，看到范滂名字，問鬼判：「他乃忠義之士，昔年曾被牢脩誣陷，放歸田里，今番又是何人所告？」鬼判回答「還是牢脩告他，如今在陽間，做了大大官兒，好不勢頭哩！」此段可與宋琬〈行路難〉詩句「君不見封爵由來有捷徑，告密一紙牢脩書，錦衣高蓋驚里閭」參看。〔註90〕更重要的則是劇中人物的「結局」。相較於罪魁禍首的閹黨先被拿送黃門北寺，在第四齣末以「昨閱邸報，那曹節、王甫俱已正法了」一句交代而過，然而對牢脩的判決卻是極刑的問剮，齣末更重墨渲染其現世報：

> （小生）要到法場監剮牢脩，來日登門拜賀。（生）多謝了。（雜綁牢脩上）（小生）你原來也有今日麼？左右，押赴法場去。（下）（雜上）列位，我等且不要散了，大家同到法場上，看剮了牢修，吃他幾塊肉去。（齊下）〔註91〕

最後，全劇下場詩中甚至不提閹黨，而結以「剮牢脩誣告的奸究魂消」，對小人的這種憤恨與宋琬的生命史之互文性清晰可見。

此外，宋琬的確用范滂故事寫出了一些心態上與情感上的共鳴。如本劇寫得最精彩，也最有戲劇情節的第三齣中，面對王甫、牢脩等人東牽西扯的羅織罪名，范滂的反應是：

> （生）看他這樣光景，叫我從何處辯起！

> 【山坡羊】惡狺狺不相識的冤對，鬧喳喳不通情的言語，痛森森亂攢心的劍鋒，霧昏昏不看見的星和日……

> 【前腔】怯生生瘦伶仃的肢體，急煎煎亂哮咆的凌逼，遠迢迢叩不到的九閽，黑漫漫叫不應的高皇帝。……〔註92〕

以此對照他在獄中面對家人告絕糧，或吏守威脅恫嚇皆置之不問的理由：「蓋知其無益，雖呼號叫跳，仰籲天而俯叩地，容得免乎？」〔註93〕我們可以看到，正因為「叩不到」、「叫不應」、「知其無益」，所以才會有「叫我從何處

〔註90〕〔清〕宋琬：〈行路難〉，《安雅堂未刻稿》，收入《四庫全書存目叢書補編》，冊2，卷2，頁374。

〔註91〕〔清〕宋琬：《祭皋陶》第3齣，收入《四庫全書存目叢書補編》，冊2，頁447。

〔註92〕〔清〕宋琬：《祭皋陶》第3齣，收入《四庫全書存目叢書補編》，冊2，頁446。

〔註93〕〔清〕宋琬：〈答方麗祖書〉，《安雅堂未刻稿》，收入《四庫全書存目叢書補編》，冊2，卷7，頁341。

辯起」的絕望。正是這份「無言可辯」，指向了情感上共鳴以外另一個層面的創作理由。以下試由宋琬的復官之路，來看《祭皋陶》的創作動機與「用途」。

（二）宋琬的復官與藉戲曲演出自白

與宋琬一家因明亡時避難江南相遇，嗣後又一起北返，受宋家扶助之恩頗深的清初名宦王崇簡，提到宋琬自放江南數年後，再度入京求復官的過程時是這樣說的：「公既昭雪於聖世，優悠山水者數年，蒙恩還職，偕余攬西山之秀，續昔日之歡……」〔註94〕即使不提前述「不可謂非吾君之賜」的怨望之詞，由其「飄泊東南劇可憐」的感歎，〔註95〕我們也可以看出宋琬自放江南的不得已。那麼是什麼促使宋琬在飄泊數年後感到時機已到，決定北上入京補官呢？王崇簡之子王熙在為宋琬所作墓志銘中提到宋琬復官的過程時說：「今上親政，公投牒白訟，冤始盡白，補四川按察使……」〔註96〕事實上，這短短四句話裡有非常多耐人尋味的地方。從康熙六年七月玄燁親政，到宋琬於康熙十一年初夏四月九日得補四川按察使，中間過了將近五年。而且當初聖諭已明示「據審宋琬等，原無通賊情節」、「着免罪」，〔註97〕他才得以被釋放，也就是說宋琬早就是「冤始盡白」。一方面我們可以看到逆案是如此讓人畏忌如蛇蝎的罪名，以致在過了五年後，他想要補闕復官依然不是投牒自訟就水到渠成的事情；另一方面，則可以推想即使早已免罪白冤，復官的過程其實也是需要交接奔走的。此外，與其說是康熙六年的皇帝親政，倒不如說是康熙八年五月鰲拜倒臺，康熙擺脫了攝政大臣的控制一事，更可能是宋琬重燃復官希望的理由。這是因為，其一，宋琬第二次入獄，就是在順治駕崩後，由攝政四大臣主政下，清廷保守派勢力抬頭，滿漢關係趨於緊張的情勢下，才會發生眾多寧可錯殺不可放過的誣告成功事件。而在其後的通海案、奏銷案、哭廟案乃至遷界令的動盪中，更可想見局勢之日漸惡化與江南士人的噤若寒蟬。其二，宋琬並非在康熙親政時回京，而是在鰲拜倒臺的次年，

〔註94〕〔清〕王崇簡：〈祭宋按察文〉，《青箱堂文集》，收入《清代詩文集彙編》，冊17，卷9，頁156～157。

〔註95〕〔清〕宋琬：〈一剪梅・思家作〉，《二鄉亭詞》，收入《四庫全書存目叢書補編》，冊2，卷2「中調」，頁419。

〔註96〕〔清〕王熙：〈通議大夫四川按察使司按察使荔裳宋公墓志銘〉，《王文靖公集》，收入《清代詩文集彙編》，冊109，卷19，頁661。

〔註97〕《清實錄・聖祖實錄》，冊1，「康熙二年」，頁161。

也就是康熙九年夏啟程北上的。而就在北上之前，他寫了《祭皋陶》，在其友周金然為他餞行的宴席上，他以此劇示之，〔註98〕這是我們目前所知最早的關於《祭皋陶》的紀錄。

宋琬一路北上，每到一地都會與當地文人交遊讌集，送往迎來的場合不斷重覆，我們可以推測他在這樣的場合都會出示自己作品與當地文人交流。舉例來說，他在八、九月間途經河北大名，示竇遴奇《安雅堂文集》及《祭皋陶》，竇遴奇則在他成功補官後，寫了一篇〈贈宋荔裳復官序〉以紀此事。〔註99〕宋琬在康熙九年九月抵京，也就是他在京中足足滯留了一年半，才得以補闕。這十八個月的時間，他重新收拾先前任官時的人脈網絡，密集地與文人士大夫來往，或出遊，或赴宴，或在自宅設宴請客。而當時的宴會場合，往往是有戲劇演出的，於是旅途中或許受限於條件，只能出示他人閱讀的《祭皋陶》，終於在紅氍毹上登場。

在康熙十年到十一年之間，宋琬多次在自己的寓處舉行宴會，其中至少有兩次演出《祭皋陶》劇，分別在康熙十年五月十四日以及康熙十一年的暮春。〔註100〕而邀請的客人除了新生代的文人、翰林如王士祿、王士禛、曹爾堪，曹貞吉、汪懋麟之外，還包括了位居尚書高位的龔鼎孳和梁清標。兩次讌集演劇及倡和詩詞表列如下：

康熙十年五月十四日〔註101〕	康熙十一年暮春〔註102〕
王士祿、王士禛、曹爾堪、余司人、王廷祥、秦鉽、王追騏、余國柱、鞠珣大、周燦、劉師峻等	梁清標、龔鼎孳、王士祿、王士禛、汪懋麟、曹貞吉等

〔註98〕「昨祖席間，快讀《祭皋陶》樂府，淋漓悲壯。……」〔清〕周金然：〈與宋觀察荔裳〉，《飲醇堂文集》，收入《四庫全書存目叢書》（臺南：莊嚴文化，1997年），冊253，卷15「尺牘」，頁663。

〔註99〕「……又三年，庚戌荔裳來吾郡，一見歡甚，以《安雅堂文集》示予。……又出雜劇數齣，內述東漢黨錮之禍……」見〔清〕竇遴奇：〈贈宋荔裳復官序〉，《倚雉堂集》，收入《四庫全書存目叢書》，冊214，卷2，頁170～171。

〔註100〕《宋琬年譜》將曹貞吉、龔鼎孳詞並列入康熙十年五月十七日燕集，而將梁清標、汪懋麟兩人詩詞分別列入康熙十一年的兩次燕集項下，又以「招龔鼎孳、歌者張郎飲寓園」單獨成項，應誤。見汪超宏：《宋琬年譜》，頁 268、282、283～4。

〔註101〕按：曹爾堪詞出自《京華詞》，此集收其康熙十年四月至八月在京詞作。

〔註102〕按：汪懋麟詩出自《百尺梧桐閣詩集》卷10「古今體詩」，此卷明確注有「自壬子歲正月起至十二月止」，壬子即康熙十一年。

曹爾堪〈賀新涼・集宋荔裳觀察燕邸，同余岱嶼、王養嵐、秦補念、王雪洲、余佺廬、劉峻度、王西樵、鞠觀玉、周星公、王阮亭（五月十四日）〉〔註103〕 曹爾堪〈蝶戀花・荔裳招集燕邸觀自度新劇，兼以銀槎觴客，賦詞紀之〉〔註104〕	梁清標〈宋荔裳觀察暮春招飲寓園，觀《祭皋陶》新劇，次韻〉四首〔註105〕 梁清標〈蝶戀花・宋荔裳觀察招飲觀劇，次阮亭韻〉〔註106〕 龔鼎孳〈蝶戀花・和蒼巖、西樵、阮亭、蛟門飲荔裳園演劇〉二首〔註107〕 汪懋麟〈玉叔觀察招陪梁大司農、龔大宗伯、西樵、阮亭諸先生集寓園泛舟，觀劇達曙，作歌〉〔註108〕 汪懋麟〈蝶戀花・宋荔裳觀察招同梁大司農、龔大宗伯、王西樵、阮亭諸先生寓園觀劇達曙，和阮亭先生韻〉〔註109〕 曹貞吉〈蝶戀花・荔裳席上作，用阮亭韻〉 曹貞吉〈前調・看演《祭皋陶》劇，仍用前韻〉〔註110〕

　　以此表觀之，可以清楚見到康熙十年五月十七日的招飲演劇主要邀請的是年輕一輩的文人或同年，我們或可大膽稱其為一次預演，而康熙十一年暮春的讌集演劇，才是真正的主戲。

　　由汪懋麟〈玉叔觀察招陪梁大司農、龔大宗伯、西樵、阮亭諸先生集寓園泛舟，觀劇達曙，作歌〉的七言古詩中，我們可以大概把握當天的宴請流程及宴會盛況：

〔註103〕〔清〕曹爾堪：《京華詞》，轉引自閻俊麗：《曹爾堪及其詞的文化觀照》（西南大學碩士學位論文，2008年），頁38。

〔註104〕〔清〕曹爾堪：《京華詞》，轉引自閻俊麗：《曹爾堪及其詞的文化觀照》，頁40。此詞氛圍與「五月十四日」作頗有參差，是否為同一日所作尚待更多證據。蔣寅認為是同日之作，姑置於此。見蔣寅：《王漁洋事蹟徵略》（北京：人民文學出版社，2001年），頁173。

〔註105〕〔清〕梁清標：《蕉林詩集》，收入《清代詩文集彙編》，冊77，七言絕句卷3，頁239。

〔註106〕〔清〕梁清標：〈蝶戀花・宋荔裳觀察招飲觀劇，次阮亭〉，見《全清詞・順康卷》（北京：中華書局，2002年），冊4，頁2231。

〔註107〕〔清〕龔鼎孳：〈蝶戀花・和蒼岩、西樵、阮亭、蛟門飲荔裳園演劇〉，《定山堂詩餘》（臺北：臺灣中華書局，1966年），葉9上－9下。

〔註108〕〔清〕汪懋麟：《百尺梧桐閣詩集》，收入《清代詩文集彙編》，冊151，卷10，頁432。

〔註109〕〔清〕汪懋麟：《錦瑟詞》，收入《清代詩文集彙編》，冊151，頁531。

〔註110〕二首皆見〔清〕曹貞吉：《珂雪詞》，收入《清代詩文集彙編》，冊133，頁305。

> 白日當天春晝遲，落花如雪紛飄飄。蜜蜂蝴蝶各上下，鳴鳩乳燕何矜驕。方唐〔塘〕流水綠於染，細草如髮沿谿橋。宋侯好奇復好客，一舟新駕雙蘭橈。中流瀲灩發絲竹，琉璃破碎波光搖。北方老不識舟楫，觀者夾岸爭歡囂。自客京師少水戲，身輕忽喜乘春潮。夕陽回柁上陂岸，畫堂官燭青煙燒。金壺美醖堆碧色，玉盤春蕙生紅臕。梨園法部奏新曲，龜年賀老同招邀。酒闌感激黨人事，永康閹寺真鴟梟。元禮、孟博意氣盡，楷模之譽空名標。衰世誅殺總善類，法吏那得逢皋陶？宋侯當時苦蜂蠆，悲歌謔浪皆無聊。今復秉節按蠻郡，束馬秦棧車連鑣。歡樂幾時悵離別，磊塊直用千杯澆。羽聲慘慘曲且止，急喚秦宮翻六么。細撥阮咸唱明月，羅衣醉臥甗㲯嬌。誰能無情聽忘倦，城頭銀箭催終宵。東方已高客未去，數點春星明絳霄。〔註111〕

這場盛宴邀請的貴客以剛由刑部尚書升任戶部尚書的梁清標，以及身為禮部尚書的龔鼎孳為尊，陪客亦皆為一時俊彥。聚會由早上開始，通宵達旦，一直到次日破曉還未散去。由詩中看來，宋琬住所近處有河塘，故而他極富巧思地安排了對北方人來說極為新奇的泛舟雅集，舟上設有絲竹演奏，吸引了觀者夾岸爭睹。一直遊玩至傍晚，才重新登岸入廳堂開宴，就在晚宴廳堂中演出了主人所作的《祭皋陶》劇。客人們聞絃歌而知雅意，各以詩詞紀之。之後為了轉換凝重的氣氛，乃請來遲的歌者張郎登場，〔註112〕滿座皆如痴如醉，直至達曙。

　　由詩中「今復秉節按蠻郡，束馬秦棧車連鑣」句，可以得知赴宴的客人們已經得知宋琬即將復官任四川按察使的消息。或許更直接的說，如果不是他已經確定得以復官，恐怕無法舉辦如此規模的宴會、邀請到如此尊貴的客人。

〔註111〕 〔清〕汪懋麟：〈玉叔觀察招陪龔大宗伯、西樵、阮亭諸先生集寓園泛舟觀劇達曙，作歌〉，《百尺梧桐閣詩集》，收入《清代詩文集彙編》，冊151，卷10，頁432。

〔註112〕 「歌者張郎，今日之秦青也。壬子春暮，讌集于宋荔裳觀察京師寓園，張後至……」〔清〕徐釚：《詞苑叢談》（北京：中華書局，1985年），卷9，頁172。此張郎，趙山林認為是宋琬侍史張雲，善歌。見趙山林：〈試論清初文人戲曲活動及與詞創作之關係〉，葉長海主編：《曲學‧第一卷》（上海：上海古籍出版社，2013年），頁264～265。按：汪懋麟詩中所云「秦宮」，乃漢梁冀嬖奴，事見《後漢書》卷34，或可作張郎為宋琬侍史之旁證。

　　謙集中所作詩詞中最特別的是王士禎首倡以險字「纈」韻作〈蝶戀花〉詞，不僅在座貴客紛紛和作，其後尚有追和者，流傳極廣，成為一時美談。有趣的是，流傳最盛的並非寫《祭皋陶》的〈蝶戀花〉，而是龔鼎孳同樣用「纈字韻」贈歌者張郎的「風流之作」，〔註113〕看起來是宋琬精心設宴卻為龔、王奪盡焦點，但或許這也未必不是宋琬想得到的效果。《祭皋陶》婉曲的傳達他受冤形象，但即將復官赴蜀的他，需要的是可被視為文人點綴清平的雅音，而非激憤呼冤的怨悱之聲。

　　杜濬在《祭皋陶・弁語》中提到：

> 雜劇、院本，詞家之支流也。然出之有道，要不為無益於世。蓋古之忠臣孝子、義人烈士，事在正史，不但愚氓無知，即淺學儒生，至有不能舉其姓字者。惟一列之俳場，節以樂句，則流通傳播，雖婦人孺子皆知稱道之，故雜劇之效，能使邨野閭巷之民，亦知慕君子而惡小人……作者其有憂患乎？其有憂患而無患乎？夫無孟博之憂患，決不能形容孟博之直氣，使千載之上，宛在目前，至於如此也。〔註114〕

杜濬的序言巧妙地暗示了《祭皋陶》的兩個面向：表面的戲曲教化與裡層的文人自喻。這或許正是宋琬使用戲曲此一較為自由的文體，卻刻意中規中矩，收斂含蓄；針對小人，而對「聖主」不加怨語的理由：他在北上求官前，已經有了預設的、靠近權力中心的士大夫觀眾／讀者。在這個交流圈中，《祭皋陶》與宋琬生命史的相異之處可以拉出距離，給予此劇一個常見且有助風教的忠臣終得報的歷史故事包裝；但與此同時，《祭皋陶》與宋琬生命史的那些相似之處又具備足夠的指涉性，足以讓深諳內情的觀者或讀者一目了然於此劇的自喻性。所謂「借他人酒杯，消己胸中塊壘。」賓客們的倡和詩詞對於此兩點，同樣作出了回應，於是既有「人柳三眠春漸歇，池臺處處飛香雪」的描景麗辭，也有「青史人豪，慷慨鳴奇節」的論劇論史；有「氍毹燈下曲新翻，疑是王郎舊淚痕」這樣直接點破主人苦心之作，更有「宋侯當日苦蠹螫，悲歌謔浪皆無聊；今復秉節按蠻郡，束馬秦棧車連鑣」，對主人苦盡甘來

〔註113〕「長安諸公，爭裂素紈書之。於是紅牙檀板中，都唱此詞。」〔清〕徐釚：《詞苑叢談》，卷9，頁173。

〔註114〕〔清〕杜濬：〈弁語〉，〔清〕宋琬：《祭皋陶》，收入《四庫全書存目叢書補編》，冊2，頁434～435。

的祝賀。〔註115〕就在宋琬這次宴請後不久的初夏，他授四川按察使的任命便
公布天下了。〔註116〕

（三）小結

以上所分析的內容並非主張《祭皋陶》在宋琬的復官中發揮了什麼力量，
毋寧說，他應當是藉由《祭皋陶》，在一路北上及入都為復官奔走時，以一種
委婉的方式強化其冤罪受難的形象，而又在確定復官的近似慶祝讌集上，作
為苦盡甘來，清者終得清白的宣言。不同於下一節裡，獄中的嵇永仁放聲而
歌，北上求官的宋琬必須在觥籌交錯中以戲曲代己發聲，發的卻是「叫我從
何處辯起」的「不可說」。正如同宋琬在其長文中極力描寫刻畫其父宋應亨擔
任小小清豐縣令時的政績，卻對其抗清死難萊陽的大節一字不提，力圖以「循
吏」形象來取代「忠烈」典範。〔註117〕較之乾隆時的文網密布，易代後的清
初有一段特殊的空白，給予了文人相對的揮灑自由，但越接近或越希冀接近
朝廷與帝國中心時，那「不可說」便越是清晰可見。在因為忌諱而不敢語，
或者是因為難以自辯而不能語的情形下，戲曲的演出竟成了一種沉默的交鋒，
文人社交場合中主人自作戲曲的演出，演出後在場賓客的題詩題詞，使得表
面上千篇一律的社交活動，成為在場的賓主心照不宣的訴求與回覆。

宋琬一生只創作過《祭皋陶》這部戲曲，他眾多詩文作品中，與觀劇或
優伶有關者亦寥寥，其中最有名的是康熙四年他自放江南期間，〔註118〕因王

〔註115〕分見〔清〕龔鼎孳：〈蝶戀花·和蒼岩、西樵、阮亭、蛟門飲荔裳園演劇〉其
一，《定山堂詩餘》，頁9a；〔清〕龔鼎孳：〈蝶戀花·和蒼岩、西樵、阮亭、
蛟門飲荔裳園演劇〉其二，《定山堂詩餘》，頁9a；〔清〕梁清標：〈宋荔裳觀
察暮春招飲寓園，觀《祭皋陶》新劇，次韻〉其四，《蕉林詩集》，收入《清
代詩文集彙編》，冊77，七言絕句卷3，頁239；〔清〕汪懋麟：〈玉叔觀察招
陪龔大宗伯、西樵、阮亭諸先生集寓園泛舟觀劇達曙，作歌〉，《百尺梧桐閣
詩集》，收入《清代詩文集彙編》，冊151，卷10，頁432。

〔註116〕《清實錄·聖祖實錄》，冊1，頁515。

〔註117〕參見〔清〕宋琬：〈先太僕畫像記〉，《安雅堂文集》，收入《四庫全書存目叢
書補編》，冊2，卷2，頁158～159；〔清〕宋琬：〈益詠堂紀略〉，《安雅堂未
刻稿》，收入《四庫全書存目叢書補編》，冊2，卷7，頁358～361。同樣的
敘述側重策略也出現於康熙十七年官修的《康熙萊陽縣志》中，宋應亨傳中
僅宣揚其孝行與惠政，而不提其殉城之事。見〔清〕萬邦維修，〔清〕衛元爵、
張重潤纂：《康熙萊陽縣志》，收入《中國地方志集成·山東府縣志輯》（南京：
鳳凰出版社，2004），冊53，頁92。

〔註118〕繫年見汪超宏：《宋琬年譜》，頁184。

士祿客杭州，同人倡和〈滿江紅〉而留下記載的一次《邯鄲夢》演出：

> 古陌邯鄲，輪蹄路、紅塵飛漲。恰半晌、盧生醒矣，龜茲無恙。三
> 島神仙遊戲外，百年卿相蘧廬上。嘆人間、難熟是黃粱，誰能餉！ 滄
> 海曲，桃花漾。茅店內，黃鷄唱。閱古來今往，一杯新釀。蒲類海
> 邊征伐碼，雲陽市上修羅杖。笑吾儕、半本未收場，如斯狀。

作者注云：「鐵崖〔林嗣環〕、顧菴〔曹爾堪〕、西樵〔王士祿〕、雪洲〔王追
騏〕，小集寓中，看演《邯鄲夢》傳奇，殆為余五人寫照也。」〔註119〕由詞中
可以看出，宋琬所記載的，不是一般觀劇詩中常見描寫演出的堂皇情景或優
伶的精緻色藝，而是半本《邯鄲夢》其內容與在場皆有下獄或革職經驗的觀
者間產生的共鳴，或即學者所說的「集體感悟」。〔註120〕是否在此一倡和後，
宋琬發現了劇作與觀者間能達到的呼應感而產生作劇的想法？這就不得而知
了。

我們或許可以這麼說：當現代觀眾眼中曲白生硬艱澀，情節缺乏戲劇性，
沒有演出價值的文人雜劇登場於文人士大夫家中的廳堂時，文本的故事性與
文學性或者已經不是賓主關注的焦點，甚至連演出本身的藝術或娛樂性都可
能退居其次，演出本身即已是一種「演出」：文人自作戲曲成為文人士大夫交
遊網絡中，巧妙的自我表態、自我宣傳以及沉默的請求、提醒等「政治運作」
的一部分。

三、由干謁到寄望於幽冥：嵇永仁傳奇《揚州夢》、雜劇《續離騷》 及傳奇《雙報應》

與前述五位劇作家吳偉業、丁耀亢、尤侗、黃周星、宋琬等人相較，本
章所述之嵇永仁（1637～1676）出生年代較晚，人生經歷亦較為坎坷。永仁，
字留山，別署抱犢山農。明崇禎十年生。祖籍常熟，後遷金陵，再遷無錫。
他因親老弟幼，「待養於僕一身」，就館穀，為幕客，弱冠起就長年在外奔波。
因其父曾與范文程有舊，在文程子承謨撫浙時，嵇永仁曾前往拜謁。康熙十

〔註119〕〔清〕宋琬：〈滿江紅·王西樵客遊武陵曹顧菴賦詞誌喜屬予和之〉，《二鄉亭
　　　　詞》，〔清〕宋琬著，辛鴻義、趙家斌點校：《宋琬全集》（濟南：齊魯書社，
　　　　2003 年），頁 818。

〔註120〕關於幾人的倡和及宦途風波經歷，參見江巨榮：〈戲裏與戲外——對《牡丹亭》、
　　　　《邯鄲夢》等幾部崑曲精品劇目社會效應的分析〉，《湯顯祖研究論集》（上海：
　　　　上海人民出版社，2015 年），頁 223～228。

二年范承謨任八閩總督,召其入幕。康熙十三年,耿精忠起兵反叛,與范承謨一同就逮,繫獄三年,最終在聽到范承謨遇害後,自縊而死。〔註121〕

　　嵇永仁戲曲作品今存有雜劇《續離騷》、傳奇《揚州夢》及《雙報應》;另有雜劇《遊戲三昧》及少作《珊瑚鞭》、《布袋禪》,已佚。以上作品,《續離騷》及《雙報應》皆作於獄中。曾有學者由苦難造就作品的角度強調嵇永仁的入獄成就了《續離騷》之作,反過來其作品亦證實了他仁人志士的高潔品性;〔註122〕然而吳梅在讚賞《揚州夢》之餘,亦直批《雙報應》「粗率」。〔註123〕嵇永仁作品的文學評價並非本文所欲探討的重心,以下所試圖勾勒的,是嵇永仁如何將受託所作之《揚州夢》傳奇,婉曲轉為干謁之用;而其獄中所作看似懲惡揚善以為風教之勸的作品,又如何與其繫獄中對於一線生機的冀求有關。

(一)受託與干謁:《揚州夢》傳奇中的多重投影

　　嵇永仁《揚州夢》傳奇,寫杜牧與歌伶紫雲、民女綠葉情事。劇敘杜牧以歌姬紫雲為知音,向司徒李願求贈未果。後韓歌娘設計攜紫雲前往江南,杜牧聞訊,請調湖州太守,於赴任途中巧遇紫雲,偕往任所。又,杜牧曾與綠葉有婚約,待其長成迎娶。不料綠葉先被逼成婚,後遭惡徒拐騙為妓,皆誓守清白。朝廷為平魏博節度史憲誠,調杜牧於牛僧孺麾下為參軍。杜於接風宴上與綠葉重逢,不便相認,翌日私訪,不勝唏噓,作「十年一覺揚州夢」

〔註121〕嵇永仁生平,見其《抱犢山房集》姜垐〈嵇留山先生傳〉,卷6「附刻同難二先生詩文」有王龍光〈次和淚譜〉,亦為嵇永仁傳。另,《清史稿》亦有傳。此外,《碑傳集》中另收有四篇嵇留山碑傳資料以及一篇嵇妻楊太夫人傳,但除了補充一些先世、子孫成就及封贈資料外,內容均不出姜傳與王傳範圍。嵇永仁四傳為:顧棟高〈誥贈光祿大夫太子太保文華殿大華士兼吏部尚書留山嵇公神道碑〉、賈兆鳳〈義士贈國子助教嵇先生傳〉、吳陳琰〈殉難三義士合傳〉、秦松齡〈嵇留山先生墓表〉。以上分見〔清〕嵇永仁:《抱犢山房集》,《四庫全書珍本三集》(臺北:臺灣商務印書館,1972年),冊370;〔清〕趙爾巽等撰:《清史稿》,卷488「忠義二」,頁13482～13483;〔清〕錢儀吉:《碑傳集》,收入周駿富輯:《清代傳記叢刊》,冊112,頁636～648。

〔註122〕參見杜桂萍:〈論嵇永仁《讀離騷》雜劇〉,《黑龍江社會科學》,2010年第5期,頁82。

〔註123〕「〔《揚州夢》〕〈水嬉〉一折,極為熱鬧。傳奇家作曲,每易犯枯寂之弊,此作不然,故佳。《雙報應》則粗率矣。」吳梅:《中國戲曲概論》,王衛民編校:《吳梅全集》,冊上,頁311。

詩。最終杜牧助僧孺平叛，僧孺為綠葉脫籍，與杜牧完婚。〔註124〕

《揚州夢》在當時已有相當高的評價，嵇永仁獄友王龍光便云：

> 〔嵇永仁〕又好為填詞，工北曲。其《遊戲三昧》一種，詞壇豔稱之。若《珊瑚鞭》、《布袋禪》，自以為少年筆墨，不稱意。惟《揚州夢》，自謂略窺臨川堂奧。櫟園（周亮工字）先生擊節其妙，云與王漢恭《想當然》並傳，為序以弁之。〔註125〕

吳梅對此劇頗為稱賞，認為其〈水嬉〉一折得曲家排場熱鬧之妙，〔註126〕而嵇永仁本身亦得意於此劇「略窺臨川堂奧」。然而嵇永仁之始創《揚州夢》，卻有著相當糾結的情緒。此劇本是余懷為吳綺託嵇永仁所作，永仁耽擱數年，直到康熙九年冬，才在作客其家的余懷催促下完成：

> ……吳湖州擬作《揚州夢》，廣霞君述余捉管，遂寢閣。數年來餬口幕府，未曾脫稿，庚戌〔康熙九年，1670〕殘冬，廣霞君客余留山堂中，索讀此本，因云湖州願見久矣。雪花如掌，呵凍口授，命章子寫成。湖州單舸梁谿，見此本嘆賞。嗟乎！嗟乎！士學為有用，而徒露穎鍔于聲音之道，亦淺矣夫！〔註127〕

如果說黃周星對戲曲的輕視與他對文字的看重成正比，那麼嵇永仁對於自己「降筆而為」戲曲的感歎，很大成分來自他期望得遇當道賞識，卻對自己不得以經世之才自現，反倒以戲曲得他人看重的不甘。而這份不甘，顯然也為作序者所注意，如周亮工在讚其曲才時，亦不忘強調永仁經世之才與感慨他的不遇：

> ……余與留山交二十年，知留山以古今文字，馳騁當世，而尤留心經世有用之學，乃鬱不得志，至止酒罷劍，降筆為此等，以宣洩其無端之悲。夫孰使留山而為此也？嗟夫留山降筆而為此，筆與人咸足悲矣。〔註128〕

〔註124〕〔清〕嵇永仁：《揚州夢》，收入《古本戲曲叢刊五集》，冊29、30。

〔註125〕見王龍光〈次和淚譜〉，〔清〕嵇永仁：《抱犢山房集》，《清代詩文集彙編》，冊145，卷6「附刻」，頁129。

〔註126〕吳梅：《中國戲曲概論》，王衛民編校：《吳梅全集》，冊上，頁311。

〔註127〕〔清〕嵇永仁：《揚州夢・自題》，《古本戲曲叢刊五集》，冊29，頁1b。

〔註128〕〔清〕雲林老農（周亮工）：〈揚州夢傳奇引〉，〔清〕嵇永仁：《揚州夢》，收入《古本戲曲叢刊五集》，冊29，頁1b～2a。按：周亮工於此序中所云「與留山交二十年」，一直是嵇永仁生平研究中未解決的爭議點之一：一來兩人年紀相差多達二十五年，二來嵇永仁十五歲時尚在淮安求學，周亮工其時則在

重覆的「降筆為此等」、「降筆而為此」，明白地呼應永仁自序的感歎，而「夫
孰使留山而為此也？」則似乎是隱含了對於委託者，有著風雅太守之稱的吳
綺的批評。〔註129〕

1. 受託之作

吳綺在康熙八年便遭劾由湖州知府任上罷去，嵇永仁劇成時他正流寓杭
州。〔註130〕其湖州任內，官聲頗著，尤以愛好風雅、交遊廣闊聞名。《揚州夢》
並非他託人作劇的孤例，如蘇州派作家朱素臣《秦樓月》傳奇，其創作亦為
吳綺所促成。〔註131〕然而相較於朱素臣在《秦樓月》劇中以一條副線極力鋪
陳「湖州太守袁武子」如何牧民守城，誓死城頭，又如何有「三風太守」之
美譽，〔註132〕嵇永仁就如同上一章的丁耀亢一樣，就受託寫作來說是稍嫌「誠
意不足」的。

吳綺之所以委託創作杜牧題材戲曲，除了「詩酒揚州夢」的風流軼事與
他好風雅的脾性相投之外，或許更值得注意的是杜牧曾任湖州刺史的經歷。
更巧的是，杜牧任湖州刺史時年四十八歲，〔註133〕而吳綺於康熙五年春就任
湖州刺史時，年亦四十八歲。〔註134〕由嵇永仁序中提到此劇之作拖延了「數
年」看來，吳綺很可能在就任後不久，即有創作杜牧題材戲曲的意向。由此
可以推論，吳綺是將自身與杜牧部分聯結、有所共鳴的。嵇永仁既受託作劇，
不可能體會不到此點，然而在《揚州夢》劇中，卻不像《秦樓月》中「袁武

閩為官。參見胡萍：〈有關嵇永仁研究存疑考述〉，《長春大學學報》，第 21
卷第 1 期（2011 年 1 月），頁 56。
〔註129〕當然，由於嵇永仁數年的推遲，吳綺此時已經罷官。
〔註130〕參見汪超宏：《吳綺年譜》（杭州：浙江大學出版社，2011 年），頁 112。
〔註131〕參見郭英德：〈新戲生成、女性閱讀與遺民意識：朱素臣《秦樓月》傳奇寫作
與刊刻的前因後果〉，《戲劇研究》第 7 期（2011 年 1 月），頁 43。
〔註132〕《秦樓月》劇中第 7 齣〈懲惡〉中提及袁武子號「三風太守」，而吳綺「在湖
州期間，教令無苛，吏民安業。起修學館，講論詩書。德政惠民，以多風力、
尚風節、饒風雅，人號三風太守。」汪超宏：《吳綺年譜》，頁 81。吳綺，字
薗次。關於《秦樓月》劇中袁武子即暗喻吳綺，許多學者皆有提及，最早當
為青木正兒在《中國近世戲曲史》引吉川幸次郎考證。見〔日〕青木正兒著、
王古魯譯、蔡毅校訂：《中國近世戲曲史》（北京：中華書局，2010 年），頁
258～259。
〔註133〕杜牧（803～852），其任湖州刺史為唐大中四年（850）。參見繆鉞：《杜牧年
譜》（石家莊：河北教育出版社，1999 年），頁 104。
〔註134〕參見汪超宏：《吳綺年譜》，頁 73。

子」一般，有一位能馬上判定為吳綺化身的角色。

　　之所以如此，在於此劇上卷中，以湖州刺史身分登場的是崔元亮，〔註135〕不僅在他的主持下有了排場熱鬧、與民同樂的〈水嬉〉一齣，嵇永仁更於〈離任〉齣中鋪排百姓前來送別崔元亮的場景：

> （眾士民上）太爺慢行，生員們還有功德頌，小民還有遺愛碑，請太爺展觀一回。
>
> （小生）本府有何好處，勞汝士民相愛至此。（眾）太爺的好處多哩！
>
> 【園林好】操冰霜衙齋素風，播德教康衢化工，默牖得家絃人誦。
>
> 追五馬過隣封，追五馬過鄰封。〔註136〕

引文中對於崔元亮的頌揚，很難不與其時離湖州太守任不久的吳綺產生聯想。

　　另一方面，劇中對杜牧湖州太守任內的情節描寫，僅有〈判綠〉一齣，寫的是杜牧因誤會綠葉失約改嫁，責其不節：「俺既做你地方官長，主持人倫，焉肯與民間爭你這失節之婦？」〔註137〕於是判騙婚之原夫領回。其後杜牧入揚州牛僧孺幕為參軍，往青樓訪遭拐賣的綠葉，紫雲因幕府急報會議，改扮男裝往尋丈夫，杜牧慌亂中還躲至桌下，被發現時，紫雲取笑他「參軍、參軍，你的揚州夢也該醒了。」這樣的描寫，明顯是為了緊扣杜牧「十年一覺揚州夢，贏得青樓薄倖名」的詩句典故，但可以想見，與吳綺對於杜牧「風流才子」及同為「湖州太守」的情感共鳴，應是相距甚遠。

2. 干謁之作

　　杜牧身為本劇的主角，作為吳綺化身人物的形象薄弱的同時，卻有了作者自喻的可能性。《揚州夢》另一位作序者李珂就提出永仁藉杜牧以自喻的可能：

> 京兆杜舍人……慨然有經世之志，蓋非僅著佚宕詩酒，斤斤以文藝表見者也。若其感恩知己，夢落揚州，疎放半生，名贏薄倖，或亦有感於世之不竟其用，姑濡跡于此，要不失為才人本色。惜千年來無有譜其事者，即有之，不過雜劇短曲已耳。嵇子東田……為千古

〔註135〕即崔玄亮，劇中應為避康熙帝玄燁諱而改。

〔註136〕〔清〕嵇永仁：《揚州夢·自題》，《古本戲曲叢刊五集》，冊29，第15齣〈離任〉，頁51b。

〔註137〕〔清〕嵇永仁：《揚州夢·自題》，《古本戲曲叢刊五集》，冊30，第24齣〈判綠〉，頁26a。

才人樹幟，特為樊川況歟？抑亦自況而為它日左券也？〔註138〕
李瑄在此以「有感於世之不竟其用」加以發揮，將杜牧視為嵇永仁的「自況」。
然而說劇中杜牧一角為嵇永仁的自我建構並不準確，因為此劇杜牧形象基本
上是照著杜詩本事以及牛、杜軼事中「疏放半生，名贏薄倖」的形象來描寫
的，其上場時的自述並不是感歎有經世之志不得用，反而是「瀟灑江湖」、「爭
奈宦名冷淡，全憑遊興淋漓」。〔註139〕可以說嵇永仁並非藉杜牧形象以自喻，
他更感興趣的是杜牧的遭際，即牛僧孺對杜牧的優待厚遇：

> ……牛僧孺相業，史所不滿，余獨愛其待杜一段：杜參軍淮南時，
> 牛廉知狹邪事情，條滿巨簏，于杜入朝，畀簏贈之。其成就人如此，
> 杜寧不心感乎！虞仲翔云：「得一人知己，可以無恨。」若牛可謂知
> 杜矣……〔註140〕

當然，在地位差距之下，此處的「知己」就如同尤侗之引順治帝為「知己」，
著重的是「破格」的恩遇與厚待。《揚州夢》第四齣〈薦友〉中，外扮牛僧孺
出場，對於拔擢人才有如此一番評論：「前日在朝堂之上，曾分付銓曹，不許
濫用匪類。如果材能出眾，品望優長，不妨破格超陞，以收實效。」而當他
得知杜牧尚未補官時的反應，更明顯看出作者藉其之口大罵吏部「閒置名
士」：

> （外變色介）這樣名士，如何着他閒住！你吏部官兒好沒分曉！
>
> 【前腔〔駐馬聽〕】錯置魚龍，慚愧天官秉至公。却不道塵埋白璧，
> 目眩黃金，智暗青銅。
>
> （副淨〔吏部官〕）本衙門道是杜牧資俸太淺，於例不合超用。（外怒介）咦！朝廷
> 用人，只論賢否，那計資俸。若提起「例」之一字，不知擱閣了多少有用的賢臣！……
> 〔註141〕

隨即拔擢杜牧為東都御史。這樣的議論明顯是在借題發揮，隱涵其中的則是
不遇又自負的有才之士，對於「破格」、「破例」超陞的渴望。

〔註138〕〔清〕李瑄：〈引言〉，〔清〕嵇永仁：《揚州夢》，收入《古本戲曲叢刊五集》，
　　　　冊29，頁1a～1b。
〔註139〕〔清〕嵇永仁：《揚州夢》，收入《古本戲曲叢刊五集》，冊29，第2齣〈訂
　　　　遊〉，頁1b～2b。
〔註140〕〔清〕嵇永仁：《揚州夢·自題》，《古本戲曲叢刊五集》，冊29，頁1a。
〔註141〕〔清〕嵇永仁：《揚州夢》，收入《古本戲曲叢刊五集》，冊29，第4齣〈薦
　　　　友〉，頁9a、9b。

事實上，這樣的「破格」、「破例」在清初秩序未穩、制度未備時確實是存在的。不論是吳綺因上呈《忠愍記》而獲授楊繼盛之原職，又如丁耀亢對於旗人子弟不學無術卻能輕易任官昇進的不滿，嵇永仁亦於〈羅舍人入直西清序〉中呈現了當時不第文人留京，期望由投刺貴人，以求「朝廷多途用人」機會的情形。〔註142〕

是否基於一介寒士對於「知己」與知遇的渴望，才使得日後嵇永仁隨范承謨殉難？《四庫》提要對嵇永仁今存詩文的評語是：「與范承謨畫壁諸詩，同為忠臣孝子之言，不但以文章論矣。」〔註143〕有趣的是，范承謨當然是「忠臣」，但嵇永仁不斷強調的自我形象與價值，卻並不是「忠臣」而是「義士」。他在獄中所作《續離騷》的作意便明揭「英雄百折，抱義叫天閽」、「知己千秋，僅以身圖報」。〔註144〕集中除了以義士自稱，當范承謨勸他說：「死，吾分也，君何自苦為？」時，他的回答是：「死於忠與死於義，一也。各宜努力，幸勿為念。」甚至一開始在察覺耿藩意圖，局勢危殆時，嵇永仁還屢勸范承謨權宜機變：「與其為忠臣，毋寧為良臣。」〔註145〕嵇永仁於明亡時不過八歲稚齡，他對明朝固然看不出有多少感情，但對於清朝卻似乎也不見認同感。他有經世之志，但由於蹭蹬場屋，又有養家負擔，於是寄託其治世拯民之心於幕主，「依附得志者以行其道」。〔註146〕

由此看來，《揚州夢》劇中虛構杜牧救牛僧孺於敗陣之中，且反敗為勝的描寫，可視為發自幕客委婉的自薦與期待。可以說，《揚州夢》雖為受託之作，卻帶有干謁的色彩。這樣並非經營人物形象以自我建構，而是抓住某一種經歷或情境的類比性，以較為婉曲的方式自我宣揚，多半在於作劇者有較為特定而明確的訴求。如同宋琬的《祭皋陶》以戲曲呈現「不可說」的訴冤，《揚州夢》亦藉受託之作，表達不遇才士期待拔擢的心聲。

〔註142〕〔清〕嵇永仁：〈羅舍人入直西清序〉，《抱犢山房集》，收入《清代詩文集彙編》，冊145，頁113。

〔註143〕〔清〕四庫館臣：〈抱犢山房集提要〉，〔清〕嵇永仁：《抱犢山房集》，《四庫全書珍本三集》，冊370，頁1a。

〔註144〕〔清〕嵇永仁：《續離騷‧詞目開宗》，鄭振鐸纂集：《清人雜劇初集》，頁43。

〔註145〕分見姜垐〈嵇留山先生傳〉及王龍光〈和淚譜〉，〔清〕嵇永仁：《抱犢山房集》，《四庫全書珍本三集》，冊370，頁3b～4a、3b。

〔註146〕「昔人有言：蟲生蓼中，胞胎悉苦。余輩讀聖賢書，學經濟事，不能輝煌騰達，自行胸臆，依附得志者以行其道，此亦無聊之極思矣。……」〔清〕嵇永仁：〈百苦吟引〉，《抱犢山房集》，卷2，頁1a。

（二）寄望於幽冥：獄中之雜劇《續離騷》及傳奇《雙報應》

康熙十三年，耿精忠反，嵇永仁時遊幕八閩總督范承謨麾下，隨之就逮，繫獄三年。其雜劇《續離騷》及傳奇《雙報應》，皆作於獄中。《續離騷》為四齣獨立一折雜劇，分別題名《劉青田教習扯淡歌》、《杜秀才痛哭泥神廟》、《癡和尚街頭笑布袋》、《憤司馬夢裏罵閻羅》。可以看到劇名中分別嵌入了「歌」、「哭」、「笑」、「罵」四字，這幾乎可說是最直接的抒懷寫憤。他的同難獄友於題辭中代為點破，寫下了「鬼佛仙儒渾作戲，哭歌笑罵漫成聲」的句子。〔註147〕然而在抒懷寫憤之外，亦可見作者的期冀。

1.《罵閻羅》——消失的「陰司斷獄」場景及意旨的改變

《續離騷》第四劇《罵閻羅》中，以「司馬貌陰司斷獄」為題材，此故事最早見於元刊本《三國志平話》，〔註148〕後經馮夢龍改寫為小說〈鬧陰司司馬貌斷獄〉，〔註149〕敘司馬貌自小為神童，後因出言不遜被試官打落，悔輕薄之過，閉戶讀書。但眼見朝廷賣官鬻爵，自己難得的地方薦舉機會又多次被有力者奪去，蹉跎到五十歲依然無人提挈，悲憤之下，酒後作怨詞，有「我若作閻羅，世事皆更正」句。因譏謗陰司被拘下地獄，令其在陰間代閻羅半日，以觀其是否真有大才。小說最後亦是判漢初眾人轉生為三國人物，但相較於《平話》中只判了六人轉世，小說中足足開列了二十二人，聽審、問詰與下斷佔了小說三分之二的篇幅，牽涉之廣亦非三國亡漢的報應框架所能涵括，亦可見主題由輪迴果報到歷史詮釋權的重心偏移。其後閻王歡服，玉帝讚司馬貌「天下奇才」，不遇才子終究以才得償的描寫，無疑是為眾多文人吐氣。

清初以此題材作劇的，除了嵇永仁，尚有徐石麒（明末清初人）之《大轉輪》，〔註150〕此劇劇情幾乎全襲〈鬧陰司司馬貌斷獄〉，但劇中司馬貌的才

〔註147〕〔清〕王龍光：〈讀《續離騷》〉，〔清〕嵇永仁：《續離騷》，收入鄭振鐸纂集：《清人雜劇初集》，頁 67。

〔註148〕〔元〕無名氏：《三國志平話》，收入陳翔華編校：《元刻講史平話集》（北京：北京圖書館出版社，1999 年）冊 5，頁 1a～4a。

〔註149〕〔明〕馮夢龍：《古今小說》，收入〔明〕馮夢龍著，魏同賢主編：《馮夢龍全集》（南京：鳳凰出版社，2007 年），冊 1，頁 458～474。

〔註150〕徐石麒，字又陵，號坦庵，江蘇江都人。生卒年不詳。生年據鄧長風依其兄宗麟科第年份推定，約在 1610～1615 間。但對於這一點，筆者存疑，待考。戲曲作品今存雜劇四種：《買花錢》、《大轉輪》、《拈花笑》、《浮西施》，傳奇一種：《珊瑚鞭》，焦循稱其曲作「入白仁甫、關漢卿之室。」生平參見鄧長

子形象更加狂傲恣肆，對天庭與陰司的描寫，甚至帶有天人間地位倒轉的大膽。徐石麒劇中的天界不但受司馬貌訕罵，玉皇甚至自歎：「咳！天下不平事甚多，人都怨著上天，豈知上天亦囿於氣數。」〔註151〕與天界受限於「氣數」的無奈正正相反的，則是司馬貌直指天地的傲氣：

> （生）我待把四百年英魂定下招，我待把五百載因緣配的好。（外）欽限六個時辰哩！（生）我待把十三天文卷一時繳，我待把十八地沉冤一霎消。……〔註152〕

大道可以被質疑，陰司的公正亦然，天地的權威似乎不再絕對。另一方面，文人面對天地的傲氣與使氣，背後是對自己「才」的自信，在重點的陰司斷獄景中，對漢初拖了四百年的幾樁疑案，司馬貌的反應是：「這些事，我讀史時已自明白，有何難處？」他批項羽百戰百勝而亡是「剛脆」，批韓信招殺身之禍是因為「望報」，「同社諸人」〔註153〕眉批其上云：「從來未發大議論！」於是我們看到問案與下斷的公堂成了作者披露其獨見創識的舞臺，眉批就如同觀眾的喝采叫好。

如果說審案下斷是月旦人物與歷史詮釋權的行使，其後不愧劇名《大轉輪》，一口氣發付了三十餘人的轉生之判，則是裁斷權的行使。當然，這兩種看似不相關的權力，在傳統「學而優則仕」的士大夫身上是交匯的。司馬貌在斷獄後，或許因為有了實績，更有底氣，他的語氣也益發志得意滿：「批文空地府，抗疏忤天堂。小可的施張，三界事盡停當」，「咳！些小事，上天這般糊塗，怪不得釀出恁般世界也。」〔註154〕《大轉輪》中令人感到突兀的天人地位的相對升降關係，或許反映了易代變化的「天崩地解」不僅是政治的，更會因耳聞眼見或親身經歷，造成人心中正義與秩序的喪失，於是折射出的便是天道與陰司的無力無能。

風：〈二十九位清代戲曲家的生平資料〉，《明清戲曲家考略三編》（上海：上海古籍出版社，1999年），頁297；安舒：〈徐石麒家世及生平初探〉，《安徽文學（下半月）》2010年第10期，頁153～154；〔清〕焦循：《揚州北湖小志》（臺北：成文出版社，1983年），卷3，頁25b、26a。

〔註151〕〔清〕徐石麒：《大轉輪》，鄭振鐸纂集：《清人雜劇二集》，頁32。
〔註152〕〔清〕徐石麒：《大轉輪》，鄭振鐸纂集：《清人雜劇二集》，頁34。
〔註153〕徐石麒隱居揚州北湖，與范荃、羅煜組織詞曲社「特社」，這裡的「同社諸子評閱」，應該就是特社友人。有關「特社」的考證，詳見周煥卿：《清初遺民詞人群體研究》，頁137～150。
〔註154〕〔清〕徐石麒：《大轉輪》，鄭振鐸纂集：《清人雜劇二集》，頁38。

　　既然有了「破」，尋求秩序回復的心理就更加強烈，也就會有「立」的需要，這正是嵇永仁劇中所急於建立的。相較於〈鬧陰司司馬貌斷獄〉或《大轉輪》，《罵閻羅》最大的改動是刪去了〈鬧陰司司馬貌斷獄〉或《大轉輪》重筆描寫的陰司斷獄場景，也因此沒有結尾司馬貌轉世為司馬懿，得享極富極貴的情節。嵇永仁筆下的才子雖然也窮蹇落魄，但他的「罵」卻不為了自身的遭際而發，而更在於天地間應有的至公至正的喪失。劇中司馬貌在聽聞來訪的烏老說自己先前過世，因打點鬼判得以還陽時，大為憤慨：「怪事！怪事！俺只道陽間人愛錢鈔，原來陰司地府，也是恁般混濁！」隨即大罵閻羅欠公道：

　　【混江龍】閻浮一座，却不道糊塗斷事打磨陀。說甚麼明如寶鏡，笑比黃河，漏網奸回，滿世界無辜豪俊陷風波。空垂玉律，枉設金科。莫須有，也不顧其他，今來古往公平少，萬死千生混帳多。太阿倒置，下界遭魔。〔註155〕

陰司地府喪失其最終正義，對司馬貌顯然是無比的打擊，甚至讓他在夢中被小鬼勾攝時，還理直氣壯地「趕打」小鬼，眾鬼拿這狠秀才無法，不得不與他說道理「請」去陰司。司馬貌到了陰司，列數諸多史上善惡賞懲不等之事詰問閻羅：

　　【挂玉鈎】夷齊讓國，却反遭饑餓，盜跖食肝有結果。顏命夭，彭壽多，范丹窮苦石崇樂。岳少保忠良喪，秦太師依舊沒災禍。這都是你輪迴錯，欠停妥，只恐怕辜負了地府君王座。〔註156〕

對於這樣的質問，閻羅非但不怒，反而遜謝鬼卒們唐突，下座相見，場景於是由詰辯一變為賓主間的會談，這種奇特的轉變指向了劇目標榜的「罵」閻羅其實並非作者真正的意圖。閻羅先是極力解釋烏老還陽的理由是命不當終而非收賄，在重建陰司的正義性後，閻羅並苦口婆心地解釋善惡報應之理，強調不是不報，時候未到，死後自有天堂地獄等著賞善罰惡。司馬貌對此的反應，為此劇在刪去「陰司斷獄」場景後改變的作劇意旨提供了線索：

　　……至若天堂之設，以待世上吃虧之善人，尚非確典。……眼前

〔註155〕〔清〕嵇永仁：《憤司馬夢裏罵閻羅》，收入鄭振鐸纂集：《清人雜劇初集》，頁65。

〔註156〕〔清〕嵇永仁：《憤司馬夢裏罵閻羅》，收入鄭振鐸纂集：《清人雜劇初集》，頁65。

> 有響有應，人心也知慕知趨。如聽其遭險蒙難，不保軀命，恁般
> 吃虧，僅以虛無身後之天堂，了其善果，不獨難服善人之心，兼
> 且愚人眼目。只道為善無益，反懼其相觀好修之念。此一條還求
> 天子轉奏玉皇，更改一更改，令善人現世受報，化凶為吉，轉難
> 成祥。……〔註157〕

司馬貌對於以地獄懲惡表示贊同，但是對天堂賞善的機制，卻另有意見，直
言身後之天堂是「虛無」，要求「眼前有響有應」、「善人現世受報」。對於他
的提議，閻羅當即稱善，答應具奏天庭，隨後司馬貌應閻羅請託，更換衣冠
準備斷獄，全劇就結於此。

　　嵇永仁於《罵閻羅》中用了「司馬貌斷獄」故事的情節架構，卻將故事
中心的斷獄景全部刪去。一方面固然是限於一折體製的篇幅，另一方面，文
人陰司斷案題材，顯然不是他的關注所在。《續離騷》之一《劉青田教習扯淡
歌》與之三《癡和尚街頭笑布袋》兩劇中，歷史中的聖人先賢、帝王將相、
不世偉業，在他筆下都成了嘲笑對象，歸結以「扯淡」，於是審案之景對歷史
人物的評價或下斷已無意義，而權力的施行與極富極貴的結局，對照作者身
處囹圄的現實，只能說是反諷罷了。在刪去本事來源最重要的「陰司斷獄」
場景後，《罵閻羅》戲劇行動由「斷獄」改為表層的「罵」與裏層的「訴」，
戲劇主題因此由不遇文人的展才得報與歷史新詮，轉為對天道正義性的詰問
及冀望上。其因果報應的思想也有些許位移，即：強調「報應」，但卻不提「因
果」。閻王的回答不像〈鬧陰司司馬貌斷獄〉一般，解釋現世的種種不公來自
前世的因，也不像徐石麒一樣歸於難以捉摸的「氣數」，而是強調現世的善惡
必將在地獄與天堂中得到相對的報應。而司馬貌在贊成以地獄懲惡的同時，
卻要求善行得到「現世報」。毫無疑問，若天堂是虛無，地獄也並不實在可觸，
嵇永仁不在乎「身後懲」而要求「現世報」的理由，自然與其身陷縲絏，自
我定位為「恁般吃虧」、「遭險蒙難」的「善人」有關。

　　《罵閻羅》劇中的司馬貌不為個人懷才不遇，而是為陰司失去正義性而
罵，其憤激充滿作者個人對忠臣如范承謨、義士如自己遭難的不平之訴。而
《罵閻羅》也就成了對於天道、幽冥正義的一紙申訴書。

〔註157〕〔清〕嵇永仁：《憤司馬夢裏罵閻羅》，收入鄭振鐸纂集：《清人雜劇初集》，
　　　　頁 65～66。

2. 善惡的「眼前報」──傳奇《雙報應》

繼《續離騷》後，嵇永仁在獄中又作了傳奇《雙報應》。此劇寫秀才錢可貴通欠官銀，被革去功名，而日遭追索。其妻賣身救夫，可貴又不慎失落身價銀。可貴投訴官府，建寧城隍揭公顯靈，〔註158〕經府尹孫裔昌查明，向拾銀者劉黑追回銀兩，並捐俸為可貴贖回妻子。另有王文用與婦人衛輕雲私通，兩人合謀，買通庸醫宋東峰，用毒藥鴆殺衛氏之夫張子俊。孫裔昌至城隍廟行香，又經揭公點明，遂捉拿東峰破案，為張子俊昭雪。善惡皆有報，故名《雙報應》。嵇永仁獄友沈天成〈雙報應序〉云：

> ……嵇子抱匡世濟民之才，點鐵成金之手，下筆千言，詞驚風雨；
> 厄茲陽九，益勵堅貞。乃賦《續離騷》四折以鳴志。林翁因述建寧
> 錢、張二生，一為糧累分釵，一為變童殞命。賴良守孫公昭雪。余
> 戲言曰：「忠孝節義，奸盜邪淫，合而可以勸世。」山農復搦管填詞，
> 不旬日而成全闋，目之為《雙報應》……讀是編者，可以見山農之
> 風世矣，余輩之立身矣，誠有望於知音。〔註159〕

序中為此劇定下了教化風世的意旨。戲曲因其「小道」的文體地位，劇作家或受邀作序者往往感受到必須解釋為何堂堂文人「降筆而為此」的壓力，而強調戲曲教化功能，則是最為常見的狀況，沈天成面對「讀是編者」的預設讀者，也不例外地強調了風世教化，又因個人所處困阨而期望能留下「立身」的美名。

然而嵇永仁於〈開宗〉中的作意，卻與沈天成的〈序〉有著微妙的不同：

> 【鷓鴣天】千山千水一身輕，多病多愁兩載零。老叟相依談往事，
> 其中報應甚分明。神顯赫，官澄清，陰陽佐理豈留情？萬般到底難
> 將去，孽障些些影逐形。〔註160〕

〔註158〕此「揭公」即揭重熙，南明忠臣，為清兵所殺，《明史》卷278有傳。焦循《劇
　　　　說》據王龍光跋《雙報應》，說明此劇創作源起，乃因嵇友袁參嵐曾託嵇永仁
　　　　作劇表彰南明揭重熙死難事，後嵇永仁在獄中又聞難友林可棟講述建寧錢、
　　　　張二生冤獄昭雪事，遂感而作此劇。〔清〕焦循著，韋明鏵點校：《焦循論曲
　　　　三種》（揚州：廣陵書社，2008年），卷4，頁102～103。按：今《古本戲曲
　　　　叢刊五集》所景印之康熙刊本無此跋。
〔註159〕〔清〕沈天成：〈雙報應序〉，〔清〕嵇永仁：《雙報應》，《古本戲曲叢刊五集》，
　　　　冊31，頁1a～1b、2b。
〔註160〕〔清〕嵇永仁：《雙報應》，《古本戲曲叢刊五集》，冊31，第1齣〈開宗〉，
　　　　頁1a。

在嵇永仁的創作意旨中，「報應分明」才是中心，而全劇的目的，就在於彰顯天道報應不爽。不僅劇名就以《雙報應》高揭善惡有報，並將原本「賴良守孫公昭雪」的「人治」，改為神鬼框架下，由城隍多番夢示太守孫裔昌，助其破案的「神威」。城隍手下設賞善、罰惡二司，執掌善簿與惡簿，劇中由城隍、鬼卒、土地等監察人間，紀錄善行惡業，反覆強調報應不爽。劇中嵇永仁幾乎是在「報應」上用盡全力，有時甚至無暇讓戲曲自行展演，而採取平鋪直敘的說教，如第二十五齣〈靈現〉，王文用夫婦與錢可貴夫婦先後至城隍廟燒香還願，齣末城隍評論道：

> 鬼判們，你看錢可貴一對夫婦，何等清香，王文用一對夫婦，何等污穢。世人，世
> 人，你等學看好樣子，莫學壞樣子也！
>
> 【尾聲】囑人心懲勸當頭者，各把迴光返照些，不信呵，則看報應分
> 明難昧也。〔註161〕

誠然，戲曲作品彰顯「報應分明」，本身亦是常見的教化手段。直接面對觀眾說教在藝術手法上雖然粗糙，在劇場上未必不能達到震聾發聵的效果。然而《雙報應》全劇三十齣中，多達十三齣有鬼神等超自然力量登場，〔註162〕且其中十齣集中於下卷。可以想見，在劇情走向高潮收束的過程中，神鬼鑒察與幽冥報應如何地無所不在。這樣的「用力」隱隱透露嵇永仁要說服的似乎不僅是讀者觀眾，而更有他自己本身。

身繫囹圄，嵇永仁在〈吉吉吟引〉中，提及懸迫頂上，不知何時會降臨的死亡時，寫下：

> 人生流浪海中，其苦無涯。生寄死歸，熟計已久，時至即行，無復
> 痛惜。所難忘者，垂白之老親耳。天或憐念東田子之死，……乃死
> 於義也。死於義，則天何忍使義士之老親不得所於家鄉耶？〔註163〕

可以說，儘管早已做好為義赴死的心理準備，但由其近乎反詰的語氣，我們可以感受到嵇永仁面臨不公的死亡時，因對老親的掛念而更形沉重的那份不

〔註161〕〔清〕嵇永仁：《雙報應》，《古本戲曲叢刊五集》，冊30，第25齣〈靈現〉，頁44a。

〔註162〕分別是：上卷第4齣〈宿廟〉、第10齣〈湊醫〉、第15齣〈神察〉；下卷第16齣〈失物〉、第20齣〈合鳩〉、第21齣〈陰斷〉、第22齣〈判合〉、第24齣〈行香〉、第25齣〈靈現〉、第26齣〈陽報〉、第27齣〈妖法〉、第28齣〈殲賊〉、第29齣〈陰報〉。

〔註163〕〔清〕嵇永仁：〈吉吉吟引〉，《抱犢山房集》，卷1，頁1b～2a。

甘。鄭振鐸評《續離騷》云：「或于獄底刀光之下，尚有一綫之冀望在歟？」
〔註 164〕這樣的一綫冀望，在《罵閻羅》中，司馬貌尚能怒幽冥不公，趕打小
鬼，且義正言辭地對閻羅申訴，期望上天令善人「現世得報」；但到了《雙報
應》中，雙線對比，加上直接展現「眼前報」，與神鬼反覆的出場宣揚、再三
肯定，可以隱約感受到這其中流露出的絕望與急迫。

　　《雙報應》的尾齣，錢可貴夫婦終得團圓，望空拜謝城隍：

　　　【雙聲子】神明道，神明道，荷靈祐，全生造。靜裏瞧，靜裏瞧，

　　　看滿目陰陽報。積德高，享福遙，心機錯用總徒勞。〔註 165〕

可以說嵇永仁的確在這個標榜風世教化的戲曲中，寄託了世間存在正義果報
的「一線冀望」。

（三）小結

　　長年入幕，加之以遭難入獄的「百苦」磨折，嵇永仁少了才子自命的傲
氣與使氣，多了一份帶有世故通透的自嘲。對於自己身分的清醒認識，讓曾
經於《揚州夢》中特表牛僧孺對杜牧破例超拔之恩的劇作家，在獄中寫下了：
「只恐史臣編不到老夫和淚寫新詩之句也。」〔註 166〕事實上，相對於范承謨
死後朝廷的褒揚與種種加恩，嵇永仁等人因為「諸生無贈銜例」，只得了若干
撫卹銀兩。直到三十一年後其子中進士，越二年范承謨子再度請卹，才獲贈
了一個小小的國子監助教。〔註 167〕

　　由《揚州夢》、《續離騷》到《雙報應》，儘管彼此的情調差異頗大，卻可
見嵇永仁對於戲曲的「使用」。由《揚州夢》中以戲曲為干謁手段，不得以經
世才自現卻「降筆而為此」的憤慨；到獄中遭難百苦，以戲曲抒發滿腔不平
激越之氣；又於寫憤中藉戲曲寄託對於得以平反的一線冀望。如果說《罵閻
羅》是對於冥冥不可知的世外正義的一紙申訴書，那麼《雙報應》或許可稱
為附於申訴書上的功德券。在《罵閻羅》中改「罵」為「訴」，期望閻羅能代
轉天庭，令善人得以「現世受報」，到《雙報應》中，則明明白白地將神鬼、
報應反覆強調呈現於眼前當下。人世的不可信，使嵇永仁於困境中轉向報應

〔註 164〕鄭振鐸：〈《續離騷》跋〉，《清人雜劇初集》，頁 69。

〔註 165〕〔清〕嵇永仁：《雙報應‧榮慶》，《古本戲曲叢刊五集》，冊 32，頁 64a～b。

〔註 166〕〔清〕嵇永仁：〈和淚譜引〉，《抱犢山房集》，卷 3，頁 1a。

〔註 167〕〔清〕顧棟高：〈誥贈光祿大夫太子太保文華殿大華士兼吏部尚書留山嵇公神
　　　　道碑〉，見〔清〕錢儀吉：《碑傳集》，收入周駿富輯：《清代傳記叢刊》，冊
　　　　112 頁 638。

與神道。他於獄中紀錄異象，並將異象與他們這群忠義之士的遭難加以聯結：
「忍使忠良遭陷溺，先教烈火自焚帷（甲寅三月望晨署中關帝祠神幔空中舉
火自焚）。」〔註168〕無故自燃的關廟神幔，似乎象徵了神道的存在，以及或可
期待的正義的到來。

嵇永仁的創作，經歷了以風花雪月的戲曲向「風流太守」謀求晉身之階
的無可奈何，到以風世教化戲曲向冥冥中不可見之鬼神祈求正義報償的誠心
正意。《雙報應》除了是嵇永仁用以向讀者，或說更多地向自己肯定善惡報應
的存在外，或許其風世教化之功，也能作為善行的功德券。這一點可以參照
本章中黃周星的部分，作為黃周星對現世絕望後，以戲曲為流傳後世以及昇
仙證果之功德券的相互註腳。

四、結語

本文三、四章所論述的，是清初文人在何種處境、何種心態之下，如何
使用戲曲來達成自我建構、進行自我宣揚甚至自我辯解——亦即戲曲在他們
的自我建構、宣揚、辯解中擔任了什麼角色及發揮了何種功用的問題。文人
的創作或多或少都折射出其自我形象，這可以說是哲學的、內省的「何為我」
的人生思考；而自我形象的建構，則往往為所欲展示此一自我形象的目標或
對象所左右，意即由「何為我」轉為質問「他人如何看我」，而此一「他人視
角」，成為「建構」的動機，變成「我希望他人如何看我」，而「建構」則是
「我如何使他人依我所欲之視角看我」的手段。

毫無疑問地，文人自我形象建構的媒介即是文字，不論是嘉言德行或是
風流疏狂，皆賴文字以存以傳，而使用何種文體，同樣與「他人視角」密切
相關。這種關連性，在文體是具有「演出」性質的戲曲時尤為明顯。傳統文
人的培養學習過程與交流模式使詩文成為必備技能，有清一代的詞體重興則
為倡和、題辭增加了一種常見文體。但戲曲在傳統文類中卻從來是不入流的
「小道」，即使在晚明崑腔雅化後盛行全國，士大夫開始大量投入戲曲創作後
亦是如此。世變後的文人戲曲創作，幾乎已不見晚明士大夫退居林下寫戲自
娛的悠游閒適。誠然，晚明同樣有一大批不遇不第士人藉戲曲抒懷寫憤的作
品，但「十部傳奇九相思」的狀況，其實說明了視戲曲為娛樂的心態。但易
代後開始創作戲曲的文人，其所以選擇戲曲此一文體，或許與戲曲的「演出

〔註168〕〔清〕嵇永仁：〈紀異〉，《抱犢山房集》，卷1，頁12b～13a。

性」符合他們「建構自我」的目的有關，而他們的自我建構，也帶有更多的個人性、自喻性，並隱含著更為錯綜的動機。

黃周星作為對詩文「性命以之」的傳統文人，在極度鄙薄戲曲的同時，卻又是極度認真嚴肅投入其中。他在戲曲中寄託了晚年最大的執念：著述與登仙。他將友人王畇近似《艷異編》變體，表面上寫遇仙實際上為才子遇美的〈看花述異記〉，在加上接引與成仙的框架後，強調惜花不僅是個人德行，一旦形諸文字，功德足以昇仙。他以立言為成仙所必需的功德，將戲曲作為最後的立言之階。《人天樂》表面上宣揚教化、喻為善書的同時，黃周星將自己的出身、經歷與作品投入其中，以軒轅載為自喻人物，不斷重覆宣揚自己（黃周星）究竟是怎樣的人。相較於尤侗將戲曲用為其才子形象建構的工具之一，黃周星卻並沒有建構的意圖或自覺，《人天樂》更接近一位文人晚年的自述與自辯。即使《人天樂》的雙線結構最後因黃周星不滿足於佛家眾生平等的「人樂」而自我消解，其對於文字的標榜及對昇仙的執念卻依然明白可見。

清初詩文大家宋琬從未有散曲創作，卻在中年時創作了生涯惟一一部戲曲《祭皋陶》。此劇作於他兩度獄難後數年，北上入都為復官奔走前，以一種委婉的方式藉由東漢范滂冤獄故事，強化自己冤罪受難的形象。其後又在確定復官的近似慶祝讌集上，作為苦盡甘來，清者終得清白的宣言。《祭皋陶》的演出或可作為一個絕佳解釋——即當現代觀眾眼中曲白生硬艱澀，情節缺乏戲劇性，沒有演出價值的文人雜劇登場於文人士大夫家中的廳堂時，文本的故事性與文學性或者已經不是賓主關注的焦點，甚至連演出本身的藝術或娛樂性都可能退居其次，演出本身即已是一種「演出」。文人自作戲曲成為文人士大夫交遊網絡中，巧妙的自我表態、自我宣傳以及沉默的請求、提醒等「政治運作」的一部分。

相較於以上五位劇作家都於劇作中使用歷史人物自我隱射或直接創造自喻人物，嵇永仁今存的三部劇作《揚州夢》、《續離騷》及《雙報應》，其「自我」則較為隱晦。更為明顯的，反而是其劇作對於戲曲的「使用」。《揚州夢》雖為受託之作，卻在作者刻意模糊委託者吳綺於劇中的影射人物，並將重心轉為牛僧孺之厚待杜牧後，以情境的類比一轉為帶有幕客向貴人干謁的色彩。後兩部戲曲作於獄中，以抒發滿腔激越不平之氣，又於寫憤中藉戲曲寄託對於得以平反的一線冀望。如果說《罵閻羅》是對於冥冥不可知的世外正義一

紙申訴書，那麼《雙報應》或許可稱為附於申訴書上的功德券。在《罵閻羅》中改「罵」為「訴」，期望閻羅能代轉天庭令善人得以「現世受報」，到《雙報應》中，則明明白白地將神鬼、報應反覆強調呈現於眼前當下，既標榜教化之作，亦在於堅定自己對報應的信念。

　　文人藉戲曲以展現自我可以追溯至元雜劇甚至宋金雜劇，但以真名出現於劇中始於清代的廖燕。〔註169〕而在他之前的吳偉業·丁耀亢、尤侗、宋琬、嵇永仁、黃周星等人，則於各自戲曲作品中以歷史人物自喻或直接創造自喻人物，或以相似情境、經歷隱射個人生平，或直接置入個人詩文。藉由戲曲與個人的交互指涉，以達成自我建構、宣傳乃至辯護的目的。他們的戲曲作品超出了我們對於易代文本最主流的「抒懷寫憤」解讀的認知，而更接近一種「姿態」而又各有個人特色。藉由析論這些戲曲家的作品，本文回答了何以用戲曲文體而非詩文創作以呈現自我形象的問題。

〔註169〕見〔清〕廖燕：《柴舟別集四種》，收入鄭振鐸纂集：《清人雜劇二集》，頁115～135。

第五章　作為商品的戲曲及劇作家
——李漁戲曲之自我宣傳與建構

　　前兩章中所及之清初文人戲曲作家，皆於鼎革後才開始創作戲曲，因之易代背景與劇作家個人生命史的交織，便成為析論這些文人戲曲作品最重要的切入角度；而家國之思、興亡之感，也往往是論述清初戲曲必然的焦點。然而不可忽略的是，戲曲作為一種表演藝術，其本質的一大特色即娛樂性與商業性。曾有學者以經濟史的角度，指出晚明乃至南明亂局中，戲曲演出不減反增，且優伶演戲索價極高的情形；甚至在易代後，蘇州一地於工價極廉百姓僅求糊口的情況下，戲曲演出的價格依然居高不下。〔註1〕試觀以下兩段引文：

> 〔李玉〕初編《人獸關》盛行，優人每獲異稿，競購新劇。甫屬艸，便攘以去。上卷精采煥發，下卷頗有草草速成之意……〔註2〕

> 〔余〕每成一劇，才落毫端，即為坊人攫去，下半猶未脫稿、上半業已災梨；非止災梨，彼伶工之捷足者，又復災其肺腸，災其唇舌……
> 〔註3〕

這兩段引文分別寫於明末、清初，前者為馮夢龍指出李玉劇作因太受歡迎，

〔註1〕巫仁恕：〈明清之際江南時事劇的發展及其所反映的社會心態〉，《中央研究院近代史研究所集刊》，第31期（1999年6月），頁10～12、14～16。

〔註2〕〔明〕馮夢龍：〈永團圓敘〉，《墨憨齋重訂永團圓傳奇》，《馮夢龍全集》（南京：鳳凰出版社，2007年），冊12，頁1373。

〔註3〕〔清〕李漁：《閒情偶寄》，《李漁全集》，冊11，卷2「詞曲部下‧文貴潔淨」，頁52。

往往倉促完成的情形，以解釋自己改本的必要與思路；後者則為李漁自我辯解無暇修訂其作品的理由。儘管時代不同，敘事角度各異，文中極為類似的描述卻都說明了戲曲作為一種「商品」在市場上炙手可熱的情況。

上述引文中所提到的劇作家李玉與李漁，以及「優人」與「坊人」、「伶工」順序呈現的演出及出版思考差異，或可作為面向不同階級的商業劇作家的例子。李玉為蘇州及周邊出身的職業劇作家群體「蘇州派」之代表人物，此一群體的興起與地域的經濟繁榮密切相關，其作品主要提供職業戲班演出，面向市民階層。而李漁則長期被視為劇作家中「風流文人」的代表，〔註4〕其劇作更為傾向以有錢有閒的文人士大夫階級為對象。〔註5〕

李漁雖然身為易代後開始創作戲曲的「文人」劇作家，卻與吳偉業、丁耀亢、黃周星等「藉他人酒杯，澆自己塊壘」的劇作家不同，如學者所指出的，他「不是在發洩情感而是在為觀眾寫作。」〔註6〕而同樣是為觀眾寫作，李漁劇作中主要以各種刻意驚人耳目的論述形式存在的作家身影，於蘇州派作家的戲曲中幾乎完全不見。若進一步縮小範圍，單以「風流劇作」之作者而論，〔註7〕相較於徐石麒、萬樹等人，李漁以作品謀利的商業性又無比突出。為了能進一步釐清李漁的特殊之處，本文將由李漁劇作中藉論述所呈現的作者形象切入，審視其自我建構與其戲曲作為面向文人士大夫階級的商品之間，其相輔相成的關係。進一步地說，即李漁如何利用戲曲自我形塑與自我宣傳，將其作品乃至其本人「商品化」，以獲得預設對

〔註4〕參見郭英德《明清傳奇史》第十三章「李玉和蘇州派」及第十四章「李漁和風流文人」。

〔註5〕當然，由於職業戲班亦會受雇於廳堂演出，而家班解散後成員往往流入職業戲班，兩者之劇目與觀眾必然有流動與重疊之處。

〔註6〕〔美〕張春樹、駱雪倫著，王湘雲譯：《明清時代之社會經濟巨變與新文化——李漁時代的社會與文化及其現代性》（上海：上海古籍出版社，2008年），〈緒論〉前三節，頁148。

〔註7〕關於「風流劇作」一詞，主要指的是易代後仍以才子佳人為題材的戲曲作品。王璦玲指出才子佳人劇在江南易代後仍為數眾多，與此地士人多及文學藝術不衰有關。然而相較於晚明，清初才子佳人劇的背景則擴大了許多。參見王璦玲〈清初江、浙地區文人「風流劇作」之審美造境與其文化意涵〉，收入《空間、地域與文化—中國文化空間的書寫與闡釋》（臺北：中央研究院中國文哲研究所，2002年），冊下，頁91～201。此文中所提及之作者群亦見郭英德《明清傳奇史》「李漁和風流文人」一章。然而此種劃分較之蘇州派作家群遠為粗疏，亦容易造成爭議，如周稚廉《容居堂三種曲》皆表彰忠孝節義，列入風流文人的理由則是源於其已佚的幾十種劇目。

象的欣賞與支助。

一、「一家」言：笠翁品牌的形成

李漁（1611～1680），生於明萬曆三十九年，卒於清康熙十九年。原名仙侶，字謫凡，又字笠鴻，號笠翁，別署湖上笠翁、笠道人、覺世稗官等。祖籍蘭溪（今屬浙江），生於江蘇雉皋（今如皋縣），後回原籍。〔註8〕順治十八年（1661）遷居金陵後，築芥子園，蓄家班，從事刻書及戲曲演出活動。因以筆耕刻書糊口，著作編纂甚豐。今存作品有詩文《笠翁一家言全集》，長篇小說《回文錦》，短篇小說集《十二樓》、《無聲戲》（又名《連城壁》）。戲曲有《笠翁十種曲》：《憐香伴》、《風箏誤》、《意中緣》、《蜃中樓》、《奈何天》、《比目魚》、《玉搔頭》、《凰求鳳》、《慎鸞交》、《巧團圓》。其《閒情偶寄》中關於戲曲的論述，被視為是繼明王驥德《曲律》後，最重要的中國戲曲理論作品之一。

（一）自娛娛人的「場上之曲」

戲曲學者吳梅曾如此讚譽李漁劇作：「科白配角之工，插諢嘯傲之美，自是詞林老手，所謂場上之曲，非案頭之曲也。」〔註9〕於清代戲曲的總評中，他更將李漁與南洪北孔並列：「清人戲曲……大抵順、康之間，以駿公、西堂、又陵、紅友為能，而最著者厥惟笠翁。翁所撰述，雖涉俳諧，而排場生動，實為一朝之冠。繼之者獨有云亭、昉思而已。」〔註10〕不知是否因為「排場生動」比起作品思想或曲詞文學性更不易受到語言限制，李漁在西方的評價向來比在中國高很多：

> 對西方讀者來說，李漁是最具吸引力、最易接受的中國作家之一。
> 他的主要品質，在西方文學傳統中也是倍受珍視的。他富於幽默感。
> 他的自然主義描寫，成就斐然。他有想像奇異、敘事奇巧的天賦，
> 敢於大膽提出問題，遇事喜好窮根究底。〔註11〕

〔註 8〕見單錦珩撰：《李漁年譜》，《李漁全集》，冊12，頁3。

〔註 9〕吳梅：〈《曲海目》疏證〉，轉引自單錦珩編：《李漁研究資料選輯》，《李漁全集》，冊12，頁334。

〔註10〕吳梅：《中國戲曲概論・清總論》，《顧曲麈談・中國戲曲概論》，頁176。

〔註11〕埃裡克・亨利：〈李漁：站在中西喜劇的交叉點上〉，《李漁全集》，冊12，頁294；韓南教授也將李漁與王爾德及蕭伯納相提並論，見 Patrick Hanan, *The Invention of Li Yu* (Cambridge Massa.: Harvard University Press, 1988), p. 41。

除了歐美之外，李漁作品在日本亦極受歡迎。〔註 12〕即使是不喜李漁作品的青木正兒，〔註 13〕也承認其戲曲在日本的流行。〔註 14〕事實上，李漁小說戲曲甚至影響了江戶時代的庶民文藝，為日本作家所挪借改編。〔註 15〕

　　究竟李漁戲曲的「俳諧」特殊在何處？若置於時代脈絡而觀之，清初文學研究在相當長的時間中無法擺脫「遺民／貳臣」的論述框架，後世讀者往往於文本中尋找「寄託」的微言大義或是黍離之悲的感傷。然而由於李漁這位重量級劇作家的存在，清初戲曲史不得不拈出「風流文人」此一類別，或為他單獨立章論述。此一現象的存在，正好說明了戲曲文體在「文本」層面以外，它作為表演藝術本質上必須面向觀眾的特殊性。而同樣是清初開始創作戲曲，李漁與本文所論述之其他清初其他文人戲曲家不同之處，正在於他對於戲曲此一本質的認識與強調。如《閒情偶記・詞曲部・詞采》云：

> 凡讀傳奇而有令人費解，或初閱不見其佳，深思而後得其意之所在者，便非絕妙好詞；不問而知為今曲，非元曲也。……無論其他，即湯若士《還魂》一劇，世以配饗元人，宜也。問其精華所在，則以〈驚夢〉、〈尋夢〉二折對。予謂二折雖佳，猶是今曲，非元曲也。〈驚夢〉首句云：「裊晴絲吹來閒庭院，搖漾春如線。」以遊絲一縷，逗起情絲，發端一語，即費如許深心，可謂慘澹經營矣。然聽歌《牡丹亭》者，百人之中有一二人解出此意否？若謂制曲初心並不在此，

〔註 12〕關於李漁由清初迄今以及在歐、日、中等地的評價變化或差異，詳見〔美〕張春樹、駱雪倫著，王湘雲譯：《明清時代之社會經濟巨變與新文化——李漁時代的社會與文化及其現代性》，〈緒論〉前三節，頁 1～25。

〔註 13〕如批評李漁替朱素臣《秦樓月》補入二齣時云：「亦為笠翁之惡手筆……笠翁自身之作品中醜女之惡謔猶以為未足，從而補入他人作中，可厭可惡！」青木正兒著、王古魯譯、蔡毅校訂：《中國近世戲曲史》，頁 258。

〔註 14〕「但李漁之作，以平易易入於俗，故十種曲之書，遍行坊間，即流入我邦者亦多，德川時代之人，苟言及中國戲曲，無有不立舉湖上笠翁者……」青木正兒著、王古魯譯、蔡毅校訂：《中國近世戲曲史》，頁 245。

〔註 15〕參見蕭涵珍的數篇論文：〈笠亭仙果の《七つ組入子枕》にみる李漁の《十二樓》——〈合影樓〉を中心として——〉（《東方學》第 123 輯，2012 年 1 月，頁 88～104）、〈李漁の《玉搔頭伝奇》とその翻案作——曲亭馬琴から広津柳浪まで——〉（《東京大學中国語中国文学研究室紀要》第 15 集，2012 年 10 月，頁 125～139）及〈李漁與江戶文藝：論笠亭仙果的《清談常磐色香》及《美目与利草紙》〉（《民俗曲藝》第 189 號，2015 年 9 月，頁 119～155）等。

> 不過因所見以起興，則瞥見遊絲，不妨直說，何須曲而又曲，由晴
> 絲而說及春，由春與晴絲而悟其如線也？若云作此原有深心，則恐
> 索解人不易得矣。索解人既不易得，又何必奏之歌筵，俾雅人俗子
> 同聞而共見乎？其餘「停半晌，整花鈿，沒揣菱花、偷人半面」及
> 「良辰美景奈何天，賞心樂事誰家院」，「遍青山、啼紅了杜鵑」等
> 語，字字俱費經營，字字皆欠明爽。此等妙語，止可作文字觀，不
> 得作傳奇觀。〔註16〕

由此段引文中對戲曲經典《牡丹亭》曲文「止可作文字觀，不得作傳奇觀」
的批評，可見李漁將「傳奇」文體視為演出底本更勝於視為文學文本的思路。
且戲曲演出應當要「俾雅人俗子同聞而共見」，即達到雅俗共賞的目的。當然，
以經典為靶子，李漁或有藉助名作之聲名，拉攏自身批評高度的意圖，但亦
可見他對於自己身為戲曲家的自信。

相較於本文所討論的吳偉業、丁耀亢、黃周星等文人戲曲家，李漁直承
「硯田糊口，原非發憤而著書；筆蕊生心，匪托微言以諷世。」〔註17〕
他的創作以養家糊口為第一目的，並與「寄託」等大義微言劃清界線，這使
他於清初文人戲曲家中似乎顯得格格不入。然而若置於當時戲曲創作與演出
的脈絡來看，或許李漁才是「主流」。在商業利益之外，李漁將戲曲創作定義
為追尋自我滿足，他在《閒情偶寄》中，有一段極著名的評論，提到了填詞
製曲對於飽受挫折，處於落魄之境的士人所帶來的心靈補償：

> 予生憂患之中，處落魄之境，自幼至長，自長至老，總無一刻舒眉，
> 惟於制曲填詞之頃，非但鬱藉以舒，慍為之解，且嘗僭作兩間最樂
> 之人，覺富貴榮華，其受用不過如此，未有真境之為所欲為，能出
> 幻境縱橫之上者：我欲作官，則頃刻之間便臻榮貴；我欲致仕，則
> 轉盼之際又入山林；我欲作人間才子，即為杜甫、李白之後身；我
> 欲娶絕代佳人，即作王嬙、西施之元配；我欲成仙作佛，則西天蓬
> 島即在硯池筆架之前；我欲盡孝輸忠，則君治親年，可躋堯、舜、
> 彭籛之上。〔註18〕

〔註16〕〔清〕李漁著，江巨榮、盧壽榮校注：《閒情偶寄》（上海：上海古籍出版社，
　　　　2000年），頁34。

〔註17〕〔清〕李漁：〈曲部誓詞〉，《笠翁一家言文集》，《李漁全集》，冊1，頁130。

〔註18〕〔清〕李漁：《閒情偶寄·賓白第四》「語求肖似」條。見《李漁全集》，冊11，
　　　　頁47。

以道德觀點來看，李漁的思想性向來評價是不高的。此段引文中他所追求的個人滿足，也無非是富貴榮華、才色仙佛。有趣的是，置於榮貴、隱逸、才氣、美色與飛昇等等受享之後的，居然是傳統價值中應該是「付出」的「盡孝輸忠」。這讓我們看到了即使是李漁，即使處在世變中的真空期，身為文人的他依然受到與吳偉業、丁耀亢的出處矛盾所共通的那套價值觀的影響。或許可以這麼說，忠孝等傳統教化的道德觀，在作為「成就感」的來源而非為之悲壯犧牲的價值時，是存在於李漁的文人想像圖景中的。李漁對於王陽明的敬仰或可作為旁證。他在順治十二年之《玉搔頭》中為王陽明別開副線，敘其功業。此線於後來之伶人改編台本《萬年歡》中被全數刪去。〔註 19〕此外，以時人案牘為對象之《資治新書》，亦收有王陽明之案牘。

李漁對於戲曲娛樂自娛的定位以及對劇場演出的商業利益的掌握，無疑來自晚明「詞山曲海」的傳奇盛行背景。「風流文人」也好，將戲曲視為不論是娛人或是自娛的娛樂也罷，在晚明社會都是普遍的情形。至於李漁所自滿得意的重視戲曲演出效果、求新求奇、欲令觀者驚詫眩目等等觀點或特質，他更不是首創者。在他之前的阮大鋮《石巢四種曲》，早有類似的評價。且就語言文字的觀點而言，阮大鋮戲曲的文學性還在李漁之上。〔註 20〕當然，相較於李漁，阮大鋮戲曲的評價受他個人評價的連累更甚。

或許可以這麼說，李漁戲曲作品的主調，與「世變」此一因素呈現出相當的斷裂，這個斷裂卻很弔詭地正在於它與晚明戲曲一脈相承的「沒有斷裂」。但若我們考慮同樣是明末清初重要曲家，同樣應過明朝科舉失利且入清不仕，同樣以戲曲創作活動作為生計，卻以「詞場正史」〔註 21〕自命的李玉及以其為代表的蘇州派作家們，李漁戲曲的情調和趣味又與他們顯得十分不同。這種差異，或許與兩者預設的觀眾群有關。

〔註19〕 參見華瑋：〈清代民間舞台上的「正德微行」：意義及歷史〉，收入《海內外中國戲劇史家自選集・華瑋卷》（鄭州：大象出版社，2017 年），頁 275～277。

〔註20〕 岡晴夫引用了葉堂及青木正兒的說法，在批評李漁所好用錯認節及惡謔源於阮大鋮的同時，亦提及阮大鋮沿襲湯顯祖，故講究詞藻典麗與文字優美。見〔日〕岡晴夫：〈李漁的戲曲及其評價〉，轉引自單錦珩編：《李漁研究資料選輯》，《李漁全集》，冊 12，頁 265。他並進一步評論：「阮大鋮是道道地地和李漁及其風格有著最深血緣關係的前輩作家。」前揭書，頁 266。

〔註21〕 見〔清〕李玉：《清忠譜》第 1 齣〈譜概〉，〔清〕李玉著，陳古虞、陳多、馬聖貴點校：《李玉戲曲集》，冊下，頁 1291。

（二）「遊縉紳」：名聲的建立及商品化

所謂「蘇州派作家」，指的是在清初蘇州府及其周邊地域，以李玉為代表的一批入清不仕，以職業戲曲創作為生的文人。他們的劇作帶有濃厚的地域與市民色彩，彼此往來密切，亦曾合作編劇或刊刻曲譜。關於蘇州派作家群的構成，學界尚未達成最終定論，大體上呈現因求全求備而由少增多，又在辨析與定位中由多逐漸減少的情形。〔註22〕群體界定的困難或許在於優秀曲家必定各具風格，難以一言以蔽之；此外，即使是同一位作家如李玉，其本身數量龐大的劇作中也呈現了相當的多樣性。〔註23〕誠然，蘇州派既然能稱之為「派」，必然有共通的特點。而在地域以外，最值得注意的便是其刻劃市井生活、以庶民為對象的一面了。

蘇州派重要劇作家朱素臣的《秦樓月》劇中，有一位幫閒人物陶吃子，自稱「老白相的班頭」，便有如下敘述：

> 我老陶近日手中乾瘟，虧了蘇州有幾位編新戲的相公，說道：「老陶，你近日無聊，我每各人有兩本簇新好戲在此，聞得浙江一路，也學蘇州，甚興新戲，拿去賣些銀子用用。歸來每位送匹錦綢，送斤絲綿使罷，只算扶持你。」〔註24〕

明末清初所盛行的戲曲，自然是源於崑山的崑腔戲。由此段引文不僅可以看到蘇州作為崑曲中心「甚興新戲」，乃至有一批專編新戲的「相公」的情形，亦可見其影響與流布。此外，由「也學蘇州」一句，可以見到蘇州派作家筆

〔註22〕 從張庚、郭漢城《中國戲曲通史》的 10 人，到吳新雷〈論蘇州派戲曲家李玉〉的 13 人，再到顏長珂、周傳家《李玉評傳》的 23 人。康保成在《蘇州劇派研究》中開始由風格是否相似將蘇州作家群與蘇州派作家加以區分，定為 12 人（較為特別的是他排除了張大復）。李玫《明清之際蘇州作家群研究》則以戲曲成就將蘇州派作家群區分為主要成員與其他成員各 8 人。其後的顧聆森《李玉與崑曲蘇州派》強調在通讀過所有明清之際蘇州及附近作家作品後，以活動時代（清初）、地域（限吳縣、長洲，常熟之邱園是惟一例外）與是否有留存作品、作品風格是否與中心人物李玉相近等條件，將蘇州派作家定為以下 11 位：李玉、朱素臣、朱佐朝、張大復、邱園、畢魏、葉稚斐、陳二白、朱雲從、盛際時、鄒玉卿。分見康保成：《蘇州劇派研究》（廣州：花城出版社，1993 年），頁 29～34；李玫：《明清之際蘇州作家群研究》，頁 10～14；顧聆森：《李玉與崑曲蘇州派》（揚州：廣陵書社，2011 年），頁 2～6。

〔註23〕 舉例來說，相較於寫靖難的《千忠戮》或晚明黨爭及蘇州民變的《清忠譜》，以趙匡胤與鄭恩為主角的《風雲會》就更近於虛構的演義小說。

〔註24〕 〔清〕朱素臣：《秦樓月》第 18 齣〈得信〉，《古本戲曲叢刊三集》，冊 79，頁 15a。

下對於家鄉引領風潮的自傲感。〔註 25〕與此同時，更可見蘇州派戲曲家其作品的商業價值，已經超過他們所在的範圍，而經由仲介人物加以推廣到更外圍的區域。可以想見陶吃子販戲的對象以職業戲班的可能性較大，而職業戲班所面向的觀眾群，既有社火祭賽及商業劇場的觀眾，亦有富貴人家廳堂中喜慶筵宴的客人。可以說是涵蓋了雅俗階層，為不特定的多數。

另一方面，與其說李漁以寫作謀生，不如說他是以寫作建立的名聲謀生。上述引文中「兩本簇新好戲」所獲得的錦綢絲綿顯然不足以支撐李漁好享樂的生活作風，自然而然地，他是以有錢有勢的縉紳士大夫為預設贊助者與支援者。事實上，李漁的盛名乃至惡名，也正由此而來。在其友人口中，乃是「當途貴游與四方名碩，咸以得交笠翁為快」，〔註 26〕而在鄙薄者眼中，則是「性齷齪，善逢迎，遊縉紳間。」〔註 27〕儘管評價兩極，卻可以明顯看到其交游對象以「貴游名碩」以及「縉紳」為主。而李漁本人對自己「打秋風」的經歷相當坦然，在寫給龔鼎孳求援的信中還以「終年托鉢」自嘲。〔註 28〕

相較於蘇州派劇作家與其預設之不特定多數觀眾並不會產生直接來往，李漁以縉紳士大夫為預設讀者、觀眾群以及支助者，顯然必須躋身於此一交流圈中。雖然以「托鉢」自嘲，但由於他無心功名，因此並不認為自己的打秋風是「干謁」行為：

> 漁無半畝之田，而有數十口之家，硯田筆耒，止靠一人。……矧又賤性硜硜，恥為干謁，浪遊天下幾二十年，未嘗敢盡一人之歡。每至一方，必先量其地之所入，足供旅人之所出，又可分餘惠以及妻孥，斯無內顧而可久。不則入少出多，勢必沿門告貸，務盡主人之歡；一盡主人之歡，則有口則留之，心則速之使去者矣。〔註29〕

〔註 25〕 關於當時蘇州在生活多方面引領潮流的，帶起風尚的情形，參見范金民：〈「蘇樣」、「蘇意」：明清蘇州領潮流〉，《南京大學學報》，2013 年第 4 期，頁 123～141。

〔註 26〕 〔清〕黃鶴山農：〈玉搔頭序〉，《笠翁傳奇十種下》，《李漁全集》，冊 2，頁 215。

〔註 27〕 〔明〕袁于令：《娜如山房說尤》，轉引自單錦珩編：《李漁研究資料選輯》，《李漁全集》，冊 12，頁 310。

〔註 28〕 「漁終年托鉢，所遇皆窮，惟西秦一游，差強人意，八閩次之；此外則皆往吸清風、歸餐明月而已。」見〔清〕李漁：〈與龔芝麓大宗伯〉，《笠翁文集》，《李漁全集》，冊 1，卷 3，頁 163。

〔註 29〕 〔清〕李漁：〈復柯岸初掌科〉，《笠翁文集》，《李漁全集》，冊 1，卷 3，頁 204～205。

上述引文中，李漁採取的視角似乎是較為平等的。在打秋風的旅途中，李漁藉以廁身士大夫圈子中的定位其實就是助主人之興、盡主人之歡的「清客」，但他自認為是識趣得體的好客人。他曾不無自豪地說：「使數十年來，無一『湖上笠翁』，不知為世人減幾許談鋒，增多少瞌睡？」他甚至不惜以三教九流的技藝人士作為對照，以反襯提高自我的清客價值：

> 有以博弈聲歌、蹴踘說書等技，遨游縉紳之門，而土公大臣無不接
> 見恐後者。漁之識字知書，操觚染翰，且不具論；即以雕蟲小技目
> 之，《閒情偶寄》一書，略徵其概，不特工巧猶人，且能自我作古。
> 〔註30〕

在此李漁以「博弈聲歌、蹴踘說書」之輩作為對照，強調連此輩都能受到王公大臣的禮遇，而自己不僅「雕蟲小技」新奇工巧，更是一位知書文人，豈有遭受薄待之理？

　　對「賢主人」的呼籲不僅出現在他向當道貴途求援的信中，也出現在他的小說戲曲裡。如在《十二樓・聞過樓》末尾，慣例由作者本人評論收束之處，李漁結以安貧之主角梗直善諫難得，而富貴卻能納諫的慷慨友人更難得。睡鄉祭酒（杜濬）的評語則彷彿刻意進一步說破：「可見名實兼收之事，惟禮賢下士一節，足以資之。較積德於冥冥之中，俾後世子孫食其報者，尚有遲早賒現之別耳！」〔註31〕「禮賢下士」一語，將小說所設定的朋友關係抹去，而更帶有上下尊卑的意味。這樣的評語，很難不讓人與李漁的「打秋風」生涯作聯結。

（三）文集刊刻的附加價值及分寸把握

　　文人身分及才名，是李漁抬高自己清客價值的重要條件。那麼既以縉紳甚至王公大臣為預設「打秋風」的對象，李漁是如何以其文字、文本迎合這些東道主的喜好與需求呢？而我們又如何得以從他的戲曲作品中看到其與蘇州派作家預設的主要觀眾階層不同的狀況呢？

　　舉例來說，李漁《意中緣》一劇，〔註32〕寫晚明名士董其昌、陳繼儒因

〔註30〕〔清〕李漁：〈與陳學山少宰〉，《笠翁文集》，《李漁全集》，冊1，卷3，頁164、
　　　　165。
〔註31〕〔清〕李漁：《十二樓・聞過樓》，《李漁全集》，冊4，頁291。
〔註32〕《年譜》繫此劇於順治十年。見單錦珩撰：《李漁年譜》，《李漁全集》，冊12，
　　　　頁26。

不堪求索書畫者纏擾，欲尋善仿二人書畫者為捉刀人。西湖楊雲友，貧而慧，以賣仿董畫為生。又有閩名妓林天素，擅仿陳繼儒畫，遊寓西湖以尋訪良人。後幾經誤會波折，董、楊與陳、林各自成配。

　　選用董其昌、陳繼儒這樣去清初未遠的晚明名士為劇中人，可以窺見李漁想藉他們的名氣以吸引文人士大夫觀眾興趣的意圖。此外，李漁劇作多見以某一具顛覆性或奇思妙想的前提展開的情形，而《意中緣》雖然以才子佳人定成配為主旨，卻是以「欲尋捉刀人」為發端。一般來說，「才子佳人」，不管是憐才也好，慕色也罷，總要談「情」，更何況是晚明情潮思想依舊蕩漾的清初。而才子佳人的成配，哪怕不鑽穴踰牆，也總得傳箋遞簡，眉眼秋波。而《意中緣》迥異於傳統才子佳人戲曲之處，則在董其昌與楊雲友直到最後一齣〈會真〉拜堂時才相見！不論是以名士為主角，或是名士苦於求索字畫者太多，欲尋捉刀人，乃至才子佳人的缺乏互動，僅由字畫互相欣賞的情節，都可以說是偏向文人士大夫而非庶民百姓的觀劇趣味。

　　劇中〈救美〉一齣，有個或許更值得玩味的小插曲。此齣中林天素女扮男裝返閩葬親，被困賊營為書記，陳繼儒欲求鎮海大將軍出兵救援，聞其向來慕己才名，乃贈詩以動之，果然因此得其出兵破賊。試看鎮海大將軍得詩後的反應：

> 原來是陳眉公的親筆。我曾託江大哥先容，要得他一言為重。如今
> 有了這首贈詩，明日刻在他文集之中，我的姓名也就可以不朽了。
> 可喜！可喜！〔註33〕

不論是對文集刊刻的思考，或是文字使人得以不朽的追求，無疑也是文人士大夫的品味。此處眉批曰：「才之有用如此。」文字書寫所具備的留名青史的不朽功能，在這裡被李漁心照不宣地為其出版事業作了宣傳。

　　李漁不僅僅是藉由戲曲在觀念上推廣與強調。事實上，他出版了相當多時人的選輯，內容由尺牘、四六乃至案牘，且往往連篇累牘，不止一集。〔註34〕如果說尺牘、四六這樣的應用文考慮的更偏向於面對讀者的商業利益，那

〔註33〕〔清〕李漁：《意中緣》第 22 齣〈救美〉，《笠翁傳奇十種上》，《李漁全集》，冊 2，頁 392。

〔註34〕如《古今尺牘大全》、《尺牘初徵》、《尺牘二徵》、《資治新書初集》、《資治新書二集》等。其著作情形，參見孫楷第：〈李笠翁與十二樓〉，轉引自單錦珩編：《李漁研究資料選輯》，《李漁全集》，冊 12，頁 28～48。

麼收錄官吏案牘，就明顯是考慮「被收錄者」所能帶來的支助了。〔註35〕《資治新書》中許多案牘作者，與李漁幾次打秋風之行的主人名單的重疊性是值得玩味的。〔註36〕特別要指出的是，李漁龐大的選輯事業中並沒有「近人詩文」這一項，當我們考慮到詩文在文學上以及文人心中的地位，還有評論詩文所會引發的爭議時，那麼實在不得不驚歎於李漁自我定位的精準與他對名聲轉化為商機的分寸把握。

二、表面矛盾的議論與求新求奇的一致

　　與吳偉業等正統文人派曲家於戲曲中創造自喻角色，用以抒懷寫憤的手法不同，李漁好以議論折射出一位充滿奇思妙想的作者形象。他的各種作品中，不論是雜著或戲曲小說，都充滿了各式各樣的議論。然而呈現於這些議論中的李漁其人，卻往往自我衝突。舉例而言，李漁於《閒情偶寄》的〈凡例〉中拈出「四期三戒」，以「閒情」為名的這樣一本書，起首標舉「一期點綴太平」是相當能理解的，但隨後的「一期崇尚儉樸」，這與李漁好享樂、長期舉債的生活似乎說有著某程度的差距，學者早已點出這或許與前一年頒布之康熙聖諭有關。〔註37〕他在此書「詞曲部　結構第一」中開章標舉「戒諷刺」，另外也作了一篇〈曲部誓詞〉，極力強調自己曲作「絕無所指」，〔註38〕然而其曲白或人物往往多譏刺或諷世之言，眉批亦多直接點出，甚至大為讚賞；〔註39〕又如「戒荒唐」，批評當時傳奇多鬼魅之事，〔註40〕但對自己改編涉及虛幻的柳毅傳書故事為《蜃中樓》則自我辯解是為了迎合觀眾需求：「從

〔註35〕孫楷第便指出這些選集：「一方向各方徵稿，見好於人，一方亦可以謀利。」孫楷第：〈李笠翁與十二樓〉，轉引自單錦珩編：《李漁研究資料選輯》，《李漁全集》，冊12，頁45。
〔註36〕參照《年譜》，以李漁自述所獲最豐的西秦一遊而言，陝甘官員即有十六人之案牘被收入《資治新書》。而《年譜》未提及之甘肅巡撫劉斗（耀薇），亦有數篇案牘被收入《二集》中。
〔註37〕Patrick Hanan, *The Invention of Li Yu*, p. 28.
〔註38〕〈曲部誓詞〉：「余生平所著傳奇，皆屬寓言，其事絕無所指。恐觀者不諒，謬謂寓譏刺其中，故作此詞以自誓。」〔清〕李漁：〈曲部誓詞〉，《笠翁一家言文集》，《李漁全集》，冊1，頁130。
〔註39〕如《比目魚·徵利》一齣，眉批曰：「此折不是傳奇，是一篇極妙時藝，題目乃『上下交徵利』五字，所謂處歇題也。」〔清〕李漁：《比目魚》第17齣〈徵利〉，《笠翁傳奇十種下》，《李漁全集》，冊2，頁168。至於諷假名士、無才學子、收賄教官、衙吏等等，更是不勝枚舉。
〔註40〕〔清〕李漁：《閒情偶寄·結構第一·戒荒唐》，《李漁全集》，冊11，頁13。

來不演荒唐戲，當不得座上賓朋盡好奇。」〔註41〕至於「戒淫褻」、「忌俗惡」此類早為當世及後代讀者、研究者詬病的自我矛盾，則不勝枚舉。

學者在論及自我建構或自我宣傳（self-fashioning）時，指出其乃面對世界的一種具有特徵的表述模式，以及在形成或表達身分認同時一種刻意的塑造。尤其重要的是，對於個人身分認同的建構是人為且可被操作的認識。〔註42〕就操作身分這一點而言，李漁對於自己的形象，或說是「角色」，極端具有觀眾意識。韓南（Patrick Hanan）便指出：「對李漁來說，無論是真實或設想上的，最重要的是觀眾這個概念。他所有的角色都為身為娛人者（entertainer）的李漁服務，為了取悅觀眾，並引起他們的興趣，這位娛人者隨時願意妥協。」〔註43〕韓南所謂的「妥協」，正說明了李漁如何因應著不同時期、不同觀眾的要求而轉換「角色」的情形。在此前提下，李漁於作品中所發的議論，未必是他真正的想法。更直接地說，李漁本身的想法並不重要，重要的是這些巧妙新鮮的議論取悅了觀眾或引起他們的興趣，這才是角色背後的李漁所意圖達成的目的。以下將分由兩方面進一步論析。

（一）從《意中緣》「才子佳人說」到《奈何天》「紅顏薄命論」

在前文中提到的《意中緣》劇中，李漁於第一齣〈大意〉開宗明義地說：

> 【西江月】才子緣慳凤世，佳人飲恨重泉。黃衫豪客代稱冤，筆俠吟髭奮拈。追取月中簿改，重將足上絲牽。戲場配合不由天，別有風流掌院。〔註44〕

於全劇末下場詩又云：「李子年來窮不怕，慣操弱翰與天攻。佳人奪取歸才士，淚眼能教變笑容。」〔註45〕更在劇中藉女配角林天素的口中，宣揚才子與佳人天生成配的主題：「從古以來『佳人才子』的四個字再分不開。是個佳人一

〔註41〕〔清〕李漁：《蜃中樓》第30齣〈乘龍〉，《笠翁傳奇十種上》，《李漁全集》，冊2，頁313。

〔註42〕Stephen Greenblatt, *Renaissance Self-Fashioning* (Chicago: The University of Chicago Press, 1980), pp. 1-2.

〔註43〕Patrick Hanan, *The Invention of Li Yu*, p. 42. 此處的「角色」不是指戲曲中的人物，而是韓南教授分析李漁在他的作品中刻意呈現的各種自我（creating a Self）。

〔註44〕〔清〕李漁：《意中緣》第1齣〈大意〉，《笠翁傳奇十種上》，《李漁全集》，冊2，頁321。

〔註45〕〔清〕李漁：《意中緣》第30齣〈會真〉，《笠翁傳奇十種上》，《李漁全集》，冊2，頁417。

定該配才子，是個才子一定該配佳人；若還配錯了，就是千古的恨事！」〔註
46〕在此李漁儼然以為天下才子佳人圓夢補恨的有情月老自命。

然而在四年後所作《奈何天》劇中，他卻以丑角為男主角，且設計讓他
兼收三位絕色佳人。此劇描寫財主闕素封貌醜身陋，兼有奇臭，外號「闕不
全」。襁褓訂鄒氏為妻，成婚後鄒氏不堪其鄙，避入書房。闕素封繼而騙娶佳
人何氏、吳氏，均不願與之同居，皆遁入鄒氏靜室，以「奈何天」為室名。
後闕素封因管家闕忠勸其輸餉助邊，得封「尚義君」；玉帝則因其屢世善良，
將之變為美男子。三女互爭封誥，皆為一品夫人。

與《意中緣》高舉的「才子佳人」正正相反，《奈何天》以「紅顏薄命」
為論述中心，李漁於首齣〈崖略〉以兩曲寫創作意旨：

> 【蝶戀玉樓春】造物從來不好色，磨滅佳人，使盡罡風力。萬淚朝
> 宗江海溢，天公只當潮和汐。　紅顏薄命有成律，不怕閨人生四翼，
> 饒伊百計奈何天，究竟奈何人不得。
>
> 【前詞】多少詞人能改革，奪旦還生，演作風流劇。美婦因而仇所
> 適，紛紛邪行從斯出。　此番盡破傳奇格，丑旦聯姻真叵測。須知
> 此理極平常，不是奇冤休叫屈。〔註47〕

第二曲「多少詞人能改革，奪旦還生，演作風流劇」數句，與前述《意中緣》
下場詩「佳人奪取歸才士，淚眼能教變笑容」一參照，就顯得十分矛盾，幾
乎可以稱為自我解構。

劇中副線或許進一步強化了這種對「才子佳人」的解構。生腳在此劇中
扮演才貌兼備之官人袁瀅，其妻既醜且妒，趁袁不在，發賣二妾周氏、吳氏。
周氏因得知將被鬻闕家，上吊而死，袁夫人乃騙吳氏代嫁。拜堂之後，吳氏
成功以言語恫嚇闕素封，得以避入靜室。後袁瀅回轉，吳氏上門求歸。不料
袁瀅卻冷笑拒絕，對吳氏守節卻不死加以質疑，拒絕接納吳氏：

> （生對旦介）你走過來，聽我說幾句好話。俗語道得好：紅顏婦人多薄命。你這樣
> 女子，正該配這樣男人；若在我家過世，這句舊話就不驗了。你如今好好跟他回去，
> 安心貼意做人家，或者還會生兒育女，討些下半世的便宜。若還吵吵鬧鬧，不肯安

〔註46〕〔清〕李漁：《意中緣》第 28 齣〈誆姻〉，《笠翁傳奇十種上》，《李漁全集》，
　　　　冊2，頁 411。
〔註47〕〔清〕李漁：《奈何天》第 1 齣〈崖略〉，《笠翁傳奇十種下》，《李漁全集》，
　　　　冊2，頁 7。

生，將來也與周氏一般，是個梁上之鬼。莫說死一個，就死十個，也沒人替你伸冤。

【漁家傲】莫怨他人莫怨儂，只怪尊顏，不合太紅。不是我男兒薄倖非情種，忍將伊送，都只為這不朽名言代伊行作俑。你不見世上夫妻對對同。〔註48〕

「紅顏薄命」原本是對於「紅顏往往薄命」的慨歎憐惜之語，在此處被李漁巧妙地逆向使用，竟成為「紅顏本該薄命」的判語，甚至在之後〈錫祺〉一齣中，由「地官清虛大帝」強調：「但凡前生的罪孽重大不過的，才罰他做紅顏婦人；但是紅顏婦人，一定該嫁醜陋男子。」〔註49〕於是「紅顏」成為因罪受罰的「果報」。而如果說上述論述解構了「佳人」，那麼袁瀅其才貌兼備卻冷酷無情的形象，便解構了「才子」。「不是我男兒薄倖非情種」一句，頗有自我辯護的意味，似乎可見即使對李漁其時觀眾而言，袁瀅此齣中的行動言語也是過於苛刻。

不論是「才子佳人」或是「紅顏薄命」，其實都是傳統中國戲曲中常見的主題。值得注意的，李漁表面上在這兩部戲曲中呈現了相反的論述，事實上卻使用了相同的、挑戰或顛覆傳統概念的扭轉技巧。在《意中緣》中，他的才子佳人到了最後一齣拜堂時才得以相見；而「紅顏薄命」則由憐惜被轉為了「造孽贖罪」的判詞。當然，最終表面上矛盾的議論，藉由必然的喜劇結局達成了同樣的目的，即取悅觀眾，而李漁的「娛人者」形象也因而加強。

（二）由消愁娛人到「風流道學」

李漁在其最受歡迎的戲《風箏誤》劇末下場詩中，提出了著名的以娛人為己任的「宣言」：

傳奇原為消愁設，費盡杖頭歌一闋；何事將錢買哭聲，反令變喜成悲咽。

惟我填詞不賣愁，一夫不笑是吾憂；舉世盡成彌勒佛，度人禿筆始堪投。〔註50〕

〔註48〕〔清〕李漁：《奈何天》第23齣〈計左〉，《笠翁傳奇十種下》，《李漁全集》，冊2，頁76。

〔註49〕〔清〕李漁：《奈何天》第27齣〈錫祺〉，《笠翁傳奇十種下》，《李漁全集》，冊2，頁88。

〔註50〕〔清〕李漁：《風箏誤》第30齣〈釋疑〉，《笠翁傳奇十種上》，《李漁全集》，冊2，頁203。

將傳奇的存在目的定位為「消愁」，顯然是側重於戲曲「娛樂」的功能。《風箏誤》是李漁第二部劇作，約作於順治九年。〔註51〕此劇或許可以說是李漁戲曲中最接近晚明才子佳人戲曲的一部，一來它以砌末（風箏）為引，以錯認、誤會造成種種喜劇情境的設計，不由不令人想起阮大鋮戲曲；同時，此劇亦缺乏李漁戲曲的最大特色，亦即奇巧、有顛覆性的前提或設想。但「傳奇原為消愁設」這樣理直氣壯的戲曲娛樂觀，是如何轉變為後來的「風流道學」呢？

接連作於康熙四年、六年的《凰求鳳》、《慎鸞交》〔註52〕在主題設計上頗有類比之處。它們分別描寫「持淫戒」的美少年呂哉生以及「辭嬌避艷」的道學之士華秀如何於女性角色的苦苦追求下，最終反而得享溫柔之福。《凰求鳳》劇末下場詩已經將「理學」與「風流」對舉：

> 倩誰潛挽世風偷，旋作新詞付小優。欲扮宋儒談理學，先妝晉客演風流。由邪引入周行路，借筏權為浪蕩舟。莫道詞人無小補，也將弱管助皇猷。〔註53〕

此下場詩將「理學」與「風流」分而論之，坦誠風流為「邪」，理學為「周行」，宣稱劇作有轉邪為正的指引之功。如果說這種論證邏輯其實還不脫明清狎邪小說的套路，那麼《慎鸞交》的男主角華秀則更進一步，上場就提出風流道學之論：「據我看來，名教之中，不無樂地，閒情之內，也盡有天機，畢竟要使道學、風流合而為一，方才算得個學士、文人。」〔註54〕此劇劇末則藉團圓場面，默認「道學、風流合而為一」的完成，高舉了教化的旗子：

> 【尾聲】傳奇迭改葫蘆樣，只為要洗脫從前鄭衛腔，不做到舉世還醇也不下場。
>
> 讀盡人間兩樣書，風流道學久殊途。風流未必稱端士，道學誰能不腐儒。兼二有，戒雙無，合當串作演連珠。細觀此曲無他善，一字批評妙在都。〔註55〕

〔註51〕見單錦珩撰：《李漁年譜》，《李漁全集》，冊12，頁25。
〔註52〕見單錦珩撰：《李漁年譜》，《李漁全集》，冊12，頁49、54。
〔註53〕〔清〕李漁：《凰求鳳》第30齣〈讓封〉，《笠翁傳奇十種上》，《李漁全集》，冊2，頁521。
〔註54〕〔清〕李漁：《慎鸞交》第2齣〈送遠〉，《笠翁傳奇十種下》，《李漁全集》，冊2，頁424。
〔註55〕〔清〕李漁：《慎鸞交》第36齣〈全終〉，《笠翁傳奇十種下》，《李漁全集》，冊2，頁528。

李漁在此理所當然地將風流與道學截然對立，以強化他結合二者的新鮮與功勳。「風流」頗易理解，在二劇中都明顯指的是「欲得」與最終「獲得」佳人。然而若我們嘗試越過主角們「持戒」或「腐儒」的自述語言，追尋究竟是他們怎樣的戲劇行動被定義為「道學」，則會發現李漁的定義是雖「欲得」而「不輕許」。《凰求鳳》中，這一點表現在呂哉生於名妓許仙儔決意傾家貲以求為侶時，揚言須先娶名門女子為正室後，才納偏房。於是引出許仙儔恐日後正室妒忌，代其尋聘溫順良家為妻事；《慎鸞交》中的華秀家中已有賢妻，「道學」則表現在他不願納自己屬意的才貌雙全之名妓王又嬙，以免如膠似漆難以分離，而改為「將就」朋友轉送之妓。在王又嬙上門追求時，先是冷淡以待，燕好半月後，則明言分別，於又嬙苦苦懇求後，方訂下十年之約。也就是說，李漁劇中男主角的「道學」，其實以消極被動的「不作為」而獲得道德上的心安理得。〔註56〕與此同時，李漁將「作為」移置於女性角色身上以達成喜劇效果，並使觀劇男性感受自身「可欲性」而達成某種滿足感。

這樣的「理學」、「道學」與正統儒家的差距是顯而易見的。然而即使是表面託詞，光是由標榜「一夫不笑是吾憂」到「不做到舉世還醇也不下場」，這樣的方針轉變亦不可謂不極端。是否真如學者所指出，他晚年劇本每下愈況，是因為生活狀況腐敗而為封建思想所馴化呢？〔註57〕

若置於時代脈絡觀之，在順治帝駕崩後的攝政大臣時代，清廷明顯轉趨保守警惕，對江南士子採取了更為激烈的壓制。順治十八年的哭廟案、莊氏史案皆發生於江南；工部侍郎張縉彥以刊刻李漁《無聲戲》二集被劾；李漁之友人陸圻罹禍，被解入京，後棄家歸禪。康熙四年，友人同時也是劇作家的丁耀亢因《續金瓶梅》一書被逮入獄。可以想像，當文字獄波及週遭友人，且由經史詩文延及小說此種向來不被放在朝廷眼中的文類時，對李漁的衝擊。李漁由順治八年起，相當穩定地每兩年創作一部戲曲，但在康熙初年卻有近四年的空白期，其後所創作的是「莫道詞人無小補，也將弱管助皇猷」的《凰求鳳》，這是很值得玩味的。

〔註56〕《風箏誤》中，生角韓世勛也因不願接近來拜年的眾妓女，被戚友先質疑「為何這等道學……你也忒忒老實了」，然而韓世勛「道學」的理由與呂哉生或華秀皆不同，是直接嫌眾妓貌醜：「小弟平日也不十分老實，只是見了這些醜婦，不由你不老實起來」。〔清〕李漁：《風箏誤》第 30 齣〈釋疑〉，《笠翁傳奇十種上》，《李漁全集》，冊 2，頁 120。
〔註57〕黃天驥：〈論李漁的思想和創作〉，見《李漁全集》，冊 12，頁 223。

　　當局勢趨於緊張，對於遊走於縉紳士大夫階層的李漁來說，勢必不得不敏感地捕捉朝廷風向與社會氛圍的轉變，以避免觸及東道主的忌諱。可以說，「風流道學」是李漁承戲曲小說，尤其是狎邪小說以教化粉飾的慣例，加以包裝的成果。既保持了對他贊助者們的奇說新論的吸引力，又藉由「道學」二字取得讓人哪怕心知肚明也可以維持表面的安全性。

　　受時代風氣的影響，李漁後期的劇作不再如他早期作品那般理直氣壯地追求享樂與娛人，而往往戴上教化與風世的面具。不論是從「才子佳人」轉為「紅顏薄命所以應當認命」，又或是以道學包裝的風流，對於李漁來說其實根源依然是一致的「娛人」。他故作、好作「驚人之語」，對他而言，驚人之語所包含的「新」與「奇」，似乎要超過他對於自我建構中那份「自我」的連貫性的要求。或許更明確的說，李漁於劇中所發的各種「議論」，重點並不在議論的內容，而更在議論的新、奇與驚人。陷入他的議論之中，會困於其自我形塑的游移模糊，而拉開距離，則會看到發出各種議論的，喜好新奇與驚人的那個形象。可以說，如果說有什麼「自我形象」是李漁自始至終如一的，大約是對於新、奇、巧的追求與建立者，以及不論窮通，都顯得輕鬆自在的享樂主義者。

　　求新求巧，時有驚人之語的李漁，與他能解主人之憂，盡主人之歡的好清客形象彼此呼應，彷彿他觀察主人或讀者觀眾的需求而隨之因應供給。舉例來說，他知道儘管愛看戲的人所在多有，但大部分文人士大夫其實不會真的有興趣去學習如何填詞。於是當他宣傳《閒情偶寄》一書時，往往以文人間更有「共通經歷」，如談女性（主要是姜室）的「聲容」部，〔註58〕又或是更實際的園林部分為主，〔註59〕而不是他最得意置於卷首的「詞曲」部。

三、戲曲當行——李漁的自信及自辯

　　前兩節中，我們看到李漁如何經營自己的名聲並將之商品化，而他的成功，則根基於作品。儘管李漁「遊縉紳」的行為在當時飽受批評，但他對於

〔註58〕「新刻呈政，乞從聲容、頤養二部閱起，因台臺向於此中得道，乃過來人也。……」「請自第六卷聲容部閱起，可破旅次中十日岑寂。其一卷至五卷，則單論填詞一道，猶為可緩，俟終篇後，補閱何如？」分見〔清〕李漁：〈與陳端伯侍郎〉、〈與劉使君〉，《李漁全集》，卷 1，頁 209、頁 215。

〔註59〕李漁在得知冀鼎孳購市隱園時，自薦其「泉石經綸」之才，並提及他本人因無力經營園林，如何在《閒情偶寄》中「稍舒蓄積」。見〔清〕李漁：〈與龔芝麓大宗伯〉，《李漁全集》，卷 1，頁 162。

自己足以「遊縉紳」的才華是相當自信且自傲的。很多時候，李漁的自謙都建立在他對於自我乃至自我定位的自信，試觀其解釋自己將文集命名為《一家言》的理由：

> 《一家言》維何？……曰：凡余所為詩文雜著，未經繩墨，不中體裁。上不取法於古，中不求肖於今，下不覬傳於後，不過自為一家，云所欲云而止。如候蟲宵犬，有觸即鳴，非有摹仿、希冀於其中也。摹仿則必求工，希冀之念一生，勢必千妍萬態，以求免於拙；竊慮工多拙少之後，盡喪其為我矣！……然是說也，止可釋余《一家言》，不可以之概天下。凡詩文之不能求肖於人者，必其天之不足，而氣力、學識均有以限之也。……〔註60〕

「自為一家」的狂妄，隱藏於才、識不足的謙詞之下；而「不覬傳」的姿態又與我之「為我」的堅持並立。

李漁影響最大，評價最高，且他最得意的是其戲曲理論，主要見於其晚年所著之《閒情偶寄》中。他對於此書的得意與重視，可以從其自許以「自我作古」看出。〔註61〕這四字不僅反映出他一貫求新求奇的特色，更重要的是一種典範的建立以及典範建立者之地位的確定。而歷經了清中葉將享樂等同於輕薄的貶斥後，〔註62〕時移世異，審美趣味彷彿迴轉了一大圈，由今日的李漁研究觀之，這樣的評價竟然又為人所認可。〔註63〕而《閒情偶寄》中，將「詞曲」一部置於本書最前，則可以看出他最自豪之處。尤侗曾將《鈞天樂》寄給他請求指正，他的回覆中提到：

> 歷觀大作，皆趨最上一乘。弟則巴人下里，是其本色，非止調不能高，即使能高，亦憂寡和，所謂「多買胭脂繪牡丹」也。……〔註64〕

在極力讚譽甚至是奉承尤侗的同時，「即使能高，亦憂寡和」八字，亦可見他對於自我戲曲創作定位與追求的清醒。如果我們考慮「本色」二字在戲曲批

〔註60〕〔清〕李漁：〈《一家言》釋義〉，《李漁全集》，卷1，頁4。

〔註61〕〔清〕李漁：〈與陳學山少宰〉，《李漁全集》卷一，頁165。

〔註62〕清初黃媛介在批《意中緣》時拍案叫好，然而在一百多年後《蘭因集》的女性倡和者們則以「輕薄」批評此劇。詳見下文。

〔註63〕李漁研究早期寂寥，八、九十年代才大盛。這既有西方及日本研究反饋的影響，學者亦指出：「我們的藝術觀念逐漸發生了變化，李漁身上的某些部分又戲劇化地同現代審美需要發生了某種融合、適應……」胡元翎：《李漁小說戲曲研究》（北京：中華書局，2004年），頁9～10。

〔註64〕〔清〕李漁：〈覆尤展成先後五札〉之五，《李漁全集》，卷1，頁191。

評中，往往與「元人」或「當行」並用的特殊意涵、或許李漁在此處用了個巧妙的雙關語，再度顯現了他隱藏於自謙甚至自貶之詞下，其強大的自信。

　　成書於康熙末年的《曲海總目提要》提及李漁時云：「漁本宦家書史，幼時聰慧，能撰歌詞、小說，游蕩江湖，人以俳優目之。」〔註65〕聊聊數語，卻可見其鄙夷。其實不必到康熙末年，李漁在當時便已面臨不少批評，而他本人必然也是清楚的。他曾有詩〈予携婦女出游，有笑其失計者，詩以解嘲〉：

> 盡怪飢驅似飽騰，紛紛兒女共車乘。須知我作浮家客，欲免人呼行
> 脚僧。歲儉移民常就食，力衰呼侶伴擔簦。他時絕粒長途上，縱死
> 還疑拔宅昇。〔註66〕

此詩看起來姿態極低，不由禮教道德入手，而從現實面（飢驅、力衰）自辯。然而末兩句「他時絕粒長途上，縱死還疑拔宅昇」，前一句再度展現了李漁在許多求援信中常見的誇飾法，然而加上末句，語氣一轉，由餓死溝渠聯想到飛昇仙界，這種反差性造成的諧謔感，淡化了不得不自辯的社會責難。至於「人以俳優目之」的輕視眼光，李漁又如何自解呢？

（一）《奈何天》對俳優、文人身分的模糊

　　上文所提到的《奈何天》傳奇，改編自李漁白話小說集《無聲戲》中〈醜郎君怕嬌偏得艷〉一節，兩者的創作年代極為相近。〔註67〕因此兩者間的差異，或可以作為小說與戲曲處理相同題材時，作者因應不同文類而改筆的例子。而這其中有個特別值得玩味之處。在先娶之妻鄒氏避入書房後，闕素封求娶第二女何氏，何家要求面相，看中方允成婚。此處小說中的描寫十分簡單：

> 約了一個日子，只說到某寺燒香，那邊相女婿，這邊相新人。到那
> 一日，里侯〔闕素封〕央一個絕標緻的朋友做了自己，自己反做了
> 幫閒，跟去偷相，兩個預先立在寺裡等候。〔註68〕

然而到了傳奇《奈何天》中，此段演成一整齣南北合套的大戲〈誤相〉，最重

<hr>

〔註65〕〔清〕無名氏：《曲海總目提要》，收入俞為民、孫蓉蓉編：《歷代曲話彙編·清代編》，冊7，頁775。
〔註66〕〔清〕李漁：〈予携婦女出游，有笑其失計者，詩以解嘲〉，《笠翁詩集》，《李漁全集》，冊1，卷2，頁183。
〔註67〕目次題名下注有「此回有傳奇即出」。《年譜》分繫《無聲戲》與《奈何天》於順治十三、十四年。
〔註68〕〔清〕李漁：〈醜郎君怕嬌偏得艷〉，《無聲戲》，《李漁全集》，冊4，頁13。

要的改動則在於小說中「絕標緻」的朋友，到了戲曲裡被改為某某班的正生。此一改動，立即讓原本平等的朋友關係，產生身分、階級上的落差；同時，也讓本齣寺內面相的情節有了戲曲經典《西廂記》的背景可供互文與挪借，也就因此產生了強烈的反諷性，試看以下曲文：

> （生對丑介）大爺，你說我們兩個，來到這邊做甚麼？（丑）特來相親。（生）大
> 爺，便是相親，據在下看來，只當還是做戲。（丑）做的甚麼戲？（生）聽我道來：
> 【北新水令】戲文今日演《西廂》，要與那俏鶯鶯奇逢殿上。怎要在畫
> 中求愛寵，教俺在影裡做情郎。（丑）你未做張生，我這陪你遊玩的，倒是個
> 法聰和尚了。（生）子怕這美號也難當，那有個禿不全的法聰和尚！
> ……
> 【北折桂令】（生）才進得古刹回廊，參了韋馱，謁了金剛。呀，子聞
> 得寶殿風來，旃檀氣裡，帶着些蘭麝幽香。（作行到介）（生、丑、二旦各
> 偷覷介）（生背介）覷著那俊龐兒，好教俺生平技癢，險些兒把跳東墻的腳
> 步高張。怎當他前有萱堂，後有紅娘，便道是做張生全要風流，怎奈這
> 鄭恒的對面當場！〔註69〕

藉由挪借扭曲眾人耳熟能詳的《西廂記》曲文，此齣情景便有了反諷的深度。且李漁更進一步藉由階級與身分的錯亂強化了這樣的反諷。當媒婆謊稱「那一位絕標致的」即為闕素封時，何氏的反應是：

> （小旦）姿容便好，只可惜輕浮了些，竟像個梨園子弟的模樣。（副
> 淨〔媒婆〕）那不要怪他。只為近來的文人，都喜歡串戲，他曾串過
> 正生，所以覺得如此。〔註70〕

此處絕妙的身分顛覆，表面上似乎在批評文人愛好串戲的輕浮，劇場設置上則來自生腳在舞臺上扮演一位假扮富商老爺的戲班正生，階級在這樣表裡的雙重顛覆下顯得曖昧不清。之後因不滿正生輕浮，何氏猶豫不決時，闕素封因抱著或許替身相不中，倒相中他本身的想法，欲「做些風流態度與他相相」，因而做出種種醜態，何氏的想法不由一變：

> （小旦背介）我起先單看那人，不曾覷著這個厭物，所以求全責備，

〔註69〕 〔清〕李漁：《奈何天》第 9 齣〈誤相〉，《笠翁傳奇十種下》，《李漁全集》，
　　　　冊 2，頁 30。
〔註70〕 〔清〕李漁：《奈何天》第 9 齣〈誤相〉，《笠翁傳奇十種下》，《李漁全集》，
　　　　冊 2，頁 31。

> 不覺的奇刻起來。如今看了這副嘴臉，再把那人一看，就不覺恕了
> 許多。真個是兩物相形，好醜自見。〔註71〕

兩相對比之下，稍顯輕浮的正生頓時光彩萬分，於是何氏應允成婚。此處闞
素封與戲班正生的身分，不僅因長相而顛倒，更因風度而有差別。而正是戲
曲角色與腳色的多重性，使得這樣的設置成為可能。李漁在打破生腳為主的
傳統時，並未改變腳色的程式身段，也並未因此美化丑腳扮演的闞素封。不
論李漁是否有意挑戰對於「俳優」的輕視，在這一齣〈誤相〉中，俳優與富
家之主的界限，或說是俳優與「文人」的巨大階級界限，確實不僅模糊化，
甚至是逆轉了。

（二）《比目魚》——俳優的節義形象及「戲中戲」的運用

《奈何天》藉由腳色的跨界，使得階級曖昧模糊。其後，李漁於《比目
魚》一劇更以俳優為女主角，並直接讓生腳以文士身分投入俳優一行，造成
了階級的流動。

此劇寫襄陽書生譚楚玉，因愛慕戲班演員劉藐姑，乃屈身至戲班學戲以
近之。藐姑感其情義，私訂終身。鎮中宮戶錢萬貫以十金欲聘藐姑為妾，其
母劉絳仙為利所誘，逼其嫁之。藐姑借演《荊釵記》之機，投江殉情，楚玉
繼之。平浪侯晏公化一人為比目魚，為漳南兵憲慕容介化名之隱者莫漁翁所
撈獲。譚、劉二人回復人身後成親，莫又勸助譚生應試。譚鄉、會二試連捷，
授汀州司理。赴任途中往拜莫漁翁，莫假託平浪侯顯靈，將治民禦盜之法陰
授之。譚生夫婦為拜謝平浪侯，復至晏公廟祭神，擬演戲還願，正巧請的是
藐姑之母所在之玉筍班。二人令其演《王十朋祭江》，劉絳仙扮正生，觸動肝
腸，假戲真做，燒紙錢祭藐姑。譚生夫婦出見，闔家相會。後山寇復反，著
人偽裝慕容介歸降，以張聲勢。譚生依冊中之計盡剿山寇，圖形緝慕容，誤
擒莫漁翁。及寇首招出實情，真相乃白。

在《比目魚》中，由於是以戲班為主要描寫環境，最值得注意的莫過於
「戲中戲」的使用，即兩齣《荊釵記》的演出，及其對於《比目魚》情節的
呼應。中國傳統戲曲中「串戲」情節並不罕見，由於排場生動，且便於伶人
增減發揮，長於此道的劇作家往往用之。舉例來說，李玉《占花魁》中的〈串

〔註71〕〔清〕李漁：《奈何天》第 9 齣〈誤相〉，《笠翁傳奇十種下》，《李漁全集》，
　　　　冊 2，頁 32。

戲）〔註72〕及《萬里圓》第十一齣投店時串《節孝記‧春店》皆為串戲的使用，〔註73〕可見此類情節必然深受觀眾歡迎。然而大多數的串戲情節，多為插入一、二支曲子，或少量賓白配合身段手勢，提供調劑排場，一新耳目的作用。所串之戲與主戲並無關聯。並不構成西方戲劇中後設戲劇（metadrama）的情況。〔註74〕李玉的《萬里圓》寫孝子黃向堅尋父，而《節孝記》寫黃孝子尋母故事，故在他的串戲中，的確帶有劇中劇呼應本劇的意味，屬於少見的例子。然而，李漁《比目魚》中對於《荊釵記》的演出與使用，則是真真正正地在中國戲曲中展現了後設意味的「劇中劇」。

首先是第十五齣〈偕亡〉，此齣為藐姑被逼嫁後，決心以死明志，但她不甘心死得不明不白，刻意利用了晏公壽戲，演出自行改編的《荊釵記‧投江》。事實上，李漁僅使用了原本中的第一曲【梧葉兒】，〔註75〕此後曲文則完全是自創。但由於《荊釵記》是觀眾耳熟能詳的江湖舊本，僅此一曲便足以構成足夠的互文及引入效果，在熟悉的舊曲之後，其後的改動也必將更令觀者感到新奇。藐姑演至將要投水時，有如下賓白：

> 且住，我既然拚了一死，也該把胸中不平之氣，發洩一場！逼我改嫁的人，是天倫父母不好傷，獨他那套寫休書的賊子，與我有不共戴天之仇，為甚麼不罵他一頓，出出氣了好死！（指淨介）待我把這江邊的頑石，權當了他，指他一指，罵他一句，直罵到頑石點頭的時節，我方才住口。（權放石介）〔註76〕
>
> ……
>
> （淨點頭，高叫介）罵得好！罵得好！這些關目都是從來沒有的，果然改得妙！（旦）既然頑石點頭，我只得要住口了。如今抱了石

〔註72〕〈串戲〉及其後的〈雪塘〉皆為《綴白裘》所收齣名，兩齣同出自《占花魁》第 23 齣〈巧遇〉。

〔註73〕《萬里圓》之抄本無齣名。

〔註74〕所謂後設戲劇，最簡單的定義是「關於戲劇的戲劇」，大致可分為戲中戲、戲中儀式、角色中的角色扮演、對文學或現實的指涉以及自我指涉等。參見 Richard Hornby, *Drama, Metadrama, and Perception* (London: Associated University Presses, 1986), pp. 31-32.

〔註75〕「〔旦上〕遭折挫。受禁持。不由人不淚垂。無由洗恨。無由遠恥。事臨危。拚死在黃泉作怨鬼！」〔清〕李漁：《比目魚》第 15 齣〈偕亡〉，《笠翁傳奇十種下》，《李漁全集》，冊 2，頁 156。

〔註76〕〔清〕李漁：《比目魚》第 15 齣〈偕亡〉，《笠翁傳奇十種下》，《李漁全集》，冊 2，頁 156。

頭，自尋去路罷！（抱石，回頭對生介）我那夫呵！你妻子不忘昔
日之言，一心要嫁你；今日不能如願，只得投江而死。你須要自家
保重，不必思念奴家了！（號咷痛哭介）（生亦哭介）〔註77〕

藉由這樣的賓白，此段劇中劇不僅模糊了劇中劇與正劇之間臺上臺下的物理
界限，在情境上更發揮類比的效果。錢玉蓮遭逼嫁，為守節而投江，完美地
與藐姑遭逼嫁，為守節而投江重疊起來。藐姑也由扮演烈婦而成為烈婦，使
她的俳優身分經由道德實踐而得到昇華。在其母絳仙「優兼娼」的固定傳統
形象對比下，藐姑的節烈形象也因此更加被強化與提高了。

　　其後在第二十八齣〈巧會〉中，譚楚玉功成名就，夫婦重至晏公廟演戲
還願。令藐姑之母劉絳仙扮正生演〈王十朋祭江〉，以試探其可有傷感。絳仙
演出之時，觸動肝腸，假戲真做，燒紙錢時錯喚藐姑，藐姑大慟應之，與母
相認。此齣再演《荊釵記》，不僅與前敘〈偕亡〉彼此呼應，且情境同樣吻合，
卻又巧妙地顛倒。在〈偕亡〉中，「劇中劇」外被指著罵的淨腳並不知道自己
就是被罵的奸徒；而在〈巧會〉中，「劇中劇」內的絳仙則不知道自己錯喚的
藐姑正在看著自己的表演。

　　與〈偕亡〉不同，此處入段使用《荊釵記》原文。特別要指出的是，此
齣的「原文」，即今天所見乾隆時《綴白裘》中《荊釵記・沉江》曲文，與明
末毛晉《六十種曲》所收《荊釵記》曲文迥異，說明了〈沉江〉一齣在清初
時已經完整演變為折子戲。此外，《綴白裘》版本中，此齣為南北合套大戲，
寫王十朋母子同祭，由王母唱南曲，王十朋唱北曲。但在《比目魚》中，則
巧妙地以「年高之人受不得悲傷」為理由，刪去王母的出場，化為王十朋的
單人戲，連唱五支北曲。這樣的安排，讓舞台上僅留下絳仙一人，不論對劇
中劇抒情力量的集中或是回到正戲後與藐姑的互動，都有著加深與強化的效
果。〈偕亡〉創新的賓白，有助於藐姑痛罵奸徒的戲劇性，並建立提高其節烈
形象；而〈巧會〉襲用舊曲，大段唱段的抒情性，則加深了整個哭祭的悲慟
感，烘托出絳仙作為母親的悔恨，使母女相認及團圓場面更為合理。一前一
後《荊釵記》折子，各自新編與沿舊的處理，呈現出李漁作為戲曲家的驚人
敏感度與調度功力。

　　此外，〈巧會〉齣中譚楚玉同樣可以作為藐姑〈偕亡〉中的對照組。譚在

〔註77〕〔清〕李漁：《比目魚》第 15 齣〈偕亡〉，《笠翁傳奇十種下》，《李漁全集》，
　　　　冊 2，頁 157。

安排壽戲之後有如下賓白：

> （生）我們一到，且瞞著眾人，不要出頭露面。待他做的自做。直
> 等做完之後，說出情由，然後請他相見。這齣團圓的戲，才做得有
> 波瀾，不然就直截無味了。〔註78〕

藐姑在〈偕亡〉齣中演出錢玉蓮節烈的同時，實踐了自己的節烈，其道德性
讓她打破階級，得到了地位的提昇，得以在此齣中以官夫人的身分重歸。而
在〈巧會〉中，以官員身分歸來的譚楚玉混淆現實與做戲的發言，則讓我們
回想起他投身戲班，由文人降為俳優的過往。由於李漁劇中類似「說破」或
模糊戲劇與真實的例子並不罕見，〔註79〕我們無從得知李漁是否刻意安排男
女主角這樣的行為發言，以模糊或跨越階級身分的界限，但最終《比目魚》
的成就，卻的確是中國戲曲中少見的兼具劇場創新及反諷性的佳構。

　　以上《奈何天》與《比目魚》的例子不僅僅可作為李漁對「人以俳優目
之」的反擊，更重要的是它們比任何自我建構都更有力地展現了李漁身為當
行戲曲家的成就。前兩節所論述的，李漁對個人名聲商品化的經營之所以如
此成功，正是根源於其作品。

四、結語

　　李漁的為人一直頗有爭議，早在清初即多批評之聲。〔註80〕在中國由文

〔註78〕〔清〕李漁：《比目魚》第28齣〈巧會〉，《笠翁傳奇十種下》，《李漁全集》，
　　　　冊2，頁192～193。

〔註79〕「說破」指劇中人物以戲或劇場語言比喻自己狀況，或根本直接自承在演戲，
　　　　此一情形在劇場中並非始於李漁，往往用於打破悲劇情境，作為一種喜劇性
　　　　的抒發（comic relief）。如《蜃中樓・獻壽》淨扮三弟赤龍唱北曲，敘說當日
　　　　錢塘行雨過當犯天條事：「待兄弟手舞足蹈演說一番，只當做一齣戲文，與哥
　　　　哥上壽如何？」此為比喻，而《蜃中樓・傳書》中則是直接自承演戲：「小的
　　　　們昨日看戲，做一本蔡興宗造洛陽橋，裡面有一個人叫做下得海，他曾投過
　　　　龍宮的書，求老爺差他去罷！（生）那是做戲的，那裡當真會下海。（眾）這
　　　　等，小的們也是做戲的，那裡當真會下海。（生）胡說！」分見〔清〕李漁：
　　　　《蜃中樓》第4齣〈獻壽〉，第18齣〈傳書〉，《笠翁傳奇十種上》，《李漁全
　　　　集》，冊2，頁219、271。

〔註80〕袁于令說他：「性齷齪，善逢迎，遊縉紳間，喜作詞曲小說，極淫褻。常挾小
　　　　妓三四人，子弟過遊，便隔簾度曲，或使之捧觴行酒，並縱談房中，誘賺重
　　　　價。其行甚穢，真士林所不齒者也。予曾一遇，後遂避之。」〔明〕袁于令：
　　　　《娜如山房說尤》，轉引自單錦珩編：《李漁研究資料選輯》，《李漁全集》，冊
　　　　12，頁310。董含《蒪鄉贅筆》也有幾乎一樣的文字，其後有「夫古人綺語猶

字「想見其人」且反之亦然的批評傳統中，李漁的聲名對其作品不免有負面影響；此外，戲曲此一文體由於背負著娛樂的原罪，往往必須藉由強調其教化價值以自我標榜與自我辯護，對作者本人的鄙薄無疑影響到對其戲曲的評價。在當代戲曲史上，李漁最被稱許的無疑是他的戲曲理論而非其劇作，甚至出現了「李漁在理論上是個巨人，在創作上則是個侏儒」此一論斷。〔註81〕

另一方面，李漁戲曲中儘管處處照顧觀眾的享樂，追求關目排場新穎，但或許正因如此，他的人物描寫往往很難引起觀眾較為深刻的情感乃至感動。徐朔方認為：「〔李漁〕的人物形象在某一種戲中栩栩如生，在另一場戲中也如此，但在整本戲中卻看不到前後一貫或前後有合理發展的立體而獨立的活生生的形象，更談不上深刻的典型意義。情節結構的空前緊湊卻以削弱人物形象為代價。」〔註82〕

然而正如前幾節中所提到的，李漁對於自身形象及其戲曲作品的目標觀眾群有著深刻而清醒的認知——一位知趣得體的清客及其帶來俳諧風流的劇作所期望的是輕鬆（哪怕是輕佻）的笑聲而非沉重悲痛的淚水。韓南亦指出李漁並不意圖感動他的讀者或觀眾。〔註83〕「點綴太平」看似套語，但恰恰精準地說明了李漁在包裝其劇作乃至自身為「商品」的市場定位。甚至他會敏感地捕捉其時的政治緊縮，因應士大夫交遊圈的氛圍轉變，而隨之改換其議論、形象等包裝。

這樣的包裝，通過李漁作為當行劇作家的才華得以展現。正如前述《奈何天》和《比目魚》中對傳統文本《西廂記》曲文的挪借及《荊釵記》戲中戲使用的例子，李漁的戲曲作品在劇場藝術及演出性上極為擅場。此外，李

以為戒，今觀《笠翁一家言》，皆壞人倫、傷風化之語，當墮拔舌地獄無疑也。」疑似引袁語未註明。有趣的是，梁紹壬在《兩般秋雨盦隨筆》卷四「李袁輕薄」中將李、袁同列，說袁于令「為人貪汙無恥，年逾七旬，猶強作少年態，喜縱談閨閫，淫詞穢語，令人掩耳。」董、梁引文皆轉引自單錦珩編：《李漁研究資料選輯》，《李漁全集》，冊12，頁312、315。

〔註81〕黃天驥：〈論李漁的思想和創作〉，見《李漁全集》，冊12，頁201。黃天驥此文試圖駁斥這種觀念，提出李漁早期創作在思想上是有不少進步之處，如疑君、疑古等。而晚年劇本則因生活狀況腐敗影響，每下愈況，潛藏封建思想。

〔註82〕徐朔方：〈論《十種曲》〉，《李漁全集》，冊12，頁234。個人覺得與其說是「形象」不夠立體而獨立，倒不如用《琵琶記》「論傳奇，樂人易，動人難」來解釋，或者可以說李漁的人物缺乏某種深度，所以能「樂人」而不能「動人」。

〔註83〕"In general, Li Yu is not a writer who sets out to move us." Patrick Hanan, *The Invention of Li Yu*, p. 148.

漁對於劇場演出效果極為在意。例如在他改編自《柳毅傳書》及《張生煮海》故事的《蜃中樓》中便有如下的舞台指示：「預結精工奇巧蜃樓一座，暗置戲房，勿使場上人見，俟場上唱曲放烟時，忽然抬出。全以神速為主，使觀者驚奇羨巧，莫知何來，斯有當於蜃樓之義，演者萬勿草草。」「預備龍宮諸色寶玩，齊列戲房，候臨時取上，務使璀璨陸離，令觀者奪目。」〔註84〕不論是「使觀者驚奇羨巧」，或是「務使璀璨陸離，令觀者奪目」，都可看出他對於劇場效果以及觀眾反應的預期與在意。

相較於李漁對於劇場效果以及觀眾反應的重視，李漁對他人對其為人行事的批評攻擊則有接近無謂的態度。李漁論絲竹享樂的話，或可移為他自嘲背後的強大自信，或說是一種不在乎他人看法態度的註腳：

> 嘗見富貴之人，聽慣弋陽、四平等腔，極嫌崑調之冷。然因世人雅重崑調，強令歌童習之，每聽一曲，攢眉許久，座客亦代為苦難，此皆不善自娛者也。予謂人之性情，各有所嗜，亦各有所厭。即使嗜之不當，厭之不宜，亦不妨自攻其謬。自攻其謬，則不謬矣。〔註85〕

像是「自攻其謬」，或是「我能言之，不能行之」這類語言的反覆出現，〔註86〕其實呈現了李漁一種自知，但卻又無所謂的輕鬆態度。

這種態度與他的享樂主義上承晚明流風，於尚未被道德綁架的清初曾風行一時，而在清中葉的嚴格道德主義下飽受抨擊。如前文提及的《意中緣》，劇中女主角楊雲友在李漁筆下，由原本寥寥記載中的模糊身影，成為一位果斷、具有能動性的才女。然而曾經獲得黃媛介拍案叫好，〔註87〕稱許為「平增院本家一段風流新話，使才子佳人良願遂於身後」的此劇，〔註88〕卻因為

〔註84〕分見〈結蜃〉、〈運寶〉二齣。〔清〕李漁：《蜃中樓》，《笠翁傳奇十種上》，《李漁全集》，冊2，頁222、308。

〔註85〕〔清〕李漁：《閒情偶寄》，《李漁全集》，冊11，卷3，頁147。

〔註86〕《閒情偶寄》卷二「文貴潔淨」、卷六「節憂患傷情之欲」皆提及此語，前者作「予能言之」。〔清〕李漁：《閒情偶寄》，《李漁全集》，冊11，卷2、卷6，頁52、340。

〔註87〕見〈誆姻〉齣批語：「詭絕，智絕，趣絕，雅絕！從來無此妙劇。凡作傳奇者看到此等處，俱可廢然矣。」「即使萬人觀場，看到此處，未有一人不叫絕者。笠翁作詞，真是千古絕技。」〔清〕李漁：《意中緣》第28齣〈誆姻〉，《笠翁傳奇十種上》，《李漁全集》，冊2，頁410～411。

〔註88〕黃媛介序中稱：「……笠翁先生性好奇服，雅擅填詞，聞其已事，手腕栩栩欲動，謂邯鄲寧耦胹養，新婦必配參軍，鼓憐才之熱腸，信衷情之冷眼，招四

它模糊了良／賤分界，遊走在禮教邊緣的策略，在一百多年後《蘭因集》的女性倡和者處得到的是「輕薄」的批評。〔註 89〕可以想像，選用董其昌、陳繼儒和楊雲友、林天素這樣的知名人物為劇中人，儘管說是要將「佳人奪取歸才士」，〔註 90〕卻可窺見李漁想藉他們名氣讓自己的戲更引起觀眾興趣的意圖。正因如此，當觀眾群的口味與禁忌改變，李漁戲曲的喜劇根基也必然為之動搖。到乾、嘉時的折子選輯《綴白裘》裡，也僅剩下了《風箏誤》四齣。〔註 91〕正如同學者所指出的：「曾經從個人和思想生活兩方面造就並支持李漁的那種社會文化的環境以及思想—文學的氣候到乾隆晚期已經消逝。」〔註 92〕當時代不再允許憤怒、不敬與直言時，群眾的娛樂口味竟似也不再欣賞遊走於禮教邊緣的巧合、風情與大膽。

　　時移世易，當我們用現代眼光重新審視李漁其人，赫然發現在他身上竟然存在如此多的當代性。不論是標榜娛人消愁，追求擴大本身的商業價值，玩弄文字以包裝自我及規避忌諱，又或是吶喊著「決一死戰」地爭奪著作權，〔註 93〕甚至典當舉債以享受人生，〔註 94〕乃至他的自我宣傳與自我建構，不

人芳魂靈氣，而各使之唱隨焉。奮筆歸章，平增院本家一段風流新話，便才子佳人良願遂於身後。……」〔清〕黃媛介：《意中緣‧又序》，《笠翁傳奇十種上》，《李漁全集》，冊 2，頁 318。

〔註 89〕「從來寒女如寒士，似爾生涯亦可憐。……何事狂生太輕薄，竟將顛倒說姻緣。（結語謂李笠翁《意中緣》院本也）」〔清〕陳滋曾：〈族叔頤道夫子重修西湖三女士墓詩〉其三，見〔清〕陳文述：《蘭因集》，收入《叢書集成續編》，冊 257，頁 58；「又見楊娃小印紅，容華才筆麗驚鴻。叢殘著錄留湖上，輕薄姻緣說意中。（李笠翁撰《意中緣》以雲友配董香光，謬論也）」〔清〕汪端：〈翁大人重修西湖三女士墓詩〉其三，見〔清〕陳文述：《蘭因集》，收入《叢書集成續編》，冊 257，頁 59。

〔註 90〕〔清〕李漁：《意中緣》第 30 齣〈會真〉，《笠翁傳奇十種上》，《李漁全集》，冊 2，頁 417。

〔註 91〕《雨村曲話》：「李漁音律獨擅，近時盛行其《笠翁十種曲》。……世多演《風箏誤》。其《奈何天》，曾見蘇人演之。」李調元對笠翁戲曲的評價算是相當高的，但即使說「盛行」，亦可見在乾隆時也只剩《風箏誤》還經常上演了。〔清〕李調元：《雨村曲話》，收入《中國古典戲曲論著集成》（北京：中國戲劇出版社，1960 年），冊 8，頁 26。

〔註 92〕〔美〕張春樹、駱雪倫著，王湘雲譯：《明清時代之社會經濟巨變與新文化——李漁時代的社會與文化及其現代性》，頁 272～273。

〔註 93〕「是集中所載諸新式，聽人效而行之；惟箋帖之體裁，則令奚奴自制自售，以代筆耕，不許他人翻梓。已經傳札布告，誠之於初矣。倘仍有壟斷之豪，或照式刊行，或增減一二，或稍變其形，即以他人之功冒為己有，食其利而抹煞其名者，此即中山狼之流亞也。當隨所在之官司而控告焉，伏望主持公

論好壞評價，李漁顯得如此近似我們身邊或網路、媒體上實在的人物。在同樣享樂主義、利己主義與理直氣壯追名逐利的現代，作為「商品」的李漁及其戲曲作品，較之其他清初文人戲曲作品，或許更能獲得現代觀眾的接受與共鳴。當我們拋棄道德教化、思想深度的高點，改由劇場藝術、演出效果甚至是易代後治生求存的角度觀之，李漁取得的成就與成功的確值得他自豪。而其所精心經營的「笠翁」品牌，更進一步說，這份「經營」，則是他有別於吳偉業等清初文人戲曲家、李玉等蘇州派戲曲家，或是萬樹等風流劇作戲曲家的最大特殊之處。

道。至於倚富恃強，翻刻湖上笠翁之書者，六合以內，不知凡幾。我耕彼食，情何以堪？誓當決一死戰，布告當事，即以是集為先聲。」〔清〕李漁：《閒情偶寄》，《李漁全集》，冊11，卷4，頁229。

〔註94〕 李漁曾為年節購水仙而典當內眷飾品。見〔清〕李漁：《閒情偶寄》，《李漁全集》，冊11，卷5，「種植部・草本第三・水仙」，頁286。

第六章　結　論

　　本文以明清易代至三藩之亂平定後，這動盪末穩的四十年間（1644～1683）文人所創作的戲曲為研究對象，嘗試探索其於主流「家國之思」解讀外的可能新面向。本文的原初疑問在於：為何有如此多的文人，其中包括詩文大家吳偉業（1609～1671）甚至大儒王夫之（1619～1692），在易代後開始創作戲曲？而以此為出發點，本文聚焦於易代、戲曲文體，以及文人心態，以戲曲之「用」作為切入點，析論鼎革對文人及其戲曲作品的影響，以及文人選擇戲曲文體展現這些影響的動機及目的。

　　首先是易代。鼎革及清初亂局的時代背景，於〈緒論〉中已有論述。本文所試圖開展的，是在主流「家國之思」外，「人情之常」的挖掘。在清初文學與文人心態的研究中，易代後的家國之思無疑是研究的重點。然而傳統易代解讀中的家國之思，其實是一個偏義詞，焦點在國而非家。諸如貪生惡死，念父母、顧妻子等等「人情之常」，在大義名分下往往招人指摘，如吳偉業便因「牽戀骨肉，逡巡失身」遭到批評甚至嘲諷。處理家國之思的文學作品中，對家族或個人的流離與苦難描寫，往往劍指失國的悲劇與沉痛。最著名的例子莫過於孔尚任（1648～1718）「借離合之情，寫興亡之感」的《桃花扇》。〔註1〕此劇劇末，外扮張薇道人舉行追醮崇禎及文武忠臣的法會，男女主角侯方域及李香君顛沛離散後於此再逢，互訴衷情時，卻為張薇喝破：

　　　　（外）你們絮絮叨叨，說的俱是那裡話！當此地覆天翻，還戀情根慾種，豈不可笑！（生）此言差矣！從來男女室家，人之大倫；離

─────────────
〔註1〕〔清〕孔尚任著，王季思等注：《桃花扇》，〈試一齣・先聲〉，頁21。

合悲歡，情有所鍾。先生如何管得？（外怒介）呵呸！兩個癡蟲，你看國在那裡？家在那裡？君在那裡？父在那裡？偏是這點花月情根，割他不斷麼？〔註2〕

侯、李二人於此豁然醒悟，領命拜師，修真學道而去。姑且不論終得重逢，驚喜交加之男女主角如此頓悟轉折是否具有說服力，孔尚任打破傳奇終場團圓程式，以侯、李各自惘然，最終背向而去的身影，強化了亡國後地覆天翻的悲愴之感。此處張薇以一位世外之人的身分，帶著俯瞰的視角，點明時移世易的興亡主旨；而在他背後的，則是孔尚任作為一位易代半世紀後的劇作家，於拉開時間距離後方有可能具備的冷眼。

然而拉近時空視角，在大時代的大論述之下，於寄託、反思、存史與教化等歷史劇最常見也是最主要的創作意旨外，更為普遍且為人情之自然的，乃是個人的執念、冀求，以及切身的利益或情感糾葛。這些縈於懷繫於心的「一己」之思，形諸筆端，於文人們的作品中躍然紙上；〔註3〕生氣也好，戾氣也罷，甚至是頹唐喪志的佝僂身影，其令人慨然喟歎之處，又何減於山陵催，天地崩？我們或許可以大膽地說，在三百多年後的如今，作為「個人」的文人身影，遠比「遺民」、「貳臣」等等遠去歷史的標籤，更能喚起讀者的共感。

本文第二章〈「邑人寫邑事」──葉承宗、劉鍵邦、馬羲瑞之史劇編撰及其功用〉中所討論的歷史劇，罕為人知。相較於孔尚任借個人離合之情，寫「國家興亡」之感，這類「邑人寫邑事」的史劇表現出文人作者在述寫闖亂這樣家國遭難的歷史事件中，地域、個人乃至家族等不同面向的創作動機與目的。

山東歷城葉承宗（1602～1648）所撰《百花洲》傳奇，如今已佚，但於《乾隆歷城縣志》中可見其梗概。此劇描寫崇禎十七年四、五月間，大順朝偽官至濟南拷掠縉紳，勒逼糧餉事。山東一地，在明末清初數十年間飽受戰亂流離之苦，葉承宗本人亦曾於崇禎十二年清軍破濟南的守城之戰中負傷。

〔註2〕〔清〕孔尚任著，王季思等注：《桃花扇》，第40齣〈入道〉，頁167。
〔註3〕舉例來說，丁耀亢在他過世那一年的病中，寫了《家政須知》，既自得於經營有餘，更殷殷望子守成：「念余童年失父，十六持家，今年古稀有一，所置田宅十倍于昔。思堂構之難成，悲創造之不易。病中無事，聊遺片言，以為守成之警耳。」見〔清〕丁耀亢：〈家政須知自序〉，〔清〕丁耀亢撰，李增波主編，張清吉校點：《丁耀亢全集》，冊下，頁248。

他於次年撰《歷城縣志》，在這本私人纂修卻進入官方系統的方志中，他詳記文武士紳殉難事以紀念及表彰鄉賢。但鼎革後，再度遭逢巨變的葉承宗並未重修或增修《歷城縣志》，卻轉而選擇戲曲文體作為「紀錄」的媒介。劇中找不到此類戲曲理應重點描寫的光輝的節烈表揚場景，卻刻繪出當時紛亂無序的氛圍，呈現家鄉士紳的苦難、亂世的混沌以及對秩序回復的期望。

河北真定劉鍵邦（明末清初人）的《合劍記》，描寫明末闖將劉方亮破南宮，縣令彭士弘殉節，其姪彭可謙為叔復仇事。此部傳奇中描寫了兩條副線，即觀眾喜聞樂見的「俠客王義」線與世人所熟知的「吳三桂復父仇請清兵」線。作者以平行上下移的技巧，交互映襯實際上為虛擬的孝姪彭可謙復仇主線，力圖將此事建構為歷史真實。而事實上，彭可謙即為出資刊刻該劇者。然而劉鍵邦此劇之作又不僅僅是為了逢迎出資刊刻者。此劇對彭士弘殉節一事，透露出了碑傳或忠烈傳中不會也不能記載的真相：即縣令彭士弘在闖軍不降即屠城的威嚇下，儘管個人選擇殉難，卻下令開城門納降以全百姓。可以說劉鍵邦此劇不僅折射出亂世與初平的特殊時代背景下的人心向背，且在為殉難先烈隱諱揚善的同時，留下了歷史真實；最後在個人層面上，則以整個虛構孝姪復仇的主線，讚頌了出資刊刻的官員。

甘肅甘州馬羲瑞（順康時人）的《天山雪》傳奇，描寫明末甘州城破，巡撫林日瑞、總兵官馬爌及文武士紳殉難事。與葉承宗類似的是，馬羲瑞亦曾經修撰地方史，但他所修的《甘鎮志》，卻不為當道採用，因而未能進入官方史書系統，也未能留傳。而在《甘鎮志》不得刊刻的次年，他創作了《天山雪》。事實上，馬羲瑞即劇中由外腳所扮的總兵官馬爌之子。馬爌於明末亂局中曾因「召之不至」、「逗溜淫掠」屢次被劾，馬羲瑞不遺餘力地在劇中重新建構其父的光輝形象，似乎期望以此反駁甚至覆蓋在鄉里中流傳的歷史記憶。此劇作為「邑人寫邑事」的歷史劇，在其時史料全燬的狀況下，帶有強烈「以曲代史」甚至是「以曲覆史」的意圖。

由第二章對《百花洲》、《合劍記》以及《天山雪》等「邑人寫邑事」類型的歷史劇的析論可見，「邑人寫邑事」的歷史劇，最顯著的特色是帶有強烈的地域色彩。除此之外，「邑人寫邑事」的歷史劇又因為作者個人經歷與創作動機之不同，往往糅雜著社會階層、家族乃至個人利益等與一己切身因素相關的考量存在。在《天山雪》的例子裡，我們甚至可以更大膽地說，「邑人寫邑事」還隱然成為私人與官方搶奪地方事件「話語權」的手段。更值得玩味

的是三位作者中，葉承宗、馬羲瑞皆修過地方史志，他們於修史後以戲曲創
作呈現地方歷史事件，此一轉變透露出文體選擇的重要線索：儘管歷史劇往
往標榜「信史」，即強調歷史真實性，但戲曲文體的虛構性及可操作性，或許
才是「歷史劇」之所以成「劇」的理由。歷史劇的歷史真實與虛擬建構之間，
既可能是謹守史料，只為因應劇場冷熱調劑、角色勞逸而作基本的「劇場點
染」，於另一端亦可能帶著對「演唱相沿，幾惑正史」〔註4〕的效用自覺而蓄
意地加以利用。在編造與徵實交錯混雜的界線上，戲曲於地域、於個人之功
用，在「演出」的特質與可能下，早已超過了「紀錄」的範圍，其虛構性及
可操作性，使戲曲創作成為於地域發聲，或塑造地方記憶的手段與媒介。

歷史劇因其抒情與敘事的特質，可以想見是最容易被用以呈現易代與鼎
革後社會動盪、人心不定的文體。然而即使在歷史劇中，都可以看見如此錯
綜複雜的個人創作動機與目的。至於知名文人於易代後創作的戲曲，無論是
否為歷史劇，作品與其個人生命史的糾葛、富於個人色彩的創作動機與目的
便益發搶眼。

這就要進一步談及文人如何看待戲曲此一文體。戲曲文體的特質亦已於
〈緒論〉中論及，亦即：得以呈現諷刺、質疑或是反轉的多觀點敘事、較白
話小說更高的文學地位、虛構所帶來的安全性，以及面向預設觀眾的演出性
質。文人之所以於易代後選擇戲曲文體，必然是由於以上一種或多種特質符
合他們的需求。本文三、四章〈「抒懷寫憤」之外〉所論述的，就是清初文人
在何種處境、何種心態之下，如何使用戲曲來達成自我建構、進行自我宣揚
甚至自我辯解，亦即戲曲在他們的自我建構、宣揚、辯解中擔任了什麼角色
及發揮了何種功用的問題。毫無疑問地，文人自我形象建構的媒介即是文字，
不論是嘉言德行或是風流疏狂，皆賴文字以存以傳，而使用何種文體，同樣
與「他人視角」密切相關。這種關連性，在文體是具有「演出」性質的戲曲
時尤為明顯。畢竟戲曲在傳統文類中從來是不入流的「小道」，易代後開始創
作戲曲的文人，其所以選擇戲曲此一文體，個人以為與戲曲的「演出性」符
合他們建構自我的目的有關。

清初文人戲曲常被與易代作聯結，被視為面對天崩地解後，文人嘗試以
戲曲文體「抒懷寫憤」，以尋求內心安頓及內在秩序。然而戲曲文體因其演

〔註4〕此為《曲海總目提要》對描寫明亡的《鐵冠圖》之評價。見〔清〕佚名：《曲
海總目提要》（天津：天津古籍出版社，1992年），卷33，頁1459。

出的特質，使其較諸詩文文體，有著更強烈地面向觀眾與他人的「展演」意味。以此觀之，即使是最「案頭化」、「文人化」的雜劇，其「抒懷寫憤」也未必不是一種「演出」；至於專為登場而設的傳奇，則對外之訴求傾向更為明顯。

　　本文三、四章中探討了六位易代後才開始創作戲曲的文人：吳偉業（1609～1671）、丁耀亢（1599～1669）、尤侗（1618～1704）、黃周星（1611～1680）、宋琬（1614～1674），以及嵇永仁（1637～1676）。他們各自在戲曲中以自喻人物建構出期望外界認知並接受之自我形象；而於此同時，這樣的建構目的則複雜幽微，可能是自我辯解、自我宣揚、某種姿態的表達，或是向貴人甚至是天庭、冥府「干謁」與求告。

　　由吳偉業的兩部雜劇及一部傳奇，我們可以看到即使被視為最內省、最能反映個人情懷與家國之恨的作者，在戲曲的創作上，因其代言、多重敘事、敘事程式與演出性質而產生的效果「功用」，勢已超越了「抒懷寫憤」的範疇。吳偉業的三部戲曲皆置於易代之時代背景中，但皆不在最具明清指涉性的宋元間，而分別置於南朝陳／隋、南朝梁／南朝陳、南唐／宋，明顯刻意避開華夷問題。他於雜劇《臨春閣》藉冼氏「寫憤」，《通天臺》以自喻人物沈炯「抒懷」，而《秣陵春》作為預期登場演出的傳奇，面向更多數的不確定受眾，則成為披著才子佳人喜劇外衣的自辯書：對於過去君恩感懷，但終究過去、應有所了結的自解，以及對孑遺者終究要邁步向前，對未來君恩有所期冀的自辯。《秣陵春》中，一觸及易代之傷痛，筆鋒便隨之蕩開，如劇中男主角徐適詢問後主：「若說起功名，難道丟了皇上，走到別處，另有個際遇麼？」後主答以「不是這個世界了」。但才一點破，立即接道：「左右，看酒過來……一步步桃夭柳夭……恰相攜美滿夫妻」，以對生旦兩人未來歡悅的期許掩去了「不是這個世界了」的巨大傷痛。或許可以這麼說，吳偉業以戲曲處理其內心的掙扎，並呈現他思索後可能的出路。他對於戲曲如同詩文，是以相對嚴肅的心態在創作。儘管《秣陵春》中太過輕易地開脫了他的自喻人物主角，對於李後主寬厚形象的描寫也過於美化，但他尋求安頓過去與展望未來的思考是十分認真的。《秣陵春》劇末為後主建祠祭祀，立千秋香火以了結君恩，而後徐適得以投向新朝。吳偉業則於一、兩年後以江南文人宗主身分，在明遺民私祭崇禎活動中賦詩以為迎神送神之曲，或可視為《秣陵春》中思考後的「實踐」。

　　丁耀亢的詩文戲曲都帶有強烈的個人性。作為個性激烈且頗具自信的文人，丁耀亢一直處於現實際遇不符他自我期許的落差中。即使如此，他依然堅持他的特立獨行（如明明是意欲晉上之作的《表忠記》，卻在重臣要求下依然拒絕修改過激之文字），並在戲曲中圓夢，幻射出自己應得的待遇。他在受託所作描寫男女遇合的《西湖扇》中，以自喻人物陳道東登場，在出使金朝，持節不屈正面描寫的同時，卻受薦舉赴金朝廷試，高中狀元。對照丁耀亢本人八次應秋闈不舉，在戲曲中偷渡一個多年的執念，不由不讓人有「同情的理解」。丁耀亢對作品本身是認真的，在戲曲中依然要求某種程度的「真實感」，因此縱然不乏自我補償的心理，也往往相當合度。即使是《西湖扇》中最被美化、代表正面價值「忠」的自喻人物陳道東，亦不斷讓人看到他徘徊於全身保節的期望與功成名就的追求之中。可以說丁耀亢是藉著戲曲文體綰結抒情與敘事之功用，建構生命的意義及嘗試尋求心靈安頓。

　　相較於吳偉業及丁耀亢創作戲曲時嚴肅認真的態度與錯綜複雜的心理，尤侗或許是真正將戲曲視之為遊戲文體之一，如同遊戲文字般用以「展才」的文人。而尤侗強烈的自我意識形諸於戲曲如《鈞天樂》中，更像以身外之我審視「自我」所展現的形象，度量希望讓他人看到怎麼樣的「自我」。他早年以西廂制藝的遊戲文字聞名，中年失意返鄉後，將戲曲作為展示早期詩文、進一步顯才的陳列窗。他對文人才子抱持著擁有疏狂逾矩特權的想像，於是遊戲文字成為才氣縱橫，不拘流俗的最好載體，戲曲中的鋪張筆法，可為才氣之證；戲曲中誇張甚至是唐突古人，藉李賀、蘇軾之口肯定其自喻人物為「天上天下，第一奇才」的筆法，則是放誕風流的才人特權。在應梁清標要求作《李白登科記》後，尤侗不再創作戲曲。由其序文觀之，這或許是因為他體認到了戲曲作為「小道」的低下地位，對於他才子形象建構上的負面影響。

　　黃周星作為對詩文「性命以之」的傳統文人，在極度鄙薄戲曲的同時，卻又是極度認真嚴肅地進行創作。他在晚年自言僅存著作與神仙之志，對於求道成仙有著強烈的執著。在易代後仕途中斷，德、功皆不可求時，他以立言為成仙所必需的功德，而又因戲曲往往超越詩文作品而能流傳久遠，於是將戲曲作為最後的立言之階，也因此，黃周星直到將近六十歲才開始創作戲曲。他在《惜花報》中將友人王晫近似《艷異編》變體，表面上寫遇仙實際上為才子遇美的〈看花述異記〉，在加上接引與成仙的框架後，強調惜花不僅

是個人德行，一旦形諸文字，功德足以昇仙。而《人天樂》則以自喻人物軒轅載修持十善，欲積功德以託生鬱單越（即北俱盧洲）享人間至樂。表面上宣揚教化、喻為善書的同時，黃周星將自己的出身、經歷與作品投入其中，不斷重覆宣揚與肯定自我。相較於尤侗極度自覺地將戲曲用為其才子形象建構的工具之一，黃周星在《人天樂》中建構十善才子之自我形象的同時，卻並沒有「建構」的意圖或自覺，而更接近一位文人晚年的自述、自辯與期望的總結。《人天樂》的雙線結構因黃周星終究不能滿足於佛家眾生平等的「人樂」，更期望道家之「天樂」而自我解構，但其對於文字的標榜、對昇仙的執念，以及人到晚年，對即將消逝的「我」之存在的反覆敘述與肯定，雖然與作者期待不同，但的確流存至今，觸動人心。

　　清初詩文大家宋琬從未有散曲創作，卻在中年時創作了生涯惟一一部戲曲《祭皋陶》。此劇作於他兩度獄難後數年，北上入都為復官奔走前。相較於他獄中及自放江南時，詩文作品直接到近乎不敬的大膽，作為語言本應更為自由放縱的戲曲文體，《祭皋陶》卻以極為雅致婉曲的文字，藉山東漢范滂冤獄故事與個人遭際的類比，強化自己冤罪受難的形象。其後，他又在確定復官的近似慶祝讌集上，以此劇作為苦盡甘來，清者終得清白的宣言。由此我們赫然發現，當現代觀眾眼中曲白生硬艱澀，情節缺乏戲劇性，沒有演出價值的文人雜劇如《祭皋陶》，登場於文人士大夫家中的廳堂時，文本的故事性與文學性或者已經不是賓主關注的焦點，甚至連演出本身的藝術或娛樂性都可能退居其次。演出本身即已是一種「演出」。文人自作戲曲成為文人士大夫交遊網絡中，巧妙的自我表態、自我宣傳以及沉默的請求、提醒等「政治運作」的一部分。

　　相較於以上五位劇作家都於劇作中使用歷史人物自我指涉或直接創造自喻人物，嵇永仁今存的三部劇作《揚州夢》、《續離騷》及《雙報應》，其「自我建構」則較為隱晦。更為明顯的，反而是其使用戲曲文體的「目的」。嵇永仁長年遊幕，三藩之亂起，他在范承謨麾下一同被耿精忠逮捕下獄，最後聞承謨殉難隨之自縊而死。作為一位思託賢主以展自己經世之才的幕客，嵇永仁早期《揚州夢》雖為受託之作，卻在作者刻意模糊委託者吳綺於劇中的角色，並將重心轉為牛僧孺之厚待杜牧後，以情境的類比一轉而帶有「幕客向貴人干謁」的色彩。後兩部戲曲作於獄中，以抒發其滿腔激越不平之氣，又於寫憤中藉戲曲寄託平反的一線冀望。如果說《續離騷》中的《罵閻羅》是

對於冥冥不可知的世外正義的一紙申訴書，那麼《雙報應》或許可稱為附於申訴書上的功德券。《罵閻羅》中改「罵」為「訴」，期望閻羅能代轉天庭令善人得以「現世受報」；《雙報應》中，則明明白白地將神鬼、報應反覆強調呈現於眼前當下，既標榜為教化而作，亦在於堅定自己對報應的信念。

如上所述，吳偉業、丁耀亢、尤侗、宋琬、嵇永仁、黃周星等人，儘管創作心態與對戲曲文體的思考不同，但皆於各自戲曲作品中或以歷史人物自我指涉，或直接創造自喻人物，以相似情境、經歷影射個人生平，甚至直接置入個人詩文（如尤侗將自作〈巫山高〉置入《讀離騷》中化為宋玉之作）。藉由戲曲與個人的交互指涉，以達成自我建構、宣傳乃至辯護的目的。他們的戲曲作品超出了我們對於易代劇本最主流的「家國之思」、「抒懷寫憤」的解讀認知，而更接近於一種「姿態」、一種「演出」，同時又各有個人特色。藉由析論這些戲曲家的作品，對於何以用戲曲文體而非詩文創作以呈現自我形象的問題應該說提供了具體的解答。

如果說第二章「邑人寫邑事」歷史劇中，劇作家選擇以戲曲呈現歷史的理由，在於其「假」而不在其「真」，重點其實是虛構或不能、不會寫入正史的部分；那麼三、四章中的文人劇作家，在易代後選擇戲曲此一文體的理由，或許在其「卑」其「俗」，其「戲者，戲也」的定位。我們不斷看到劇作家在尊體論述的同時，或有意或無意地透露出他們本身對戲曲文體「小道」的鄙視或輕忽。當預設對象是廣大的庶民觀眾、「愚夫愚婦」時，他們或出於追求流傳近遠及留存後世而創作；而面對菁英階層甚至他們有所求的掌權階級，他們作劇則或出於必須避忌，或出於清高的姿態，將自己隱藏於戲曲演出的背後，以角色及戲劇情境代訴心聲。

不論是邑人寫邑事的歷史劇，或是個人色彩強烈的文人戲曲，選擇戲曲文體的理由最根本的，還是其演出特質。但同樣是根基於此一特色，明言為「糊口」而創作的李漁（1611～1680），則又與以上論述的九位作者迥異。前面所及之清初文人戲曲作家，大部分於鼎革後才開始創作戲曲，因之易代背景與劇作家個人生命史的交織，便成為析論這些文人戲曲作品最重要的切入角度。然而不可忽略的是戲曲作為一種表演藝術，其本質的一大特色即娛樂性與商業性。在這方面，清初之代表文人劇作家則為李漁。

李漁劇作中雖然也有易代或離亂的描寫，但作為喜劇情節中誤會、錯認的背景，無疑大大消融了家國之思的空間。李漁戲曲作品的主調，與作者「世

變」之時代背景呈現出相當的斷裂，然而此一斷裂卻很弔詭地展現出它與晚明戲曲一脈相承的連續性，可以視為對戲曲本質的回歸。然而同樣以演出娛樂之商業性為考量，以士大夫、文人階層為特定對象的李漁又與蘇州派等面向廣大群眾的劇作家有異。第五章〈作為商品的戲曲及劇作家──李漁戲曲之自我宣傳與建構〉，在作者置身於特定交遊圈這一點上，既可視為前兩章文人戲曲家的延伸，亦可作為其反襯。

李漁從不諱言創作乃是為了謀生，他直承「矧不肖硯田糊口，原非發憤而著書；筆蕊生心，匪托微言以諷世。」〔註5〕他的創作以養家糊口為第一目的，並與「寄託」等大意微言劃清界線。然而相較於蘇州派戲曲家劇作中難以見到「個人」的投射，李漁戲曲中則明白可見文人劇作家常見的自我形象建構，主要藉由無所不在的議論與奇想展現；而這些自我論述或自我形象，又與其戲曲甚至李漁本人作為商品這一特點相輔相成。

相較於蘇州派劇作家與其預設之不特定多數觀眾並不會產生直接來往，李漁以縉紳士大夫為預設讀者、觀眾群以及支助者，顯然必須躋身於此一交流圈中，亦即他飽受訾議的「遊縉紳」。而文人身分及才名，是李漁抬高自己清客價值的重要條件。李漁藉以躋身士大夫圈子中的定位其實就是助主人之興、盡主人之歡的「清客」，但他自認為是識趣得體，且精於「小道」的好客人。他曾不無自豪地說：

　　漁自解覓梨棗以來，謬以作者自許。鴻文大篇，非吾敢道，若詩歌
　　詞曲以及稗官野史，則實有微長。不效美婦一顰，不拾名流一唾。
　　當世耳目，為我一新。使數十年來，無一『湖上笠翁』，不知為世人
　　減幾許談鋒，增多少瞌睡？〔註6〕

李漁故作、好作「驚人之語」，他於劇中所發的各種議論，重點並不在議論的內容，而更在議論的新、奇與驚人。陷入他的議論之中，會困於其自我形塑的游移模糊。而拉開距離，則會看到發出各種議論的，喜好新奇與驚人的那個形象。李漁自始至終如一的自我形象，大約是對於新、奇、巧的追求與建立者，以及不論窮通，都顯得輕鬆自在的享樂主義者。充滿自信、享受人生，滿腹新奇之論，且對於戲曲等「閒情」之道極為精擅。他在戲曲及其他作品中所建立的此一自我形象，無疑正是「遊縉紳」的李漁所想要宣而廣之的，

〔註5〕〔清〕李漁：〈曲部誓詞〉，《笠翁一家言文集》，《李漁全集》，冊1，頁130。
〔註6〕〔清〕李漁：〈與陳學山少宰〉，《笠翁文集》，《李漁全集》，冊1，卷3，頁164。

更有助於提高其創作甚至其人作為「商品」的價值。

李漁的《笠翁十種曲》大多建立於某個具顛覆性的巧思上，然而其後期作品的奇巧命題明顯轉為保守。在早期《意中緣》中宣揚才子佳人合該成配，錯嫁庸人時不妨決絕拋撇的李漁，到《奈何天》中扭轉「紅顏薄命」為「紅顏合該薄命」，並以此標舉風流道學，訓誡佳人認命。這樣的轉變與其說是他在晚年趨於保守封建，不如置於時代脈絡更能掌握其表面上改變的理由。在順治帝駕崩後的攝政大臣時代，清廷明顯轉趨保守警惕，對江南士子採取了更為激烈的壓制。順治十八年的哭廟案、莊氏史案皆發生於江南；工部侍郎張縉彥以刊刻李漁《無聲戲》二集被劾；李漁之友人陸圻罹禍，被解入京，後棄家歸禪。康熙四年，友人同時也是劇作家的丁耀亢因《續金瓶梅》一書被逮入獄。可以想像，當文字獄由經史詩文延及小說此種向來不被放在朝廷眼中的文類時，帶給李漁的衝擊。對於遊走於縉紳士大夫階層的李漁來說，勢必不得不敏感地捕捉朝廷風向與社會氛圍的轉變，以避免觸及東道主的忌諱。可以說，「風流道學」是李漁承戲曲小說，尤其是狎邪小說以教化粉飾的慣例，加以包裝的成果。既保持了對他贊助者們的奇說新論的吸引力，又藉由「道學」二字取得讓人哪怕心知肚明也可以維持表面的安全性。

當我們拋棄道德教化、思想深度的高點，改由劇場藝術、演出效果甚至是易代後治生求存的角度觀之，李漁取得的成就與成功的確值得他自豪。其所精心經營的「笠翁」品牌，更進一步說，這份「經營」，則是他有別於吳偉業等清初文人戲曲家、李玉等蘇州派戲曲家或是萬樹等風流劇作戲曲家的最大特殊之處。

綜上所述，本文所作的工作，主要是在現今研究的基礎上，一方面拓展清初戲曲家及其作品研究，另一方面盡力探索清初戲曲所包含的細微而鮮為人知的不同新面向。本文所討論的「邑人寫邑事」史劇、文人自我形塑或娛樂縉紳之劇，在在顯示傳統清初戲曲研究中有關「家國之思」或「抒懷寫憤」論述的不足。本文聚焦戲曲於清初之功能用途，期望能在鼎革對文人及其戲曲作品的影響，以及文人選擇戲曲文體展現這些影響的動機及目的上，有著進一步的擴展。

文人士大夫普遍視戲曲為「小道」，但正因為身為「小道」的位卑，戲曲獲得某種表述的自由性與安全性；此外戲曲獨有的舞台表演除了藝術審美的娛樂性，其廳堂演出性質也必然衍生與對應文人社交網絡，更進一步能藉由

職業戲班而得以流傳廣遠。明清易代之後，清初戲曲創作的大盛以及戲曲（尤其是雜劇）的文人化早已為學者所注意。文人之所以選擇戲曲此一文體來回應時代與生命的創傷，戲曲此一文體之所以與詩、詞等文體不同，難以被劃入易代敘述中泛濫的遺民／貳臣生命史解讀，實與其獨特的「表演」性質密不可分。

　　清初戲曲較之晚明戲曲，於情調上明顯嚴肅得多，主旨上亦遠為擴展。這與清初戲曲家必然受到易代的衝擊與影響有關，亦與他們選擇使用戲曲文體的目的有關。所謂「借他人酒杯，澆自己塊壘」的抒情性以外，亦是一種面對特定觀眾的姿態與自我建構。對於時事歷史的摹寫，既可能是記載真相、緬懷過去、褒忠教孝，亦可能是幕客衙吏對主人、堂尊建功立名的迎合，甚至是對於地方話語權與歷史詮釋權的爭奪。至於戲曲回歸劇場表演娛樂本質的商業性、祭祀或社交場合演出具有的集體認同乃至婉曲訴求、自辯等目的，更是不能忽略的部分。而這正是清初戲曲最值得玩味之處，亦是其有別於以言情為主軸，以自娛娛人為目的的晚明戲曲之最大不同。而較之後來清中葉戲曲在文網羅織的壓力以及崑曲作家作品衰退的情況下，於面目上趨於一致，則清初戲曲又顯得如此眾聲喧嘩，精彩紛呈。

徵引書目

一、古籍

1. 〔南朝宋〕范曄:《後漢書》,北京:中華書局,1965 年。

2. 〔南朝宋〕劉義慶著,黃征、柳軍曄注釋:《世說新語‧任誕》,杭州:浙江古籍出版社,1998 年。

3. 〔唐〕李賀撰,王友勝、李德輝校注:《李賀集》,長沙:岳麓書社,2003 年。

4. 〔唐〕馮贄:《雲仙雜記》,收入《四庫筆記小說叢書》,上海:上海古籍出版社,1991 年。

5. 〔唐〕釋道世著,周叔迦、蘇晉仁校注:《法苑珠林》,北京:中華書局,2003 年。

6. 〔宋〕孫光憲:《北夢瑣言》,《四庫筆記小說叢書》,上海:上海古籍出版社,1991 年),冊 2。

7. 〔元〕無名氏:《三國志平話》,收入陳翔華編校:《元刻講史平話集》,北京:北京圖書館出版社,1999 年,冊 5。

8. 〔元〕脫脫等撰:《宋史》,北京:中華書局,1977 年。

9. 〔明〕吳炳:《療妒羹記》,收入《古本戲曲叢刊三集》,北京:文學古籍刊行社,1957 年,冊 19~20。

10. 〔明〕呂天成撰,吳書蔭校註:《曲品校註》,北京:中華書局,1990 年。

11. 〔明〕宋祖法修,〔明〕葉承宗纂:《歷城縣志(明崇禎十三年友聲堂刻本)》,收入劉波主編:《哈佛燕京圖書館藏稀見方志叢刊》,北京:國家圖書館出版社,2015 年,冊 15、16。

12. 〔明〕宋濂等撰:《元史》,北京:中華書局,1976 年。

13. 〔明〕汪汝謙撰:《西湖韻事》,收入《叢書集成續編》,臺北:新文豐出

版公司，1989 年，冊 224。

14. 〔明〕汪廷訥：《獅吼記》，收入《古本戲曲叢刊二集》，上海：古本戲曲叢刊編刊委員會，1955 年，冊 14。

15. 〔明〕孟稱舜：《張玉娘閨房三清鸚鵡墓貞文記》，《古本戲曲叢刊二集》，上海：古本戲曲叢刊編刊委員會，1955 年，冊 69、70。

16. 〔明〕祁彪佳：《祁忠敏公日記》，收入《北京圖書館古籍珍本叢刊》，北京：書目文獻出版社，1988 年，冊 20。

17. 〔明〕徐渭：《徐文長三集》，臺北：國立中央圖書館，1968 年。

18. 〔明〕徐渭著，周中明校注：《四聲猿》，上海：上海古籍出版社，1984 年。

19. 〔明〕秦淮寓客編：《綠窗女史》，收入《明清善本小說叢刊初編》，臺北：天一出版社，1985 年，第 2 輯。

20. 〔明〕屠隆：《曇花記》，收入《古本戲曲叢刊初集》，上海：商務印書館，1954 年。

21. 〔明〕湯顯祖著，徐朔方、楊笑梅校注：《牡丹亭》，臺北：里仁，1995 年，頁 192。

22. 〔明〕馮夢龍：《古今小說》，收入〔明〕馮夢龍著，魏同賢主編：《馮夢龍全集》，南京：鳳凰出版社，2007 年，冊 1。

23. 〔明〕馮夢龍：《情史》，北京：中國戲劇出版社，2000 年。

24. 〔明〕馮夢龍編刊，魏同賢校點：《醒世恆言》，《馮夢龍全集》，南京：江蘇古籍出版社，1993 年。

25. 〔明〕臧晉叔〔懋循〕編：《元曲選》，北京：中華書局，1958 年。

26. 〔明〕談遷著，張宗祥校點：《國榷》，北京：古籍出版社，1958 年。

27. 〔明〕鄭元勳輯：《媚幽閣文娛》，收入《四庫禁燬書叢刊‧集部》，北京：北京出版社，2000 年，冊 172。

28. 〔清〕〔黃〕周星：《九煙先生遺集》，《續修四庫全書‧集部‧別集類》，上海：上海古籍出版，1995 年，冊 1399。

29. 〔清〕丁耀亢：《西湖扇》，收入《古本戲曲叢刊五集》，上海：上海古籍出版社，1986 年，冊 26。

30. 〔清〕丁耀亢：《赤松遊》，收入《古本戲曲叢刊五集》，上海：上海古籍出版社，1986 年，冊 23。

31. 〔清〕丁耀亢：《新編楊椒山表忠蚺蛇膽》，收入《古典戲曲叢刊五集》，上海：上海古籍出版社，1986 年，冊 24～25。

32. 〔清〕丁耀亢撰，李增波主編，張清吉校點：《丁耀亢全集》，鄭州：中州古籍出版社，1999 年。

33. 〔清〕孔尚任：《桃花扇》，收入《古本戲曲叢刊五集》，上海：上海古籍出版社，1986 年，冊 45～48。

34. 〔清〕孔尚任著，王季思等注：《桃花扇》（北京：人民文學出版社，1998年。

35. 〔清〕孔尚任著，俞為民校註：《桃花扇校注》，臺北：華正書局，1994年。

36. 〔清〕尤侗：《西堂文集》，收入《續修四庫全書》，上海：上海古籍出版社，1995 年，冊 1406。

37. 〔清〕尤侗：《鈞天樂》，收入《古本戲曲叢刊五集》，上海：上海古籍出版社，1986 年，冊 28。

38. 〔清〕尤侗著，楊旭輝點校：《尤侗集》，上海：上海古籍出版社，2015年。

39. 〔清〕尤侗編：《悔菴年譜》，《北京圖書館藏珍本年譜叢刊》，北京：北京圖書館出版社，1999 年，冊 73、74。

40. 〔清〕尹會一、程夢星等纂修：《雍正揚州府志》，臺北：成文出版社，1975 年。

41. 〔清〕王士禛：《漁洋詩話》，《王士禛全集》，濟南：齊魯書社，2007 年，冊 6。

42. 〔清〕王抃：《王巢松年譜》，江蘇：江蘇省立蘇州圖書館，1939 年。

43. 〔清〕王崇簡：《青箱堂文集》，收入《清代詩文集彙編》，上海：上海古籍出版社，2010 年，冊 17。

44. 〔清〕王晫：《霞舉堂集》，收入《清代詩文集彙編》，上海：上海古籍出版社，2010 年，冊 144。

45. 〔清〕王晫撰：《今世說》，收入周駿富輯：《清代傳記叢刊》，臺北：明文書局，1985 年，冊 18。

46. 〔清〕王熙：《王文靖公集》，收入《清代詩文集彙編》，上海：上海古籍出版社，2010 年，冊 109。

47. 〔清〕王贈芳等修，成瓘等纂：《道光濟南府志》，臺北：臺灣學生書局，1968 年。

48. 〔清〕田雯：《古歡堂詩集》，收入《清代詩文集彙編》，上海：上海古籍出版社，2010 年，冊 138。

49. 〔清〕朱英：《倒鴛鴦》，收入《古本戲曲叢刊三集》，冊 87～88。

50. 〔清〕朱素臣：《秦樓月》，《古本戲曲叢刊三集》，北京：文學古籍刊行社影印本，1957 年，冊 78～79。

51. 〔清〕余懷：《板橋雜記》，收入《清代筆記小說》，石家莊市；河北教育

出版社，1996 年，冊 14。

52. 〔清〕佚名：《曲海總目提要》，天津：天津古籍書店，1992 年。

53. 〔清〕佚名：《曲海總目提要》，北京：人民文學出版社，1959 年。

54. 〔清〕吳震生：《笠閣批評舊戲目》，收入《中國古典戲曲論著集成》第 7 冊，北京：中國戲劇出版社，1980 年。

55. 〔清〕吳藻：《香南雪北詞》，收入〔清〕冒俊輯：《林下雅音集》，光緒十年如不及齋刻本。

56. 〔清〕宋琬：《二鄉亭詞》，收入《四庫全書存目叢書補編》，濟南：齊魯書社，2001 年，冊 2。

57. 〔清〕宋琬：《安雅堂文集》，收入《四庫全書存目叢書補編》，濟南：齊魯書社，2001 年，冊 2。

58. 〔清〕宋琬：《安雅堂未刻稿》，收入《四庫全書存目叢書補編》，濟南：齊魯書社，2001 年，冊 2。

59. 〔清〕宋琬：《重刻安雅堂文集》，收入《四庫全書存目叢書補編》，濟南：齊魯書社，2001 年，冊 2。

60. 〔清〕宋琬：《祭皋陶》，收入《四庫全書存目叢書補編》，濟南：齊魯書社，2001 年，冊 2。

61. 〔清〕宋琬著，辛鴻義、趙家斌點校：《宋琬全集》，濟南：齊魯書社，2003 年。

62. 〔清〕李元度著，易孟醇點校：《國朝先正事略：清代1108人傳記》，長沙：岳麓書社，1991 年。

63. 〔清〕李文瀚：《鳳飛樓》，收入《傅惜華藏古典戲曲珍本叢刊》，北京：學苑出版社，2010 年，冊 92。

64. 〔清〕李玉：《一品爵》，收入《古本戲曲叢刊五集》，上海：上海古籍出版社，1986 年，冊 13。

65. 〔清〕李玉：《北詞廣正譜》，王秋桂主編：《善本戲曲叢刊》第 6 輯，臺北：臺灣學生書局，1987 年。

66. 〔清〕李玉著，陳古虞、陳多、馬聖貴點校：《李玉戲曲集》，上海：上海古籍出版社，2004 年。

67. 〔清〕李放纂輯：《皇清書史》，收入周駿富輯：《清代傳記叢刊》，臺北：明文書局，1985 年，冊 83～84。

68. 〔清〕李桓輯：《國朝耆獻類徵初編》，收入周駿富輯：《清代傳記叢刊》，臺北：明文書局，1985 年，冊 127～191。

69. 〔清〕李慈銘撰，由雲龍輯：《越縵堂讀書記》，北京：中華書局，1963 年。

70. 〔清〕李漁：《笠翁傳奇十種》，《李漁全集》，冊 2，杭州：浙江古籍出版社，1992 年。

71. 〔清〕李漁：《閒情偶寄》，《李漁全集》，冊 11，杭州：浙江古籍出版社，1992 年。

72. 〔清〕李漁著，江巨榮、盧壽榮校注：《閒情偶寄》，上海：上海古籍出版社，2000 年。

73. 〔清〕李調元：《雨村曲話》，收入《中國古典戲曲論著集成》，北京：中國戲劇出版社，1960 年，冊 8。

74. 〔清〕李蘇纂修：《康熙江都縣志》，《華東師範大學圖書館藏稀見方志叢刊》，北京：北京圖書館出版社，2005 年，冊 10～11。

75. 〔清〕汪懋麟：《百尺梧桐閣詩集》，收入《清代詩文集彙編》，上海：上海古籍出版社，2010 年，冊 151。

76. 〔清〕汪懋麟：《錦瑟詞》，收入《清代詩文集彙編》，上海：上海古籍出版社，2010 年，冊 151。

77. 〔清〕阮元《淮海英靈集》，《續修四庫全書》，上海：上海古籍出版社，1995 年，冊 1682。

78. 〔清〕周全然：《飲醇堂文集》，收入《四庫全書存目叢書》，臺南：莊嚴文化，1997 年，冊 253。

79. 〔清〕岳濬等監修，杜詔等編纂：《山東通志》，《四庫全書》，上海：上海古籍出版社，1987 年，冊 540

80. 〔清〕況周頤：《香東漫筆》，收入《叢書集成續編》，臺北：新文豐出版公司，1989 年，冊 25。

81. 〔清〕阿克當阿等修，姚文田等纂：《嘉慶揚州府志》，臺北：成文出版社，1975 年。

82. 〔清〕青心才人撰：《金雲翹傳》第 19 回，收入《明清善本小說叢刊初編》，臺北：天一出版社，1985 年，第 8 輯，冊 10。

83. 〔清〕施閏章：《學餘堂文集》，收入《四庫全書》，上海：上海古籍出版社，1987 年，冊 1313。

84. 〔清〕施閏章撰：《蠖齋詩話》，〔清〕施閏章撰，何慶善、楊應芹點校：《施愚山集》，合肥：黃山書社，1992～1993 年，冊 4。

85. 〔清〕柳如是撰，周書田、范景中輯校：《柳如是集》，杭州市：中國美術學院出版社，2002 年。

86. 〔清〕紀昀總纂：《四庫全書總目提要》，石家莊：河北人民出版社，2000 年。

87. 〔清〕胡德琳修，李文藻等纂：《乾隆歷城縣志》《續修四庫全書》，上海：上海古籍出版社，1995 年，冊 694。

88. 〔清〕范希哲：《補天記》，收入《古本戲曲叢刊五集》，上海：上海古籍出版社，1986 年，冊 109～110。

89. 〔清〕計六奇：《明季北略》，北京：中華書局，1984 年。

90. 〔清〕宮懋讓等修，李文藻等纂：《諸城縣志〔清乾隆二十九年刊本〕》，臺北：成文出版社，1976 年。

91. 〔清〕徐石麒：《坦庵樂府添香集》，收入《續修四庫全書》，上海：上海古籍出版社，1995 年，冊 1739。

92. 〔清〕徐石麒：《客齋餘話》，收入《叢書集成續編》（臺北：新文豐出版公司，1989 年），冊 20。

93. 〔清〕徐石麒：《珊瑚鞭》，收入《古本戲曲叢刊五集》，上海：上海古籍出版社，1986 年，冊 63～64。

94. 〔清〕徐釚：《詞苑叢談》，北京：中華書局，1985 年。

95. 〔清〕徐樹敏、錢岳輯：《眾香詞》，上海：大東書局，1933 年。

96. 〔清〕徐鼒撰，徐承禮補遺：《小腆紀傳》，收入周駿富輯：《清代傳記叢刊》，臺北：明文書局，1985 年，冊 69。

97. 〔清〕笑倉道人〔黃周星〕：《夏為堂人天樂傳奇》，收入《古本戲曲叢刊三集》，北京：文學古籍刊行社，1957 年，冊 117～118。

98. 〔清〕馬羲瑞：《天山雪》，收入《傅惜華藏古典戲曲珍本叢刊》，北京：學苑出版社，2010 年，冊 23。

99. 〔清〕馬羲瑞著，周琪、周松校注：《天山雪傳奇校注》，蘭州：甘肅教育出版社，2012 年。

100. 〔清〕高士〔義烏〕、楊振藻修，錢陸燦等纂：《康熙常熟縣志》，南京：江蘇古籍出版社，1991 年。

101. 〔清〕高士鑰修，五格等纂：《乾隆江都縣志》，臺北：成文出版社，1983 年。

102. 〔清〕崔華、張萬壽纂修：《康熙揚州府志》，《四庫全書存目叢書》，臺南縣：莊嚴文化，1996 年，冊 214～215。

103. 〔清〕張廷玉等著：《明史》，北京：中華書局，1974 年。

104. 〔清〕張其淦撰，祁正注：《明代千遺民詩詠初編》，收入周駿富輯：《清代傳記叢刊》，臺北：明文書局，1985 年，冊 66～67。

105. 〔清〕曹貞吉：《珂雪詞》，收入《清代詩文集彙編》，上海：上海古籍出版社，2010 年，冊 133。

106. 〔清〕曹雪芹：《脂硯齋重評石頭記》，香港：中華書局，頁 1977 年。

107. 〔清〕梁廷楠：《曲話》，收入《中國古典戲曲論著集成》，北京：中國戲劇出版社，1960 年，冊 8。

108. 〔清〕梁清標:《蕉林詩集》,收入《清代詩文集彙編》,上海:上海古籍
出版社,2010 年,冊 77。

109. 〔清〕陳文述:《頤道堂全集》,收入《續修四庫全書》,上海:上海古籍
出版社,1995 年,冊 1504～1506。

110. 〔清〕陳康祺:《郎潛紀聞初筆二筆三筆》,北京:中華書局,1981 年。

111. 〔清〕陳軾:《道山堂前集》、《道山堂後集》,收入《四庫全書存目叢書》,
台南:莊嚴文化,1997 年,集部,冊 201。

112. 〔清〕陳維崧:《婦人集》,收入《清代筆記小說》,石家莊市;河北教育
出版社,1996 年,冊 29。

113. 〔清〕嵇永仁:《抱犢山房集》,《清代詩文集彙編》,上海:上海古籍出
版社,2010 年),冊 145。

114. 〔清〕嵇永仁:《抱犢山房集》,收入《四庫全書珍本三集》,臺北:臺灣
商務印書館,1972 年,冊 370。

115. 〔清〕嵇永仁:《揚州夢》,收入《古本戲曲叢刊五集》,上海:上海古籍
出版社,1986 年,冊 29～30。

116. 〔清〕嵇永仁:《雙報應》,收入《古本戲曲叢刊五集》,上海:上海古籍
出版社,1986 年,冊 31～32。

117. 〔清〕無垢道人撰,張無智、張鼎玉校注:《八仙全傳》,西安:三秦出
版社,1988 年。

118. 〔清〕焦延琥:《蜜梅花館文錄》,收入《清代詩文集彙編》,上海:上海
古籍出版社,2010 年,冊 541。

119. 〔清〕焦循:《揚州北湖小志》,臺北:成文出版社,1983 年。

120. 〔清〕焦循:《劇說》,臺北:臺灣商務印書館,1973 年。

121. 〔清〕焦循著,韋明鏵點校:《焦循論曲三種》,揚州:廣陵書社,2008
年。

122. 〔清〕馮桂芬:《顯志堂稿》,收入《清代詩文集彙編》,上海:上海古籍
出版社,2010 年,冊 632。

123. 〔清〕黃周星:《圃庵詩集》,清康熙刻本。

124. 〔清〕黃周星:《夏為堂別集》,收入《清代詩文集彙編》上海:上海古
籍出版社,2010 年,冊 37。

125. 〔清〕黃周星:《惜花報》,收入黃仕忠編校:《明清孤本稀見戲曲彙刊》,
桂林:廣西師範大學出版社,2014 年。

126. 〔清〕黃周星:《試官述懷》,收入黃仕忠編校:《明清孤本稀見戲曲彙刊》,
桂林:廣西師範大學出版社,2014 年。

127. 〔清〕楊春茂纂修:《甘鎮志(順治十四年抄本)》,臺北:臺灣學生書局,

1968 年。

128. 〔清〕楊恩壽：《詞餘叢話》，收入《歷代詩史長編二輯》，臺北：中國學典館復館籌備處，1974 年，冊 9。

129. 〔清〕萬邦維修，〔清〕衛元爵、張重潤纂：《康熙萊陽縣志》，收入《中國地方志集成‧山東府縣志輯》，南京：鳳凰出版社，2004），冊 53。

130. 〔清〕葉承宗：《濼函》，《四庫未收書輯刊》第 7 輯影印清順治十七年葉承祧友聲堂刻本，北京：北京出版社，2000 年，冊 21。

131. 〔清〕葉夢珠撰，來新夏點校：《閱世編》，上海：上海古籍出版社，1981 年。

132. 〔清〕鄒式金編：《雜劇三集》，北京：中國戲劇出版社，1958 年。

133. 〔清〕福格：《聽雨叢談》，《清代筆記小說》，石家莊：河北教育出版社，1996 年。

134. 〔清〕趙爾巽等撰：《清史稿》，北京：中華書局，1977 年。

135. 〔清〕劉鍵邦：《合劍記》，收入《古本戲曲叢刊五集》，冊 67、68。

136. 〔清〕蔣士銓：《忠雅堂詩集》，《清代詩文集彙編》，上海：上海古籍出版社，2010 年，冊 356。

137. 〔清〕談遷：《北游錄》，《清代史料筆記匯編第一輯》，香港：龍門書店，1969 年。

138. 〔清〕盧承琰修，劉淇纂：《堂邑縣志（光緒十八年重刊本）》，臺北：成文出版社，1968 年。

139. 〔清〕錢儀吉：《碑傳集》，收入周駿富輯：《清代傳記叢刊》，臺北：明文書局，1985 年，冊 112。

140. 〔清〕錢謙益撰，錢陸燦編：《列朝詩集小傳》，收入《明代傳記叢刊》，臺北：明文書局，1991 年，冊 11。

141. 〔清〕頤道居士（陳文述）輯：《蘭因集》，收入《叢書集成續編》，臺北：新文豐出版公司，1989 年，冊 257。

142. 〔清〕鍾賡起纂修：《甘州府志（乾隆四十四年刊本）》，臺北：成文出版社，1976 年。

143. 〔清〕瞿頡：《鶴歸來》，收入《傅惜華藏古典戲曲珍本叢刊》，北京：學苑出版社，2010 年，冊 59。

144. 〔清〕寶遜奇：《倚雄堂集》，收入《四庫全書存目叢書》，臺南：莊嚴文化，1997 年，冊 214。

145. 〔清〕龔鼎孳：《定山堂詩餘》，臺北：臺灣中華書局，1966 年。

146. 黃容惠修，賈恩綬纂：《南宮縣志（民國二十五年刊本）》，臺北：成文出版社，1976 年。

147. 《清實錄‧世祖實錄》，北京：中華書局，1985 年。
148. 《清實錄‧聖祖實錄》，北京：中華書局，1985 年。
149. 《全清詞‧順康卷》，北京：中華書局，2002 年。
150. 謝正光、范金民編：《明遺民錄彙輯》，南京：南京大學出版社，1995 年。
151. 周秦主編：《崑戲集存‧甲編》，合肥：黃山書社，2011 年。
152. 鄭振鐸纂集：《清人雜劇初二集》，香港：龍門書店，1969 年。
153. 崑山國學保存會編校：《崑曲粹存‧初集》，上海：朝記書莊，1919 年。
154. 隋樹森輯：《元曲選外編》，臺北：臺灣中華書局，1967 年。

二、專著

1. 于成鯤：《吳炳與粲花》，上海：復旦大學出版社，1991 年。
2. 王汎森：《晚明清初思想十論》，上海：復旦大學出版社，2004 年。
3. 王汎森：《權力的毛細管作用——清代的思想、學術與心態》，臺北：聯經，2013 年。
4. 王榾：《孤山的文人影像——三百年「小青熱」輯事論稿》，臺北：新文豐出版公司，2010 年。
5. 江巨榮：《湯顯祖研究論集》，上海：上海人民出版社，2015 年。
6. 余英時：《方以智晚節考》，臺北：允晨文化，1986 年。
7. 吳梅：《中國戲曲概論》，上海：上海書店，1989 年。
8. 吳梅：《顧曲麈談‧中國戲曲概論》，上海：上海古籍出版社，2000 年。
9. 吳梅著，王衛民編校：《吳梅全集》，石家莊：河北教育出版社，2002 年。
10. 李江傑：《明清時事劇研究》，濟南：齊魯書社，2014 年。
11. 李玫：《明清之際蘇州作家群研究》，北京：中國社會科學出版社，2000 年。
12. 李梅：《嵇永仁及其戲曲創作研究》，華東師範大學 2007 年中文系碩士論文。
13. 李瑄：《明遺民群體心態與文學思想研究》，成都：巴蜀書社，2009 年。
14. 李豐楙：《憂與遊：六朝隋唐遊仙詩論集》，臺北：臺灣學生書局，1996 年。
15. 杜桂萍：《文獻與文心：元明清文學論考》，北京：中華書局，2009 年。
16. 杜桂萍：《清初雜劇研究》，北京：人民文學出版社，2005 年。
17. 汪超宏：《吳綺年譜》，杭州：浙江大學出版社，2011 年。
18. 汪超宏：《宋琬年譜》，北京：人民文學出版社，2010 年。
19. 沈一民：《清南略考實》，哈爾濱：黑龍江大學出版社，2010 年。

20. 沈惠如：《尤侗《西堂樂府》研究》，臺北縣：花木蘭文化，2007 年。

21. 周貽白：《周貽白戲劇論文選》，長沙：湖南人民出版社，1982 年。

22. 周煥卿：《清初遺民詞人群體研究》，上海：上海古籍出版社，2008 年。

23. 孟森：《明清史論著集刊》，北京：中華書局，1959 年。

24. 青木正兒原著，王古魯譯著：《中國近世戲曲史》，北京：作家出版社，1958 年。

25. 柯愈春：《清人詩文集總目提要》，北京：北京古籍出版社，2002 年。

26. 胡元翎：《李漁小說戲曲研究》，北京：中華書局，2004 年。

27. 孫書磊：《中國古代歷史劇研究》，南京：南京師範大學出版社，2004 年。

28. 孫書磊：《明末清初戲劇研究》，北京：社會科學文獻出版社，2007 年。

29. 徐君慧：《文字之禍》，南寧：廣西民族出版社，1995 年。

30. 徐扶明：《元明清戲曲探索》，杭州：浙江古籍出版社，1986 年。

31. 徐坤：《尤侗年譜長編》，新北市：花木蘭文化出版社，2013 年。

32. 徐坤：《尤侗研究》，上海：上海文化出版社，2008 年。

33. 徐朔方：《晚明曲家年譜浙江卷》，杭州：浙江古籍出版社，1993 年。

34. 高彥頤著，李志生譯：《閨塾師：明末清初江南的才女文化》，南京：江蘇人民出版社，2005 年。

35. 康保成：《蘇州劇派研究》，廣州：花城出版社，1993 年。

36. 張清吉：《丁耀亢年譜》，南京：南京大學出版社，1996 年。

37. 清國史館原編，王鍾翰點校：《清史列傳》，北京：中華書局，1987 年。

38. 許軍：《明末清初時事小說研究》，上海：復旦大學出版社，2015 年。

39. 郭英德：《明清文人傳奇研究》，北京：北京師範大學出版社，2001 年。

40. 郭英德：《明清傳奇史》，北京：人民文學出版社，2011 年。

41. 郭英德：《明清傳奇史》，南京：江蘇古籍出版社，1999 年。

42. 郭英德編著：《明清傳奇綜錄》，石家莊；河北教育出版社，1997 年。

43. 閆俊麗：《曹爾堪及其詞的文化觀照》，西南大學碩士論文，2008 年。

44. 陳平原：《文學史的形成與建構》，南寧：廣西教育出版社，1999 年。

45. 陳永明：《清代前期的政治認同與歷史書寫》，上海：上海古籍出版社，2011 年。

46. 陳亮亮：《道德呈現及其雜音：盛清文人戲曲研究》，香港中文大學博士論文，2016 年。

47. 陸萼庭：《崑劇演出史稿》，上海：上海文藝出版社，1980 年。

48. 傅惜華：《明代傳奇全目》，北京：人民文學出版社，1959 年。

49. 傅惜華：《清代雜劇全目》，北京：人民文學出版社，1981 年。

50. 單錦珩撰：《李漁年譜》，《李漁全集》，冊 12，杭州：浙江古籍出版社，1992 年。

51. 曾影靖：《清人雜劇論略》，臺北：臺灣學生書局，1995。

52. 華瑋：《明清戲曲中的女性聲音與歷史記憶》，臺北：國家出版社，2013 年。

53. 華瑋：《海內外中國戲劇史家自選集‧華瑋卷》，鄭州：大象出版社，2017 年。

54. 黃強：〈《李漁全集‧年譜》斠疑〉，《李漁研究》，杭州：浙江古籍出版社，1996 年。

55. 黃強：《李漁研究》，杭州：浙江古籍出版社，1996 年。

56. 黃瓊慧：《世變中的記憶與編寫：以丁耀亢為例的考察》，臺北：大安出版社，2009 年。

57. 趙景深、張增元編：《方志著錄元明清曲家傳略》，北京：中華書局，1987 年。

58. 趙園：《制度‧言論‧心態——《明清之際士人夫研究》續編》，北京：北京大學出版社，2006 年。

59. 趙園：《明清之際士大夫研究》，北京：北京大學出版社，1999 年。

60. 齊森華、陳多、葉長海主編：《中國曲學大辭典》，杭州：浙江教育出版社，1997 年。

61. 潘光旦：《馮小青：一件影戀之研究》，上海：新月書店，1927 年。

62. 蔣寅：《王漁洋事蹟征略》，北京：人民文學出版社，2001 年。

63. 鄧之誠撰：《清詩紀事初編》，收入周駿富輯：《清代傳記叢刊》，臺北：明文書局，1985 年，冊 20。

64. 鄧長風：《明清戲曲家考略三編》，上海：上海古籍出版社，1999 年。

65. 鄧長風：《明清戲曲家考略續編》，上海：上海古籍出版社，1997 年。

66. 鄭志良：《明清戲曲文學與文獻探考》，北京：中華書局，2014 年。

67. 鄭騫：《北曲新譜》，臺北：藝文印書館，1973 年。

68. 賴慧娟：《丁耀亢戲曲傳承與創新之研究》，國立中山大學中國文學研究所碩士論文，2006 年。

69. 錢海岳：《南明史》，北京：中華書局，2004 年。

70. 繆鉞：《杜牧年譜》，石家莊：河北教育出版社，1999 年。

71. 薛若鄰：《尤侗論稿》，北京：中國戲劇出版社，1989 年。

72. 嚴迪昌：《清詞史》，南京：江蘇古籍出版社，1990 年。

73. 闞紅柳：《清初私家修史研究──以史家群體為研究對象》，北京：人民出版社，2008 年。

74. 顧聆森：《李玉與崑曲蘇州派》，揚州：廣陵書社，2011 年。

75. 〔日〕青木正兒著、王古魯譯、蔡毅校訂：《中國近世戲曲史》，北京：中華書局，2010 年。

76. 〔加〕曼素恩（Susan Mann）著，楊雅婷譯：《蘭閨寶錄：晚明至盛清時的中國婦女》，臺北縣：左岸文化出版，2005 年。

77. 〔美〕司徒琳（Lynn Struve）撰，李榮慶等譯，嚴壽澂校訂：《南明史：一六四四──一六六二》，上海：上海古籍出版社，1992 年。

78. 〔美〕魏斐德（Frederic Wakeman）著，陳蘇鎮、薄小瑩等譯：《洪業──清朝開國史》，南京：江蘇人民出版社，2003 年。

79. 〔美〕張春樹、駱雪倫著，王湘雲譯：《明清時代之社會經濟巨變與新文化──李漁時代的社會與文化及其現代性》，上海：上海古籍出版社，2008 年。

80. Hanan, Patrick. *The Invention of Li Yu*. Cambridge, Massa.: Harvard University Press, 1988.

81. Hornby, Richard. *Drama, Metadrama, and Perception*. London: Associated University Presses, 1986.

82. Wilt L. Idema, Wai-yee Li, Ellen Widmer, eds. *Trauma and Transcendence in Early Qing Literature* Cambridge, Mass.: Harvard University Press, 2006.

三、論文

1. 王璦玲：〈清初江、浙地區文人「風流劇作」之審美造境與其文化意涵〉，收入《空間、地域與文化──中國文化空間的書寫與闡釋》，臺北：中央研究院中國文哲研究所，2002 年，冊下，頁 91～201。

2. 史愷悌 Catherine Swatek：〈挑燈閒看馮小青──論兩部馮小青戲曲對《牡丹亭》的拈借〉，收入華瑋主編：《湯顯祖與牡丹亭》，下冊，頁 537～589。

3. 石玲：〈丁耀亢劇作論〉，李增坡主編：《丁耀亢研究──海峽兩岸丁耀亢學術研討會論文集》，鄭州：中州古籍出版社，1998 年，頁 219～252。

4. 石玲：〈明末清初作家丁耀亢生平考〉，《山東師大學報（社會科學版）》，1988 年第 3 期，頁 71～75。

5. 安舒：〈徐石麒家世及生平初探〉，《安徽文學（下半月）》2010 年第 10 期，頁 153～154。

6. 朱恒夫：〈論明清時事劇與時事小說〉，《明清小說研究》2002 年第 2 期，頁 15～36 鍾慧玲：〈陳文述年譜初篇〉，《東海中文學報》，第 16 期（2004 年 7 月），頁 171～227。

7. 朱玲玲：〈宋琬生平研究補正〉，《魯東大學學報（哲學社會科學版）》第

24 卷第 2 期（2007 年 6 月），頁 70～72。

8. 吳建國、傅湘龍：〈汪然明與晚明才妹交遊考論〉，《中國文學研究》，2010 年第 4 期，頁 38～42（轉頁 18）。

9. 吳書蔭：〈清人雜劇〈澆墓〉作者考辨——兼談〈澆墓〉與《療妒羹》傳奇的關係〉，《中国文化研究》，2010 年第 4 期，頁 88～96。

10. 吳書蔭：〈對〈明遺民黃周星及其佚曲〉的補正〉，《文學遺產》2003 年第 5 期，頁 128～130。

11. 巫仁恕：〈明清之際江南時事劇的發展及其所反映的社會心態〉，《中央研究院近代史研究所集刊》，第 31 期（1999 年 6 月），頁 1～48。

12. 李中華、鄒福清：〈屈原形象的歷史詮釋及其演變〉，《武漢大學學報（人文科學版）》第 61 卷第 1 期（2008 年 1 月），頁 5～11。

13. 杜桂萍：〈尤侗《鈞天樂》傳奇與明末才子湯傳楹〉，收入《中國戲劇史國際學術研討會暨中國古代戲曲學會 2014 年年會論文集》，冊上，頁 448～470。

14. 杜桂萍：〈論松永仁《讀離騷》雜劇〉，《黑龍江社會科學》，2010 年第 5 期，頁 76～82。

15. 杜桂萍：〈遺民品格與王夫之《龍舟會》雜劇〉，《社會科學輯刊》，2006 年第 6 期，頁 231～237。

16. 杜桂萍〈清代戲曲《離騷影》作者考〉，《文學遺產》2010 年第 5 期，頁 139～147。

17. 車文明：〈吳炳晚節考〉，《藝術百家》，1996 年 4 期，頁 33～38。

18. 周琪：〈清代《天山雪》傳奇考辨〉，《中國古代小說戲劇研究》第八輯（2012 年 10 月），頁 129～139。

19. 周鞏平：〈明清兩代太倉的兩大王氏曲學家族〉，《曲學》第 2 卷，頁 547～581。

20. 周鞏平：〈明清兩代浙東祁氏家族的戲曲家群體與曲目整理活動〉，《浙江藝術職業學院學報》第 12 卷第 3 期，頁 36～43。

21. 周鞏平：〈明清兩代嘉興卜氏曲學家族研究——及其與吳江沈氏的聯姻〉，《文獻》2014 年第 2 期，頁 153～160。

22. 林宏安：〈《桃花扇》的相框結構——試論〈先聲〉、〈孤吟〉在全本《桃花扇》中的作用〉，《民俗曲藝》第 103 期（1996 年 9 月），頁 189～208。

23. 胡萍：〈有關嵇永仁研究存疑考述〉，《長春大學學報》，第 21 卷第 1 期（2011 年 1 月），頁 55～57。

24. 范金民：〈「蘇樣」、「蘇意」：明清蘇州領潮流〉，《南京大學學報》，2013 年第 4 期，頁 123～141。

25. 唐元：〈是殉國？還是求仙？——也談黃周星之死〉，《文史知識》2010 年 10 月，頁 56～62。

26. 孫秋克：〈吳炳年譜〉，《徐州教育學院學報》，第 17 卷第 3 期（2002 年 9 月），頁 26～30。

27. 徐貴振：〈孔尚任何以要用戲劇形式寫作《桃花扇》〉，《東南大學學報》第 2 卷第 4 期（2000 年 11 月），頁 76～81。

28. 秦華生：〈丁耀亢劇作劇論初探〉，《戲曲研究》第 31 輯，北京：文化藝術出版社，1989 年，頁 62～90。

29. 郝詩仙、郭英德：〈丁耀亢生平及其劇作〉，《齊魯學刊》，1989 年第 6 期，頁 55～61。

30. 張瑜玲：〈黃周星及其戲曲著作研究〉，國立中央大學中國文學研究所碩士論文，2008 年 1 月。

31. 許祥麟：〈中國戲曲的妒婦形象及其療妒劇旨〉，《南開學報》，1994 年第 5 期，頁 28～33。

32. 郭文儀：〈明清之際遺民夢想花園的構建及意義〉，《文學遺產》2012 年 4 月，頁 112～121。

33. 郭英德：〈吳偉業秣陵春傳奇作期新考〉，《清華大學學報（哲學社會科學版）》2012 年第 6 期（2012 年 6 月），頁 67～74。

34. 郭英德：〈偌大乾坤無處住——談尤侗的《鈞天樂》傳奇〉，《名作欣賞》，1988 年第 1 期，頁 58～64。

35. 郭英德：〈新戲生成、女性閱讀與遺民意識：朱素臣《秦樓月》傳奇寫作與刊刻的前因後果〉，《戲劇研究》第 7 期（2011 年 1 月），頁 37～64。

36. 陳大道：〈明末清初「時事小說」的特色〉，《小說戲曲研究》第三集，臺北：聯經出版，1990 年，頁 181～220。

37. 陳亮亮：〈儀式、記憶與秩序——清文人戲曲與地方社會關係之探索〉，《漢學研究》第 33 卷第 3 期（2015 年 9 月），頁 275～306。

38. 陳美林、吳秀華：〈試論丁耀亢的戲劇創作〉，收入李增坡主編：《丁耀亢研究——海峽兩岸丁耀亢學術研討會論文集》，頁 183～195。

39. 陳慶浩：〈「海內焚書禁識丁」——丁耀亢生平及其著作〉，李豐楙主編：《文學、文化與世變——第三屆國際漢學會議論文集・文學組》，臺北：中央研究院中國文哲研究所，2002 年，頁 351～394。

40. 陸勇強：〈黃周星生平史料的新發現〉，《暨南學報（哲學社會科學版）》2007 年第 5 期（5 月），頁 146～138。

41. 黃仕忠：〈孟稱舜《貞文記》傳奇的創作時間及其他〉，《浙江大學學報（人文社會科學版）》第 39 卷第 1 期（2009 年 1 月），頁 76～84。

42. 黃建榮、李蕊芹：〈論清代的《楚辭》文本傳播與接受〉，《東華理工大學

學報（社會科學版）》第 30 卷第 2 期（2011 年 6 月），頁 121～126。

43. 黃義樞：〈清代戲曲家劉永安生平考略〉，《中華戲曲》第 45 輯（2012 年 12 月），頁 115～119。

44. 楊琳：〈丁耀亢非遺民論〉，《明清小說研究》，2010 年第 2 期，頁 198～209。

45. 趙山林：〈試論清初文人戲曲活動及與詞創作之關係〉，《中國文哲研究通訊》第 23 卷第 2 期（2013 年 6 月），頁 147～168。

46. 趙紅娟：〈黃周星道士身份與《西游證道書》之箋評〉，《文獻》，2009 年 4 月，頁 102～105。

47. 趙夏：〈「將就園」尋踪：關於明末清初一座典型文人「幻想」之園的考察〉，《清史研究》2007 年 8 月第 3 期，頁 26～32。

48. 劉勇強：〈一僧一道一術士——古代小說超情節人物的敘事學意義〉，《文學遺產》2009 年第 2 期，頁 104～116。

49. 劉純斌：《清初揚州遺民詞人及其作品研究》，揚州大學 2007 年碩士論文。

50. 劉淑麗：〈《玉馬珮》版本、作者與情節考〉，《煙臺大學學報》2013 年第 3 期（2013 年 7 月），頁 55～61。

51. 劉蔭柏：〈徐石麒及其劇作論考〉，《戲曲研究》第 25 輯（1987 年 12 月），頁 250～259。

52. 劉瓊云：〈帝王還魂—明代建文帝流亡敘事的衍異〉，《新史學》第 23 卷第 4 期（2012 年 12 月），頁 61～117。

53. 鄧長風：〈《孟子塞五種曲序》的真偽與《貞文記》傳奇寫作、刊刻的時間〉，《鐵道師院學報》第 15 卷第 5 期（1998 年 10 月），頁 17～18。

54. 鄭善慶：〈1644 年的濟寧城動亂〉，《清史研究》，2010 年 11 月，頁 117～122。

55. 鄭善慶：〈明清之際北方遺民的經歷與抉擇——以山東士人鄭與僑為個案的分析〉，《滄桑》，2010 年 12 月，頁 98～100。

56. 鄭騫：〈善本傳奇十種提要〉，《燕京學報》第 24 期（1938 年 12 月），頁 127～157。

57. 賴慧娟：〈論《西湖扇》與《桃花扇》中「扇」之砌末運用與象徵意義〉，《中國文學研究》第十九期（2004 年 12 月），頁 105～132。

58. 戴健：〈論吳偉業的《秣陵春》傳奇在清代的傳播與接受〉，《學術論壇》2016 年第 8 期（2016 年 8 月），頁 117～122。

59. 鍾慧玲：〈《西泠閨詠》中的女性群像〉，《東海中文學報》，第 17 期（2005 年 7 月），頁 61～91。

60. 魏愛蓮：〈十九世紀中國女性的文學關係網絡〉，《清華大學學報》，2008
    年第 3 期，頁 106〜116。

61. 嚴迪昌：〈孔尚任之「史心」與《桃花扇》〉，《泰安師專學報》第 23 卷第
    1 期（2001 年 1 月），頁 27〜30。

62. 〔日〕合山究撰，李寅生譯：〈明清女子題壁詩考〉，《河池師專學報》，
    第 24 卷第 1 期（2004 年 3 月），頁 53〜57。

63. Ellen Widmer, "Xiaoqing's Literary Legacy and the Place of the Woman
    Writer in Late Imperial China," *Late Imperial China* 13, no. 1 (June 1992):
    111-55.

64. Tschanz, Dietrich. "Wu Weiye's Dramatic Works and His Aesthetics of
    Dynastic Transition," in Wilt L. Idema, Wai-yee Li, Ellen Widmer, eds.,
    Trauma and Transcendence in Early Qing Literature Cambridge, Mass.:
    Harvard University Press, 2006, pp.427-453.

65. Zeitlin, Judith T.. "Disappearing Verses: Writing on Walls and Anxieties of
    Loss," in Judith T. Zeitlin, Lydia H. Liu, and Ellen Widmer eds., *Writing and
    Materiality in China* (Cambridge, Mass.: Harvard University Press, 2003), pp.
    73-132.

66. Zeitlin, Judith T.. "Spirit Writing and Performance in the work of You Tong
    尤侗 (1618-1704)," *T'oung Pao*, Second Series, Vol. 84, Fasc. 1/3 (1998),
    pp. 102-135.

67. Li, Wai-yee. "Heroic Transformations: Women and National Trauma in Early
    Qing literature." *Harvard Journal of Asiatic Studies* 59.2 (Dec. 1999):
    363-443.

68. Li. Wai-yee. "The Representation of History in *The Peach Blossom Fan*."
    Journal of the American Oriental Society 115, no. 3 (1995), pp. 421-433.

69. Idema, Wilt. "'Crossing the Sea in a Leaking Boat': Three Plays by Ding
    Yaokang," in Wilt L. Idema, Wai-yee Li, Ellen Widmer, eds., *Trauma and
    Transcendence in Early Qing Literature* Cambridge, Mass.: Harvard
    University Press, 2006, pp. 387-426.

70. Ellen Widmer, "Between Worlds: Huang Zhouxing's Imaginary Garden" in
    Wilt L. Idema, Wai-yee Li, Ellen Widmer, eds. *Trauma and Transcendence in
    Early Qing Literature* Cambridge, Mass.: Harvard University Press, 2006, pp.
    249-281.

71. Frederic Wakeman, Jr., "The Shun Interregnum of 1644," in Jonathan D.
    Spence and John E. Wills, Jr. eds., *From Ming To Ch'ing Conquest, Region,
    and Continuity in Seventeenth-Century China* (New Haven: Yale University
    Press, 1979), pp.39-87.